科幻名家经典书系

# 时空创生研究所

## 宝树中短篇科幻小说集

宝 树 著

科学普及出版社

·北 京·

**图书在版编目（CIP）数据**

时空创生研究所：宝树中短篇科幻小说集 / 宝树著 .

北京：科学普及出版社，2025. 1. -- ISBN 978-7-110
-10827-7

Ⅰ . I247.7

中国国家版本馆 CIP 数据核字第 2024UT6225 号

| | | |
|---|---|---|
| 策划编辑 | 王卫英 | |
| 责任编辑 | 王卫英 | |
| 封面设计 | 中文天地 | |
| 正文设计 | 中文天地 | |
| 责任校对 | 吕传新 | |
| 责任印制 | 徐 飞 | |

| | | |
|---|---|---|
| 出 版 | 科学普及出版社 |
| 发 行 | 中国科学技术出版社有限公司 |
| 地 址 | 北京市海淀区中关村南大街 16 号 |
| 邮 编 | 100081 |
| 发行电话 | 010-62173865 |
| 传 真 | 010-62173081 |
| 网 址 | http://www.cspbooks.com.cn |

| | | |
|---|---|---|
| 开 本 | 880mm × 1230mm 1/32 |
| 字 数 | 240 千字 |
| 印 张 | 12 |
| 版 次 | 2025 年 1 月第 1 版 |
| 印 次 | 2025 年 1 月第 1 次印刷 |
| 印 刷 | 北京长宁印刷有限公司 |
| 书 号 | ISBN 978-7-110-10827-7 / Ⅰ · 758 |
| 定 价 | 69.80 元 |

# 目录
## *Contents*

前言

推荐序

001 | 第一个时间旅行者

005 | 成都往事

034 | 与龙同穴

086 | 时光的祝福

121 | 镜中记

161 | 少女与薛定谔之猫

181 | 我们的科幻世界

235 | 我们的火星人

351 | 时间线定制机

# 前　言

## 立足现实，探索未来

2022 年 11 月 30 日，美国人工智能研究公司 OpenAI 推出人工智能聊天软件 ChatGPT，上线仅 5 天，注册用户人数就超过了 100 万。一时之间，关于 ChatGPT 和 AIGC 的讨论备受关注。很快，涵盖了生成应用和布局、搜索和数据分析、程序生成和分析、文本生成、内容创作、一般推理等功能的 AI 应用被用户无缝衔接于生活和工作中的各类场景。人们发现，和过去那些连最简单的指令都不能准确理解的 AI 工具相比，如今，以海量数据和迅猛发展的算力为基础的生成式 AI 正带来一场全新的技术革命，这将会给人类社会的生产方式、生活方式、组织方式带来颠覆性改变。

人们在体验科技带来的高效与便利的同时，也产生了前所未有的担忧。以人工智能技术为例，它能够提高生产效率，改善生活质量，推动社会进步和经济发展，但同时也存在一些问题和风险，比如，对就业市场的影响、用户隐私的泄露、信息的误导、道德伦理的挑战等。因此，人工智能技术的发展需要在科技进步和人类利益之间找到平衡点，社会各界在鼓励技术为人类带来便利和福祉的同时，也要寻找并建立相应的规范和监管机制，使技术在安全、合法、可控的范围内服务于人类。

而寻找技术进步与人类利益之间的平衡将涉及对社会环境、科技水平、文化制度等方方面面现实问题的考量。现实中我们很难在有限的时空范围内完成如此多变量的实验，科幻文学恰好通过构建虚拟的世界，帮助我们在想象中思考和论证不同的未来可能性，从而使我们更好地应对现实中的变化和未知。

"科幻名家经典书系"的推出旨在为大家提供立足现实、探索未来的视角。科幻名家的经典作品通常在反思现实、探索未来、展现文学价值及理解文化影响等方面具有深刻和卓越的表现。

"科幻名家经典书系"将成为以中国科幻文坛上具有重要影响力的作家作品为收录对象，展示中国科幻文学成就的系列图书。这一书系的作品遴选标准以"科幻名家"和"经典作品"为主。本书系所选择的科幻名家是在科幻文学领域具有较高的创作水平和广泛的影响力，并且其作品在科幻界和文学界都得到了认可和传颂的作家。这些作家通常包括获得过银河奖、星云奖等各类科幻奖项的作家，以被广大读者所熟知的中国科幻界的"四大天王"（王晋康、刘慈欣、韩松、何夕）为代表。

在遴选经典作品的过程中，我们将着重选择那些具有较高的文学价值、广泛的流传度和接受度的作品。这些作品通常具有鲜明的科幻主题、扣人心弦的故事情节，以及富有创意和想象力的文学风格。我们还将注重选择那些在不同时期和不同领域都有着广泛影响力的作品，以展示中国科幻文学的多样性和发展历程。此外，能够突出展示中国科幻文学某一历史时期特点的代表性作品也将被收录在本书系中。

科幻名家的经典作品对现实的意义不可忽视。在日新月异的科技时代，科幻作品提醒我们审视科技进步的利弊，引导读者思考科技发展的方向和限度。科幻作家基于社会、科技、环境等多重因素的思考，用文字描绘未来可能的走向。通过设定各种情节和科技手段，追问人类在多元且快速变化的现实世界里如何应对挑战。同时，作家还在作品中拓展了人类道德和伦理的边界，让读者更加关注人类行为的后果及其对自身发展的潜在威胁。

人们在面对充满不确定性的未来时，总希望可以有所参照，名家科幻作品中的创新与变革常常给人们以启示。这些作品将我们带入遥远的星球、未来的时空，探索科技进步和人类进化对社会、文明以及人类本质所产生的影响。科幻作家们通过他们的作品让我们思考人类在未来可能面临的挑战，并鼓励我们探索和研究未知的领域，寻求解决问题的新思路。

科幻名家的经典作品对于人类社会的发展具有潜在的深远影响，对于探讨人类自身的进步和发展、社会制度的完善，以及全球合作的必要性都提供了独到的视角。这种对未来的设想和洞察激励着科学家、工程师、哲学家，以及更广泛的读者们进行具有前瞻性的思考，以指导和推动人类社会的可持续发展。

通过"科幻名家经典书系"，读者可以感受到每一位科幻名家不仅是写作者，更是社会观察者和未来探索者，他们的作品将拓宽我们的视野，激发我们的思考，为构建一个更美好的明天提供灵感和动力。

编者

2023 年 8 月 12 日

# 推荐序

# 与宝树相会：
# 时间·存在·政治

 

初识宝树，还是当我在英国的时候。

自 2020 年春天伊始，新冠疫情在英国愈演愈烈，各种社交集会有了更加严格的限制，我和朋友陈裕彤（Angela YT Chan）一同组织的"伦敦中国科幻协会"系列读书会也不得不从线下转移至线上，成为 Zoom（一种线上会议软件）最早的用户之一。这本是形势所迫的无奈之举，但无意中，却也让我们得以超越"伦敦"的地域限制，接触到了更为广阔、多元的科幻文化。从此，我们的活动跨越时差，连接起来自中、英、美等国家及世界各个角落的科幻爱好者，在数字空间中建构起一种独特的"科幻共同体"，甚至能够邀请到作者本人与大家一同交流。彼时，对于挣扎在疫情之中的我来说，每月一次的线上科幻研讨成为生活中为数不多且令人期待的事情。

宝树是最初几位支持并参加我们活动的作家之一。同年 9 月，宝树接受了我们的邀请，研讨会的主题定为他刚用英语发表不久的小说《灯塔少女》。这是一则关于"时间"和"轮回"的故事，通过融合人类与灯塔水母的基因，故事主人公凌柔柔得以像灯塔水母一样，在成年时能够重返年幼的形态，从而在一次次生命循环中实现永生。不过，在重返童年之后，她无法完整保留之前的记忆，只有偶然残余下来的记忆碎片徘徊在她的头脑中，时不时制造一些似曾相识的"既视感"。研讨中，有朋友这样问道："在宝树的创作中，'时间'无疑是非常重要的元素。那么，不同的生命周期会不会让我们对'时间'产生不同的认识和感受？"

这是一个颇具哲学意味的命题，北大哲学系出身的宝树给出的回应，让我多年后依然印象深刻。在海德格尔的《存在与时间》的基础上，宝树讲道，"时间"不仅是人类存在的维度，更是揭示存在意义的关键，正是时间让我们的选择、行动和赋予给它的意义成为可能，是我们理解过去、感知现在、面对未来的基础。"在我的故事里，我经常会探讨'时间'与生命的联系。"但他同时也指出，这些作品对于"时间"的再现，不仅仅是对其线性流逝的记录，更是对生命意义的深刻思考。他说："通常，我不会直接将'时间'本身作为出发点，而是刻画了不同生命周期的个体，在同一刻度下，对'时间'产生不同的感受。"由此一来，在宝树的作品中，反复出现的"时间"并非是文本之下的叙事背景，更是推动角色内心冲突和成长的核心元素。

时间即存在，存在即时间——如此海德格尔式的风格在《时间创生研究所》中展现得更加淋漓尽致，而9篇小说中最为特别的作品，莫过于围绕"沈星光"展开的故事《我们的科幻世界》以及《我们的火星人》。在主人公"谢宝舒"眼中，"星光书店"店主身上似乎充满了秘密，学生时期，他在这里完成了自己的科幻启蒙。每到周末，"就是我和店主两个人在里面，一老一少，也不太说话，我低头读书，他整理书籍或者在纸上写写画画（我想是在算账），却成了默契的忘年交"（第192页）。直到多年之后，宝舒才发觉，店主本人便是成名已久，却在20世纪80年代初饱受非议的科幻作家沈星光。而在沈星光身上，还有着那个年代现实中中国科幻作家的身影，透过字里行间，我们能看到魏雅华、郑文光、叶永烈，曾经，他们都尝试用自己的文字，建构起梦想中乌托邦式的温柔之乡，却在某次运动中首当其冲。"我不禁为沈星光深感不平"（第207页），同时也为所有这些科幻前辈感到不平，他们背后究竟有哪些不为人知的故事？他们希望书写的又是怎样的社会愿景？

随着小说展开，我们发现沈星光的经历远比表面上的"书店店主"更为饱满、震撼，甚至难以置信。在《我们的科幻世界》中，他发明了"梦之箱"，能够让梦想变成现实，而他本人却在寻梦的过程中，意外身故；或者，其实他的努力早就获得了成功，并且已然抵达某种超越"我们"视域的可能世界——他梦想中的"温柔之乡"吧！不管怎样，对沈星光来说，现实世界无论看上去多么平凡庸俗、冷漠无情，也只是"浩渺宇宙中的尘埃，是量子之海上的涟漪，是高维空间的局部投影"，而我们对于科幻的执着，并不是逃避现实，而是"对现实中所蕴含着的无限可能的追寻"（第233页），以此接纳尚未到来的过去。

在此基础上，《我们的火星人》为我们展示了沈星光最为不可思议的一种可能性：他是中国第一位宇航员，甚至曾经登上火星。他发现火星若隐若现的"运河"，便是我们苦苦寻觅的"火星人"。只是，与我们熟悉的生命形式不同，火星并不存在某个"个体"，远古时期的火星微生物相互渗透、融合，形成遍布整个星球的共生网络，"它们时而是一，时而是多，以星球的规模感受着，思索着，争论着，变革着"（第339页），对火星生命来说，"时间"从来不是线性的，它们的"存在"也并非是通向死亡的单项维度，在这张包容万象的共生网络之上，无所谓开始，也无所谓终结，无所谓自我，也无所谓他者。

在文集的另一篇小说《少女与薛定谔之猫》中，宝树曾提出一个问题，在科幻世界内在的无数可能性中，"拥有'自我'的人类总是要确定自己，总会落入某种可能性，所以只能居住在其中一个世界里"（第172页），并且拒绝其他的可能。这正是德勒兹批评的"一"之于"多"的霸权，是"块茎"（rhizome）结构试图颠覆的对象。对于没有主体的猫，还有沈星光碰到的火星人，生命得以摆脱线性时间以及进步主义的限制，"进入没有时间也没有空间，却又拥抱一切的场域"（第341页），为后人文主义的文学解读提供新的进路和视野。

更为重要的是，《时间创生研究所》紧密融合了科幻文学的政治维度。在《我们的火星人》最后，沈星光的肉体在火星上迎来了终结，而他的意识却与火星生命融为一体："它们以远远超过人类电子计算机亿万倍的效率工作着，在我咽下最后一口气之前，我已经被它们所研究、分析、复制、上载了，进入了它们的世界"（第338页）。从另一个视角可以看出，这样的"上载"远不仅仅是虚无缥缈的科幻想象，更是数字时代每时每刻都在发生的现实。2022年，著名学术期刊《批评探究》（*Critical Inquiry*）发布一期特刊，正式将"剩余数据"（surplus data）纳入人文与社会科学的研究视域。在本期特刊的特约编辑看来，目前社会正在发生一场由"大数据"到"剩余数据"的深刻转变，数据不仅仅再是"真实"世界的抽象概念，同时也是具备描述性和物质性的具象"行动者"，需要我们在认识论、本体论以及政治经济学等多个层面予以重新定义。而这些行动者展现的"数字能动性"，不再以"人"为主导，在沈星光与火星生命融合的过程中，他抛弃了身体，同时也抛弃了"我"，也抛弃了作为现象学中意向性出发点的"人类主体"，也只有如此，他才能够窥探"剩余数据"中蕴含的无限奥义，才能在"无尽智慧的大海中"（第 338 页）汲取养分。

无独有偶，小说《镜中记》同样探讨了数据对于"人"的僭越。故事中，主人公许文发明了一种"三维亚原子照相机"，快门记录下的不仅仅是光学图像，还有一切事物的信息，包括每一颗原子的位置，每一个最小的细节。如此一来，我们便可以看到被摄者的"每个毛孔，毛孔中的毛囊，毛囊中的每个细胞，细胞里的每个 DNA 螺旋，每个 DNA 碱基对之间的分子电磁结构，乃至每个原子内部的构造"（第 125 页）。在好奇心驱使下，许文和同伴拍下了他们自己的照片，却惊恐地发现，他们的拍摄行为构建起一个无限循环的拓扑结构，他们自己变成了自己的镜像。颇具黑色幽默感的是，身处"最上层"的许文通过调整每一层结构中的时间运行速度，可以强迫自己的副本在数秒钟之内完成博士论文，构成一种另类的"数字压迫"，而这在当代左翼学者眼中，恰恰是正在发生的现实。

2019 年，美国哈佛大学教授肖莎娜·祖博夫（Shoshana

Zuboff）出版了《监控资本主义》，该书一石激起千层浪，她发现，大型互联网公司的智能设备、社交媒体和其他数字平台收集用户的行为数据，然后将这些数据转化为商品，在此过程中，监控资本主义剥夺了人类对自己数据的自主权，使个人失去了对其行为和决策过程的掌控。随着数据收集范围的扩大，监控资本主义逐步转向控制个人行为，而生命政治的对象也从"人"转向由数据建构的"画像"。

一直以来，我都在尝试用"换生灵"（changelings）来诠释这种面向数字世界的本体论转向。在西欧与北欧的民俗故事中，换生灵诞生于人类社群之外，它们生性粗鄙，长相丑陋，却时常绑架人类婴孩和少女，与他们交换灵魂，并模仿人类生活习俗和文化范式，融入人类社会。这是一种替换、占据与延续的过程，同时也是"剩余数据"时代每个人需要面对的《镜中记》，一切创造、新奇和幻梦，在晚期资本主义的文化逻辑中，都化作弗雷德里克·詹姆逊（Fredric Jameson）眼中的拼贴和戏仿（pastiche），成为与时间性割裂开来的历史碎片。

2024 年 9 月，就在我准备写下这篇序言之前，詹姆逊因病逝世，享年 90 岁，在人们对他的悼念和回忆中，《未来考古学》无疑是科幻研究领域绕不开的里程碑。通过这一充满时间张力的标题，詹姆逊指出，乌托邦并不是某种理想社会的静态蓝图，而是一种通过想象来表达的社会"欲望"，而这样的欲望随着资本主义对个人生活的日益侵入，变得愈发困难。在其他几篇小说《成都往事》《与龙同穴》《时光的祝福》与《时间线定制机》中，宝树也都从"时间"出发，记录本应发生的过去，考古尚未抵达的未来，这才是我们在科幻文学中找到的意义。行文至此，距离第一次与宝树的交流过去了整整 4 年，这段时间里，我毕了业，找到了工作，过起了和英国截然不同的生活，但每次想起宝树，想起支持我们活动的其他科幻作家，我便心怀感恩，感谢他们为挣扎在疫情中的人们刻画的"或然时间"与"另类存在"，感谢他们透过字里行间建构的"我们的科幻世界"。

复旦大学外国语言文学学院讲师
中国科幻研究中心"起航学者"
吕广钊

# 第一个时间旅行者

"……预备阶段完成，一分钟后进入时空融合。"伴随着柔美的合成语音，一盏红灯亮了起来。他的心开始狂跳不已，他知道，这意味着时间机进入不可逆转的临界状态。从这一刻起，整个过程不可能停下了。

"六十、五十九、五十八……"倒计时开始了。

要开始了！真的要开始了！他浑身止不住地颤抖起来。长期准备之后，他本以为自己可以平静地面对这一刻，但是他错了。

这是他亲自参与研究、开发的时间机器，十多年的青春岁月奉献给了这旷世绝伦的事业，终于，第一台试验机研发出来了，而他也主动请缨，经过严格遴选后，成为第一个人类试验者。

他将是人类历史上第一个时间旅行者，注定将因此被载入史册。

"四十五、四十四……"

此刻，他像航天员一样穿戴着笨重的衣服，站在一个三米见方的乳白色房间中间，周围除了几盏内嵌在墙壁上的指示灯，看不到任何仪器。因为这个"房间"本身在一部巨大机器的内部，是机器的发射舱。而整部机器高达四十多米，像核反应堆一样庞大。这就是千百名专家和技术骨干奋战十多年的成果：时间回溯机。

他感到自己越来越紧张，忽然一阵强烈的后悔，有一股逃出这里，回到外面世界的冲动。但他知道，这是不可能的。目前这个房间已经完全封闭了，就是用原子弹炸也炸不开。因为很快将会有相当于几百万吨 TNT 的能量注入进来。

时间回溯机的基本原理，是通过巨大的能量进行时空扭曲，将这个"房间"内部的时空抛回过去，不同的时空域进行融合，在这一过程中，过去时空域的物质会被来自未来的形态所取代，从而在不违反物质守恒定律的情况下，实现时间旅行。

"三十一、三十……"

他觉得自己像是一只小白鼠。在他之前，当然已经用老鼠、兔子和猴子做过实验，实验后它们都消失了，再也没有出现过。既然他们以前从未观察到有老鼠或兔子神秘冒出来或消失，那么它们应该是回到过去，创造了另一条时空线。但科学家在这个时空中是观察不到的。

当然，也可能是出了什么差错，从此灰飞烟灭，或者掉进时空缝隙里去了。

无论如何，他马上就会搞明白的。

"十五、十四……"

从理论上来说，机器能够抛回的时空坐标和输入的能量正相关，能量越大，则抛回的时间越久远。但这台试验机不可能输入太多能量，最多只能返回到几个月之前，也许只是几天之前。他还是他自己，生活不会有太大的改变。

但这已经够了，虽然这个时空的人们无法知道试验是否成功，但当他回到过去后，会在另一条时空支线上告诉其他人。一旦时空融合完成，过去的他会立刻消失，被来自未来的他所取代，但为了证明自己的身份，他随身携带了一部微型电脑，里面存储了许多进入时空机前刚刚得到的信息。如几分钟前检测到的宇宙伽马射线数据、国际股市的最新走向、若干刚结束的体育比赛的分值等，这些一般来说是不会随着他的穿梭而改变的，足以向过去的人们证实他确实来自未来。

"十、九、八……"

红灯进入闪烁状态，标志着时空融合马上就要开始。他只觉得浑身冒汗，他从来没有觉得时间的流逝如此之慢，又如此之快。

当然，上面的推测也可能都是错的，理论毕竟是理论。也许他睁开眼睛，会发现自己在唐朝的宫廷里、三国的战场上，甚至出现在一条霸王龙面前，谁知道呢？什么都可能发生。他已经穿上类似航天服的防护服，戴上了氧气面罩，还背着必要的武器、药品和压缩食品等，以期最大限度地增加自己在异时空存活的概率。

在他内心深处，甚至有一点儿希望发生这样的意外，被传送到某个远古的神秘时代去，经历各种各样的冒险，过一种全新的生活……就像那些小说里写的那样。他想起了小时候读《寻秦记》时的向往……

"七、六、五……"

如果机器出了故障怎么办？他还是忍不住担心。但他知道，时空融合时将有相当于上百颗广岛原子弹爆炸的能量在瞬间注入这个舱室中。万一真的失败了，他也会在一刹那化为乌有，死得一点儿痛苦也没有。

当然，一般来说是不会发生这种事情的。几种动物实验都成功了，在进行人体实验前，兹事体大，工作人员更是细致入微地检查了每一个环节，保证万无一失。没有理由在这个时候出差错。

当然，据推断，在时空穿越的瞬间，由于人生理结构的脆弱，即使在正常情况下也免不了会有电击一样的强烈疼痛，但只是一瞬间，很快就会过去。不用太担心。

"四、三、二……"

就要开始了！他有一种眩晕感，他觉得自己像是上太空前的加加林，他想象同事们和朋友们都在看着他，祝福他，他微笑着向他们挥手……但这是错觉，为了保证时空融合条件的纯粹不受干扰，他一进入这里就和外界绝对隔离了，他们不知道房间里发生了什么，他也无法知道他们在干什么。

但不要紧，也许他很快就能再见到他们——几天、几个月或几年以前的他们。他会告诉他们，他是从未来穿梭回来的。想到他们惊愕而艳羡的眼神，他们簇拥着他，欢呼着……他甚至有些迫不及待了。

他终于放下了一切心理压力，充满自信地面对即将到来的神秘命运。

"一、启动！"

红灯熄灭了，绿灯亮起，一片柔和的绿光带着撕心裂肺的痛苦将他淹没——

然后，当绿光消失，疼痛消退——

"……预备阶段完成，一分钟后进入时空融合。"伴随着柔美的合成语音，一盏红灯亮了起来。

# 成都往事

# 1

我站在高峻的祭天台上，眼前横亘着丝带般闪亮的清江，蜿蜒着通向天边的连绵雪山。我面戴冰冷的青铜面具，手持裹金箔的鱼鸟权杖，迎着东升的朝阳，将蚕丛王传下的古老祭文喃喃念诵。珍贵的金器、铜器、玉器和象牙一批批倒入我脚下的祭祀坑里，碰撞，倾覆，破碎。

就像我的蜀国一样。

滔滔洪水毁灭了东方的故都，我敬爱的父王死于大水中。我在王宫废墟上接过权杖，带领剩下的族人迁徙到西边的平原，在千里旷野上建起一座新城，名为广都。但洪水仍不时降临，新建的城池也濒临毁灭。

上百个人牲被驱赶到坑边，有男有女，还有不少稚嫩的孩童。武士们推搡着，将他们一个个赶进土坑中，他们试图爬上来，却一次次被周围武士用戈矛赶回坑内。人们发出绝望的哭喊声，恳求众神的怜悯，当然也在恳求他们的王。我别过眼睛，尽量不看他们。我不忍活埋自己的子民，但这是必须进行的祭祀，唯有人祭才能平息神祇的愤怒，王也无能为力。

耀眼的白光出现在江边，灼目的光华盖过太阳。我的念诵戛然而止，呆呆地盯着那里。光芒慢慢褪去，显出一个纤细的身影。那是个修长而瘦削的女郎，梳着圆形的发髻，穿着我从未见过的衣装，深红的波纹在黑色的长衣上流动，左手手腕戴着一个熠熠发光的银环。

神人降临。我和臣民们都跪倒在地，匍匐叩首。她沿着阶梯走上祭祀台，走向我，指着我的脸，说了一些我完全听不懂的话，又做了几个手势，我紧张地想了好一会儿，才猜到她的意思——摘下凸眼的面具。清晨的江风吹在我脸上，神女看着我，她的容颜年轻又苍老，目光如星闪亮又如潭深邃，令我心跳，令我战栗。

那些待毙的人牲发出歇斯底里的哭求，吸引了神女的注意，她指着他们，又对我摆手，手腕上的银环在阳光下闪耀。我明白了她的意思，心里感到一阵轻快，下令释放所有的人，这是来自神的命令，巫师们当然不敢违逆。神女粲然一笑，牙齿洁白如岷山上的雪。

神女自称"朱利"，或者听起来像"朱利"的发音，因为她只会讲神的语言，而不说蜀人的话。她住进我的王宫，换上我们的衣裳，和我们吃一样的稻米和鱼虾，也学习我们的话。很快，我们彼此能够初步沟通，我代表蜀国祈求她帮助我们的国度解除水患。她打开一个神奇的背包，放出会变形的青鸟，飞到天上又飞回来，在王宫的帷幕上投射出大地山河的缩影。朱利指点着图画，让我们凿开玉山，打通岷沱二江，分流泄洪。这是一个浩大无比的工程，我们指望她能用神力移开大山，划出河道，让蜀人永不受洪水之苦，但她说人间之事只能人类自己去完成，纵然要花我们人类几十年的光阴。

我与朱利日夕长谈，终于下定决心，调动各部落人手凿山。最初，在神女的鼓励下，人人干劲十足，但工程旷日持久，看不到成效，怀疑在人们心中滋生。渐渐流言四起，说朱利是河鱼所化的女妖，迷惑了杜宇王，要破坏蜀国的大好山河，毁灭全蜀。暴乱开始零星发生，我派遣精锐武士严加镇压，又依照朱利的建议，改革各部落领地，任命流官，分而治之。在朱利的力劝下，我也减少祭祀并废除了人牲，巫祝们失去了以往的地位，纷纷说我改变先王成法，必有灾殃，但我置之不理。

其实私下里我也不无疑虑。从蚕丛、鱼凫直到今天，古老的蜀邦屹立千载有余，千年旧法，一朝更易，是祸是福？

我把内心担忧告诉朱利，她指着岷山下的滔滔江水："杜宇，没有什么能永远不变，时光永不停息，历史滚滚向前，正如这东流之水，日夜奔腾。我们曾以为牢不可摧的一切，在无限时光中不过是转瞬即逝的泡影。总有一天，你会明白。"

我似懂非懂，咀嚼着她的话语，坚定了革新的决心，在我的坚持下，新政逐见成效，反对的声浪渐渐平息。

三年后的春天，在缫丝结束的庆典上，蚕娘们载歌载舞，为我和朱利献上新丝织成的华服。我们换上缀着玉石片的丝衣，相视而笑。那一刻，我仿佛刚刚发现朱利的明艳动人。若她不是女神，我忽然想，我纵然发动战争，倾覆国家，身败名裂，也要得到她的垂青。

庖厨献上鲜美的鱼汤，我一饮而尽，片刻后腹痛如绞，忍不住滚倒在地，大声呼痛。朱利奔过来，将我的上身抱在怀中，她的身体我以前从不敢触碰，却发现竟是那么温暖而柔软，剧痛都不由减轻了几分。

周围的巫祝们围了上来，奇异地沉默着，目光闪烁而狡诈，我顿悟原来是他们下毒，但为时已晚。

"是河中妖女毒害大王，杀掉她！"不知谁第一个喊道。这话给了所有人勇气，他们撕下伪装，围住我们，大砍大杀。我手下几名忠勇的武士竭力抵抗着他们的围攻，却一个又一个倒下。

在刀光剑影中，朱利将一枚古怪的半透明药丸塞进我嘴里，让我吞服下去。

"杜宇，你不会死的，"她眼中竟闪现出泪光，"但往后我再也见不到你了，珍重。"

我想说话，但已说不出口。她吻了一下我的额头，转动手腕上那个复杂精细的银色圆环，那东西有许多圈层，上面印着整饬密麻的符文，但我从不知道有什么用处。此时，她立即被一团光裹住，闪烁着消失在空气中。就如她出现时那样神秘。

巫祝们受到惊吓，一时纷纷向四周退开，但见那光消失后并无异样，想了想又围上来，将垂死的我围在其中。他们低下头，阴冷怨毒的目光聚集在我身上，仿佛是一群等着猎物死去的秃鹫。朱利的药丸似乎毫无用处，我抽搐着，缓缓地吐出最后一口气，意识模糊下去，魂魄沉入死渊。

# 2

我在三天后醒来，发现自己躺在华贵的船棺里，我瞬间清醒过来，头脑从未如此清明，身体也是从未有过的活力充沛。我推开盖上了一半的棺盖，猛然坐起身，吓跑了正在念诵往生咒文的巫祝。几个忠心的将领欣喜地围住我，欢呼大王的起死回生。我在军队簇拥下回到王宫，把刚坐上我王位的小侄子赶下台，抓获了所有参与阴谋的巫师，毫不留情地送他们去河底服侍水神。

局势平定后，我无比怀念朱利，但我不知道她在哪里。她是在我面前消失的，她能去哪里呢？对她我仍然一无所知。我只有按最笨的办法，分派人手，到蜀中各地去寻找朱利，但一直没有消息。

我毫无结果的找寻持续了三年，甚至派人去了东方的巴人、南方的滇人、西方的羌人和北方的周人那里打探，但一无所获。我不得不放弃。我想，也许她已经回归天界，只有死后才能再见到她。

后来我常常去我们第一次见面的江边，期待她某天会再出现，但那里只有悲风呜咽，江水浩荡。我命诗人为她写下动听的歌谣，让她的令名万古传颂。此后我心无旁骛，一心扑在治水上，二十年后，工程初见成效，广都暂免水患，国势开始蒸蒸日上，而我也发现了朱利留给我的一样神奇礼物。

拜那枚仙丹所赐，我再也不会变老了。我的脸上不会长出皱纹，我的头上没有一丝白发，我永远不会生病，就连最可怕的瘟疫也无法让我倒下。

三十年、四十年、五十年过去了，时间才是最可怕的洪水，卷走了我周围所有的人。亲人和臣僚们一个个躺在船棺中沉入大地，但我仍端坐在太阳神鸟环绕的王座上，容颜不改，只是一直没有子嗣。新的臣民私下议论纷纷，说我是杜鹃鸟所化的妖魅，所以永不衰老，也不能和人类结合。

我日益厌倦了这样无味的统治。当年，朱利曾经提及，群山并非世界的尽头，在那后面还有广阔天地，但我毫无兴趣，蜀人世世代代居住在这群山环绕的天赐沃土上，外面的蛮族与我们何干？但许多年后，跋山涉水的商人们越来越多，也带来山外的消息，他们告诉我，山外有许多文明开化的国度，有比岷江更宽广的江河，也有比广都更宏伟的都城。我终于下定决心自己出去看一看，或许能在外面的世界里找到朱利的踪迹。

我把王位让给了丞相鳖灵，让他继续推进治水的工程，我离开广都，沿着南方的江水东下。朱利说过，奔流的大江会汇入一片叫作"海"的无垠之水。我想去看一看海的样子。

山的外面，果然是一个更缤纷灿烂的世界。他们称自己为诸夏，在和蚕丛王同样古老的时代，就建立了完全不同的邦国。如今在洛阳的周朝统御着天下万邦。

数不清的年月流逝，我以不同的名字在各国游历，从云雾缭绕的云梦泽到烟波浩渺的东海，从热闹繁华的临淄到古朴凝重的蓟京，过几十年就换一个姓名和身份。我学会了华夏族人的语言和文明，忘却了自己曾是蜀王，而几乎成了中原人。

多年内，我加入过齐桓公的军队，追随过流亡的晋文公，也曾是孔夫子的三千弟子之一。我吟唱诗书的篇章，钻研周易的奥义，游走于诸子百家中，汲取各种知识，想找出发生在我身上事情的原委。不过，一直毫无头绪。

后来，列国的战争越来越激烈，我在齐国稷下学宫里躲藏了很多年，齐王发现我不老不死，将我当成神仙，我跟他扯谎说，自己来自海外仙山，他却要我传授他不老术，我实在被缠不过，逃去了楚国，听说那里有一个叫庄周的智者，我想会一会他。

庄周早已隐居乡野，不问世事，我好不容易找到了他，说自己是来自稷下的学者，要和他讨论王官之学。庄周摇摇头，表示并没有什么兴趣。看到他的傲慢，我忍不住突兀地问他，懂不懂得长生之道。

"不懂。"他平静地说。

我暗自带着得意问他，知不知道长生者如活了八百年的彭祖，和常人有何不同。

他笑了笑说："也没什么不一样的。"

"怎会没什么不一样？"我觉得此人未免太无知，"一个能活八百岁，一个只能活八十岁啊！"

他指着遥远的南方说："你可知道，楚的南面几千里有一种冥灵树，以五百年为春、五百年为秋？这不算什么，上古还有一种叫大椿的树，以八千年为春、八千年为秋。这些造物又能活多少年月？若比起它们来，彭祖和一个夭折的婴儿也没什么区别。"

"即便如此，"我不服气，"比起一般人来，彭祖多活了几百岁，多了很多见识。他也许还去过很多遥远的地方，比如百越、代北、蜀国……常人一辈子都去不了。"

"这倒是不错，"庄周悠然道，"彭祖无疑是多见识了很多东西，但是他会更有智慧吗？他的智慧比起老子或者孔子来又如何？"

我一时语塞，我曾见过这两位哲人，他们的睿智我自知望尘莫及。其实，就算孙子的兵法和商鞅的治国术等知识，我也只是一知半解。如此说来，多活了许多岁月也不过是徒增年龄，对于智慧而言毫无益处。

"再说，"庄周又给了我沉重的一击，"纵然长生不死，他的人生又能比常人快乐多少？"

我浑身一震，我比常人快乐吗？恐怕只有更加悲苦，我挚爱的人已经永远消失了。而我像丧家狗一样东躲西藏，就算有过短暂的幸福安稳，但亲人和同伴一个个、一代代都离开了我，只有我不知为何还在这无常的人世东飘西荡。这样的人生能有多少意义？

我的自信彻底崩溃，拜倒在庄周面前，请求他教我人生之道。后来我结庐而居，在他身边待了几年，可惜他的智慧我只能学到一点点皮毛。有一天，我将自己的秘密与苦恼向大师和盘托出，他听了之后，长久沉默不语，然后说："她不是神人。"

"什么？"

"神人不会为人间的别离而哭泣，你所恋慕的女子不过是一个凡人，或者说，是一个掌握了神秘力量的凡人。"

"但她何以会忽然出现，又为什么消失？"

"这我不知道，天地之间有太多不可解的奥秘，"庄周叹道，"但我感觉，这件事与你所来自的地方有关，也许答案就在那里，天地虽大，但你也许是舍近求远了。"

我若有所悟，不久后拜别庄周，踏上了重返故土的漫漫长路。当然，我从此后也没有再见过他。

# 3

我以中原游士的身份，跟随一群巴国商人，沿着群山中的密道回到了蜀国。五百年前的杜宇王朝已成为模糊怪诞的传说，此时的王是鳖灵的第十二代子孙，号曰开明，他接见了我，为了解中原各国的内情，对我很是笼络，三天两头召我去宫中议事。我想或许借助他的力量才能找到朱利的线索，所以也十分配合，琢磨着怎么能请他帮忙。

结果完全不用那么费事。一日宴席上，开明王让一位新夫人出来为宾客们斟酒。我一抬头，便见到了一张魂牵梦萦了数百年的面容。

我惊呆了，一颗心仿佛被火箭射中，浑身的血液腾地燃烧起来。朱利看起来依然那么美丽，只是又消瘦了几分。她对我警示地微微摇头，目光如深潭般忧伤。

开明王见我呆若木鸡，以为是被夫人的美貌所倾倒，大笑起来。他说这位夫人是前年在北方的武都山上找到的。开明王在狩猎时，一个女郎忽然出现在山林间，被卫士当作奸细拿下。结果没查出什么，开明王却迷上了她，把她纳入后宫，戏称为山精夫人。

我咬着牙，恨不能一拳把他打扁，但我什么也做不了。虽然我有不老之身，可如果被砍掉头颅，大概也长不出第二个。我只有强颜欢笑，贺喜大王得到了美丽的山中精灵。

半月后，我总算找到机会溜进王宫，和朱利相见。我问她究竟发生了什么，她说，自己刚刚来到这里，就被人七手八脚捉住，被带到了宫廷中，不得不屈身在开明王的后宫中。我心中酸涩，又问她这些年在哪里，她摇摇头："哪也不在，当我转动手环，就可以在瞬间跨越数百年。"

我似懂非懂：难道朱利是从五百年前的那次宴席上直接来到这里的？世上怎么会有这么奇妙的事情？我问她为什么不用那神奇的手环逃走。她说，当时她一出现，就被一头鹿撞倒，然后被卫士死死抓住，那东西也被开明王收走了。

我还有千万个问题想问，她究竟是什么人？从哪里来？又怎么会有这么神奇的手环和灵药？但开明王忽然驾到，我逃走不及，朱利让我躲起来。我藏到帷幕后面，但开明王看到了我的衣角，一身肥肉愤怒地颤动起来，大吼着让卫士进来抓住我。

我情急之下，反扑过去，抓住他，在卫士的包围下，挟持国王出了王宫，又伺机跳进一条内河，从水道逃生。几天后，我打听到消息，山精夫人被蜀王囚禁起来，据说还遭到了残酷的鞭打，危在旦夕。

我知道要救朱利，只有一个办法。我再次越过北方险峻的群山，来到秦都咸阳，以齐人张若之名面见秦王，告诉他，我可以帮他完成朝思暮想的伐蜀大业。

三年后，我和司马错率领十万秦军从一条密道翻越犬牙交错的蜀山，攻破葭萌关，一路攻到广都。武器落后又缺乏训练的蜀国武士根本不是秦国虎狼之师的对手，五百年前我亲手建立的城池，被我自己攻破。

我率军冲进王宫，抓住了开明王，问他朱利在哪里。他面目扭曲，发出疯狂的大笑："哈哈，你打败了我又如何？照样永远也得不到她。"

"你要是聪明，就告诉我她在哪里，"我厉声道，"或许我还可以请求秦王赦免你和你的家族。"

"那可太好了，"他语调怪异，"好，我告诉你，你朝思暮想的山精夫人就在那里。"他指向西北方向的一座小山，那座山我上次离开的时候还不存在。

我感觉不对劲，找到几个宫廷侍从，他们战战兢兢地告诉我，三年前我逃走后不久，山精夫人也死于开明王的酷刑折磨。开明王后来又感到后悔，为她从武都山上挑来大担泥土，建造了高大的坟茔。

我等了五百年才等到的人，竟这样死去了。

狂怒冲上我的头顶，我打得开明王皮开肉绽，后来又让手下士兵把他身上一块块的肥肉都割下来，让他受尽折磨才死去。我余怒未消，又处死了他的整个王族以及宫中几百名侍从和宫女。在我眼中，他们都是害死朱利的帮凶。

我来到朱利的陵墓前，遣开身边所有人，独自放声大哭，诉说我对她五百年的思念。

不知过了多久，有人拉了拉我的衣角，我不耐地回头，整个世界忽然消失了，只有面前一个衣衫褴褛，却仍然光彩照人的女郎。

我不敢相信，伸出手去摸她，生怕那只是一个幻影。但我摸到了她的脸颊，上面还带着泪珠，真实不虚。我明白过来，自己真是一个傻瓜，我都能从棺材中爬出来，朱利怎么会死呢？

朱利说，她的确是靠着类似我当年的假死状态逃过一劫，几天后从坟堆中爬出来，后来便一直躲在山野之间，直到知道我和秦军到来的消息。在我的照料下，朱利很快恢复了昔日的容颜，但她还是对自己的来历守口如瓶，不论我怎么问她也不说，还反过来问我，她的东西有没有找到。

士兵们早已送来了在王宫中搜到的朱利的手环和包裹，开明王一直收藏着它们。我本想还给朱利，但那些古怪的东西以及朱利的态度让我感到不明来由的害怕，我怕她这次再跑到几百年后，叫我如何去寻觅？我想了想，把那些物事埋在宅子附近的五块大石之畔，那本是我当年造城时留下的纪念碑，但如今碑文已经剥落，也无人知晓这些石头的来历了。本来这事做得十分机密，不应该有人知道，但几天后，当我去见朱利，打算告诉她什么也没找到的时候，竟看到银色的手环在她的手腕上闪闪发光。

"你为什么要藏起它？"她责备我说。

"我……我是不想你离开……"我讪讪地说，"可你是怎么知道它在哪里的？"

"有人告诉我的。"

我大怒道："谁？"我是一个人偷偷埋的，难道是有人看到？

"你又想杀人吗？"她轻轻摇头，"恐怕这个人你永远杀不了。杜宇，我必须走了。"

"我们刚刚重逢，你为什么要走？"我被恐惧所笼罩。

"为了完成因果之环。"

"什么？"

"我很感谢你救了我，"她叹息着，换了一个说辞，"但我并不是你的财产。为了我，你杀戮了很多无辜的人，也牵连了更多的人，这叫我如何能待在你身边呢？"

我无言以对。的确，我引狼入室，这些天秦军在广都烧杀抢掠，凌虐蜀民，我见到了许多凄惨景象，早已感到懊悔，但为时已晚。

"不过你还有时间去补救，"朱利望着窗外说，"你还有很多的时间，可以做很多的事情。我们，会再见面的。"

她转动手环，消失在炫目的光芒中。

我忽然间觉得有什么东西似曾相识，似乎很久以前见过这一幕。但是在哪里见过呢？太长太长的岁月过去了，我怎么也想不起来。

# 4

朱利离开后，我被秦王任命为蜀郡太守，花了三年重修残破的城池。城池修好后，秦王十分满意，以"三年成都"之意，改名为成都。在这座新的城市里，秦人和蜀人在我治下渐渐融为一体。几十年后，我推荐了一个叫李冰的属官接任蜀守。他是远比我了不起的治水天才，修建了宏大的堰塘，分水到田地中，彻底解决了水患，还灌溉农田，让土地肥沃起来。

卸任后，我再次改名换姓，远游八方。这次我走得更远，从辽东到义渠，从黔中到闽越。我看到了大秦的一统天下，也见到了它的覆灭。我见证了刘邦建立新朝，也活到了董卓焚毁洛阳城，以及小皇帝被挟持到长安的时代。朱利是对的，这世上没有什么能够永恒不变。

数百年中，我也以好些个名字多次回到蜀中。这个时代，人们对神明世界有着更狂热的想象和追求。我的不死之身被一些乡民发现，我干脆告诉他们，我掌握了长生不老的道术，将老子和庄周的教诲改头换面地讲一点儿给他们，很快，许多人开始追随我，尊我为师。

朱利再一次出现时已经是五百年后。那时候我不在成都，而在绵竹的山中传道，不过没有关系，我有许多忠心的追随者，按照我的嘱咐，守候在成都的各个角落，她一旦出现时，就把她平安地护送到我身边。

"师君，"他们冲进帐幕，激动地向我报告，"神女真的在成都从天而降，我们把她请来了。"

我霍然起身，望向朱利，五百年过去了，她却比我记忆中的还要年轻美丽，头簪芙蓉，身穿齐胸的高腰石榴裙，上身披着浅绿色的纱罗，这绝不是人间的装扮，而宛如天上的仙子。当然了，她本来就是仙子。

"杜宇，"她对我轻轻点头，"果然又见到你了，现在你叫什么？"

我拉着她的手，告诉她我的名号。此时的我已经大不一样。我以神道设教，设立二十四治，用五斗米赈济灾民，如今一呼百应，拥有数十万忠心耿耿的教民，横行巴蜀北部，益州牧刘璋对我也十分忌惮。我带朱利去巡查我的营寨，让她看到我手下头裹白巾的兵士，他们在操练军武，队伍雄壮齐整，洪亮的呐喊声在群山中回荡。

"我已经想明白了，"我骄傲地拍着胸脯，"当年我本来就是蜀王，既然秦王与汉王能夺得天下，我为什么不能？我蛰伏了这么多年，如今的大汉名存实亡，群雄割据混战，我夺取天下的时机到了！有了天下，我就能造福百姓，为万民谋福祉。朱利，你在此时再度降临一定是上天的安排，你就是道书中说的天降玄女，对不对？你的神威一定能激励将士们奋勇直前。"

"但你不会夺得天下，"她幽幽地道，"这是个英雄辈出的时代，但我根本不记得你现在的名字。"

"记得？你怎么能记得？难道你能预知未来？"

她叹了口气："我来自未来。"

我一惊，仿佛明白了什么，却又想不清楚。未来还没有出现，人怎么能从那里"来"呢？

"如果你来自未来，"我问，"那么你知道谁会夺取天下吗？袁绍？刘表？还是曹——"

"我不能说，我不能改变历史，否则我们都会不复存在。"

这态度反而让我相信她的确是来自未来的人，我心中一动："快说啊！告诉我未来的天下大势，这很重要！"

朱利连连摇头："不要逼我，真的不行的……"

已经很久没有人敢于反对我的命令，我在恼怒之下，抓住了她的肩头："听着，我军和张鲁马上就有一场决战，灭掉他就能夺得汉中，要是被他干掉，我辛辛苦苦得到的一切就都成了泡影。你手上就有制胜的秘诀，快告诉我怎么消灭他？说啊！"张鲁这个叛贼，本来是我的爱徒，谁知窃取了我的教义，自立为君，也招揽了大批教众，这几天我一心想着怎么干掉他。

朱利用力推开我，幽幽叹息："你不懂，现在的你还是什么都不懂，你还需要时间。"她的手伸向手环。

"不要——"我明白了她要干什么，惊恐地叫道，"不要走！我不逼你了，还不行吗？"

但已经太迟了，她转动手环，再次在我面前消失。

朱利又一次说中了。两个月后，我输掉了和张鲁的决战，他兼并了我的部下，我不得不仓皇逃走，隐姓埋名。从此以后，我的曾用名"张修"，便只是史书上一个微不足道的注脚，许多年后，甚至有人说，那只是张鲁那家伙的别名。

# 5

魏晋六朝纷乱血腥，我大部分时间都躲在道观和佛寺里，即使这样也没过几天安生日子。但唐朝是一个惬意的时期，那几百年中我很少出川，长居成都，和李白对饮，和杜甫唱和，也曾拜访过薛涛的香闺。我一直思念着朱利，但一百年又一百年过去了，她没有再出现过，直到强盛无比的大唐也在内忧外患中山河破碎，化为废墟。

唐朝灭亡后，蜀中的太平岁月还持续了很多年。那一天，花月楼的老鸨谢大娘忽然跑来我的医馆，告诉我刚才外面出现了奇怪的光亮，一个中箭的女子躺在楼下，昏迷不醒，她还以为是花月楼的姑娘被人害了，但仔细一看，却并不是。

我的心"怦怦"乱跳起来。两个龟奴把那女子抬了过来，她衣装怪异，披头散发，脸上都是尘土血污，面目看不清楚。但从佩戴的手环上，我肯定地知道，这就是我等了七百多年的人。

我等了几百年的重逢，却万万没想到是如此情形，好在现在我是医生，懂得如何诊治。她背上的箭深入肺腑，却还在呼吸，我为她取出箭头，包扎伤口和上了药，但心中惴惴：我行医也有上百年了，从未见过伤得如此重的人还能活下来。

然而朱利活了下来，三天后，她睁开了眼睛。

"朱利？"我问她。

她惊奇地盯着我，微微启唇："你怎么知道……我的……名字……"口音很是奇怪。

我心中咯噔一下，一个怪异之极的设想被证实了："你说，你是第一次见到我？"

"我……不可能……见过你……"

"未必不可能，"我说，"只是还没发生在你身上。"

她有点儿糊涂，摇了摇头，问了另一个问题："那……现在是……是……"

"现在是什么时代？大唐亡后，又是一个乱世，中原已换了不知多少个朝廷，前年赵匡胤黄袍加身，建立了一个大宋……不过我们这儿，孟氏割据蜀中，不奉宋朝的正朔，年号是广政25年。"

"那是五代末年……"她眼中的惊讶更甚，"可你怎么……怎么知道……"一口气没喘上来，又咳嗽起来。

"等你好点儿再说吧，"我说，"已经等了那么多年，如今我们有的是时间。"

"对了，"我临出门的时候又回头，深深凝望着不明所以的她，"你是对的，我根本不是统治天下的料，天下对我也毫无意义，能再见到你，就比什么都好。"

朱利痊愈得很快，身上没留任何伤口。这不奇怪，当年她甚至曾从开明王的坟茔死而复生。

一个多月后，朱利已经吵着要我告诉她究竟是怎么回事。我带她去成都的城墙下漫步，城头上，前几年蜀皇孟昶为花蕊夫人种下的芙蓉花开得宛若云霞。在我所知道的一千多年来，这是这座城市最美的时代。

"你的手环能跨越漫长时光，"我开口说出思考了千百年的秘密，"但却不是像一般人一样从过去到将来，而是从未来回到过去，不断地逆流而上。"

"你怎么知道的？"她惊问。

"我是你将会在过去认识的人，"我说，"在过去，我们曾相遇过三次，每次你的装扮都是下一个时代的，而每次我遇到的都是前一次的你，你出现的地点也是下一次相遇时消失的地方……这些事太匪夷所思，一开始我怎么想也想不透，但是一千八百年的岁月，足够让我想明白了。"

"一千八百年……"她惊异地看着我，忽然明白过来，"难道你服下了永生胶囊？是我给你的？"

"是，"我说，"在我第一次遇到你的时候——"

"不能说！"她断然阻止我，"你猜得不错。在未来，人类掌握了比神明还要强大的力量，可以回到过去。我本来是进行首次时间旅行实验，去过去看一眼就回去，但是我调错了时间，到了错误的时代。我的手环——其实叫手表式溯时机——不知怎么也坏掉了，无法调转前进的方向。只能前往更久远的过去。"

"可你是怎么会出错的？"

"在一六四——"她说了几个字，倏然住口，"不行，我不能向过去的人吐露未来，如果你知道了未来，就会改写历史。那样我不光是无法回去，还会消失掉，甚至你也是。"

"我？"

"你的人生已经被我改写，没有我，也就没有今天的你，你大概已经死了一千八百年。同样，你也不能告诉我过去发生的事，如果过去发生了变化，你就不会得到永生胶囊。而如果没有你救我，我大概也会死在这里。"

我没太听懂这些晦涩的话语，但我明白了一点：两个本来相隔几千年的人的命运，已经被不可思议地紧绑在了一起。

但她不能告诉我未来，我也不能告诉她过去。我们在此时此刻相逢，却终将擦肩而过，一个返回过去，一个奔向未来，人生不相见，千秋复万年。

过了不知多久，朱利轻声说："这种感觉太奇怪了。"

我们久久对视，宛如悠远过去和无尽未来的相遇。她的眼神温柔而迷茫，芙蓉花瓣在春风中飘飞，落在她的发鬓和肩头。

"但是，现在的你很美。"

我说，低头吻她。我们紧紧相拥，在花海深处，时间深处。

我们在五代末相守了三年，泛舟摩诃池，漫步浣花溪。我希望在这个时代能多待几年，但三年后，宋军大举攻蜀，乱局又起，乱世中我们难以自保。我硬下心肠，催促朱利启动溯时机，前往更久远的过去，去完成因果的回环。

"有一件事你必须知道，"临别时我告诉她，"你的溯时手环被埋在五块石中第四块的东面下方三尺。"

朱利疑惑地看了看自己的手环："你在说什么？"

"记住就行了，"我柔声说，"你会懂得的，像你曾经或将要说的，这是因果之环的一部分。总有一天你会明白，就像你曾告诉我，我会明白的一样。"

我知道她会再次和我相见，但对于我来说却不是这样。这一次相见时她并不认识我，那么未来的我还能再见到更早的她吗？

当然不可能，但希望仍然在无尽的时间中折磨着我。

# 6

六百八十一年后，清顺治三年冬，我回到了成都。

千百年间，我一直好奇朱利是从多少年后的未来回来的，朝代兴亡，江山易主，一个个朝代的更迭如走马灯一般，人口如潮汐般时涨时落。但人们过的日子也差不了太多。虽时而有些新制度和发明，大部分却也不成气候，在漫长的时光中被消散遗忘。我怀疑，未来的人真的可能掌握穿梭于时间的力量吗？那要在多少万年之后呢？

大明天启年间，我在徐光启侍郎的府上当幕宾，认识了几个西洋传教士。这些金发碧眼的洋人让我很好奇，他们和以前的夷狄之辈完全不同，掌握了历算机巧的本领。他们告诉我很多闻所未闻的新知，什么大地是圆形的，什么世界上有五块大陆……我虽不知道他们说得对不对，但徐先生聪睿博学，却十分信赖他们，应该还是很有道理。我隐隐感到他们似乎和朱利有某种联系，虽然朱利并非是白皮肤蓝眼睛的西洋人，这些人也绝无驾驭时间的能力。

后来徐先生被魏忠贤排挤，告老还乡，我便找机会和几个传教士一起乘船去了泰西佛郎机国，才发现此时海外的许多地方都成了西洋人的天下。他们已经环绕了大地，正在每一块大陆上攻城略地，传播他们的教义。无边大洋上，扬着三重风帆的西洋商船和战舰往来不息。我在好望角的滚滚波涛上叹息，时光永不停息，历史滚滚向前，曾几何时，八方来朝的巍巍中华，也变成了古蜀一般的封闭王国，沉溺在自以为古老而完美的文明中，而对更灿烂辉煌的外部世界一无所知。

我在巴黎和罗马等地先后住了许多年，见识了光怪陆离又蓬勃奋发的西洋各国，认真学习了他们的知识和文化，让我耳目一新。不过在西洋，我的容颜不老也渐渐引起了当地人的注意，而我也想念故土，便跟着另一艘商船，绕过半个地球又返回京师，希望能够传播新知，改变大明的风气。但一回来，才发现已经是天下大乱，天子在煤山自缢，八旗兵占据了都城，大明变成了大清，又一次王朝更替。

"在一六四……"我忽然明白了当年朱利的几个字的意思。她说的一定是西洋通行的格里高利历！我也是到了欧洲以后才搞明白这种历法。

朱利——更早的、未曾遇见过我的朱利——曾经出现在这个时代。很可能就是今年——1646 年——此时，满洲的肃亲王豪格和大西军张献忠的军队正在蜀中激战。

我知道我无法改变历史，但仍然牵挂着朱利，犹豫了许久后，还是决意赶往成都。又逢乱世，明军残部、农民军、地方武装和清军都在烧杀抢掠，我好几次从死人堆里爬出来，才到了成都。

此时张献忠刚刚弃城而逃，临走时大肆杀戮，入城的清兵又来屠城劫掠，街头到处都是无人收拾的尸体和血迹，数百年繁华的成都几乎变成了一座空城，人命还不如蝼蚁。两千年间，我经历过无数次乱世，但这次可以说是最血腥残忍的。

我循着记忆找到当年的花月楼旧址所在，那是在一条不久前还很繁华，但今天已经满是血污和尸首的大街上。我在附近守了几天，设法躲过杀戮和劫掠的士兵，但不知何时能等到朱利，我想我多半错过了她，毕竟上一次相见时，她说之前从未见过我，我又怎么可能再与她相见？

过了三天，我实在忍受不了这座尸体堆成的城市，而决定在第四天离开。但那天夜里，我正蒙眬睡去，忽然间一团奇异的光华让我睁开眼睛，看到年轻的朱利茫然站在街头，穿着奇怪的银色紧身衣，背着一个小包，西洋人一般舒展的长发在风中飘飞。

我在狂喜中战栗不已,贪婪地看着数百年未见的恋人。她的第一个动作就是抬起手腕,看着手环,手环上的荧光照亮了她惊讶而茫然的面庞。我明白了,她一定是在看着时间显示,惊讶于自己会掉到这个时代。此刻,我忘记了一切不能干预历史的教诲,只想去和她相见,保护不知所措的她。

"朱利!"我大声喊道,她惊讶地望向我,我们仅仅相隔数丈,几乎目光交碰。不过在深夜中只有微弱的月光,她看不清我的样子,反而惊吓地向后退了几步。

我正要上前说话,忽然间传来一声尖锐的鸣镝,朱利趔趄了一下,向前扑倒,背上依稀有一支羽箭。身后百步外,几个辫子兵乘马呼啸而来。

我忙扑到朱利身边,她已经昏迷了过去。辫子兵呵斥着,越驰越近,好几支箭呼啸着从我们身边飞过。情急之下,我按记忆中她的动作,帮她转动了那个手环,但也许是操作不对,也许是用力过猛,手环发出奇怪的嘎吱声,上面的光点闪烁不定,但它总算生效了,在八旗兵赶到前,她化为一团光,消失在我面前。

我随即转身奔逃,那几个骑兵又冲向我,几支箭从我身边飞过,好在深夜看不清楚,没有射中。我在弯来绕去的小巷中逃了一段,就要被追上时,掏出西洋带回来的燧发火枪,回身开了一枪,枪声震耳欲聋,一个家伙中枪倒地,另几个人吓得回马就走。

周围再次陷入了寂静。寒冷和黑暗中,那团唯一温暖的光已经消逝,直到六百多年之后——不,之前——才会再次亮起。

我不敢在原地久留，躲进一间废弃的宅子中，在那里，我看到一个女人吊死在屋梁上，脚下是一个婴儿的尸体，都已经死了很多天，四处弥漫着令人窒息的尸臭。我再也忍不住，呜呜地哭了起来。不光为又一次错过了朱利，也是为了这个时代无尽的苦难，为了在世界另一头的人们已经开启全新历史的时候，我们这个走过三千年风雨的古国，仍然免不了一次又一次历史循环的浩劫，不知何时，何时才能够找到真正的未来……

我哭了很久，困倦交加，蒙眬中将要睡去，但就在入睡前，刚才的一个细节在心头忽然闪现。我明白了一件事：因果之环中最重要的环节被补上了！

我就是那个弄坏了朱利的手环，让她无法回到未来的人。

# 7

旧的时代逝去，新的时代又到来。人类从地下的煤炭和石油中释放出惊人的力量，通过科技和工业，塑造了一个不可思议的新世界。这之中并非只有鲜花和掌声，而依然充满了血腥与罪恶，甚至比以前更多。但人类第一次有了摆脱无止无休治乱循环的希望。而东方的古国在历经风雨，千疮百孔后，也重新焕发出生机。

我还活着，饱经沧桑，却仍像两千年前一样年轻，耐心地等待着这次跨越漫长历史的旅行抵达最终的时代，解开我生命中第一个也是最后一个秘密。

在这科技昌明、社会管理日趋完善的新时代，永生之人如果要不引起注意活下去，要么是躲进残留无几的深山老林，要么是掌握无人敢于插手调查的强大力量。我选择了后者，在19世纪下了南洋，后来又去了美国。之前朱利无意中透露出的零星未来信息——比如美国的崛起和汽车的出现——让我找准商机，在20世纪初就建立了庞大的商业帝国。我的声名不显，好几个名头显赫的家族不过是我的代理人。

进入21世纪，我在科技研发上投入了巨额资金，主要是两个方向，一个是永生药物，一个是时间机器。到了21世纪中叶，二者都出现了重大突破，不过还在试验阶段。所谓永生药物其实是一种细微的智能纳米机器，能够修补人身上的各种损伤并激活端粒酶，让周身细胞保持不断分裂的状态，实现人的永生。另一个是，时空虫洞已经被发现，但是可以穿透一切屏障的时空扭曲之力却成为真正进行时间旅行的死亡屏障。

最后二者出人意料地结合了起来：只有服用了永生药物，进行人体改造，才能抵御时空扭曲对身体的巨大冲击。但永生胶囊并非对人人都能奏效，由于人体各不相同的排异性，好几个实验者服用后再也没有醒来。更可怕的是，服用永生胶囊后，会失去生殖能力，这自然更令人望而却步。

因此，在时间旅行实验中，虽然有许多人报名，但经过综合考量，只有一个研习过时空理论，又经过人体改造的女研究生脱颖而出。

她叫——朱莉，或者Julie，一个美籍华裔的年轻女孩。

在纽约曼哈顿新世界贸易中心的办公室里，我盯着电脑上朱莉的档案。那上面只有一张小小的大头照，年轻青涩的面庞上嵌着温柔而坚定的双眸。这容貌既陌生，又熟悉无比。

我呆坐了很久很久，终于提起笔，签字批准。

我稍加调查，很快了解了朱莉的一切背景。我知道她家族的历史，看过她在社交媒体上的所有照片和文章，连她的室友有几个男朋友、她阿姨养了几只猫都了如指掌，但我没有去尝试找她，这不在因果之环里。

　　三个月后，中国成都。

　　在我投资兴建的"武侯院"时空实验中心，我隔着只能从一面看的单向玻璃，才再次见到那个我已经认识了两千八百年的女孩。此刻她青春洋溢，在一群实验人员的簇拥下进入大厅，戴上手环，背上背包，走上大厅中央一个酷似当年祭天台的圆形高台，准备开始一次她还一无所知的不归之旅。

　　朱莉的任务很简单：回到四十多年前的成都待几小时，见证2017年的中国科幻大会，料想即便被发现，也只会被当成会上的特效表演，再说，她就算真的被发现是时间旅行者，那些科幻作家也不会太惊讶吧。

　　但我知道，这次旅行一定会出错。我看着朱莉有点儿紧张却又光彩洋溢的面庞，眼前的一切渐渐在潮湿的眼眶中变得模糊。朱莉知道此去会发生什么吗？漫长的时间苦旅中，虽说也有过幸福宁静的时光，但更多是历史的残忍和命运的捉弄，她一次又一次地受伤、被囚禁甚至死去。她如何能经受这些？在越来越遥远的陌生岁月里，她会不会想念自己的时代和思念家人？会不会后悔自己的选择？

　　我拭去泪水。我知道，有因就有果，有果必有因，但真的要完成这些吗？为什么不阻止这一切？不错，我会烟消云散，这座研究中心说不定也会化为乌有，但我活了将近三千年还不够吗？既然这一切都是朱莉给我的，也理所应当要还给她。到头来一切归零，朱莉会在 21 世纪平静地生活下去，她的漫长人生将在未来，而不是过去展开。

我想起一件古老的往事。两千多年前，在离开楚国时，我智慧的老师和朋友庄周曾对我说："你有没有想过，你去找她，不一定是好事？"

"可我必须找到她！我的一切都是拜她所赐，我感觉她和我之间有一种……有一种无法割舍的联系。"

"无法割舍吗？"他神秘地笑着，微微摇头，"你记得我曾告诉过你的那个故事吧？两条鱼，与其在干涸的水坑里相濡以沫，不如在广阔的江河湖海中相互忘却，那才是真正的自在。"

庄周是对的，可是我过了两千多年才明白这个道理。但只要因果之环尚未闭合就还来得及。现在，是相忘于江湖的时候了。

实验倒计时还剩十分钟时，我下了决心，将武侯院的院长找来，告诉他："换掉那个女孩，另外找人，她不合适。"

"啊？这……准备了那么久，马上就要开始了……"

"所以才要立刻停止！"我厉声说。

院长不敢违逆我这个金主，冲到实验区，大声叫着朱莉，让她从实验台上下来。我看到朱莉争辩着，不敢相信地哭了起来，知道一切都结束了。

我长出了一口气，倒在椅子上，闭上眼睛，等待着自己在下一个瞬间便魂魄飞散，归于虚无。但等了很久，我身上什么也没有发生，倒是耳边传来了越来越大的喧哗声，院长又冲了回来："杜先生，出事了，朱莉……朱莉……"

"朱莉怎么了？"我霍然起身。

"这姑娘太犟了，不肯下来，说自己一定会完成任务，强行启动了溯时机，我没来得及阻止……"

我不敢相信地瞪大眼睛，脑子中一团混乱。

"而且，"院长苦着脸，"根据时空波动的数据，因为离开得太仓促，她的时间输入发生了错误，跨越的时间是预定的十倍，不是41.2年前，而是412年前！那是……是16……"

"1646年。"我早已知道了答案。

"对，1646年……那是什么时代来着？"

"什么时代？哈哈哈哈……"

我听到有人在狂笑，过了很久才发现是我自己。这个错误原来是我酿成的！是我从一开始就让朱利出现在错误的时代，然后无法回转地滑向时间的深渊。1646年，962年，199年，前319年，前807年……

然后呢？

"杜宇，你不会死的，但往后我再也见不到你了，珍重。"那是两千八百多年前，第一轮相见时，朱利对我说的最后一句话。

当然，那次分别后约五百年，我又见到了朱利，但那是上一轮的她，而在两千八百年前，最后一次见到我的朱莉转身去了更久远的时代，再没有我，也几乎没有已知的文明——至少在成都附近没有。五千年前，一万年前，天知道是什么时代，天知道是多少个时代。

朱利是对的，那一次之后，她就永远离开了我，我再也见不到她了。

除非……

或许……

我猛然抬头，对惴惴不安的院长说："能知道她去了什么时代吗？"

"时空波动会留下痕迹，理论上可以找到，但是不容易。"

"你们还有备用的手环吗？"

"还有两副。"

"都给我，我去找到她，把她带回来。"我说。

这回轮到院长瞠目结舌："这怎么行？您还没有经过人体强化改造……"

这回我真的笑了起来："谁说我没有？"

# 8

时空波动会改变暗物质结构，像年轮一样铭刻在暗物质深处，电脑分析了成都附近的暗物质数据，发现了早于公元前807年的一千多个疑似时间波动的痕迹，朱莉可能去过，也可能没有。溯时手环可能到达那个时间点，也可能会有偏差，偏差可能是几小时，也可能是几百年。总的来说，找到朱莉的概率微乎其微。

而且，三千年的因果循环已经彻底完成和封闭，不像以前，没有什么能保证我能再见到朱莉，也没有什么能保证我能活着回来。

但我还是出发了，去了一个又一个史前的成都平原。从原始的农田到无人的旷野，从剑齿虎咆哮的雨林到猛犸象漫步的冰川。无数个，无数个被遗忘的神奇世界。

最后，不知多少日子之后，我在一片无垠大海边停下脚步，这是我见过的最美的海。这里空气香甜得无法形容，海水蓝得不像世间所有，天空更加纯净高远。太阳将细碎的金屑洒在海面上，一个有太阳两倍大的月亮像气球一样悬在天边。月亮之下，有着……

我不敢相信，闭上眼睛，又睁开，眼前的一切仍在面前，这是真的。

我感到自己的心脏快要跳出胸腔，小心翼翼地向前走去，仿佛是怕眼前的景象在时空乱流中消失。侏罗纪的细沙埋过了我的脚面，泛着泡沫的波涛冲刷着亘古的沙滩，也盖过了我的脚步声。不远处，一个纤细的背影坐在海边岩石上，来自特提斯海的暖风吹起她乌黑的长发和缀着玉石片的丝衣，那人影望着在海天之际浮游的一群蛇颈龙，并未察觉我的到来。

我静静地走到那人身后，深深吸了一口气：

"我们又见面了。"

【附记：这篇小说的初始版本系为第四届成都国际科幻大会特约撰写的专题故事。文中涉及的杜宇、朱利、开明王、张修等人物和事件多有历史和传说的原型，有兴趣的读者可参阅关于古蜀国和四川历史的书籍。】

# 与龙同穴

# 1

世界上最倒霉的事情是什么？

想象一下，你孤身一个人，远离所有的亲人、朋友、邻居、路人，事实上是远离全人类，困在一个伸手不见五指的黑暗洞穴里，洞口已被崩塌的石块堵死，凭你的力量根本不可能挪动。你又冷，又饿，又累，身上还有几道伤口在流血。

在外面，同样是伸手不见五指的黑暗，整个世界都变成了一个不见天日的洞穴，地球被数千米厚的尘埃云包裹住，摧毁一切的狂风吹过死寂的大地，巨大的雷霆声透过厚厚的岩石传进你耳中，也许几百千米内没有任何活物。

这是核战之后的世界吗？即便在那样的世界上，还有一些人躲在地下堡垒、深海潜艇或者太空站里。但你很清楚，在这个世界上只有你一个人在呼吸和思考，除你之外，一个人也没有，也许连一只灵长目动物也没有。

当然，人类还有希望，遥远但是一定会出现的希望。六千多万年后，会有一些猿猴从树上下来，学会直立行走和打磨石斧，褪掉一身长毛，再过上一两百万年，占领整个星球，创造出文明、科学和该死的时间机器。总有那么一天，你知道的。

而现在，你单独一个人，又冷，又饿，又累，还带着伤，被困在白垩纪最后一天（或者新生代第一天？）一个被掩埋的洞穴里，怀念着六千五百万年后的太空咖啡、分子甜点和无上装机器女招待。

还有比这更倒霉的事情吗？

有。

想象一下，这时候，你听到了背后传来了让你毛骨悚然的——鼻息声。

# 2

当然，当然，不管怎么说，对你来说，这肯定不会是世界上最糟糕的事情。因为真正被困在那个洞穴里的人，不是舒舒服服坐在椅子上看书的你，而是——我。

我纯属脑子被一万道宇宙射线穿过，才想到回白垩纪看什么恐龙。在这个时代要欣赏恐龙，有二十种以上可以以假乱真的VR电影和游戏可以选择。宏伟壮丽的《中生代漂流》，血腥刺激的《屠龙英雄传》，科学严谨的《巨龙家族》，应有尽有。完全没有必要花百倍以上的数字币，亲自回到六千五百万年前去闻那些大爬虫的臭屁。

但怎么说呢？那个新出来的"白垩纪文艺之旅"的广告真的很吸引人，那是在白垩纪的三维立体实拍，内容也不是身子笨重的蜥脚巨龙、张牙舞爪的霸王龙之类的俗套，而是在翠绿的山谷间，一个静谧的小湖边，周围开满了形态奇特的远古花卉，一群顶着漂亮头冠的禽龙在姿态娴雅地饮水；不远处，两头憨态可掬的小甲龙在打着滚嬉戏，几只宛如仙鹤的小翼龙拖着长尾，鸣叫着掠过湖面；两个身段窈窕、面容姣好的姑娘——人类姑娘哦——穿着轻柔的纱衣，骑着温顺的三角龙在湖边留下倩影……当然，姑娘不是重点，重点是在时光深处漫步的意境！如果能在这湖边拍张帅帅的三维立体照，发在"生活场"里，注明来自白垩纪，那该多有范儿！至少比烂大街的土星环观光游之类酷多了。

所以，在"生活场"里看到前女友和她的新男友在土星环下拥吻的立体照之后，我第一时间就预定了这个超文艺的白垩纪时间旅行团。并在 2116 年 8 月 20 日早上十点，从河南南阳的恐龙遗址公园准时被传到了时间的彼岸。

但穿过时空门之后，我的下巴惊掉了，半天没找到。

冷风刺骨，似乎正当冬日。那个风光绝美的小湖早就干了，只剩下一堆发臭的烂泥巴，周围也只有一些稀稀拉拉、半死不活的蕨类植物，绚丽的花卉无影无踪。暂时没有看到一头恐龙，当然也没什么身穿纱衣的姑娘。要是在这里自拍，你不说是白垩纪，别人还以为是荒废百年的日本福岛。

游客们不满地抱怨起来，导游忙解释说，由于时空传送的时间较久，传送又具有"量子不确定性"，上下误差能有几万年，未必能碰上最好的时节，当初的广告视频不是承诺，只供参考，这些合同上可都是写明的……

许多游客大怒，当场和她吵起来，要旅行社退钱。不过想想也知道，退钱肯定是没戏的，既来之，则安之吧。我不管他们，自顾自在附近逛了起来，说不定还能找到点儿有趣的东西。谁知刚走到湖对岸，就听到导游的声音通过在头顶巡逻的蜂机远远传来："各位游客，请立刻返回时空门，请立刻返回时空门！"惊惶高亢的声波在山谷间反复回荡。

"出什么事了？"别的游客问。

"控制中心刚刚发现，我们登陆的时间坐标出现严重偏差，比原设定时间晚了135493年231天3小时25分钟17秒，正好遇到了K-T事件的发生！目前的情况极度危险！请大家立刻返回时空门，有序撤离！"

游客们都惊呼起来，纷纷往时空门的方向跑去，只有我莫名其妙，拉住一个往回飞奔的中年人问："她说什么？'凯替事件'？"

"你没看旅行手册吗？那次导致恐龙灭绝的事件！"那中年人说，见我还不明白，往天上比画了一下，"就是小行星撞地球！"说完甩开我跑了。

我看着一望无际的蓝天，心中纳闷，但还是跟着人群一起往时空门的方向跑去。一边跑一边问："那颗小行星会撞到这里？"

"不是，"中年人回头说，"应该是墨西哥那块。"

"那不是在地球另一边吗？"

"你以为恐龙是怎么灭绝的？"中年人像看白痴一样瞪了我一眼，"很快整个地球都完蛋了！"

仿佛为了给他的话作证明似的，恰在这时，大地像跷跷板一样猛然抬起又落下，地震了！

我正在迈腿快跑，脚下不稳，一个狗啃屎摔倒在地，沿着斜坡滚下了干涸的湖底，沾了一身烂泥，等我忍痛爬起来时，大部分人已经逃进了几百米外的时空门，平平安安地回到了 22 世纪。导游守在门口冲着我和几个剩下的游客在叫着什么，在她身后，可以看到一道妖气腾腾的黑色云团从天边涌来，夹杂着恐怖的电光雷霆。

我使尽吃奶力气向她跑去，该死的地震还没有结束，大地像暴风雨中的甲板似的不住地摆动，两边的山体纷纷崩落，发出轰雷般的巨响。我只能像醉汉一样左摇右晃地艰难前进，心里许愿只要能活着回去，这辈子再不进行时空旅游，再给太阳系红十字会捐一万块数字币。

离时空门越来越近了，二百米，一百米，五十米……但此时，黑云已经笼罩了天地，像是宣告恐龙时代结束的大幕落下。清场的狂风已经吹来，带着呼啸的沙尘，简直要把大地刮掉一层皮，导游见我还差几步，高喊了一声："快来！我在时空门那边等你！"便转身进去了。

这算什么等我！我肚里暗暗发誓，等回去一定好好投诉这个糊弄人的"文艺之旅"，又决定给红十字会增加一万块数字币的捐款。我竭力加快了脚步，但离门边还有几米远时，黑色的云团已经铺天盖地地袭来，将我吞没。

我本以为还能坚持走几步到门边，但只觉眼前一黑，就像狂风中的纸片，不由自主地飞起，不知飞得多高。眼前一片昏暗，身边是炽热的粉尘，那是半个地球之外高能撞击的产物，它们烧灼我的皮肤，涌进我的口鼻，再过几秒钟我就要被烤得外焦内嫩了……

被烤熟之前，死神终于改变了主意，把我随手抛在了什么地方，我不知滚了多少圈，但居然还没摔死。风稍微弱了一点儿，但空气仍然炎热得如要燃烧。我抬头张望，但此刻周围的能见度已经低得像深夜，什么也看不清。隐约看到前面似乎有一个山洞，我便连滚带爬地向山洞跑去。此时又是一阵地动山摇，身后石块坠落如雨，我只有拼命往里钻，不管这里是什么地方，哪怕多活一秒钟也好。

好不容易，地面停止了震动，上面也没有石头落下，我靠在洞壁边上，只觉浑身像被火烧，肺里痛痒难当，抚着胸口拼命咳了半天，把刚才吸进去的粉尘咳出来，又打开衣服的降温功能，以驱散周围的炎热，过了几分钟我才觉得好受了一些。当我伸手去摸刚才进来的洞口时，貌似那里已经被一块天降巨石给堵死了。

"真该死！"我在黑暗中连声咒骂，"好端端出来旅游，竟然碰到小行星撞地球！世界上还有比这更倒霉的事吗？！"

这并不是一个真正的问题，但被一个声音回答了。

"呼哧……呼哧……"

那是某种呼吸声，不算响，但绝不是幻听。同时，我才注意到周围有一股难以形容的腥膻气息，背后的联想让我顿时毛发直竖。

那是什么？到底是什么？

"嘎！"一声又像蛙叫、又像鸟叫的怪声在黑暗中响起，随即耳畔风生，某种东西在黑暗中扑了过来！

# 3

"妈呀！"我吓得魂飞魄散，大叫一声，转身就跑，却忘记了根本无路可逃，"砰"地正面撞上了岩石，顿时头破血流，伤上加伤。

我没有工夫叫疼，背后好像已经被什么锋利的东西扎到，我一低头，又向另一个方向逃去，身后的黑暗中，被某种看不见的怪物紧追不舍，听得到它沉重的脚步声。没跑几步又到了一个死角，我绝望地紧紧贴着石壁，感到腥臭的热风伴着湿气从黑暗中吹来，某种似乎是从喉咙深处发出的咆哮在洞中来回震荡，可以肯定，这声音的主人近在咫尺。

某种软趴趴、湿答答的东西已经碰到了我的后颈，我本能地闭上了眼睛，等待着被不知是什么样的怪兽吃掉，这时候，我的心率肯定已经超过了两百。短短二十多年的人生在眼前放起了电影：工作被炒，唯一一次恋爱被女朋友甩了，买智能机器人买到假货，大学作弊被抓，中学遭遇校园暴力，小学被逼着上各种苦不堪言的补习班……悲惨的一生啊，这么说来，死了也不算太可惜……

等到这幕电影放到我人生最早的一个记忆——四岁跟爸妈去太空城被失重吓哭——之后，我才发觉了蹊跷，为什么我还能活着回忆完这一切？也许我已经在它的肚子里了？但是……至少我还能感到自己疯狂的心跳。

难道刚才的一切是幻觉？但并不是，咆哮和腥风仍然就在身后，那湿乎乎的东西还是不时地碰到我，那究竟是什么鬼东西？为什么它不干脆吃了我？

这时我才想起来，手上的智能表就有手电功能。我犹豫了一下：也许看得到那东西比看不到更可怕……

最后，我还是以最小幅度转过身，战战兢兢地打开了手电。一束光从我的手腕射向对面，山洞里亮堂起来。

我看到了一幅噩梦般的画面：距离我的脸只有零点几米的地方，是一张恐怖的血盆大口，上颌与下颌之间张开几乎有一百二十度，上上下下都长满了小刀般的獠牙，猩红的长舌头在牙齿间翻动着，向外伸出——这也是它刚才一直碰到我的部位。在巨嘴的下方，两只镰刀般的巨爪也在疯狂地挥舞着，堪堪从我身外几厘米处掠过，只要被碰到一下，就是被开膛破肚的结局。

突如其来的光线让那怪物吃了一惊，它发出愤怒的叫声，向后退了几步。这一下我能看清它的全貌了，那是一头四分像鳄鱼、三分像鸵鸟、三分像袋鼠的动物，它用粗大的后腿站立，浑身长满了难看的红黑色条纹，身上都是疙疙瘩瘩的皮肤。它的爪子很长，但脖颈更长，所以爪子够不到嘴。它的头骨高高隆起，头顶长着一排威风的蓝色羽毛，羽毛下方是一对很小的、鳄鱼般的眼睛，正放出狡诈的目光。

毫无疑问，这位黑暗杀手是一头恐龙。

我也看清了周围的环境。这不是什么深不可测的神秘溶洞，只是一个普通岩洞，长大概有七八米，宽大约三米，高也是三四米。山洞中有不少动物的骨骼和石块，还有一些树叶，但除了进来的入口，没有任何其他出路。

这是这头恐龙的巢穴吗？它在这里吃掉了多少动物？我恐惧地想，为什么它还不吃掉我？

但这头恐龙的确是不知为何没办法再接近我一步，只能在离我几厘米的地方进行徒劳的尝试。我小心翼翼地抬起手电，照向它身后，才发现答案，它身上和我一样，有好几处伤口，正在往下淌血，左腿上的伤口尤其触目惊心，一大片血肉都翻在外面，这家伙大概是刚才在周围觅食，在逃进山洞之前，也被末日的死亡风暴整得很惨。

但主要阻碍它行动的，是洞壁上出现的一道横向裂缝，这大概也是地震造成的，天知道它的尾巴末端是如何被正好地夹在裂缝中，被半座大山压着，无法摆脱，这家伙的尾巴已经绷得笔直，却还是差个零点零几米，无法够到我。

我的心脏仍然在胸腔里打鼓，喘息不已，但大脑恢复了一点儿思考能力。不管怎么说，看来我暂时不会死。我端详着山洞的大小和角度，靠在石壁上挪动着，尽量找了一个离它最远的位置，但顶多也就能拉开一两米。恐龙见我越移越远，最后做了一次攻击的尝试，但尾巴上的疼痛让它叫了一声，不得不缩了回去。它的眼珠转了转，大概也知道无望再碰到我，又退了一步，慢慢卧倒在地上，粗重地喘息着。

我端详着眼前的恐龙，估算着它的实力。它的身高和我几乎一样，也就是一米八左右，整个身体大概有三四米长，看起来体形很是壮硕，体重应当有三百到五百千克，当然不可能和霸王龙、棘龙之类的大家伙比，在恐龙电影和游戏里，这种小恐龙就和侏儒差不多，最小功率的激光枪都可以轻松干掉一群。但当它真正站在你面前一两米外，中间没有任何阻挡的时候，就完全不是那么回事了。

我又打开手电筒确认了一下，洞穴入口的确已经被一块哪怕霸王龙也挪不动的巨石堵死了，我暂时无法脱身，只能坐在一块大石头上，打开背包，摸索着可能用来对付这头恶龙的武器。

每个参加史前旅行的游客都会担心碰到凶猛的食肉动物。但时间旅行管理法规不允许我们携带任何武器，担心如果随意杀死一头史前巨龙也许会改变历史。再说，动物保护组织也会提出抗议，怕会造成很多麻烦。当然，对这种事时间旅行社不会毫无防备。为了保护我们，时间旅行社也派遣了若干带有麻醉枪和其他武器的智能蜂机在我们头顶巡航。

当遇到有危险的猛兽时，可以将它们麻醉和赶走。可现在，那些蜂机不是坠毁，就是被超级风暴吹到地球另一边去了，只剩下手无寸铁的我。

我在背包里摸了半天，东西很多：自动牙签、折叠激光笔、音乐光屏T恤、眼镜式VR游戏机，变形交感体验服——换句话说，什么有用的东西也没有。

那恐龙还在盯着我，和它对视让我越发感到毛骨悚然。我想了想，把手电的亮度调低了，智能表依赖太阳能，平时虽不用充电，现在可未必能用多久。

知己知彼，百战不殆。先清楚这究竟是头什么龙？我搜索着自己那不多的恐龙知识，很多还是旅游前恶补的。它的身形有点儿像伶盗龙，看爪子像恐爪龙，头颅很大，又像是厚头龙……先别管它是什么龙吧，重点是植食性的还是肉食性的？看这满口的獠牙，答案应该很明显……

我想到一个办法，让智能表的镜头对准了恐龙，放出一道绿光，在恐龙身上进行扫描，恐龙一惊，向后缩去。但瞬息间，通过几道射线，我已经获得了它从皮肤到骨头的整个模型和海量数据，通过内置的数据库进行匹配，很容易判明到底是什么物种。过了片刻，智能表盘就在我眼前投射出了一排排的文字资料：

物种分析结果：

真核生物域

动物界

脊索动物门

脊椎动物亚门

四足形类

蜥形纲

双孔亚纲

主龙次亚纲

鸟臀目

兽脚亚目

伤齿龙科

蜥鸟龙属

很抱歉，无法确定具体物种。

看到最后一行，我气得咳血三升：说了半天全是废话，连什么物种都搞不清楚，有什么用？

不过，随后浮现的一行字又让我转忧为喜：

扫描发现，该生物受到严重创伤，背部大面积烧伤，左腿正在失血，第六尾椎骨断裂，健康水平C-，需立即救治。如有需要请联系动物福利中心，联系方式……

救什么啊，它死得越快越好！

# 4

就这样，我坐在山洞角落里的一块平整石头上，盯着那头什么蜥鸟龙，等着它一命呜呼。这当口地球上的恐龙九成九都"转世投胎"去了，你还赖在这世界上干什么呢，早死早超生嘛！应和着我的祝福，它躺倒在地上，身上的伤口汩汩流血，不时动一下爪子，发出"咕咕"的呻吟声，看上去每一秒钟都比之前更加衰弱。

我又瞄了一眼表上的时间显示，上午十点四十七分。当然是2116年的时间。我们在十点整穿过时空门，从我到达白垩纪到现在，发生了那么多事，居然只过了四十七分钟。

而我清楚，时空门还在外面开启着，将持续整整十二个小时，也即我们此次白垩纪之旅的时长，这是事先设置好的。纵然是毁天灭地的灾难也不可能摧毁时空门，因为它并非由实体物质构成，只是时空扭曲造成的一个孔洞，看上去就是一个直径两米的光环，里面看起来是一个光旋涡，幻化出缤纷的颜色。

我回忆着时间旅行的基本知识：从2116年那边来说，时空门只会出现几秒钟，不论你在白垩纪待多久，都是瞬间返回，返回后，时空门也就关闭了。这也就意味着，未来没有可能派人来救我。就算再派人来，因为时间旅行本身的"量子不确定性"，不可能同时准确定位时间和空间。如果要精确回到这个时间点，也许你会出现在地心或者外太空，如果要精确回到这个位置，往往不是跳到几千年前就是几万年后（这次事故也是因此而发生），找到我的机会微乎其微。我知道的几次时间旅行失联事件，都是给家属一笔抚恤金了事，没人会去找那些倒霉蛋。

所以，唯一的生机是我能在十二小时，不，十一小时又十三分钟里，爬进那道迷人的光门。但现在的问题是，我怎么能离开这个地方？

管不了那么多了，先等眼前的恐龙死了再说，我想。

煎熬中，又是半个小时过去了，蜥鸟龙渐渐停止了身体动作，眼睛也逐渐闭上了。死了？我侧耳聆听，但仍然听到细微的呼吸声。它的肚皮也在微微起伏中，看来只是昏过去了。我微感失望，但告诉自己，耐心，再耐心等一会儿。

我又等了大半个小时，已经过了十二点，恐龙的呼吸仍然存在，而且渐渐趋向平稳匀长。我又打量了一下它腿上的伤口，发现居然已经凝固了，没再流血。它死不了，至少一时半会儿死不了。

现在该怎么办？

我一咬牙，决定亲自动手，但身上没有任何武器，只有一个背包，总不能拿包去砸它吧？

等等，砸？我的视线落在身边，心中一亮，暗骂自己不开窍，怎么没有武器，这地上可有的是！

我捡了一块拳头大的石头，又放下了，这玩意还不够给恐龙挠痒的。又抬起一块足球大小的，足有十多千克，但还是觉得不够分量。左顾右盼，再没有合适的石块，找了半天，焦急中摸到屁股下的石板，心下一动：这块石头差不多有两个枕头那么大，可以把整个恐龙脑袋都压在底下，这回不信你不死？

我弯下腰，吃力地将这块大石头抬了起来，感觉它至少有四五十千克重，绝对没有远程抛过去的可能，只有自己走过去砸。我双手抱着石头，吃力地挪动脚步，虽然只有不到两米远，但每步都步履艰难，身上的伤口仿佛又都裂开了……再坚持一下！我只有想象着自己在抱前女友……只是重了一点儿……一步，又一步……

终于到了恐龙面前，它仍然紧闭着双眼，对自己即将面临的死刑浑然不觉。去死吧！我用力想将大石块举起来——怎么举不起来——再用点儿力——用力——

"砰"的一声巨响，石头落在了地上。

"啊！"

"嘎！"

发出"啊！"的是我，那块大石没拿住掉了下来，悲惨地砸中我的右脚尖……也不知骨头断了没有。

发出"嘎！"的是那头蜥鸟龙，它被我惊醒了，看到敌人在眼前鬼鬼祟祟的，发出一声怒鸣，猛然跳了起来，冲着我就咬！

我把伤脚从石头下挣出来，连滚带爬地鼠窜到刚才的安全角落里。惊魂初定，回头一看，却发现蜥鸟龙一个猛跃，竟生龙活虎地跳到了我的面前。这不可能！它的尾巴明明——

我的目光扫过它身后，那半根尾巴的确还压在裂缝里。

但是已经……脱离了身体。

# 5

失去尾巴，但获得自由的恐龙兄不顾后面疼痛，毫不犹豫地咬向我。我仓促间低头避过，撒腿又往它身后跑去。它的尖爪从我耳边划过，我侥幸脱身，可没几步便到了山洞尽头。蜥鸟龙也转身冲了过来。

不可能再逃了。我心一横，像大猩猩一样，用手捶打着胸口，歇斯底里地大叫起来："哇啦哇啦，稀里哗啦，你的死啦死啦的干活……"

蜥鸟龙果然被我唬住，暂时停住了脚步，歪着头看着我。

我其实已经吓得魂不守舍，但形势紧张，再无退路，只有一个劲地蹦跳叫嚷，巴望把它吓得缩回去。但蜥鸟龙并没有被吓退的迹象，只是换了个角度，饶有兴味地继续看着我的"表演"，就像在看猴戏一样……该死！咱俩究竟谁是动物啊？

"咿——呀——"

为了维护人类的尊严，我没有继续学猩猩的动作，而是一声长啸，打了一套太极拳，指望用东方功夫把它镇住。"揽雀尾""白鹤亮翅"等玄妙招式一招招使出来，可身子越来越吃不消，特别是被砸中的右脚火辣辣地疼，感觉脚掌都快断掉，却还不得不继续下去，这时候，发生了一件更悲剧的事，我刚使到"左蹬脚"，受伤之余，重心不稳，一个趔趄，竟仰天而倒。

我一时爬不起来，蜥鸟龙见我这套"黔之驴"的开胃表演结束，也向前走来，打算正式享用哺乳类大餐。眼看它举起利爪，就要行凶。我情急之下，掏出折叠激光笔，一束白灼的激光激射而出，正中它的左眼！

可惜，这不是那种能熔化金属、刺穿飞船的激光，只是用来进行指示的光束，功率非常之低，最多是在皮肤上引起一点儿灼热感。但强光恰好对准了恐龙的眼睛，让它眼睛一痛，惊恐中发出"呱"的一声大叫，扭头逃窜。我趁机爬了起来，继续呼喝着，连连晃动手上的光束，就像挥舞光剑的杰迪武士一般。蜥鸟龙恐惧不已，口中发出呜呜的声音，垂下断了半截的尾巴，一步步退后。

我又一次死里逃生。不管怎么说，这多进化了六千五百万年的脑瓜还是蛮管用的，我颇感欣慰。

但现在又能怎么样？

只能等死——不是它死，就是我死。

山洞里暂时又恢复了平静，蜥鸟龙被激光笔吓住，不敢再进犯，乖乖地趴在另一边，我当然也不敢再招惹它，只希望它尾巴上的伤口再大一点儿，让这家伙的血早点儿流光。

但蜥鸟龙开始像小狗一样舔舐自己的伤口，似乎还颇有效果，血又渐渐止住了。我又开始感到焦急，激光笔的电不久就会用完，到时候还有什么能制住它？

正在着急，另外有什么动物"咕咕"地叫了起来，声音居然就来自我身边。我吓了一跳，手忙脚乱地找了半天，才发现发出叫声的"怪兽"是——我的肚子。

我稍微松了口气，再看看时间，僵持了这么久，已经是下午一点，从出发到现在什么也没吃，也难怪腹饥难忍。这么一想，更觉得手足无力，饿过头了。先吃点儿东西再对付那饿肚子的恐龙，不是会更有一点儿优势吗？即便要死，做个饱死鬼也好过当饿死鬼。

我盯着恐龙看了几眼，见它仍然在专心地舔舐着自己的伤口，并没有太注意我这边，才略感放心。我从背包中拿出了一袋真空包装的压缩食品。这东西本来不是常规的午餐。午餐由时间旅行公司负责，包括烤肉、炸鸡、蘑菇沙拉和薯条，我们本来会在湖边野餐，还有歌舞表演……现在这些都别想了，这袋食品属于野外求生套装，时间旅行公司在每个人的背包里都放了一份以防万一。据说是高度压缩的能量食品，吃几口就可以抵上一顿饭。不过这东西我从来没尝过。

我把真空包装打开，里面的食品迅速膨胀变大，是一种白色的固体，手感像橡皮，但还要厚实很多。我抱着吃橡胶的心态咬了一小口，发现虽然难嚼，味道倒还颇为鲜美，是一种人造肉类。我吃了两口，慢慢感到自己的胃部被某种温暖的东西充实起来。

我吃了大概有十分之一就饱了，正要将剩下的压缩食品放好，却发现蜥鸟龙昂起头，一对小小的眼睛死死盯着我，鼻子抽动着，腥臭的涎液不住从獠牙间流下来。我想起一件事，闻了闻手上的食物，的确散发着一股淡淡的肉香，这东西不可能瞒过肉食动物的鼻子。蜥鸟龙应该也饥肠辘辘了，怎么经得起食物的诱惑？果然，它慢慢站起来，又一步步试探性地走过来。

我威吓地喊了两声，祭出法宝激光，把它吓退了几步。但毕竟食物的诱惑太大，这回恐吓战术也不灵光了。它稍等片刻又向我靠近，从喉咙里发出古怪的威胁声。我更加频繁地扫动激光，结果事与愿违。一开始恐龙还怕它三分，后来发现只要不碰到眼睛，就算落到身上也没什么大不了，甚至连躲都不躲了……

激光没用了，这也就意味着，蜥鸟龙有恃无恐。眼看它越走越近，随时会发起进攻，怎么办？

只有一个法子。虽然我不想用，但是……没办法了。

我深吸一口气，将手伸进背包，拿出了最后的秘密武器。暗自叹了口气，将它打开，像扔手雷一样抛向那正在逼近的恶龙。它似乎也感到了不对，高高跃起——

将剩下的一大块人造肉叼在口中，一仰头，吞了下去。

# 6

我放弃了可以吃三天的食物，总算换取了恶龙一时的平静。

它又回到自己的角落里，卧在地上，静静地消化着从未享受过的美餐。人类可以支撑三天的食品，对它来说也许只够吃一顿半顿。我只希望食物能够在它胃里待的时间久一点儿，让我在被它吃掉之前想出脱身之计来。

时间一分一秒地过去，大约半小时后，我感到身上发生了一些奇怪的变化。除肚子饱了之外，伤口也不疼了，似乎开始愈合了。头脑变得敏捷，身上的力量也在增长，甚至有一种神清气爽的感觉……

我想到了什么，找出刚才那包压缩食品的包装袋来一看，果然在成分里有"生命急救素（0.25%）"的字样。这生命急救素与时间机器并列为22世纪以来最重要的发明。它不是一般的化学或生物制剂，而是一种微小的智能纳米机器，能够修补伤口，杀灭细菌病毒，代替红细胞增加血液运氧能力，中和体液中的钠离子以取代对水分的需求，以及根据人体的实际状况进行其他调整。在野外应急的压缩食品中含有这种成分倒也不奇，还正好能帮助我应对紧急状况，真是天助我也！不过唯一的问题是……它只能帮助人类吗？

我望向对面的蜥鸟龙，巴望为人体研制的生命急救素不适用于它，最好和它免疫系统发生冲突，让它赶紧给我死翘翘！可现实又一次让我失望了。蜥鸟龙的伤口也有明显愈合的迹象，它站了起来，甩了甩头，挥舞了一下前肢，精神抖擞。更糟糕的是，它还在盯着我，歪着脑袋，小眼珠不住转动，一副好奇的样子。它暂时还没有进一步行动，但是估计也快了。

没错，生命急救素让我的身体恢复到良好的健康水平，我还练过两年中国古拳法，但面对同样恢复了健康活力的、体重至少三百千克的恐龙，这些连让我多活一秒钟都难。要和眼前的上古巨兽周旋，还得靠我那多进化了六千五百万年的大脑。

要说我这脑子还真灵光，左顾右盼中无意间抬头向上看去，竟然发现了一个逃生的办法。我头顶三米处有一块明显凸出的岩石可以容身，而下面有一些石缝和岩面不平处可以搁脚，应该是能够爬上去的。但那家伙会不会也爬上去？我又看了对面的恐龙一眼，从它的体形断定没有这种可能。

只要爬到上头就安全了！我想，眼看蜥鸟龙也越来越躁动，我不敢耽搁，转身就往上爬去，但山岩光滑，第一脚就差点儿滑脱。该死！我身为猿猴的后裔，不能连看家本事都丢掉了！我手脚并用，总算爬上去了一步，下一脚再踩在另一边的石缝里，再上一步……

我吃力地往上攀爬了几步，爬到一多半时，回头往下看去，又吓得魂飞天外。蜥鸟龙已经悄没声息地走到了我刚才待的所在，就在我的正下方，仰着头好奇地看着我。鼻尖距离我的脚跟好像只有几厘米，只要稍微跳起来一点儿，就可以咬住我的脚，把我拽进地狱。我急忙拼命往上攀去，祈求能及时逃出这恶魔的死亡之吻。总算又往上爬了好几步，还有一米，半米，几分米……

我终于抓住了那救命稻草的石头外沿，但把脑袋伸上去，看清楚上面的结构时，又叫得一声苦，不知高低。原来在下面看不真切，其实那凸出的大石上方并不是一个平坦的台面，有一大半是坡状的斜面，斜斜地没入山体，人根本没法待在上头。看起来只有先下去了……等等，下面有什么来着？

我终于意识到了自己的悲惨处境：我是上也上不去，下也下不来了。

# 7

五分钟过去了。

这五分钟对我相当于五十分钟，可以搁脚的地方非常狭小，我几乎只是用右脚的脚尖支撑身体，比芭蕾舞演员还要辛苦。但这是目前唯一能避开下面恐龙尖牙利爪的地方。可这样显然支撑不了多久，我到底该怎么办？！

雪上加霜的是，该死的蜥鸟龙跑到我这里来原来不光是想看我在干什么，它还有更迫切的生理需求。它蹲了下来，在我刚才待的地方拉了一大泡屎。我就在这堆粪便的正上方，差点儿被臭气熏晕过去。这可恶的家伙，难道想把我熏下来吗！

就算熏不下来也待不了多久了，我想，目前的法子只能是再吓唬那死恐龙一下，把它吓跑，最好吓死。可怎么吓它呢？激光那套已经不灵了，还有什么比这更令它害怕的？还有什么？

我脑子疯狂地转了起来。倒还真让我想出了一个好办法。

我在智能表上按了几下，调出了一个视频，用三维外放模式投射到了洞穴中央。顿时出现了一群昂首阔步行走的巨龙。

这是一段科普视频，是前几天旅行社发送给我们的材料，内容低幼，是给小孩子看的，我只看了半分钟就关掉了。不过幸好没删，还存在数据库里，此刻正好可以调出来。

"在中生代的古老地球上，"一个浑厚苍凉的画外男低音响起了，这声音是电脑合成的，模仿一百年前一个赵什么的播音员，很有感染力，"生活着一群被称为'龙'的神秘生物。它们是地球上所孕育的最庞大的陆地动物，曾统治这个世界一亿五千万年之久，在漫长的史前岁月里，演绎出一幕幕气壮山河的生命史诗……"

随着他的讲述，梁龙、腕龙、剑龙、三角龙、霸王龙等各式各样代表性的恐龙种群出现在洞穴中央。或走或卧，或捕猎或打斗，视频里没有出现蜥鸟龙这种小角色，但是身下的蜥鸟龙已经被吸引了全部的注意力，转过身好奇地看着这些远房兄弟。其中不少在几千万年前就灭绝了。

一群鸭嘴龙出现了，脚下的蜥鸟龙变得更加兴奋，甚至围着它们转起了圈子，一副跃跃欲试的样子，我估计鸭嘴龙是它的主要食谱。我稍微调整了一下画面，让鸭嘴龙影像投射到对面的石壁里，而且渐渐变小，仿佛正在走远。蜥鸟龙果然上当，跟着冲了过去，脑袋一头撞在了石头上，摔倒在地。可惜并无大碍，随即又爬了起来。

此时，男低音又响起了："……六千五百万年前，一颗小行星终结了恐龙王朝，给地球的生物圈带来了一场灭顶之灾……"画面上，显示出大山一样的小行星穿越无边太空，飞向地球，冲进大气层。正是几小时前所发生的事。它以每秒几千米的高速撞击到了地球上，一个几十千米的大坑出现在日后加勒比海的位置，海啸席卷了整个墨西哥，数万亿亿吨岩石碎裂开来，飞向空中，越过几百千米距离，又变成火球坠下，整个地球颤抖着，被迅速扩散的黑色云团所吞没……

各个大陆上，一群群恐龙悲嘶着狼奔豕突。被地震摔倒，被岩石砸中，被大火烧成焦炭，在灰尘中窒息……蜥鸟龙刚才还在兴奋中，一下子被画风的突然转变吓得失魂落魄。视频中的合成画面对它来说完全是真实的。它大声怪叫起来，疯狂地上蹿下跳，想找到隐蔽地点，但它已经分不清视频和真实世界了。在光与影的变幻中，这可怜的蠢货一遍遍撞在石头上又摔倒，身上血花飞溅，就像一只想飞出玻璃瓶的苍蝇，非把自己撞死为止。我看着竟有点儿不忍心，但问题是，你不死我就得死啊！

眼看这招就要奏效，但忽然间，山洞又开始了剧烈地颤抖，见鬼，怎么偏偏这时候发生余震？

"啊呀！"

我本来已经是强弩之末，很勉强才能站住，此时更支撑不住，从落脚的石头上跌了下来，悲惨地摔在那一泡龙便上……

但此时我也顾不得污秽恶臭，地震还没有结束，坚实的山脉就像是积木搭成的，疯狂摇撼着。上头不时有石头碎屑坠下，堵在洞口的石块似乎在移动崩塌。整个山洞随时都可能化为乌有，我看到蜥鸟龙用一个奇怪的姿势缩成一团，把脑袋弯到了两腿之间，但已无暇管它了。我自己也只能捂着脑袋，龟缩在山洞的一角。心里忽然想到，如果我们俩被压扁后，骨头叠在一起，几千万年后变成化石出土，会被当成什么物种？

好在这次余震很快就结束了。我居然没受什么伤，抬头一看，惊魂甫定的蜥鸟龙伸出头，和我对视，似乎也没出什么大事。再次死里逃生的喜悦从心底升起，我情不自禁地冲它笑了笑，感谢上苍又给了我们一次生命的机会……呃，好像哪里不对……

果然蜥鸟龙又站了起来，一步步朝我走来。我忙吩咐智能表继续放刚才的视频，但它压根不回答我，大概是被蜥鸟龙的粪水泡坏了……这次真的要被吃掉了吗……

我再次绝望地闭上了眼睛。

# 8

不知怎么，我也没一开始那么惊恐了。在凶残的恶龙面前，手无寸铁的我坚持了好几个小时，可毕竟人力难以胜天。那就这样吧，我想，不要再做无谓的挣扎，死得有尊严一点儿。反正就算没被它吃，我也逃不出去，也许只能死得更悲惨……

能感到蜥鸟龙已经站在了我跟前，但一直不见动作。我忍不住又睁开了眼睛，蜥鸟龙的确离我很近，但大概是我身上沾了它的粪便，它嗅了几下，似乎也感到恶心，不知如何下嘴，只是围着我打转。

同时，我也发现了一点儿不对：它头上那一圈浓密的蓝色羽毛全都消失了。

这家伙刚才乱窜中撞了好几次石壁，掉几根羽毛自然不稀奇，但不至于一下子都掉光了吧？掉到哪里了？我环顾四周，才发现答案就在眼前。

但这个答案……不可思议。

一个似乎是木头打磨的弯曲物体上插着很多根羽毛，就掉在我的脚下。看起来类似一个发箍或者一顶帽子，木头上还隐隐可以看到一些雕刻的粗糙花纹。

　　这是……一个人造物？

　　可这是人类诞生前六千多万年。

　　难道这东西是某个穿越者留下的？还是——

　　我惊骇地忘记了一切，只是僵在那里。就在这时候，恐龙又做了一个奇怪的动作。它的左上肢不知怎么动了几下，爪子就当啷一声，掉在了地下。

　　我更惊得头脑一片空白。向那爪子看去，原来是某种类似手套的东西，上面的利爪连着下面的某种皮革，我还没看清楚是什么，另一只"爪子"也掉了下来。

　　我看到了这头蜥鸟龙真正的前爪，三根指头细长而灵活，明显可以干别的很多事情，比如制造和使用工具，而那只金刚狼式的"长爪"，只是佩戴在手上的工具；我还看清了，它身上的红色条纹，有一些花里胡哨的线条，不太像是自然生成的，仔细看来似乎是用什么颜料画上去的装饰；就恐龙来讲，它的脑袋有点儿太大了，头骨高高隆起，显示出后面有一个容量可观的大脑，它的目光看上去就像会说话一样——

　　难道这头恐龙——

　　有智能？！

　　我目光又扫向四周，发现了更多之前没有注意到的细节：洞里的石块和骨头形状各异，有的明显是打磨过的工具，几个头骨放得颇为整齐，像是装饰品，角落里的树叶精心铺成床铺的形状……毫无疑问，这种恐龙确实是智慧生物。

我感到一阵天旋地转，原来自己一直自命的智力优势只不过是可笑的幻觉，不由自主地双膝一软，几乎要跪倒在地，求这恐怖的旧日支配者饶命，但刚要跪下，蜥鸟龙已经反过来冲着我举起前肢，慢慢趴在地上，低垂头部，把屁股和尾巴翘得老高，口中发出某种低沉的声音。

这难道是吃掉猎物前的某种仪式？不，不像，这样毫不设防，对方明显可以攻击它最脆弱的地方，没有比这更傻的做法了。除非……除非它是在……

求饶？

不会吧，我不敢相信，明明是我被它逼得无路可逃，束手待毙，它如果是智慧生物，会不知道？

但是且慢，如果从蜥鸟龙的角度看呢？突如其来的恐怖风暴席卷天空，然后出现了一个怪物，像是来自地狱的小恶魔。最初，自己受惊之下，当然想立刻干掉对方。但对方的手上会发出可怕的强光，然后用食物喂饱自己，治好了自己的伤口，还让自己看到他降下天火，毁灭无数巨龙的异能……

没错，任何会思考的生物都会得出一个结论：对方是天神下凡，必须立刻表示顺服，否则只有死路一条……真是聪明反被聪明误呀。

蜥鸟龙顺服地伏在面前，我的大脑飞速转动着，思考着眼前的局面。从来没听说有任何古生物学家发现白垩纪的恐龙进化成了智慧生物，但摆在面前的事实无法否定，看来是蜥鸟龙的一支在白垩纪最末期的几万年里产生突变，智力突飞猛进，达到了原始人的水平，已经能够制造简单的工具和装饰品，可是在它们能发展出更高级的文明之前，那颗小行星毁灭了一切……好险，差点儿这个星球就没人类什么事了。

在人类之前六千多万年里，地球上已经诞生了其他智慧生命，这是何等重大的发现！我激动地想，全世界所有的媒体都会争相报道，我的名字会和第一个发现恐龙的人一样家喻户晓！等等，第一个发现恐龙的人是谁来着……不管了，反正我的名字会家喻户晓！

我不由兴奋地手舞足蹈起来，但一时过于兴奋，刚刚受伤的脚趾又踢到了石头上，一阵剧痛把我带回了现实：要是不能离开这鬼地方，就算发现人是恐龙进化来的也没用。

既然蜥鸟龙暂时不敢再攻击我，我总算可以把注意力转移到离开这里的问题上。我关闭了视频，调亮了手电光，再次照向出口处，却意外地发现刚才的余震后，原来那块山一样的巨石翻倒了，但是出口处还是被一堆新坠落的石块所堵死，绝大部分我根本不可能搬动。

等等，虽然我搬不动，但是……

我望向乖乖伏在地上的蜥鸟龙，嘴角慢慢露出一丝微笑。

# 9

咱们工人有力量，

嘿！咱们工人有力量！

每天每日工作忙，

嘿！每天每日工作忙，

盖成了高楼大厦，

修起了铁路煤矿，

改造得世界变呀么变了样！

……

伴着慷慨激昂的老歌，蜥鸟龙忙忙碌碌地清理着出口外的石块，用有力的前肢把一块块石头搬起来，从洞口运到洞穴深处放置。

刚才我稍作了几个动作示意，它就明白了，毕竟进化出了智商，它也知道如果不能出去，只有困死在这里。赶紧行动了起来。

我则趁机把被它弄脏的衣服脱下，换上了光屏 T 恤，这东西不但可以显示动画，还自带音乐，我便放音乐给它助威。倒不是我不想帮忙，有些小石头还是可以搬动的，但是如果暴露出自己本质上只是一只身体孱弱的小动物，连大点儿的石头都抬不起来，蜥鸟龙又不是傻的，说不定就看出猫腻，还是小心点儿好。

不过这 20 世纪的歌声还是蛮有效的，恐龙兄一开始有点儿害怕，但音乐不愧是全宇宙通用的语言，它很快扭起了屁股，喉咙里发出"咯哒咯哒咯咯哒"的声音，好像是打拍子应和，看起来很兴奋。大概它现在认为这场浩劫不过是神灵的考验，自己一定能离开这里吧。

但渐渐地，洞穴后部堆满了石头，外头还是没半点儿打通的迹象，好不容易搬开一块，上头的其他石头又压了下来，我的心也渐渐沉了下去，也许半座山都塌下来了，那根本就没有清空石头的可能。

但我深深吸了口气，感觉和外头的空气还是连通的，那么洞口的石头也许不会太多？否则空气也不会流动，不管怎么说，死马当活马医吧……

一个小时，又一个小时过去了，转眼间已经是（2116年时间）下午六点多，距离时空门关闭已不到四个小时。半个山洞里都堆满了石头，但洞口的石堆毫无减小的迹象。光屏T恤的电量也耗得差不多了，我只有把音乐声关了，蜥鸟龙耗尽了力气，也蔫了下来，动作越来越迟缓。终于，把一块大石放下后，它无力地坐倒在地下，喘着粗气，望着我，眼神中都是焦躁和怀疑。

它不会又凶性大发吧？我惴惴地想。当它发现我其实什么都干不了，也没法帮它脱困的时候，我的生命也就倒计时了。

"orororrrrrr……"蜥鸟龙盯着我，忽然甩动着脑袋，发出一种难以形容的声音，像是祈求，又像是啜泣。我不知道该如何应对，蜥鸟龙又站起身，朝我走来。

"你、你干什么？冷静，兄弟，冷静，咱有话好好说……"我结结巴巴地说道，都不知道自己在说什么。

但这次，蜥鸟龙并没有攻击我的意思，而是从我身边走过，走到我身后的岩壁处，伸出一只爪子，指着它呜呜地叫了起来。

这是玩哪一出？我顺着它的目光看去，不由大吃一惊。

在几块岩石的表面，刻画着很多图案，大部分只是石头表面上一些简单的线条，一些涂有颜料的也十分黯淡，不仔细看根本看不出来，以至于我在这里好几个小时都没注意到。但细细看来，这些原始图画其实十分生动活泼。寥寥几笔，就勾勒出巨龙漫步、翼龙高飞，还有鸟类和哺乳动物穿插其间。最多的当然是这种智慧蜥鸟龙，有的画面中，七八头蜥鸟龙在一起捕猎一头泰坦巨龙，一头勇敢的蜥鸟龙正在高高跃起，跳上巨龙的背脊；有的画面中，它们在围猎一群禽龙，手中拿着某种标枪状的武器，有几根已经刺进了禽龙的背上；有的画里，它们手执武器，手舞足蹈，不知在打仗还是跳舞；有的画里，一只蜥鸟龙身边围着很多蛋，几只小龙正在从蛋壳中爬出，显然是母亲和她的孩子……还有很多我不明其意的图案。天，这简直就是一幅白垩纪的《清明上河图》！

而面前的这头蜥鸟龙，望着这些岩画，哀伤地叫着，甚至把脑袋放在石面上摩挲着。显然，岩画里的那些蜥鸟龙和它关系密切。可能是它的祖先、族人，画中甚至可能有它和它的亲人的存在……

如今它们安在哉？

不用问了。也许它目睹了亲人的惨死，也许它是这场浩劫中还活着的最后一头智慧蜥鸟龙。

泪水渐渐湿润了我的眼眶，对我来说，最多是我个人死在这里，但我的人类同胞还有百亿之众，在六千五百万年后享受着文明开化的生活，甚至飞向宇宙深处；但并不比我们愚钝，甚至可能智力更高的一个古老种族，没有任何过错，却因为天体间的引力游戏，而注定被来自外太空的灾星彻底灭绝……

蜥鸟龙蹲在我身边，可怜巴巴地望着我，我不知不觉地把手放在了它的头顶，轻轻摸了它一下。等反应过来，我自己也被自己的动作吓了一跳，忙缩回了手。但它却靠了过来，用身体蹭了蹭我。它的身子十分暖和，并没有所谓冷血动物的感觉。

"兄弟，这不是世界末日，"我无力地试图安慰它，"一切都会好起来的。天上的黑云终会散去，大地会重新郁郁葱葱，鸟儿会飞翔在天空上，各种野兽会重新繁衍生息，这个世界会迎来新的盛世，你们……呃，你们会在遥远的未来被重新记起，被后来者永远怀念。我们还会发明神奇的机器，跨过亿万年时光来拜访你们……"

蜥鸟龙继续"呜呜"了几声，也不知听懂没有。但不管怎么说，它似乎感到了我的善意，表现得很是温顺。我想起来，包里还有一瓶太空彗星水，其实我早已口渴难当，但怕又被这家伙夺走，一直藏着不敢拿出来，此时一激动，便拿出来和它分享。蜥鸟龙认出了水的样子，快乐地叫了起来。

我把瓶盖拧开，指了指它的嘴巴，蜥鸟龙会意张嘴，我便将水小心地倒进它的嘴里，本来想给它喝一半，自己留一半，但没倒几下，蜥鸟龙已经用牙齿叼住瓶子，昂头将水一滴不剩地倒进喉咙，又嚼了好几下瓶子，感到无法下咽才吐到一边。我的水啊……

我正欲哭无泪，贪心不足的蜥鸟龙却指着瓶子，又叫了起来。身体语言十分清楚：我还要！

"我哪还有水！"我斥道，"这下我自己都没得喝了。要喝水，快把石头搬开，外面有的是水喝！"我伸手指着堵住洞口的石堆。蜥鸟龙或者明白了我的意思，或者以为再搬石头才有奖励，于是又干劲冲天地当起了苦力。

这一回，不久后，果然有了转机。

蜥鸟龙搬开一块石头后，一股热烘烘的风吹了进来，终于打通了！

我兴奋地冲上去，用手电照着查看，却发现还有两块巨石在外头把通路封死了，打开的其实不过是两块巨石底部间一条狭窄的孔洞，大概够一条小狗钻过，但要是人钻出去就有点儿勉强，蜥鸟龙就别想了。而那两块巨石比最大的霸王龙还要大上三分，不论是我还是身边的恐龙，绝对没有移动一丝一毫的可能。

蜥鸟龙也看出脱困无望，焦躁地叫了起来。但你出不去，不代表哥们儿也不行嘛。此刻我也顾不得它，挤进石缝间，向外望去。过了十来个小时，热量已经开始散去，但吹来的还是热风，尘埃云仍然笼罩世界，外头一片黑暗，太阳、月亮、星星都不见踪影，一派世界末日的感觉。但是隐隐可以看到远处有一点儿火光闪烁不定。难道是山火？

不，我很快反应过来，那"火光"正是时空之门的能量效应，它其实就在我前方两三百米的地方。只要能钻进那扇门，下一秒就可以看到2116年的阳光了！

我心花怒放，便扔掉碍事的背包，一低头钻进了那条石缝，尽量缩小自己的体积，挣扎着向外钻去，一开始还好，但左边一块巨石向右凸出了一大块，越往前就越卡，每多移动一厘米都要付出比以前多好几倍的力气，我将肺里所有的空气都呼出来，恨不得把肩膀缩进肋骨里，尽一切努力继续前进。又挪动了半米之后，眼看出口就在前面，我却再也动不了了。

我想叫，但是叫不出来，甚至空气都吸不上来。大事不妙，我的肺里几乎已经没了空气，心跳快得宛如疯狂的鼓点……

这么下去我会死的！我惊恐地放弃了逃出去的念头，想往回退，但是双手被牢牢卡在身体两边，抓不到可以借力的地方，两腿乱蹬，也使不上力气。难道就这么被卡死在这里？我想到一本近代武侠小说的情节，我既不想屠龙又不想抢屠龙刀，为什么让我和某个反派一个死法？

缺氧中，我渐渐开始神志不清，眼前冒出无数幻象，几秒之内，仿佛经历了无数人间的悲欢离合，一会儿好像回到了未来，和前女友复合，一会儿和她结婚，走进洞房，忽然间她的新男友冲了进来，却原来是一头青面獠牙的恐龙，那洞房也变成了山洞，他吃掉了前女友，也要吃掉我，我拼命往外爬，但它咬住了我的脚，要把我活活吃掉……脚上好痛……

我被痛楚拉回到眼前的世界，脚上的确感到剧痛。那忘恩负义的蜥鸟龙已经在后面啃起了我的脚踝，要把我活活吃掉！

# 10

我还没想明白被活活吃掉和活活卡死哪个更悲惨，便感到自己的身子被一股大力拖向后方。粗糙的石头从我已经伤痕累累的身体上划过，疼得我龇牙咧嘴。但终于，我被拖了回来。

蜥鸟龙放下我的脚踝，俯低身子，若有所思地看着我。

我大口呼吸着，让新鲜空气浸润着自己的肺部，才慢慢恢复了些许神志。我依稀明白，要不是蜥鸟龙把我拖回来，我肯定就死在这条缝隙里了。可是它为什么要救我？它应该认为我无所不能，不是吗？

"你为什么要救我？"我忍不住问，"难道你明白我不是神？那你为什么还不吃我？"

当然，蜥鸟龙根本不知道我在说什么。但它昂起细长的脖颈，脑袋指着上方，鸣叫了两声，然后又低头，用一种看上去很恳切的目光看着我。我心中一动，把手电向上照去，才看到巨石在顶上和山体之间还有一个大缺口，别说人，就是恐龙也可以钻过。

真是智障，我骂自己，连蜥鸟龙都看出来的事，我怎么不抬头看看？没事钻什么小洞，为什么不爬到上方，从那里逃出去？

但我很快发现了问题所在：巨石斜着搭在山体上，上头离地四五米高，而下方是向内倾斜的表面，无论是人是龙，都很难爬上去。

新的希望又化为失望，我有气无力地坐倒在地上。但蜥鸟龙靠了过来，发出一种新的叫声。

"叫什么叫啊，"我颓废地抱怨，"反正都是死路一条，咱俩谁也逃不掉。"

蜥鸟龙却搬来几块大石，堆成一个一米高的石堆，回身望望我，又望着上面的石缝，叫了几声，似乎想表达什么，然后它再次伏倒在地上。

忽然间，我想到了一件事，不敢相信地看着它。它冲我晃动着尾巴，好像是对我的猜测表示肯定。我犹豫地走近它，它温顺地趴在那里，一动不动。我小心翼翼地跨在了蜥鸟龙的背上，伸手抱住它的脖颈。那皮肤疙疙瘩瘩的，下面却是温热、跳动的脉搏，那种温热感让我莫名想起小时候妈妈的怀抱。

蜥鸟龙起身，跃上石堆，然后将整个身子直起来，踮起脚，长长的脖颈仿佛变成了一架梯子，头部距离上面的缺口只有一米多了。我抱着它的脊背和脖子往上爬，最后踩在它的脑袋上，抓住了上面缺口的边沿，奋力一攀——

"起——啊呀！"

我手上虚浮无力，支撑不起身子，落在蜥鸟龙身上，一人一龙一起悲惨地摔倒在地……

我还在哼哼唧唧，蜥鸟龙已经爬了起来，冲我大声叫着，显然很是不满。我正心惊肉跳，怕它因此逞凶，它却再次伏倒在地，催促我赶紧再次爬上去。

我再次骑上了它的背脊，这次比之前更小心翼翼，但仍然摔了下来。

蜥鸟龙被我一次次地摔在它身上，但却不肯放弃，耐心地当人肉，不，龙肉垫子，让我一次次踩在它头顶逃生。被摔了四次之后，我终于爬上了那个缺口。

"成功了！"我兴奋地叫了一声，俯身往下看去，蜥鸟龙仍然踮起脚，抬头看着我，发出呜呜的叫声，只有半截的尾巴像小狗一样晃动着。好像是说，我帮你上去了，该你帮我了。

我不禁犯难，我能有什么办法？蜥鸟龙以为我有什么了不起的神通，可我现在没有任何高科技的手段，不可能用手把这半吨重的大家伙给拉上来，也不可能让那些巨石移动半分。不，我什么也做不了，只能救我自己。

我低头看了一眼表上的时间显示，此时已经是夜里八点三十分，距离时空门的关闭只有一个半小时了。

"对不起。"我喃喃说，心中五味杂陈。最后看了一眼曾和我在一个洞穴里待过十个小时的蜥鸟龙，便回过头，沿着手电的光亮，奔向还在等候着我的时空门。

但身后，蜥鸟龙一直没有停止嘶叫。

# 11

从坍塌的山岩顶上下来也不容易，我手脚并用，又花了好几分钟才脱离这片乱石区，此时地上落了一层厚厚的劫灰，至少有十几厘米深，下面不知是石头还是树根，经常容易被绊倒，我艰难地越过障碍，跌跌撞撞地冲向不远处的那点儿微光。

我要回家了！太空咖啡、分子甜点和无上装机器女招待，我来了！

等等，你就这么走了？我心里响起了一个声音，刚才和你在一起的朋友，你就不管了吗？

什么朋友？那是一头食肉恐龙！刚才还想吃我呢。

那你是怎么出来的？是自己挪开那些石头还是自己飞上缺口逃出来的？它其实并没有把你当成神，只是想和你合作。是它救了你，现在轮到你救它了。

可我怎么救得了它？我对那声音抗议，也许它以为我很有本事，但其实我只是一只连它都不如的裸猿，我能有什么办法？

但你知道它在等你，等你回去救它，你知道的。

闭嘴！我焦躁地反驳，这不重要，重要的是我要回家了，要去大吃大喝一顿，舒舒服服地泡一个澡，然后……然后找前女友复合……没错，承认吧，我一直想和她复合……我一定能做到，我们要结婚，生一个可爱的孩子，不，两个……

我已经跑下了山坡，到了湖边，距离时空门只有一半的路程了。但蜥鸟龙的叫声仍然隐约可以听到。

但它会在这里等你，那尖刻的声音仍然不放过我，一直等你，一分一秒，一个小时又一个小时，一天又一天，它就这样可怜巴巴地守在石头下面，叫得喉咙都出血了，疑惑你为什么不会来，直到奄奄一息地倒下，死去……

废话！废话！废话！它只是一头爬行动物而已，我一个人类为它考虑那么多干什么？

现在你又说自己是人类了？那声音冷笑，人类是什么？不一样是爬行动物的后代吗？我们比它们更聪明还是更道德？更强壮还是更敏捷？如果不是遇到了这场大灭绝，它们就是人类。我们，什么也不是。

好，我承认，就算它有那么一点儿智商吧，就算它是个不幸的智慧生物吧，可它已经死了六千五百万年了，我凭什么要为一头死了六千五百万年的恐龙负责？

没错，它已经死了六千五百万年，这也就意味着它会等你六千五百万年。也许它的骨头会被这座山埋葬，一点一滴地变成化石，即使变成了化石，它还是会等着你，变成石头的眼眶还是会凝望着你……等着你回到六千五百万年前去救它……

我打了一个寒战，停下了脚步。

蜥鸟龙的叫声已经听不到了，时空门就在我的面前，发出魅惑的光芒，距离我还不到三米，但这三米，我却难以跨越了。

我不能回去，现在还不能。

我深深吸了一口气，又看了一下智能表，距离时空门关闭还有一个小时又二十分钟，让我想想看，利用这一个多小时能干什么，也许什么都干不了，但是……总要试试看。

我环顾四周，发现原本在这里的所有树木都已经被狂风连根拔起，但是四处散落着很多从别的地方带来又落下的东西，有翼龙和鸟的尸体，有许多乱石、树根、树叶，还有一条大蟒蛇……哦，那好像不是蛇，是植物藤条……

等等，藤条？

我灵机一动，仔细查看那根藤条，有手臂粗细，大约七八米长，似乎的确可以用，我把藤条抱起来，发现它比想象中重很多，只有拖曳着，吃力地把它拖回到洞穴上方。等回到刚才的地方，已经又过去了二十分钟，我也累得浑身大汗。

蜥鸟龙还在原地可怜巴巴地等着我，见到我，又像见到多年不见的老友般激动地叫起来。我没空和它叙旧，把藤条的一个头设法绑在巨石一处凸出的边角上，另一头扔了下去，垂到离地一米多高处，蜥鸟龙确实聪明，立刻明白了我的意思，抓住藤条就往上爬，看它的身手，倒也不比我差多少……呃，其实比我强多了。藤条成功地支撑住了恐龙的重量，它越爬越高，转眼间，左爪已经抓到了巨石的边沿，右爪还握着藤条，就在这时候——

一道闪电般的强光从头顶落下，击中了它。

# 12

"闪电"击中蜥鸟龙的左爪，令它发出一声惨呼，松开了石头，整个身体在藤条上晃荡起来。一道道"闪电"接二连三地落下，几乎是擦着我头皮打在它身上。我也不知道发生了什么，本能地向一旁闪避。

说时迟，那时快。蜥鸟龙终于被打了下来，身体沉重地落地，只发出一声闷哼。同时，我在慌乱中也一脚踏空，从数米高的地方摔了下去，又掉回到那该死的洞穴里，正好落在蜥鸟龙的身上，才没有摔断腿。

我被摔得人仰马翻，带着一身的新伤旧患爬起来，才发现这场麻烦的来源：一架鸽子大小的智能蜂机，正在我头顶一米处盘旋着。

这家伙是从哪里冒出来的？我想了想才明白，一定是我刚才回到时空门附近，一架残留的蜂机发现我的踪影，重启了"保护游客"的任务，这个家伙也不提醒我一声，就跟在我后面，发现了蜥鸟龙接近我以后，立刻开始了对我的"保护"……

我低头看看，蜥鸟龙已经一动不动，难道死了？

"混账，你干了什么？"我问蜂机，它的 AI 系统有对话功能。

"游客您好，请使用文明用语。根据《时空旅行安全规定》第三条第六款，本机不得已对接近您的危险生物采取了电击驱赶和麻醉措施，目前该危险生物暂时被麻醉，但麻醉效力大约只有二十分钟，请您迅速离开……"

"你这个笨蛋！为什么不问问我？"我大骂道，"这头恐龙是好人——不对，是好龙，也不是——我是说它是我的……我的……朋友！"

蜂机好像是愣了片刻，回复："游客您好，本机无法解析您的语义逻辑，请您迅速离开危险生物，返回本部时空后，我公司将建议专业机构对您的精神状况进行鉴定……"

我和这个愚蠢的 AI 又争论了几句，但毫无用处。自从那个什么狗的程序在围棋上战胜人类之后，为了防止出现人工智能取代人类的奇点，全球立法限制人工智能的发展水平，结果就是过了快一百年还是如此弱智。

说不了几句，蜂机忽然发出"嘀"的一声，发出另一条警告："游客您好，温馨提醒：目前距离时空门关闭只有四十五分钟了，请您抓紧时间游览，抓紧时间游览……"

"还游览什么啊！"我怒吼道，"你这个浑蛋让我又被困在这鬼地方了！快想办法让我出去！"

"游客您好，请您不要着急，本机将竭诚为您服务，现在进行周边环境分析。"蜂机说，开始缓缓旋转，一束绿光在上下左右扫动，扫描着周围，收集信息，进行计算。我焦急地等着它的结果。过了宝贵的几分钟，蜂机终于开口了：

"游客您好，检测到地球对面发生小行星撞击，导致全球地壳活动异常，据历史数据匹配当为 K-T 事件，属于 SSS 级灾难，目前环境极度危险，游览终止，请立刻返回时空门……"

"用你说！我一来就知道了！"我忍无可忍，"我是让你带我离开这里！你能把我吊出去吗？还有这头恐龙。"

"游客您好，根据空气动力学原理，我无法承载您的重量。"

"那就把眼前这两块石头给我炸掉！"

"游客您好，这一命令需要 A 类控制权限，"蜂机回答，"请您说出控制密钥。"

"控……"我差点儿吐血，我哪来什么密钥？可能知道的导游和几个工作人员早就跑回2116年了。

好在蜂机自己帮我解决了问题："游客您好，由于发生了SSS级灾难，目前您是本时空中唯一的人类，根据《时间旅行安全规定》第八条第四款，您已自动获得A类控制权限。您的命令将立刻得到执行。"

"这还差不多。"我松了口气，"还不快干活？对了，不许再说'游客您好'了！"这几个字听得我无比烦躁。

"好的，A类用户您好，"蜂机居然换了一个更长的表述，"本机即将发射SK47微核聚变导弹进行炸毁，请您撤到一百米的安全距离之外，十、九、八……"

# 13

"停！停！停下！"我大惊失色，想不到蜂机上装备了这种前军用大杀器，"我要能撤到一百米外还要你干什么？不用核弹，我只是让你清除眼前的阻碍物，让我能离开这里，回到时空门！"我指着眼前的石缝。

"A类用户您好，您的命令将立刻得到执行，现在开始进行等离子束切割。"蜂机终于理解了我的意思，从机头部位射出一道细细的电弧，像利剑刺入巨石内部，几秒钟后，刚才那块差点儿卡死我的凸出部位轰然落地。

"再扩大点儿，至少要一米宽、两米高。"我说。这条缝隙只够人钻出去，但对蜥鸟龙来说还嫌太小了。

"A类用户您好，目前的缺口已经足够您离开，再扩大可能会引起——"

与龙同穴

073

"我有 A 类控制权限！立刻执行！"我斥道。

蜂机没敢再抗议，而是又花了几分钟，用等离子束在巨石上挖出一个大洞，又用定向冲击波将切割下来的石块推开，等到完全打开通道，距离时空门关闭只有三十分钟了。

我松了口气，又看到蜥鸟龙还躺在一边，问蜂机："它什么时候能醒来？"

"A 类用户您好，这头危险生物已经开始苏醒，本机建议您尽量远离它。"

果然，蜥鸟龙已经睁开了眼睛，还没搞明白是怎么回事，困惑地看看我，看看蜂机，又看看新打开的通路。蜂机又发出威胁的光芒。

"喂，别碰那头恐龙！"

"A 类用户您好，好的。"蜂机终于乖乖领命。

"现在你可以离开这里了，"我转向蜥鸟龙，尽量温柔地说，"走吧，在外头找个地方活下去！"

"A 类用户您……"

"我不是跟你说话！"

蜂机终于闭嘴了。但蜥鸟龙对它还心有余悸，发出"咕咕"的声音，缩在山洞最深的角落里，我跑到洞口，对它连连招手："没事的，来，快来！"

蜥鸟龙终于明白了，犹犹豫豫地跟了上来，我俩一前一后出了山洞，外头仍然天昏地暗，但头顶上的蜂机体贴地打开探照灯，周围数百米亮如白昼，现在可以看到这里有几具烧焦的恐龙尸骸。还依稀可以看到几个老鼠般的影子在巨龙的尸体间穿梭，一见到强光就躲了起来。我忽然意识到，它们是哺乳动物，这些不起眼的小家伙在毁灭世界的灾难中靠着啃食恐龙和其他大型动物的尸体活了下来，并在几百万年后开创出了一个全新的王朝，其中也许还有我的祖先……

蜥鸟龙自然没有我这般思古幽情，但它颤抖着，开始发出一种尖锐高亢的叫声，仿佛在召唤同伴。四周一片寂静，毫无应答：它的所有同族，大概都已经死去了。

过了一会儿，蜥鸟龙停止了无用的鸣叫，悲伤地垂下脑袋，走向边上一头小三角龙的尸体。这附近的死恐龙够它吃一辈子的。当然了，尸体会腐化，但是尘埃云挡住了太阳，很长时间内地球吸收不到多少阳光，周围的气温会迅速下降，很快会降到零度以下，这样肉类就可以保存很久，而大量在小行星撞击中蒸发的水汽也会以雨雪的形式降下，可以支撑它活很长一段时间。

然而蜥鸟龙并没有就地进餐，而是拖着那具三角龙的尸体，回头往洞穴方向走去。

"喂喂，你这是干什么？"我有些诧异。

蜥鸟龙回头看了我一眼，挥舞着双臂，发出一连串意义不明的叫声，然后进了山洞，我看看还有二十分钟的时间，一转念又跟它钻了进去。

蜥鸟龙把尸体拖到一个角落，然后吃力地搬开一块大石，露出洞壁上一个内凹的龛室，里面铺着干土和树叶，大概有二十个巴掌大小的白色椭球体躺在其中。

"你……你是……这是你的……"我目瞪口呆，说不出完整的话。

蜥鸟龙冲我叫了两声，好像是回答我的问题。然后将那些龙蛋捧起来，放在角落里那堆树叶上，小心翼翼地蹲下，张开双臂，分开两腿，伏在那些洁白的恐龙蛋之上。

它原来是……她？！

我终于明白了一切。

这个山洞，就是这头雌蜥鸟龙的家。在我来到之前，她已经生下了很多蛋，准备要孵化，也许她还有照顾她的配偶和其他亲人，但死于外界的风暴，她也受了重伤，好不容易才逃回来，赶紧把这些龙蛋收纳到更安全的"储物间"。所以她一开始对我疯狂地攻击，不光是对异种的敌意，更是为了保护自己的孩子。

后来，她不惜向我这个"小恶魔"示好，帮我逃走，都是为了自己的孩子，否则他们就算孵化出来也只有死路一条。但既然已经可以出去，她也就不用离开自己的家了，在外界天翻地覆的情况下，这里是她和她的后代唯一的避难所。附近的恐龙尸体可以供他们吃上很久。

那些龙蛋会孵化出小蜥鸟龙来，即便不能全孵化也会有十来头，想必它们长大后会相互扶持，度过这段艰难时光。可惜，别的蜥鸟龙也许都死光了，只剩下了他们，他们只能靠近亲交配繁衍下去。但只要他们能一代代繁衍下去，凭借发达的大脑，学会母亲教给它们的语言和技能，那么终有一天会复兴自己的种族。

我感动地唏嘘几声，这样一来，恐龙就还能活下去，也许还能再活几百年、上千年，虽然它们仍然注定灭绝，但至少还能——不对，不是这样的！

宛如一声惊雷在我脑中炸响。我猛然惊觉了一个可怕的事实。

# 14

　　智慧蜥鸟龙本该灭绝，但我的穿越已经改变了时间线，这个聪明的种族很可能就不会灭绝，只要熬过这几年、几十年、最多几百年的艰难时光，他们就可以繁衍生息，迁徙到空旷的世界各大陆，不费吹灰之力地成为地球的主人，然后发明农业、军队、文字、科学……一切。

　　那人类呢？来自后世非洲猿猴世系的人类呢？在此时，我们的祖先还是那些昼伏夜出的原始老鼠，如果蜥鸟龙统治了世界，它们不是被当成肉畜饲养就是被当成害兽消灭干净，人类，不，猴子都不可能进化出来。

　　这意味着什么？

　　没有人会存在，没有人。

　　汉谟拉比居鲁士亚历山大恺撒秦始皇成吉思汗拿破仑……摩西释迦孔子柏拉图耶稣穆罕默德李白杜甫莎士比亚牛顿爱因斯坦……克娄巴特拉圣女贞德伊丽莎白女王简奥斯丁南丁格尔奥黛丽赫本……

　　这一串串光辉灿烂的名字，以及名字后蕴含的一切，都根本不会在这个星球上出现。无人知晓，无人想念。

　　因为无人，压根就无人存在。

　　我猛地颤抖起来。蜥鸟龙似乎察觉了我的异样，抬起头对我叫了两声。照理说，动物在孵蛋时对接近的生物都会很警觉，但是我听得出来，蜥鸟龙的叫声毫无敌意，反而充满关切。

　　我该怎么办？该怎么办？

　　"A类用户您好，距离时空门关闭只有十五分钟了。"不知过了多久，蜂机提醒我说。

"蜂机……"我如梦初醒，"你的微核弹还在吧，能彻底摧毁这个山洞吗？杀掉里面的所有……所有活物。"

"A 类用户您好，这一点不能确定，有一些细菌可能在石缝深处，难以有效杀灭，另外还有一些地衣……"

"这就够了。"我打断它的絮叨，觉得自己呼吸都困难，"我们先离开这里，等到了安全距离，你就立刻发射导弹。"

蜂机表示从命，我默默叹息一声，向外走去。但才走了几步，背后又传来蜥鸟龙的叫声。我回头看去，只见它又爬了起来，挥舞着手臂，扭动着身体，交换着双脚，有些笨拙地跳跃着。

我愣了几秒钟，忽然明白过来：它——或者说她——是在道别和表示感谢，感谢我们帮助了她和她的儿女。

我的眼眶又湿润了。我不敢再看，回头向外走去。但心中，那个声音又在响起：人类有权利消灭一个智慧而淳朴的物种吗？它们和我们同根而生，是这个星球引以为傲的长子，也应当引领这个世界走向繁盛，只是因为一场意外的大难，才让我们这些原始鼠类的后裔继承了这个本不属于我们的世界……

是的，如果不干掉她和她的子女，也许所有人类的名字和成就都将从这个世界抹去，但那又如何？会增添千千万万其他的名字，也许这个世界会更辉煌灿烂，早在六千万年前就走向文明的巅峰，也许……

但每一个种族都要生存下去，捍卫自己的种族是每一个人的义务。我不能背叛自己的族类，这是刻在我 DNA 上的命令。

呵，DNA！好像脱氧核糖核酸链条的随机漂变具有多么本质的意义似的，即便如此，我们和蜥鸟龙的DNA也仍然绝大部分是相同的，我们是同根生的兄弟姊妹。他们和我们，并非相距如此遥远。

"A类用户您好，已经到达安全距离。"蜂机提醒我，"按照您之前的命令，微导弹即将发射，十，九……"

我望向已经隐入黑暗，什么也看不清楚的山洞，知道那里有一个延续了一亿五千万年的家族最后的希望，和另一个即将统治六千五百万年的家族最初的机会。

整个地球无限岁月的重负，仿佛都压在我的肩头。

为什么是我们？

为什么不能是他们？

"八，七……"

天地无情，以万物为刍狗。地球历史上，99%的物种都已灭绝，也许蜥鸟龙不是第一个智慧物种，人类也未必就是最后一个。物竞天择，一笔乱账。谁没有权利活下来？又有谁能够笑到最后？

"六、五……"

但是我还是要干掉这些恐龙，我必须这么做。我想到一点，如果未来人类不存在了，时空之门也不会存在。哪怕仍然存在，我也会回到一个天知道会变成什么样子的2116年。我的亲人，朋友，邻居，前女友……统统会化为乌有。

"四、三……"

我必须干掉她。虽然她救过我，虽然她很善良，虽然这一切不过是我脑中的推想，也许她和她的子女几天后就会死于一次余震，也许他们会繁衍几代后自己灭绝，但我不能冒险，我要活下去，就必须干掉她，从开始困在山洞里一直是这么回事。事情本来就是如此简单。

"二……"

不用再想了，干掉她，了结这一切——

"一——"

他们统统会死去，发达的大脑会化为灰烬，血浆和蛋液混合在一起，骨头和内脏到处都是，被坍塌的山洞所埋葬，永远埋葬——

"预备，发射——"

"停止！"我大声叫了起来，"停止发射！"

那一刹那，我知道自己不能这么做。

但已经来不及了，一道耀眼的流星直扑百米外的山洞。一刹那后，山谷中仿佛升起了一个新的太阳，强光照得天地之间犹如白昼。

# 15

随后是一声惊雷，落在地上的尘埃被狂风吹起，又将方圆几百米笼罩在一片灰霾中。

历史仍然沿着既定的轨道前进，恐龙灭绝了。

我呆立在一片灰霾中，心中不知是什么滋味。

但片刻后，我听到了山洞里蜥鸟龙惊恐的叫声，此时激起的沙土纷纷落地，灰霾也在散去，借着蜂机的光芒可以看到，山洞……仍然存在？

"A类用户您好，因导弹已经发射，接到您的命令时已无法阻止，也来不及调转方向，只能用高能激光束将其摧毁。"蜂机报告说。

"原来如此……"我如梦初醒，难得蜂机终于聪明了一回，"干得好，干得好！"

"A类用户您好，谢谢，为您服务是本机的……"

我忽然想到一件事，来不及听它的谦辞，慌忙转身，望向时空门的方向。但那里只有一片黑暗。原本像一盏闪耀明灯的时空虫洞，已经无影无踪。

历史真的改变了！？

我又觉一阵眩晕，发生了什么？难道就因为我的一个决定，人类真的已经从遥远的未来被抹去？

"时空门呢？"我问蜂机，"怎么会消失的！？"

"A类用户您好，距离时空门关闭还有五分二十八秒，"蜂机好像也很困惑，"照理不应该提前关闭的，可能是发生了故障，本机代表公司为对您造成的不便表示抱歉……"

我向原本时空门的方向跑去，指望它是被什么东西挡住了或者被蜂机的光照所掩盖。但越靠近看得越清，也越是绝望，毫无疑问，那扇回到2116年的大门已经消失了，也许整个2116年都消失了。

我究竟干了什么？干了什么？

等到了跟前，看到面前仍然是空空如也的死寂，我再也支撑不住，蹲在地上，埋头恸哭。未来的六千五百万年，整个新生代的无尽岁月，就这样被我一个决定抹去了。

奇怪的是，我首先想到的不是自己的命运，也不是人类、文明之类宏大的概念，而是前女友，她再也不存在了，应该说从来没有存在过。整个宇宙的亿万星河中，只有我一个人记得她的容貌、声音，还有她身体的温暖。

只有我一个人，一个很快也不会再存在的人。

我后悔吗？我一边哭一边问自己，但却不知道答案。

"A类用户您好……"这时候，蜂机还在不识相地打岔。

"闭嘴！"

"可是A类用户……"

"滚！"

"A类用户您好，"蜂机的声音强硬起来，"根据《时空旅行安全规定》第三条第九款，我必须提醒您，时空门距离关闭还有一分钟，请立即返回，否则一切后果自负！"

"你胡说八——"我抬起满是泪痕的脸，却怔住了，眼前，一个美丽的光之漩涡在转动着，通向时空的遥远彼岸。

不知什么时候，时空门又出现了？！

我来不及多想或者多问，生怕再起变故，一刻不敢耽搁，直接扑进夺目的光之海洋。

# 16

整件事就这样蹊跷地结束了。

我和其他游客几乎是同时间回到了2116年，抬头望去，整个世界毫无改变。也没有人知道我在他们离开后的十余个小时中发生了什么。大家以为我不过是晚到了一会儿。身上的各种伤痕也只是撤离时遇到地震所致。

我如实对调查机构和记者讲述了自己的遭遇，却被当成是编故事蹭热度。我再三诅咒发誓，也才有一些人相信了不是我乱编的——而是我在那里昏倒后的幻觉。

"最大的破绽，"他们斩钉截铁地说，"就是时空门关闭后，不可能再开启，即便是后来派人去救你，重新开启时空门，但也不会精确在同一地点或同一时间，更何况，你还是和其他人一起出来的，而不是被传送到另一个时间点。"

我无言以对。

雪上加霜的是，唯一可以证明这一切发生过的蜂机在随我穿越时空门后发生了故障，其记忆存储全部消失。到头来，只有一个人表示愿意相信我，就是我的前女友——对，前女友，我们终究没有复合——的现男友。这家伙是一个穷困潦倒的 21 世纪科幻小说家，借助 21 世纪末的生物技术活了一百多年，但科学知识早已落伍，写的书也没人看了，也不知前女友看中了他什么。他听了我的故事后要来拜访我，我几次拒绝后，终于还是让他到我家里来见了一面。

"设想一下，"他问了很多细节后说，"如果你的猜想是对的，智慧蜥鸟龙挺过了 K-T 事件，发展出了高度发达的文明，那又会怎样？"

"什么怎样？"我没好气地反问，"我不是说了，人类就不存在了吗？"

"当然，当然。不过他们可比我们早了六千五百万年啊，哪怕需要再花一千万年进化出技术文明也是在五千多万年前了。如果他们能发展到今天，那又是什么样子呢？他们应该早已经能够发展出超光速航行、踏遍宇宙的各个角落了吧？"

"但宇宙里毫无他们的踪迹，"我说，又补充了一句，"地球上也没有。"

"再从另一个角度讲，"他笑眯眯地说，"他们的生物技术应该也很发达吧，很容易检测出彼此的基因差异很小，说明在若干年前来自同一个母体祖先。其实这种技术我们现在也有，只是误差比较大。但是他们的测量也许精度非常高，甚至可以锁定在 K–T 事件发生时的某一个个体。也就是说，他们会发现，在毁灭事件发生之际，唯有一个个体活下来了，他们的种族才延续下来。"

"那又怎么样？"

"他们不会对自己这个传奇的祖先好奇吗？不会想回到自己种族历史上最艰难的时刻看看发生了什么吗？你不会以为，他们发明不了我们能发明的时间机器吧？"

"你是说……"我模糊地想到了什么，但是又把握不住。

"也许他们当时也在，目睹了发生的一切，也许还做了什么。"

"可是除了那头蜥鸟龙和几个蛋，我什么都没看到啊！"

"为什么要让你看到？也许他们小心地隐藏起来，没有干预已经发生过的历史，这段历史正是他们存在的根基，但他们能做些别的。"

"所以，"我悚然一惊，"那个消失后又打开的时空门，难道是……"

"也许那不是我们的时空门，而是通向不同平行宇宙之门，从他们诞生的宇宙回到我们的宇宙；又或者并没有平行宇宙，但他们已经能够以超越因果链的方式维持自己的存在，可以允许历史被改写，让我们的时间线不至于被抹去……无论如何，他们以人类目前无法想象的某种超级技术帮你回来了，同时也删掉了蜂机的历史记录。这就证明了，我们的世界和他们的世界并非非此即彼。恐龙没有灭绝，我们也没有。"

"这……这也太难想象了。"

"在无垠的时空中，"他走到窗边，望着太空城外璀璨的星河，蓝宝石般的地球悬浮其间，"在无穷无尽量子宇宙的生灭之海中，会发生多少事情，我们本来就无法想象。"

　　不管听起来多么荒诞，但目前这是唯一说得通的解释。我还有千千万万个问题，可惜目前由于安全因素，K-T事件前后数万年内的时空旅行已经被严格禁止，但我想，将来如果可能，一定要再回到那个时间点去搞清楚到底发生了什么。

　　我一定还要回到那个洞穴里，去拜访那位特别的朋友。

　　一定。

# 时光的祝福

## 一

旧历的年底毕竟最像年底，村镇上不必说，就在天空中也显出将到新年的气象来。灰白沉重的晚云中间时时发出闪光，接着一声钝响，是送灶的爆竹；近处燃放的可就更强烈了，震耳的大音还没有息，空气里已经散满了幽微的火药香。我正是在这一夜回到我的故乡鲁镇的，暂寓在鲁四叔的宅子里。他是我的本家，是一个讲理学的老监生，比先前并没有什么大改变，单是老了些。一见面是寒暄，寒暄之后大骂新党。这并非借题在骂我：因为他所骂的还是康有为。但是，谈话是总不投机的了。

第二天我起得迟，家中正在准备着明晚的"祝福"。这是鲁镇年终的大典，致敬尽礼，迎接福神，拜求来年的好运气。杀鸡，宰鹅，买猪肉，用心细细地洗，五更天陈列起来，并且点上香烛，恭请福神们来享用，拜完后自然而然是放爆竹。年年如此。午饭之后，我去镇东头看一位朋友。行到河边，快到朋友住所时，一抬头，却遇到了另一位旧识——祥林嫂。

上次见她已是五年之前，五年前花白的头发，如今已经
全白，哪里像四十上下的人；脸上瘦削不堪，黄中带黑，而
且消尽了先前悲哀的神色，仿佛是木刻似的；只有那眼珠间
或一轮，还可以表示她是一个活人。她一手提着竹篮，内中
一个空的破碗；手里支着一支比她更长的竹竿，下端开了
裂——她分明已经纯乎是一个乞丐了。

"你回来了？"她先这样问。

"是的。"

"这正好。你是识字的，又是出门人，见识得多。我正
要问你一件事——"她那无神的眼睛忽然发光了。

万料不到她却说出这样的话来，我诧异地站着。

"就是——"她走近两步，放低了声音，极秘密似的说，
"一个人死了之后，究竟有没有魂灵的？"

我很悚然，对于魂灵的有无，我自己是向来毫不介意的；
但在此刻，怎样回答她好呢？我在极短期的踌躇中，想，这
里的人照例相信鬼，然而她，却疑惑了……人何必增添末路
人的苦恼，一为她起见，不如说有罢。

"也许有罢，——我想。"我于是吞吞吐吐地说。

"那么，死掉的一家的人，都能见面的？"

"唉唉，见面不见面呢……"这时我已知道自己也还是
一个愚人，什么踌躇，什么计划，都挡不住三句问，我即刻
胆怯起来了，便想全翻过先前的话来，"那是……实在，我说
不清……其实，究竟有没有魂灵，我也说不清……"

"迅哥！"这时候，我听到有人叫我，抬头一看，原来是
朋友看到我来了，已经在门口迎接。我趁机跟祥林嫂说了声

"回见"，不等回答，迈开步便走，很快来到朋友吕纬甫面前。

纬甫并非本地人，我们的父亲是同年，自幼两家经常往来，我和他一起进的新学堂读书，交情也较一般同学为深厚。前清末年，他去了西洋留学，我却去了东洋，后来十多年一直未再相见，听说他已经定居伦敦。此番忽然得到他的来信，说来鲁镇暂住，想和我一聚，我才回到故乡。

纬甫的面容颇有些改变，头上已添了几根白发，但也一见便认识，依稀看得出仍是十多年前的少年。我们寒暄了几句，他问我刚才那老妪是谁，我告诉他，是祥林嫂。

纬甫一度露出困惑的表情："祥林嫂？祥林……啊，我记起来了，我小时候来鲁镇做客，她在你四叔家里做女工，手脚勤快得像个男人，对我们也都很好。印象最深的是那次，镇上几个无赖抢了我身上的钱，又打得我满面是血，祥林嫂路过见到，拿起扁担把他们赶跑，还帮我洗了衣服。可惜后来再来鲁镇，说她已经嫁人走了。"

我叹息说："她哪里是自愿嫁人呢？是她婆婆忽然找人绑了她回去，又卖到深山里，给一家姓贺的做媳妇。"

"对对，后来你的信里也提过。说她当时寻死觅活，后来倒也还好，丈夫能干，她生了孩子，人也白胖了，后来我去了英国多年，就不知晓近况了……但算起来也就四十出头，怎么老成那个样子？"

"一言难尽……"我回想着说，"她本来在山里日子倒还可以，谁知道丈夫得了伤寒，吃了一碗冷饭，然后死了；她儿子更惨，被一头狼叼去，发现的时候肚子都被狼掏空了……她后来回到四叔家，手脚便没有以前灵活，记性也坏了许多。还逢人絮叨孩子的事，最初女人们还为她掉几滴眼泪，后来听到便头痛，一见到她就躲。四叔四婶也觉得她克死两个丈夫不吉利，后来就把她赶出去了，那是五六年前的事，如今更是沦落，不知道的还以为是丐妇。"

"哎，这么说来，我在街头似乎也遇到过她一两次，觉得有些面熟，但认不出来，连招呼都没打，实在不该。"纬甫叹息几声，又问我："说到这个，你还记得孔乙己吗？听说他断了腿以后也变得如乞丐一般。咸亨酒店的老板跟我说，他消失了很久，还欠了店里十九个钱。"

"我也多年未见，大约他的确死了……"我说，觉得话题过于沉重，便转过了话头说，"别尽说乡人的事了，还没说你近况如何？听说你去那伦敦还是康桥的大学堂里，成绩优异，还拿了洋博士……"

我一边说着，一边在他房里踱步，这应该是他租赁的屋子，只里外两间。外间是书房，架子上放着好些英文书，大抵都是格致的书籍，什么 Physics、Chemistry 等，似懂非懂，还有一部德文书，标题长长的看不懂，作者似乎叫什么阿伯特·艾因斯坦，近来倒是有所耳闻，听说这是当世最了不起的科学家，全世界能懂他的学问的，不超过十个人。我好奇地翻开看了看，看到其中密密麻麻都是纬甫写的中西文批注，不由肃然起敬。

纬甫却说："一言难尽，我在伦敦是听了几门功课，博士也读过，但是出了变故，没有读下去……"

我见他似有难言之隐，也不便问，只说："学到了真本事就好，你这样好的学问，应该到北京上海的大学里高就，推动中国的科学进步，怎反到这小镇上闲住呢？"一边说，一边看到书架上有一部 *War of the Worlds*，记得是英伦文豪

H.G.Wells 所著的科学小说，便取下来随手翻阅。

"这个实在有不得已的苦衷……"纬甫仍吞吞吐吐地说，"不过就算去做事，也不过是谋一口饭吃，中国的大学生有几个知道'赛先生'为何方神圣，大学里除了几本过时的教科书，资金器物无不匮乏，起码的科学实验都做不了。加上战火连年，饿殍遍野，等到科学昌明真不知何年何月。"

"如此而论，你的科学救国，和我的医学救国，都是失败了。"我苦笑着说。当年我们年轻气盛，痛感时局沉沦，自觉有救国良策，还为此争论不休，但最终一事无成。正如两只小飞虫一样，远远近近绕了一圈，仍飞回原处。

"我当时想法是太幼稚了，"纬甫说，"若单单推动常规的科学工业之发展，见效极慢，何况洋人也不会停下来等我们一等，'夫子奔逸绝尘，而回瞠若乎后矣'！按常理，中国是断无希望赶上人家的。即如民国今日的枪弹炮舰，或者可以敌过道咸年间的英国战船，但现在人家又出来了什么飞机坦克，把我们甩得更远了。"

"是啊，正是一山还比一山高，"我抚着手中的书说："便如这部《世界大战》中所言，浩瀚宇宙之中，有更早文明开化的其他族类，西洋今日的科学虽发达，在火星人的眼中，怕又不堪一击了。"

纬甫奇道："原来你也读过威尔士的小说？"

我忆起往事，嘴角浮出一丝笑容，又涌起几分感伤，"我在东京闲来也爱读科学小说，还翻过 Verna 氏的《月界旅行》，鼓吹科学小说救国……那时年轻幼稚，如今梦早已醒了，在教育部谋了个闲职，每日便是抄抄古碑，消磨余生。"

"但你一定是能懂我的，"纬甫热切地说："其实这就是我要跟你说的事，这部书你可读过？"

他从桌上又拿起一本英文小书来，书名是 *Time Machine*，我翻了翻便想起来，"这不是那部《时光机》吗？这是威尔士的成名作，我当年曾找日本人的译本读过，倒也有趣，不过其中还有些不明白之处——"

"那就够了！"纬甫断然说："此书所述之事玄妙绝伦，守旧的国人不易明白，但你既然已懂得其中纲领，我不妨直说，只要得到时光机之助力，能够送我回到过去，设法更改历史，便是救国的捷径了！"

## 二

他这几句话听得我目瞪口呆，怀疑耳朵出了毛病。我虽读过此书，不过是当成消遣的故事和警世的寓言，哪里会当真呢！纬甫却来了兴致，一个劲地说下去：

"我想中国人原不比西洋人差，今日之所以落后，无非是过去阴差阳错，走错了路。譬如始皇帝焚书坑儒，灭掉了诸子百家，多少科学的根苗也就被扼杀；又如宋灭于蒙古，明亡于满洲……泱泱文明之国，遂为野蛮之墟，我们自然就比西洋落后了几百年；再如甲午之败，戊戌之变，更是一蹶不振……若是溯时间而上，回到历史转弯之处，改变方向，重选道路，一切自然便随之而变了！"

我听得咋舌不下，心想好好一个人，怎么竟迷了心智！好不容易等他稍停，说："这'时光机救国'的理想是极好的，但是有一个难处，世间焉有什么时光机呢！想不过是小说家言而已。"

纬甫摇头，一脸郑重地说："迅哥，你有所不知，时光机是的确有的，不过并非此时的学者智士所能发明，而是数百年后未来人的造物。那年未来人乘坐此机器前来，出现在威尔士的宅里，被威翁所知道。本来按他们的法条，时间旅行应当极度保密，以免混乱时空，改变正史。不料消息泄露出去，闹得伦敦城满城风雨，威翁灵机一动，以此题材写了一篇小说，三真七假，托于说部。众人读后都以为是小说家的虚构，传言也就平息了。"

我仍是不信，"此事既然是机密，你又怎知道了？"

"说来也巧，我在伦敦读书时，学业的导师与威翁相识，正好他要做一部有关中国的小说，想了解中国的史事，导师便举荐我去帮忙。一来二去，我与威翁便熟悉起来。你知道他是风流成性的人，女人方面的麻烦事也多，一日他有不如意之事，在酒馆里喝得烂醉，我正好遇到他，便送他回家。

"不料他醉中吐露真言，说那时光机真有其物，多年前未来人乘此物到来此间，去查一个伦敦的采花大盗，诨号'开膛手杰克'的案子。此案一直未破，据说是史上有名的奇案，所以未来人专门来此查清楚真相，未来人等到杰克作案时出现，抓获了此人，但不料那歹人狡狯，假意投降，却忽然一刀刺中了未来人逃去！这未来人倒地后奄奄一息，眼看熬不到回去，便嘱托威翁将时光机深埋起来，切勿开启，否则遗祸无穷。"

我听得入神，心想纬甫编小说倒是也头头是道，且看他能扯到哪里去，问："然后呢？威翁使用那台机器了没有？他莫非真的去了千百万年之后，见到了小说中的奇景？"

"威翁说，他倒是也起了使用时光机的念头，但那机器上的指示十分晦涩，他研究了许久，始终无法启动，所以还是遵照遗嘱将它埋起来。但未来人临死时说出自己是时光旅者的话头，也有旁人听到，惹出许多猜测谣言，他便写了这部《时光机》来混淆其事，谁知歪打正着，此书却洛阳纸贵，风靡天下了。"

我心下顿悟，拊掌笑道："我明白了！这自然是威翁逗你的玩笑话，全凭他如何说，也没有实证。"

纬甫摇头，"我当时也是这么说的，说他是醉话，威翁却大发脾气，指示给我庭院中埋藏的地点，说要挖出来给我见识一下，然而走了几步，却又醉了睡去。我动了好奇心，趁他夜里熟睡，去那地方一挖，吓，终于让我挖出一个箱子来！里面的确用油纸包着一台古怪的机器，结构极精细，材质亦奇特，非铁非木，绝非此世的人所能制造。我一颗心怦怦乱跳，头脑一热，便抱了这台机器连夜走了。"

我啊的一声："你把时光机偷走了？"

纬甫露出几分尴尬的神色，"救国救民的事，怎么能叫作偷……不过怎么叫都好，我的确是想要用来做一番大事。再者说，此物留在威翁手上多年，他也研究不出来什么，不如让我去尝试一番。我知道威尔士一旦发现我偷走了此物，必然会设法寻找，所以我也不敢回国，抱了这部机器去了德国，不料很快发生欧洲大战，交通断绝，我在德国乡间躲起来研究了好几年，倒也清静。但其中关键处难以索解，那日读到艾因斯坦博士的论文，觉得有些启发，于是去柏林找他请教，很是有些收获。打通诸多疑难关节后，我才恍然大悟。这部机器的原理虽然是四维空间，但却是艾氏所说的相对时空，质量与时空互为表里。因此时空产生曲率，须循此

时光的祝福

原理在时间中进退，便如上下山坡要调整步姿一样。威翁未参透此节，只按欧几里得氏的时空观念去操作，却是缘木求鱼了。"

这些话高深莫测，我丝毫听不明白，纬甫又说："弄通那相对理论后，我逐渐明白这机器的用法，做了一些小实验，譬如从早晨跳到晚上，又如将一只老鼠送到 3 天后……无不称心如意，当然其中种种玄奇怪诞之处，是一言难尽了。这时正当欧战结束，我就准备回国，打算实现我那救国的志向。不过我却被人盯上，好不容易才甩掉。原来，威翁委托了欧洲黑白两道的人物，重金悬赏寻我，战后他参与创建国联，领袖士林，四海闻名，就算回到中国也可能被他查到，所以我不敢去大城市，也不敢回家乡，一日想到，少时曾在鲁镇住过，这小地方威翁定不会知道，便来到此间暂住。迅哥，你精通国故，正好帮我参详一番，看去什么时代，如何改变历史，才能救国。"

我见他说得恳切，也不免将信将疑，问道："那么那台时光机到底在何处呢？"

纬甫做了个手势，请我到卧房之中。我进门一看，房室空荡荡的，也只有床帐桌椅等寻常家具，哪有什么神奇的机器？心想，果然是他发了狂症异想天开，亏我还险些相信！然而他到床上拿起枕头，去掉绣花的枕套，取出里面一块金属物，长约二尺，色泽暗黄，上面有些细密的纹路，但很是袖珍，与威尔士笔下的时光机毫无共同之处。

我正感狐疑，他将那枕芯放在屋子中间的空地上，在上面不知什么地方拉了一下，那物便如折纸般翻开，令我大吃一惊。只见那东西仿佛是活的，自动地一层层打开又支起来，再翻出更内部的结构，令人眼花缭乱。最后变成了一台庞大而精巧的机器，上有座位和顶盖，形如黄包车，但下面没有轮子，而是复杂精密的机械装置，面前又有许多黑色、白色和透明的操纵杆。真不知从一个小方块中如何变出这许多东西！

我惊得半天合不上嘴巴，只觉如在梦中。纬甫说："你看，这便是威翁小说中描写的时光机了，他说是用黄铜做的，其实是一种极为坚固的合金材料；他说的那些乌木、象牙和水晶的操纵杆，一方面是有意混淆其事，另一方面他也并不知道真正的材质，我相信是一种未来的高分子聚合物，近几十年美国人发明一种非金非石之奇物，称为'塑料'，也许与之近似。"

我呆了许久，方颤声问："原来真有这神器！那你有什么打算？"

纬甫说："我也想过，若贸然去古代，语言文字风俗习惯多有不同，不易融入行事；所以首选是去甲午战前，送去日本人的军事情报，让我北洋水师大破日本的海军，就不会有马关之辱；再设法相助康梁诸公，让维新变法成功……不过，有关的知识我了解尚很肤浅，你在日本留学多年，又精通朝野掌故，一定可以帮我。"

我不料拜会一位故人，竟然卷入了如此怪异的宏图伟业，虽然说不出哪里不妥，但也手心冒汗，期期艾艾地说："兹事体大，牵一发而动全身，若是出了差错可非同小可。比如虽战胜日本而引来列强的猜忌，反无法遏制俄国人吞并东北的野心；又比如西太后被废，或者会引发内战，诸国趁机瓜分十八省……以当时时局的错综复杂，这绝非不可能发生，那我们可就百死莫赎了。"

纬甫踌躇说："这种事当然谁也无法打包票，但总不能因此而畏葸不进。这可是上天赐给我们的良机，万不可错过了。"

我们商议了许久，暂时没有结论。眼看天色已晚，我嘱咐他切莫着急行事，等我明日再来，商议妥当后再着手进行。

# 三

当晚我又哪里睡得着觉，心里不知多少个念头七上八下。一会儿是诸国大战血流成河，一会儿又是未来人狰狞恐怖，形如火星怪客，直到天明才蒙眬睡去，却又梦见秦始皇捉了纬甫去杀头，而秦始皇和四叔长得一模一样……

起来时已经接近中午，我梳洗方毕，听到门外四叔且走且高声地说："不早不迟，偏偏要在这时候——这就可见是一个谬种！"

我先是诧异，接着是很不安，似乎这话于我有关系。试望门外，谁也没有。好容易待到短工来冲茶，我才得到了打听消息的机会。

"刚才，四老爷和谁生气呢？"我问。

"还不是和祥林嫂？"那短工简捷地说。

"祥林嫂？怎么了？"我又赶紧地问。

"死了。"

"死了？"我的心突然紧缩，昨日见到她后，随即卷入时光机的疑云，早已将祥林嫂忘得一干二净。想不到昨天才见到，今天已经……

我镇定了自己，接着问："什么时候死的？"

"什么时候？——昨天夜里，或者就是今天罢——我说不清。"

"怎么死的？"

"还不是穷死的？"他淡然地回答，没有看我便出去了。

午饭时见到四叔，我也还想打听些关于祥林嫂的消息，但知道他虽然读过"鬼神者二气之良能也"，而忌讳仍然极多，当临近祝福时候，是万不可提起死亡疾病之类的话的，倘不得已，就该用一种替代的隐语，可惜我又不知道。

下午，我去赴与纬甫的约会，心中仍沉甸甸的。他见我面色不对，问我出了什么事，我告诉他祥林嫂已经过世，他哀叹几句，仍说他那改变历史的大计该当如何进行。我心中忽然一动，抬头道："纬甫，你若能改变历史，能否回到过去，让祥林嫂不会死得这般凄凉，甚至让她能够过上好日子呢？"

纬甫一怔，回答说："我自然想要救她，但这部机器，是用来救四万万中国同胞于水火的。孟子曰'先立乎其大者'，如若中国的运势从头改变，劳苦大众都能安居乐业，祥林嫂的事，自然也就解决了。"

"我知道你的意思，但我想，或许你可以把她当作一个实验，先改变一下祥林嫂的命运看看，如若成功，便可用在更大的方面。若是出了差错，我们再研究问题在何处，将来真正着手改变国家的命运时，也好有个参照。"

纬甫笑道："想来你还不信这神器的妙用，想给我出个难题。逆转时空，解救一个乡下仆妇，又有何难？好，就看我为你演示一番。"

于是我们按自己的所知，在一张纸上写下祥林嫂大概的

"年谱"：

> 丧夫（二十六岁）
>
> 私逃来鲁四叔家中帮佣（二十六岁）
>
> 被婆婆用船绑走（二十七岁）
>
> 卖到山里嫁给贺老六（二十七岁）
>
> 生下儿子阿毛（二十八岁）
>
> 贺老六因伤寒去世（二十九岁）
>
> 孩子被狼叼走（三十一岁）
>
> 回到四叔家（三十三岁）
>
> 被赶回卫老婆子处（三十六岁）
>
> 去世（四十一岁）

我们又尽可能推断和写下各个事件所发生的确切时间，好在祥林嫂这些年逢人就诉苦，讲述生平的不幸，许多重要的时日，我倒是都记得。

我们越写也越是悲凉，不想命运的诸多不公，都加在一个苦命女人身上，实在非人所能承受。纬甫最初还抱着科学实验的心态，但后来也是忍不住双目含泪，摩拳擦掌，要快点儿去救人了。

我们商量得出共识，最适合介入改变的事件，是狼叼走阿毛那件事，此事时间地点俱全，而且任务也比较简单：到贺家屋前去赶走或者打死那头恶狼，救下她的儿子阿毛。想这事也是祥林嫂内心最大的痛楚，最希望挽回的不幸……

时光机只能改变时间坐标而不能改变空间位置，如果在家中进行时间旅行，可能会遇到多年之前的屋主，那会引起很多麻烦。所以我们把时光机带到镇外去，那机器极精巧，虽然打开来有黄包车大小，但是在某处一按，缩回去又是枕头一般。也不过十来斤重，提起来不太吃力，包上套子看上去就是一个方枕。若非如此小巧易携，纬甫也不可能轻易盗回来了。

最后我们找到小时候经常去玩耍的一个野山洞，在山洞里清出一块平整地面，打开时光机。纬甫坐上那机器的鞍座，设定好了时间——八年前，在狼叼走阿毛之前两天，但需要从旧历调到西洋历法。他对我做了一个表胜利的手势，深吸一口气，便拉下启动杆。我睁大眼睛看着，只见那时光机的外壳缓缓旋转起来，然后越转越快，便如同化为一个诸色杂糅的漩涡，一切都模糊不清了。最后甚至变得透明，几乎要化为乌有。

我看得心摇神驰，以为它会马上消失，但它又渐渐变得颜色鲜明，形体凸显，旋转开始变慢，最后停了下来，纬甫仍然坐在那里，看似没有什么不同。

我问道："怎么了？可是出了什么岔子吗？"

"出了什么岔子？"纬甫不解地说，"我已经回去了，完成了使命啊……哦，想必是我回来的时间点和去的时间点是同一个，所以在你看来，我竟从未离开过这里。其实，我已经在过去待了三四天。怎么样？祥林嫂的命运改变了吗？"

我想了想，摇头："我没感觉什么不同。"

"没事，我们下山去问问就知道。"纬甫说，收起时光机，和我并肩下山，一边走一边说："这次还算顺利，不过祥林嫂所在的那山坳实在太偏远，我探路时险些跌下山崖，你看，这裤腿上都跌脏了。"果然，我见他裤腿上有一些污迹，上山的时候还没有呢。

"你没事吧？"

"没事，就是耽误了点儿功夫，到的时候时间已经很紧张了，我拼命跑上山，到了贺家坳时，正巧看到那头狼钻出来，跑向阿毛，我赶紧过去打它，把狼堵得往回跑，把祥林嫂惊动了，她——她那时候还挺年轻的，我都忘了她年轻时的模样——她见状急了，扑上去跟狼拼命，狼也害怕，夹着尾巴逃走了。后来祥林嫂跟我千恩万谢，还留我吃了一顿饭——"

"你在说什么呀？"

我见他越说越不成话，终于忍不住打断他："阿毛那孩子不是被山洪冲走的吗？我们不是说好了，你是要回到那天，阻止他不要去会被山洪流过的小溪边玩呀！"

## 四

纬甫用看怪物的眼神盯着我看了半晌："你是说真的？"

"那还有假吗，"我啼笑皆非，"鲁镇上人人都知道，祥林嫂跟谁都说阿毛被山洪冲走的事，你莫开玩笑了。"

"你……对了，"纬甫似乎想起一事，"我们刚才是不是在一张纸上写下祥林嫂的生平事情来着？"

"对呀。"我便把那字条给他，我先看了一眼，上面明明白白写着"某年月日，阿毛在某山谷中被山洪冲走"。

纬甫接过来看了，半天一言不发。

我也觉得蹊跷，纬甫照理不会和我开这种无稽的玩笑，问道："这到底是怎么回事？"

纬甫声音颤抖着说:"迅哥,我想……我已经改变了历史,在本来的时空中,阿毛是被狼叼走的,我救下他后再回来,便成了被山洪冲走了,时间也在狼叼走事件之后半年多。只是你们的记忆也跟着改变了,没有察觉。"

此事太过匪夷所思,我想了半晌,才大约明白,说:"这、这也太难以置信了吧,曾经阿毛是被狼叼走的吗?我只知道他已经被洪水冲走许多年了。"

"并不是'曾经',整条时间线都改变了。对你来讲,这事在你的生平中从未发生过,但对我来讲,在我出发前你还一直相信阿毛是被狼叼走的……那你告诉我,祥林嫂还是死了吗?"

"是啊,昨晚病死了,否则我也不会今天找你了,"我说,"对了,我想起来了!那一年祥林嫂的确依稀提过,曾有一个好心的男人帮她赶跑了一头想吃阿毛的狼,看来你说得不错,那人其实是你!可是到头来还是什么也没有改变,那……那我们该怎么办呢?"

纬甫露出迷茫的表情:"我……我心里很乱,我要想想再说。"

他坐在路边一块石头上苦思了许久,才说:"看来这世界是抗拒被改变的,虽然我们改变了原来的时空,但一切仍然尽量按照原来的轨道进行!这就好像把一个球从山脚拿到山腰,它还是要往山脚滚落,不会停在山腰上。不过没关系,我再回去一趟就是了!"

"你还要打山洪中救出阿毛吗?"我问。

纬甫摇了摇头:"那个孩子在荒山野岭中生活,危险多如牛毛,就算从山洪中救出来,或者会被蛇咬,或者又掉下山崖……再回去救多少次怕也不够。时光机本身也未必经得起这么多实验，在真正改变历史之前，我们得尽量精简使用的次数。让我想想……"

"有了！"他想到一点，"我们要回到上一个节点，也就是她男人死之前，如果能救回她的男人，那么他们一家人安然过下去的概率就大得多了。不是说她男人是吃了一碗冷饭死的？这点没有变化吧？"

"这个……"我也思忖着说，"虽然如此，但伤寒本来凶险，病情反复多变，也不知道是不是真和那碗饭有关系。再者，按你刚才所说，即便救回了她男人，过几年，如果又得了什么病死掉，还是一样的。"

"这也是，"纬甫挠头说，"那该当如何？让我再看看那纸条上的记载。"

我递给他纸条，纬甫边看边说："若是在她和贺老六洞房之前救她出来，带她离开山里又如何呢？她不用和贺家人纠缠在一起，也没有阿毛之死的伤心了。"

我说："大山中都是当地山民，愚昧顽固，救她出来谈何容易？再说就算真救出来，一个大男人带着一个青年寡妇上路，又成什么样子？又如何安置她？"

"唉，你说得不错，但是她要能脱离山间的环境，总是更好一些……有了！倒是有个折中的办法！"

我忙问端的，纬甫说："我设法让她丈夫带她出山来做事情，不就好了？离开了山间，便不易得伤寒，就算依旧死了，祥林嫂在镇上有活做，也不至于回到山里去。"

我说："但人家世代在深山里过日子，怎么能让他出来呢？"

"俗话说，有钱能使鬼推磨，我在国外还攒了点儿洋元，总会有办法，请他出来赚钱还会不干吗？谁不想过好日子呢？"

我们谈谈说说，又走回那山洞，纬甫打开时光机，我劝他不如休息一下，明日再去。他笑道："我在那边早已睡过一觉，此时正神完气足呢。事不宜迟，我这就去了，回来咱们还有真正的大事要办。"

我便又送他坐上时光机，他设下一个合适的时间——祥林嫂和贺老六婚后不久——然后拉下启动杆。一阵旋风过后，时光机便消失了。

这回等了一会儿，时光机才又出现。再见到纬甫时，他的胡子长长了一大截，身上的衣服也都换掉了，明明是冬日，却穿着夏天的薄衫。一见到我便抱着手臂打战说："哎呀，好冷！"

我忙给他分了一件外套，说："你在那边多久，何以变化如此大？"

纬甫说："待了快有半年！此事也是很费周章的，我先是找到了一个经常去贺家坳的买卖人，叫魏二的，让他设法令贺老六夫妇来鲁镇生活。那人自然不明白为什么我要干这事，我说鲁四太太希望祥林嫂回来帮忙，他也不太信，还以为是我有什么企图……不过怎么想都好，看在钱的份上魏二倒也用心去办，先是劝贺老六下山跟他收账，贺老六不干，他便安排了一个局，和贺家坳的人赌钱，找其他人当托，把贺老六的钱都赢光了。他赌红了眼，跟村里人借了不少钱继续赌，结果又输了，这么几天下来，欠了一大屁股债，村里待不下去了，便带祥林嫂来了鲁镇。后面祥林嫂求了你四婶，重回你四叔家做事，贺老六手脚也麻利，就去打一些短工，我再帮衬些，肯定比在山里种地强。我又等了几个月，确定他们安顿好了，这才回来。"

"纬甫，可是你——"

"对了，"他谈兴不改，"我回来前，祥林嫂已经有了身孕，阿毛已经在肚里等着出生了，这次他们都不在山里，或许命运便大不相同了！"

我越听越是不懂，问道："阿毛是谁？"

"阿毛……你不知道？"

"纬甫！"我不解地说，"不是说好了你去过去改变祥林嫂的命运，让她继续待在山里，不要下山的吗？你怎么干的是相反的事呢？"

纬甫打了个寒战："哎呀，我回去太久，忘记了回来后，你的记忆又被新的现实洗掉了。迅哥，你先告诉我，在你记忆中，祥林嫂怎么样了？她还在世吗？"

"你在说什么？"我越发迷惑，"祥林嫂上个月和阿花一起投河自杀了，所以你才要回去救人啊！你怎么了？还是冷吗？"

# 五

纬甫抚着额头，似乎脚下虚浮无力，扶住时光机的支架才勉强站住，他苦笑了一下："没什么，请你先把详情告诉我。这里面的古怪，我稍后再和你解释。"

我满腹疑问，但还是告诉他，那年贺老六和祥林嫂下山之后，一开始日子过得倒是还行，不久祥林嫂怀了身孕，贺老六还鞍前马后伺候着。柳妈、吴妈等同伴都羡慕，说祥林嫂哪里修来这么好的福分。

谁知道祥林嫂生下来一个女儿，取名阿花，贺老六忽变了颜色，说她肚皮不争气，不能给自己生个儿子，对母女俩就不太照顾，祥林嫂月子没过，就要下地做事。她自己也颇多自责，很快又怀了一个孩子，这回倒生了个儿子，取名阿毛，但不到一岁，就夭折了。

贺老六大怒，说她没照顾好儿子才害得儿子病死，天天对母女俩非打即骂，渐渐地也不着家，又在外头赌钱，一赌输了许多。他还不上钱，债主看到祥林嫂模样还算周正，竟然起了歪念头，跟贺老六说，要他老婆肉偿来还债。贺老六本来不干，但人家又许给他一笔好处，他也就答应了……

纬甫听到这里，握紧了拳头，切齿骂道："贺老六竟是这种畜生！"

"可不是吗，"我愤愤地说，"祥林嫂自然不依，但那几个流氓用强，一个弱女子如何反抗？终究……祥林嫂性子刚烈，当晚上了吊。不过却被贺老六及时发现救下，没有死成。贺老六似乎也稍萌悔意，照看了她好几天，对她好了一些，祥林嫂想还有小女儿嗷嗷待哺，慢慢也就认命了。

"事后想来，要是那时候死了也许还好些，后来也没过多久安生日子，贺老六稍微有点儿积蓄，本性难移，又去赌钱，自然输了个干净，借了钱又输了，这回他逃到外地躲债，也有人说，他被人砍死了沉湖……反正他消失得无影无踪，很快债主上了门，迫祥林嫂还债，祥林嫂又有什么办法，只好……有了第一次便有第二次，也便有无数次了，这事传出去，她名声大坏，四叔家也不能再留她做事，她流落在外头，没钱养活自己和女儿，更只有靠皮肉生意。一来二去，镇上没有占过她便宜的男人，怕是也不多了。"

"我真的没想到会是这样……难道是我……"纬甫抱着头，喃喃道，"若非我引诱贺老六赌钱，也许还不至于这样……但……那后来如何了？"

我叹了口气，接着说："祥林嫂沦为私娼，也是为了一份牵挂，就是她女儿阿花，她还痴心妄想，女儿能够有个好归宿呢。这几年她渐渐年老色衰，阿花一天天长大了，不过也才十一二岁。谁知上个月，赵太爷的儿子晚上去她家里，夜里悄悄爬上了她女儿的床，小姑娘拼命反抗，祥林嫂听到响动走出来，拿把刀想吓走他，但搏斗之际，竟然刺死了那姓赵的。祥林嫂觉得自己母女再无生路，便留下一份遗书，说明事情经过，然后和女儿抱在一起跳了河……这也是近年鲁镇最轰动的大事了，昨天我们还谈起这事，你不是还愤恨不已，说要用时光机回去改变她的命运吗？"

"我……"纬甫面色惨白，几乎说不出话，但目光渐渐坚定起来，"我确实是铸成了大错！但因此我便更要去救她，总要将一切再更正过来。"

他跟我解释，每次改变历史后，除他之外，其他人的记忆都会消失。我听得似懂非懂。但总算明白，他要再次回到过去，设法挽回祥林嫂的命运。

"这回，我一定要带她走！"他坚定地说。

# 六

纬甫坐上时光机，消失然后又出现。转眼又变了一番模样，衣服不同了，从单薄的长衫变成了颇为高档的呢子大衣，还戴着礼帽，但面目憔悴无光，似乎老了十岁。

"纬甫，你总算回来了！"我问他："你怎么脸色这么差？你找到孔乙己的下落了吗？"

"孔乙己？"他苦笑道："我看，你又不记得祥林嫂的事了吧？"

"祥林嫂是谁？"我奇怪地问。

"你真的不记得了，"纬甫苦笑着说："这是一个漫长的故事，而且每次都变得更长一些，这次更是长得难以置信……"

我慢慢想起来，"哦，祥林嫂就是我们小时候四叔家的女佣啊，她不是被人贩子拐走很久了吗？你为何忽然提她？"

"那个人贩子吗……"纬甫吞吞吐吐地说，脸上红一阵白一阵，"你不要吃惊，就是我，回到过去的我……"

纬甫脸色难看，似乎不愿意多说，但经不住我盘问，还是告诉了我大概的经过。

前情不再赘述。单说他此番返回过去，出现在十余年前祥林嫂被她婆婆抓走之前，他找来一条乌篷船，又许以重利，雇了几个当地的闲汉，趁着祥林嫂洗米的时候，拖她上了船，捂住了嘴巴。祥林嫂自然惊怕挣扎，但纬甫按着她躲在暗处，看到她婆婆和卫老婆子带着一干人等出现，似乎在到处找她，祥林嫂便吓得一声都不敢吭。

纬甫说："这里留不得了，我带你走，你信我。"祥林嫂惊异地盯着他，似乎在判断这个陌生青年的善恶，终于缓缓点头。

他们一路坐船，又经历了几次波折，终于平安到了上海。那十里洋场鱼龙混杂，藏污纳垢的地方不知多少，不过倒是谁也不管谁的来历，大可隐姓埋名。祥林嫂大字不识，只能进工厂当纺织女工，收入微薄。纬甫不敢马上离去，想再照看祥林嫂一阵，带来的银圆却都用完了，他在报纸上看到有一间私立女校聘请英文教师，他去面试，英文既娴熟还通晓理学，学校自然极为满意，当即聘用为英文及数学教师，报酬甚是优厚。纬甫想多些钱帮衬祥林嫂也是好的，何况可以和一些沪上名流学者往来，也不寂寞。于是在这里多留了几个月，这一留，二者的关系竟发生了质的改变。

原来祥林嫂见纬甫救了她又带她来上海，还补贴家用，感激涕零，常常来他屋里打扫做饭，纬甫也顺便教她读书认字，想让她有机会成为一个文员。纬甫本与祥林嫂差了十几岁，但穿越回去后，此消彼长，年轻的祥林嫂竟比他还要小了几岁，二人朝夕相处，一个悉心教导，一个想要报答。关系不免渐渐暧昧，纬甫自己却未察觉，或者内心察觉而不愿承认。不过时日一久，他也感觉不妥，那日他本决定最后去见一次祥林嫂，便乘时光机返来。见到祥林嫂，这温柔女子却为他织了一件衣服，在他身上比来划去。他不知为何，心神一荡，抓住了祥林嫂的手腕。祥林嫂也含羞抱住了他……一夜缱绻，早上醒来，祥林嫂已经在为他做早饭了。

这一下纬甫再也抽身不得，反与祥林嫂住在了一起。但一个是大学者，一个是小村姑，身份不相配，情趣也不相投，纬甫对祥林嫂更多是同情而非爱慕。祥林嫂始终学不会认字，穿衣戴帽也土里土气，容貌虽说还算周正，但比起学校中那些大家小姐又差得远，带出去都惹人侧目。纬甫与她同居，常被邻人指点，内心烦闷，也就常常对祥林嫂发火。祥林嫂总是逆来顺受，她也不指望纬甫明媒正娶，说只要在他身边伺候便足矣。然而纬甫并不想留在这个时代，随着时日推移，对这段孽缘也越发厌烦。为了让祥林嫂离开自己，甚至恶言相向，但食色性也，一边嫌弃这段关系，一边仍然不免同床共枕。

几个月后，祥林嫂月事不至，竟是怀了身孕，她心中欢喜，纬甫却如遭雷殛，想这女子有了他的孩子，他还如何能走得了？岂不是一辈子都被拴在这村妇身边！又如何能实现自己的救国大业？他左思右想，想好言好语哄祥林嫂将孩子打掉，不料祥林嫂死活不愿，二人由争吵而至动手。纬甫冲动之下，推搡了她一把，祥林嫂从阁楼上滚下来，裙下汩汩流出大量的鲜血，人当场昏厥。等送到医院时，大人孩子都已经没了……

# 七

"是我杀了她！"说到此处，纬甫抱着头，带着哭腔说，"其实我比贺老六那些人又好到哪里去了？我原来是个如此自私狠毒的人，还救什么国？还救什么民？罢了，我、我要砸了这破机器！"

那时光机本来极轻，他抬起来便往地上摔，我急忙抓住他胳膊："纬甫，你可要想清楚！砸了就再也没有挽回的余地了！而祥林嫂便永远被你害死了！"

纬甫颓然坐倒，喃喃说："挽回？我挽回过三次了，在那些真真假假的时空已经耗费了一年多的光阴，但她永远难逃一死，大概时光机也改变不了命运的安排！我还能怎么挽回？还要耗费多少岁月去挽回呢？罢了，我干脆回去，在祥林嫂还是婴儿的时候便掐死了她，也让她少受点儿罪罢！"

"你冷静些！祥林嫂是最无辜的，你怎么能够还杀她？"

"呵呵，"他怪笑起来，"那谁是有辜的人，我该去杀谁？是那头狼吗？杀了它又有洪水！是贺老六吗？他本来自己已经病死了，是我把他弄到了鲁镇；难道是我吗？我前后花了一两年时间一心要救她，却越来越不可收拾，但若没有我，她的命运又有什么希望呢？谁是罪魁祸首呢——谁——"他忽然停了下来，愣了半晌，然后猛地一击掌：

"对呀，这么简单的方法，我一直竟然未有想到！"

"什么方法？"我忙问。

纬甫森森地笑了起来："不是说了吗，杀人，杀人啊！这是最简单也最直接的法子，只要那两个人一死，问题就解决了。"

"杀谁？"我紧张地问。

"你果然忘了，自然是祥林嫂原先的婆婆和小叔子！"他咬牙切齿地说，"只要夫家的人一死，就再没人来上门抓祥林嫂，祥林嫂便能一直在四叔家干下去，平平安安的，也不会有其他枝节，你说对不对？"

"这……这倒是……但他们未必犯了死罪……"我总觉得不妥。

"迅哥，你我都是受过新教育的，他们把童养媳当成私产，肆意绑架买卖，最后害死了一条——也许是好几条——人命，哪个文明国家会容忍这种事？他们早就该死了！"

"但他们也只是愚昧……"我嗫嚅说。

"愚昧还不该死吗？若他们不死，祥林嫂的悲剧就只能继续，别无生路。这个实验已经持续了太久，我们不能再有妇人之仁！要易天改命，却连这等最可恨的渣滓也要同情，那是永远也无法成功的。"纬甫决然地说，匆匆又去启动了机器。我想纬甫或许也是怀着一股愧疚之感，要尽快抹去祥林嫂（和他自己的孩子）被他害死的这段历史，让一切从未存在过。我想要劝他三思而行，但也想不出更好的主意，何况我一个旁观者，在一个几乎搭上自己人生与厄运搏斗的人面前，任何意见都显得轻浮无力。

这一回纬甫消失后，却半晌没有出现。我有些不安，想他一个手无缚鸡之力的书生，一时激愤要去杀人，也是过于冲动，万一出了什么事……胸中越来越七上八下。又过了一阵，天色渐渐暗了下来，纬甫始终没有出现。我开始感到浑身发冷，也许他就和时光机的上一任主人一样，迷失在过去时光的迷宫中，再也回不来了。

我又等了许久，靠着山洞边上，心里七上八下的，不觉眼皮打架，竟然睡着了。等到醒来时，天色已经全黑。我一时忘了何以自己为何会躺在这小山洞里，过了一会儿才想起事情的原委，也不知纬甫是否成功了。按理说，如果他成功了，我的记忆就会被改写，但我仔细想那一个个事件节点：帮佣，绑架，改嫁，夫死，子亡……甚至昨天在路上的会面与交谈，种种事实都历历在目。看来纬甫这次真的凶多吉少了。

我又等了一会儿，想再等下去也不是办法，只有先行下山。走到鲁镇边上，正当祝福前夕，小孩子跑来跑去，噼里啪啦乱放鞭炮，一派热闹景象。我想四叔四婶应该已经吃过了晚饭，今夜要举行祝福，这顿饭相当重要，我住在他家里却无故缺席，见到四叔难免又是一顿训话，是以从后门进去，想悄悄回到房中。

后门进去是柴房，这个时辰本来不该有人，但我走过时，门忽然弹开，一团黑漆漆的影子冒出来，吓了我一跳，却听那影子说："迅哥，是我！"

"纬甫？你怎么在这里？！"借着远处的灯火，我看清了他，披头散发，目光涣散，狼狈不堪，身上——我不由打了个寒战——身上满是血污……

"我弄错了时间，"他说，"早到了半天，又穿到鲁四爷家里……"

"先别说了！"我打断他，看四顾无人，"来，到我房里再说。"

我拉着他行了几步，走过后院的边门，只巴望着不被人看到，但怕什么偏来什么，迎面却撞见了四婶，满面春风，手里捧着不知谁送的礼盒。

"哎哟，怎么是你，"四婶微微埋怨道，"险些撞到我！刚才寻不见你，你在这里做什么？咦，这是——"她已经看到了我身后的纬甫。

我挤出一个笑容说："四婶，这是我朋友吕纬甫，你以前也见过的。他在镇上无亲，我就让他来我房里过年……"

"是纬甫啊，"四婶打量着他，"前日赵家嫂子是说见到你来了，怎么也不来家里坐坐？哎哟，你身上何以那么脏？哎呀这是——"她吓得退了一步。

纬甫面色惨白如纸，说不出话，我忙遮掩道："那个……刚才我们在镇西王屠户那里看杀猪，纬甫不小心溅到了些血……"

这话破绽很多，四婶也不太相信，狐疑说："你们不会是惹了什么麻烦罢？你四叔可最讨厌这种事！"

"四婶多虑了，哪有什么事？你先忙去，咱们回头细说。"我匆匆抛下两句话，拉着纬甫回到房里，又拴上了门。

纬甫坐在床上，兀自神不守舍，我给他倒了一杯茶水，小心地问："你救人的事，怎么样了？"

我预计他说失败，但纬甫苦笑了一下，说："非常顺利，不过事情办完之后，你在这一时空中的记忆也改写了……"

"但我觉得记忆并没有任何改变啊。"

"你自然不会觉得，因为过去已经又被抹去了，当事人的命运彻底改变，你的记忆也就重新塑造了。"

"可是我仍然记得，昨晚柳妈还是去世了……"

"哈哈，柳妈！"纬甫怪笑了起来，"你已经完全忘记了，整件事，就是因你刚才见到的人而起的！"

我想了一下才明白他说的是谁："你是说四婶？这事和她有什么关系？"

"关系太大了！你不知道这位四婶，就是以前的祥林嫂么！"

# 八

"这个我当然知道，"我又好气又好笑，告诉他说，"你我小时候，四婶本来是在四叔家里做事，她手脚勤快，办事麻利，很得四叔的信任，早几年老四婶因病去世，四叔便纳了她做小，后来又生了儿子……虽她出身太低，一直也没有扶正，但家里家外都是她主持，我们也就叫改口叫小四婶，后来'小'字也渐渐不提，只叫四婶……莫非你刚回国，还不清楚这事？"

"太清楚了！这恰恰说明我成功了，"纬甫说，脸上却没有丝毫笑意，"迅哥，你先不要问，听我说，这是一个太长太长的故事，在另外一个世界里，祥林嫂却是另外一番命运……"

纬甫跟我说了许多我压根不记得，或者和记忆完全相反的事，不过有些如他偷来时光机拿来救国的事，又和我的记忆吻合，林林总总，便是我上文所记叙的内容。他讲述的过程中，我有多么惊诧震动，用任何笔墨也难以形容。最后听他说决定回去杀人，我才恍然大悟："你身上的血，莫非……莫非是……"

"不错，"纬甫干涩地说，"我回到祥林嫂被绑走之前数日，找到她婆婆家，我看到她从卫老婆子那里打听祥林嫂的下落，也听到她叫人去找几个本家的汉子帮忙……她是决意要犯下这罪行了。我想不能再耽搁，下定决心，便在当天夜里潜入她家中，她家徒四壁，也没什么值钱物事，也不防人来偷，我轻而易举便闯入了她的房里。

"我本来想一刀便结果这恶毒女人，但那时月光透过墙上的破洞，照在她脸上，我端详了一下，那竟是一张和后来祥林嫂差不多干枯的脸，只有三四十岁，但已经满是风霜。纵然不是善良之辈，但也不像是奸恶之徒。其实她的做法，也是生活所迫，再说也没有人教她这是错的，祖祖辈辈的观念，换了第二个人，也未必会不同。我的手颤抖了，下不去手。

"但也许是我的动作惊扰了她，那女人竟然睁开了眼睛，顿时吓得尖叫起来，我把刀架在她脖子上，让她住口。这女人苦苦哀求我，让我不要害她，我看中什么都可以拿去。我本来已经下定决心，但这时候也不免心软，便说：

'我不要你什么，只要你们以后不要去打祥林嫂的主意，就饶你的性命！'

"我是多么愚蠢啊！这话说出口，她马上露出狠毒的目光，说：'原来是那小娼妇让你来的？你是她的姘头？'话说出口，发觉不对，又急忙告饶，'好好，我再不去找她了，你饶了我吧。'但那一刻，我从她眼光中看出这女人绝不会善罢甘休，若回头去报官，会给祥林嫂带来更大的麻烦。我心一乱，一刀下去，血溅出来，但没有砍中要害，她叫得更大声了，我又是一刀，她还在叫，我——"

我听得毛骨悚然，身子不觉往后缩去。纬甫感到了，惨然说："你也害怕了吧，迅哥，我已经变成了一个连自己都不认识的杀人犯了！我是领略了拉斯柯尔尼科夫那样的痛苦了！但还不止于此，她那个小儿子睡在外头，听到响动走进来，见我在杀他母亲，急着冲上来跟我搏斗，那孩子只有十五六岁，身子又瘦弱，我本不想杀他，但他跟我拼命，混乱中，我还是把刀捅进了他胸口……我自己也溅了满身的血污。

"一来二去，已经惊动了邻居，村里的狗狂吠不已，许多人家亮了灯，我只好连夜逃走，赶回了鲁镇。本来想回到上次那小山洞里再启动时光机，但街上又遇到一队兵丁，好像在抓一个革命党，见我行为可疑，嘴里呼喝'夏瑜哪里走'，追了上来。我情急之下，跳进了鲁家的围墙。他们也追到鲁家门口，我见形势紧迫，就在那柴房之中，启动了时光机。

"匆忙中，我把时间输错了几个数字，早到了几个时辰，好在没有被人看到。我正要出院子，却看到祥林嫂出来了，指挥着几个工人打扫后院，好像是准备举行祝福仪式。这一眼让我多么难以置信！同样的年纪，她曾经如垂死的老妪，但这一时空中她年轻丰腴，穿着体面，好像只有三十岁上下，和当初——不，在另一个不复存在的世界里——我们相好时的模样相差无几。到底发生了什么呢？

"我躲在柴房中，听到她和用人说话，口吻和做派都大不相同，对于她后来的命运变化，我也猜出了七八分。她被你四叔收房做小，还生了孩子，未必谈得上多么幸福，但境况总也是远离饥寒与屈辱的。我自然为她高兴，纵然她已经不记得上一个时空中和我的……纵然我犯下了深重的杀孽，但终究挽救了一个好女人。但这时候，她说了一句话，让我从心底感到了无边的恐惧，你知道是什么吗？"

我摇了摇头，毫无头绪，四婶说句话，又有什么令人恐惧的？纬甫说："我听到她对用人说，'柳妈也真是不祥，早不死，晚不死，偏在这时候死了，马上就要祝福了，你们切不可提起，又惹得老爷光火。'我也不知发生了什么事，但听到这些，我身上起了一阵鸡皮疙瘩。一切都改变了对吗？可又好像一切都没有改变似的。好比是一个戏班子中互换了角色，但舞台上还是一样的剧情……"

我说："这个也不能怪四婶……祥林嫂，柳妈也是因为据说克死了丈夫和儿子，所以被人排挤，祥林嫂其实对她还算不错的，一直请她当女工，只是那日不让她去碰供桌，以免惹四叔不快，她受了嫌弃，做事就不怎么利落了，后来离开了鲁家，昨天死在了卫老婆子那里。"

"啊哈哈哈……"纬甫愣了半晌，忽然怪笑了起来，"我折腾了快两年，祥林嫂终于有了一个好结局，但她的位置上却换成了另一个人！无非是换了一个人受苦罢了！我只是改变了人在关系中的位置，而没有改变关系本身，好像让奴隶成为奴隶主，又何尝能摧毁奴隶制，只是让这制度更加牢固了。"

"的确如此……"我也叹息。

"后来我又想，即便我们的谋划能够成功，但有人无辜受苦是变不了的。迅哥，我们需要有一个总体的方案，除去人生毫无意义的苦痛，让人类享受正当的幸福，但该怎么做呢？这些问题我想了很久也想不明白。"

他说完了。我消化着他的话语，也没有开口。沉默了很久后，我揉了揉太阳穴，拍了拍他肩膀："纬甫，既然一时难以决断，还是先好好过个年，一切等将来再说，将来总会有法子。"

"对呀！"他忽然目中灵光一闪，抓住我的手，"你说得太对了！将来、将来一定会有法子的，不是吗？"

"这个，我想应该是的……"我不明白他为什么对随口一句话如此激动。

"所以我要去未来世界！"他如抓住了一根救命稻草，急急说，"人类的科学与文明再发展几百年，一定会有答案的。那时候人们一定知道，什么是真正理想的社会，真正有尊严的生活，如何才能让祥林嫂这样受侮辱和迫害的人得到应得的幸福，也不让其他人代替她受苦……这里面的学问太深了，也许今天那些大思想家也不一定对，但未来的人一定会有正确答案的。你觉得呢？"

"我……"我仍不无疑虑，但也被他所鼓舞，"我不知道……也许你是对的，过去的世界是一潭死水，越在里面兜转越是痛苦，就像一个铁屋子，会吞噬每一个人的生命、青

时光的祝福

117

春和精神，甚至把每个人都变成铁墙的一部分，没有人能逃出去……还是选择去未来吧，好歹会有希望……比金子还珍贵的希望……"

但我又想到一个问题："对了，你要去什么时代呢？单说未来也太笼统了，三天以后是未来，一万年以后也是未来。"

他想了想说："就先去一百年以后吧，如果找不到答案就再去两百年、三百年、五百年后……还有许许多多的时光，还有无尽的将来，人类连时光机这样神奇的东西都能发明，如果还不能让人们不再彼此伤害，找到自己的出路，也太荒唐了。"

"是啊……"我也被他的情绪感染，对未来心生向往，但又感到一阵不舍，"这也不用急于一时，等过完年再说吧？其实关于时光机的详情，我还有好多事想问你——"

但此时，门外传来了四婶——祥林嫂——有些歉意也有些提防的声音："迅哥，你四叔让你立刻带纬甫去见他，他说有要紧话说。"

"啊……哦……"

纬甫微笑了："你看，我留不了了。不过你放心，我在未来世界无论待多久，都会回来找你的！我很快就回来，我们再一起过个好年！"他一边说，一边打开时光机，调整着时间，我看到他转出来一个"2020"，虽然"只是"一个世纪后，但对我们来说，已经是极其遥远，可以寄托无限希望的时代了。那将是怎样一个年份呢……

"不是，我……"

我还待说话，纬甫已经发动了时光机。它随即化为一团闪烁的旋转光影，消失在空气中。

门外四婶还在叫我，我答应了几声，但迟迟未开门。我焦急地等着纬甫回来，从那遥不可及的未来世界回来，告诉我属于所有人的、真正的好消息。但那光影消失后，眼前只有一盏豆灯，照着桌上的几卷古书。时间一点一滴流逝，但纬甫再未出现。

我等了很久，直到四婶已经有些愠怒，才出去敷衍了一下四叔，说纬甫有事离去了，少不了又被他们说了一顿。等回到房中，仍然不见纬甫。他去了 2020 年吗？他去了多少个时代？又见到了多少个世界？他找到了他的答案，还是被困在未来岁月的某个角落里了？或者他已经找到了一个最自由和幸福的世界，再也不想回到如今这个龌龊肮脏的时空中了？

我想着这些无解的问题，在不知不觉中又睡着了。蒙眬中听到响动，以为是纬甫的时光机终于回来，一下惊起，睁眼却看见豆一般大的黄色的灯火光，接着又听得毕毕剥剥的鞭炮，是四叔家正在"祝福"了，知道已是五更将近时候。又隐约听到远处的爆竹声连绵不断，似乎合成一天音响的浓云，夹着团团飞舞的雪花，拥抱了全市镇。我在这繁响的拥抱中，忽感到懒散而且舒适，从白天以至初夜的焦虑，全给祝福的空气一扫而空，只觉得天地圣众歆享了牲醴和香烟，都醉醺醺地在空中蹒跚，预备在未来那无穷无尽的时光中，给人类以无限的幸福。

作者感言：鲁迅的《祝福》是几代人都耳熟能详的现实主义名篇，讲述了清末民初中国社会中一个底层女性的悲剧故事。这自然是一个愚昧落后、苦难深重的时代，但同时又是变化万千的时代，科技、文化突飞猛进，各种思潮和主义纷至沓来。鲁迅本身就是新时代的先锋，也是科幻小说在中国的最早译介者之一。那个时代的知识分子不同于传统的士大夫，除了救国救民的关怀，还浸染和吸收着来自异域的无穷可能。虽然在后来的记述中，很多东西已被遗忘，但在他们笔下，大时代的激荡仍然充满原发的魅力，自然也体现在鲁迅本人的许多作品中。

这篇小说是以科幻的方式，打通鲁迅和威尔士（今译威尔斯）之世界的一种尝试。虽是小说家言，不过威尔士的《时间机器》民国初期已有中译本，题为《八十万年后之世界》，译者心一，进步书局1915年出版，是在中国翻译出版的威尔士的第一本书。两个世界其实早已隐然碰撞，当时的中国读者对时间机器展开想象，希望"穿越救国"，也不无可能吧？

小说是应科幻机构"未来事务管理局"之邀写的"科幻春晚"主题文，完成于2019年年底，因为故事氛围偏于灰暗，为表示一个好意头，随手便写下了文末纬甫前往2020年一游的开放式结局。谁知后来有读者表示，这才是小说中最黑色幽默的"神来之笔"！实属无心插柳，一笑。

# 镜中记

## 1

卫子涵走进陌生的房间，反手关上门，好奇地四下打量。这里位于一座戒备森严的白色大楼最深处，入口的大厅轩朗明亮，有着全自动的门禁和电梯，电梯没有楼层按钮，只需要通报来意，就能把来人送到相应的楼层。电梯里和走廊上，还有造型各异的机器人上下运送资料和物品，看起来科技感十足，让卫子涵不禁遐想，自己要去的"宇宙学第三实验室"会是什么高端场所。

但进去后他才发现，这是一个很小的工作间，大概十来平方米，没有窗户，墙上脏兮兮的，左边贴着一张很大的NBA球员海报，旁边是一张搔首弄姿女明星的海报。右手的墙边立着一个五层的书架，上头几层杂七杂八放了若干中外文专业书籍，下面塞了一大堆打印的论文或技术资料，边上还有几本体育杂志。书架边上是一个置物架，放着些脸盆牙杯之类的生活杂物。

房间的中心是一张很大的电脑桌，颜色黑沉沉的，占据了半个房间的面积，桌子上放着一个硕大的显示器，几乎有两条手臂张开那么宽，屏幕向内凹陷成弧形。显示器的一旁有一堆乱七八糟的电脑配件和数据线等，另一旁摆着几块饼干和半瓶可乐。桌子前一张半新不旧的电脑椅上，这里的主人许文正在放下一碗才吃了一半的泡面，转过身跟他打招呼。

"来啦？"

"外头那么高大上，没想到你这里这么脏乱，连大学宿舍都不如，哪像个国家重点实验室？"卫子涵感叹说。

"最近忙得很，懒得收拾，习惯了……那啥，带来了吗？"许文直接切入主题。

"那么急？你吃完饭再说吧？"

"没事，先看看、先看看。"许文开始摩拳擦掌。

"那好。"卫子涵取下背包，从中拿出一个闪闪发光的铝合金匣子，递给许文，许文从匣子里拿出来一个魔方大小的黑色正方体，小心翼翼地放在桌子上。

"拍好了？"许文兴奋地问。

"当然，按你说的，用这个机器拍了一张照片，可是沈安琪的哦！不过这究竟是什么？新型相机？"卫子涵好奇地问。

卫子涵和许文是大学时代的老友，当年因为社团活动而认识，虽然在不同院系，关系却一直很铁。卫子涵毕业后跳槽了几次，最后当上了摄影师。许文却留在学院里读书，读到了物理学博士，两人交情未改，不过生活圈子不同，往来渐疏。

可是昨天，许文忽然约卫子涵见面，给了他这个怪东西，说是一种新型照相机，教给他基本用法，让他设法拍一

122

张美女的照片，并说只能拍一张。但卫子涵问许文这东西究竟有何神奇之处，他又卖关子不说，只说让卫子涵拍好了再找他。正好他今天要为新晋红星沈安琪摄影，是给一家时尚杂志拍封面照，卫子涵就按许文教他的方法，拍照的同时，顺便用这部相机拍了一张，晚上便来大学实验室里找许文。

"沈安琪？是那个最近红透半边天、绯闻不断的沈安琪？太好了！"许文眼里放出异彩。

"你这家伙还不说实话？"卫子涵笑着问，"其实你不说我也猜到七八分了，这个照相机是不是电影里可以穿透衣服的那种？"

"哈哈哈，"许文大笑了起来，"老卫，你想得也太简单了，你说的那种透视技术早就有了，在机场安检门就可以把一个人看光了。可那玩意在这个宝贝面前，微不足道！"

许文一边说着，一边将那照相机和显示器连接起来，然后娴熟地导出图像，两分钟后，沈安琪的倩影出现在他们面前。她站在一个中式客厅的布景中，巧笑倩兮，美目盼兮，紧身的白底梅花旗袍恰到好处地勾勒出修长迷人的女性曲线。

"嘻，就是一张高清照片，也没什么特别嘛……"卫子涵说，但是许文随即按下了一个键。沈安琪的图像一阵波动，然后，卫子涵惊讶地看到她的身体似乎一下子凸了出来，仿佛从一张二维的照片变成了三维的雕像。

然后，她的身体慢慢转动了起来，明星美丽的侧影和背影依次出现在二人面前。

卫子涵很是惊讶："你这是……怎么做到的？在前面怎么可能拍到她背后？"

"别急，还有更有意思的呢！"许文说，继续操作着，过了一会儿，"看！"

沈安琪充满青春气息的女性之美瞬间展现在他们面前，如同刚刚从大海中诞生的维纳斯。沈安琪的表情姿态还是一模一样，身上没有丝毫的电脑合成痕迹。

"哇，看上去真美！"许文喃喃说。

卫子涵也看得血脉偾张。虽然说当上了摄影师之后，他也给几个小明星拍过照片，不过沈安琪这样女神级别的大明星，他从来只有仰视的份。谁曾想到今天却能如此近距离地欣赏她的美丽？这相机真是太厉害了！

"那个……"卫子涵兴奋地问，"老许，你能让我看得更清楚点儿吗？"

"那当然能啦！"许文坏笑着说，又输入了一串数据，两秒钟后——

沈安琪的最后几块遮体布料果然也消失了……和她白皙嫩滑的皮肤一起。

刹那间，沈安琪露出了浑身殷红的肌肉和血管，还有黄色的脂肪和五颜六色的内脏，好像是生理卫生课上的解剖标本，只是要鲜明生动一百倍。卫子涵大惊，趔趄退好几步，随即便是一阵反胃："变态啊你！我不看了，告诉我，这究竟是怎么回事？"

# 2

"其实很简单，"许文大笑之后，随手揿了两下键盘，还原了刚才的页面，沈安琪又恢复了一袭旗袍的美艳女郎模样，"这是一台三维亚原子照相机或者说记录仪，它拍下了沈安琪身上的每一个原子，不，每一个基本粒子的结构。"

"这是怎么做到的？"卫子涵大是惊讶。

"听说过核磁共振吗？这是 20 世纪就发现的技术，具有磁矩的原子核在高强度磁场作用下，可吸收适宜频率的电磁辐射，而不同分子中原子核的化学环境不同，将会有不同的共振频率，产生不同的共振谱，因此……"许文看卫子涵一头雾水的样子，摆了摆手，"算了，简单说吧，这台照相机运用的原理与此类似，但是更基本的共振方式，称为夸克共振，通过人工制造的希格斯玻色子——一种最基本的粒子——形成的希格斯场和夸克共振，再通过希格斯场的扰动痕迹还原这些信息，就得到了一张精确到原子核层面的三维照片，这台照相机里有半径五米之内一切事物的信息，包括每一个最小的细节。你可以看到沈安琪的每个毛孔，毛孔中的毛囊，毛囊中的每个细胞，细胞里的每个 DNA 螺旋，每个 DNA 碱基对之间的分子电磁结构，乃至每个原子内部的构造……所以，对于她的照片，我们可以在任何层面上进行任何类似于人体解剖和生理学的研究。"

"但是这得囊括了海量信息吧？"卫子涵虽然听得云山雾罩，但毕竟有一点儿理学常识，"一个人体就有不知道多少万亿个细胞了，一个细胞里又有不知道多少万亿个原子，这台照相机里能存下？"

"有趣之处就在这里，这个相机上有最先进的量子储存器，基于弦理论，可以利用多重宇宙的叠加进行储存，能够储存的信息量远远超过之前的任何传统电脑，也许是它们的总和……不过即使这样，最多也只能存下三张照片。"

"那你还得有电脑来储存吧？"

"这不就是？"许文往房间中间一指，"这是最新研发的超级量子计算机，国内仅此一台。"

"电脑在哪？"卫子涵好奇地左顾右盼，"你是说这部显示器是电脑？"

"往下看！"

"那不就是一张……啊！"卫子涵这才看明白，圆形的"电脑桌"本身就是一部巨大的电脑，一条"桌腿"上有着许多按键和接口，另一边是一道镂空的门，应该是散热口，从缝隙中透出闪烁的信号灯光。

卫子涵为了掩盖惊讶，故意说："也没多大嘛，比电影里那种几层楼高的超级电脑差远了。"

"肤浅，根本不需要那么大，这是一台刚刚研发的超级量子计算机，在十八维空间中进行存储，其储存能力大约有 10 的 100 次方个数据，理论上，存下整个宇宙的信息都不成问题。"

卫子涵不禁咋舌："这么说，这台电脑不是能够储存下整个地球的一切信息？看到地球上的一切？"

"对，不过这只是理论的可能，实际上为了获得地球上的一切信息，需要人工制造一个比地球还大的特殊希格斯场，目前我们还没有这个能力，现在我们的能力也只能把这个房间大小的东西照下来罢了，这已经是世界上最领先的技术了。现在样机也没几台，本来也轮不到我用，幸好——啊呸，不幸我导师最近心脏病发住了院，师兄又度婚假去了，我才好不容易有几天时间用上这宝贝，还不赶紧拿来找个乐子？"

"这种神级技术，就拿来拍张美女的三维高清裸照？还有没有别的应用？"

"这还不够好玩吗？要不这样，我们把自己也拍下来玩玩？看看自己的身体是什么样子的。"许文说。

"这……不会有什么辐射吧？"卫子涵稍微有一点儿畏缩。

"想什么呢？我就算能拿你冒险，也不会拿自己的身体冒险。"许文嗤之以鼻。

"那行吧，来都来了……"

说干就干，他们把三维照相机放在桌子上，正对着他们，许文设置了延迟拍照，按下键后，跑回到卫子涵身边，二人勾肩搭背，微笑着做出了胜利的手势。片刻后，一声轻响——

"照好了？"卫子涵不敢确定，面上仍然保持着僵硬的微笑。

"好了。"许文点头说，松开了他。

卫子涵没有看到闪光，只觉得身上微有些燥热，好像有什么东西穿过去的异样感，当然，这多半只是心理错觉，他想。

他们再次把照相机接到电脑上，将数据导入电脑，刚才房间的三维图像出现在他们面前，每个细节都极为清晰。卫子涵仿佛是凝视着另一个自己，这和看照片或者照镜子的感觉完全不同，甚至也不像是蜡像。荧屏中的自己虽然一动不动，但感觉又随时可以动起来，这种体验奇特得难以描述。

沉默了一会儿之后，许文说："那个……你要看什么？对了，我可以帮你检查一下有没有长肿瘤，这是这种技术未来的重要应用，当然还有别的，比如可以通过数据搜索检测你身体里有没有某些病毒……"

"算了算了,"卫子涵想到刚才沈安琪被抽筋扒皮的样子,心里一阵发毛,"我挺健康的,疫情也过去好几年了……咳,其实拍咱们自己干吗,一点儿意思也没有,还不如去看美女,不过这次咱们换点儿其他的看行不?"

"我也这么想。"许文点头,随即切换了画面,千娇百媚的沈安琪又出现在他们面前。两个男生心照不宣地对视一笑。

# 3

他们又将沈安琪的三维全息照变着法子欣赏了半天,渐渐也开始觉得无聊,毕竟沈安琪永远保持一个姿态,一动不动,和平时电视里的千姿百态艳丽无伦相比还是差了太多。卫子涵打了个哈欠,说:"到底跟蜡像也差不多,要是她能动就好了。"

"你说什么?"许文忽然盯着他问,神态十分激动。

"我说要是她能动就好了啊……"卫子涵奇怪地说,"你怎么了!"

"我真蠢,"许文一拍脑袋,"简直是暴殄天物!为什么不让她动起来呢?"

"啥?怎么让她动起来?"

"很简单,"许文说,"我们现在有她身体全部物质的全部信息,相当于一个初始状态,只需要建立一个时间轴,输入物质运动所需要的科学方程式,就能精确模拟下面的过程。"

"科学方程式那么多,物理的化学的生物的……怎么输入啊?"

"你真是文科生!"许文不屑地说,"一切物质运动定律都奠基于大统一方程式，这玩意花了人类几千年才发现，但其表述非常简单，十多年前就由斯蒂芬·霍普金斯教授发现了！这老家伙还得了去年的诺贝尔奖！你看，就是这个公式，我现在写宇宙学的博士论文天天要用，全宇宙的演化都能推出来，模拟一个人体活动还不是小菜一碟？"他随手抽过一页学术资料，上面有一个异常复杂的公式，少说有几百个阿拉伯数字和希腊文符号密密麻麻地纠缠在一起。

"这……还叫简单？"光看清楚这些符号就让卫子涵感到头昏脑涨，更不用说看懂了。

"霍普金斯老爷子说，只要你能体会其中的数学之美，你就知道，这是宇宙中最简单的公式，比一加一等于二还简单……不过说实话，这玩意其实我也没完全体会。光背下来我就够头疼了。不过导入电脑那是再简单不过的……"许文说着，已经调出一个界面迅速操作起来。

五分钟后，许文说："现在可以了，看！"轻轻敲击了一下键盘。

奇怪的是，图像消失了，只剩下一片漆黑。

"怎么会这样？"卫子涵问。

"该死，"许文拍了一下自己的脑袋，解释说，"我忘了这张照片的光源是外来的，不在照片里面。进入时间轴流动后，这个密闭空间里没有光源，光线当然也就立刻消失了，所以你什么都看不到。"

"那怎么办？"

"稍微改变一下初始状态设置，让可见光在某个方向持续输入就可以了……稍等一下……行了！"

三维荧屏上，沈安琪果然动了起来。她甜美的笑容忽然消失了，脸上出现了恐怖的表情，然后张大了嘴，仿佛在尖声大叫。不过他们听不到任何声音。

"她看到什么了那么害怕？"

"恰恰是因为她什么也没看到，"许文说，"明白吗？对她来讲，外界的一切，摄影师，整个建筑，所有的人和周围的一切忽然都消失了，只剩下她方圆几米之内的东西，还有不知道从哪里来的光，她当然快吓死了……看！"

沈安琪在惊恐中，飘了起来。她竭力挣扎着，如同落进水里的小鸡。但她无法改变自己的漂浮状态，看上去十分可笑。

"怎么会这样？"

"因为周围的一切都消失了，包括地球。现在这个空间相当于一个独立的小宇宙，当然就让她失重了……"

沈安琪在疯狂地手舞足蹈中，不慎碰到了身边同时漂浮起来的一张桌子，桌子撞到了后面的墙上，沈安琪却被反推开来，慢慢向一旁飘去。无论她如何动作，只要碰不到其他东西，根据动量守恒法则，也无法改变自己的运动方向。她一直无助地飘向照片的边缘，直到撞到了一条无形的边界，才又被顶回来，窘态百出。整个过程中，她一直也没有停止过尖叫，泪流满面。

"太残忍了……别看了。"卫子涵有点儿不忍心。

"行，跳到后面看看。"许文却加快了运行速度。沈安琪像抽羊角风一样做起动作来，让卫子涵眼花缭乱。

许文跳到一个小时之后，此时沈安琪似乎停止了喊叫，身体却扭曲着，呼吸好像越来越急促了，饱满的胸口剧烈地起伏，同时拉扯着自己的胸口衣物，露出痛苦的表情。

"呃……"许文说,"她好像是缺少氧气了,再这么下去过不了多久就窒息了……"

"我们帮帮她吧!"卫子涵越来越愧疚,"她这也太痛苦了……"

许文大笑起来:"不,你不懂,她根本不痛苦,根本就没有人痛苦……这本质上只是一张照片,最多相当于一段录像而已,上面的人又没有生命和灵魂,一切都只是根据各种科学定律对人体组成部分进行演算的结果。"

"可是……如果只是没有生命的数据演算,那她怎么会那么痛苦?"

"你玩过游戏吗?游戏里的杂兵被打死时不也会发出痛苦的惨叫吗?都是程序模拟的而已。"

"这……好像也有道理……"卫子涵找不到什么理由反驳,"但让人看着总归有点儿不忍心啊。"

"好了好了,怕了你!"许文摇摇头,在键盘上又撅了一番,"这下好了吧?"

"这也没啥变化……咦?"

卫子涵看到,沈安琪的动作有一些微妙的不协调,看了一会儿才明白,许文把整个"录像"给倒放了,在逆转的时间线上,沈安琪正在回到之前的状态。如果说之前电脑里的沈安琪的确能够感到痛苦,那么当时间倒转后又会感觉到什么呢?这卫子涵可就想不明白了。

许文加快了运行速度,不久之后,沈安琪回到了这趟怪异之旅的起点:优雅地站在舞台中央微笑着,时间也凝固在了那一刻。

卫子涵松了口气:"原来还能回到原点。"

"可不是，就跟你说没必要多担心，来，我们玩一个更刺激的！"许文眼珠一转，打开了另一个界面。

这是刚才他们的那张三维全息照。

# 4

"你不会是想让我们……我们的镜像也被折腾得鬼哭狼嚎吧？"卫子涵叫了起来，"不行不行！我绝对不干。"

"那就改一下好了，"许文说，"比如说增加一个地球引力参数，让我们不至于飘起来。房间本身是密闭的，照片把整个房间都照进去了，倒也不显得怪异。对，还要再加一个电源，输入电流……好了！看！这回可好玩了。"

卫子涵无奈地看向显示屏，在那里他们刚刚停止了照相，把相机接到电脑上，电脑上出现了他们的相片，过了一会儿之后——

"那个……你要看什么？对了，我可以帮你检查一下有没有长肿瘤，这是这种技术未来的重要应用，当然还有别的，比如可以通过数据搜索检测你身体里有没有某些病毒……"荧屏上的许文说，虽然卫子涵听不到具体声音，但自然能猜到他们说什么。

"算了算了，"他身边的卫子涵摇头说，"我挺健康的，疫情也过去好几年了……咳，其实拍咱们自己干吗，一点儿意思也没有，还不如去看美女，不过这次咱们换点儿其他的看行不？"

……

"这也太奇妙了，"现实中的卫子涵惊叹起来，"简直就像刚才的录像一样!"

"别忘了,那里面的我们也按照同样的自然规律运动,一切都是被自然规律决定的,不差毫厘,也许从宇宙大爆炸的那一刻开始,就已经注定了今天我们会在这里一起看自己的三维照片。"许文说。

对卫子涵来说,这是一个过于深奥的命题,他想了一会儿,叹气说:"不会吧?难道一切都是事先决定的,我们……没有自由意志吗?"

"自由意志只是人类天真的想象,是人类,不,是生物为了繁衍自己而进化出来的一种错觉……其实看一看大统一方程式就知道,一切都是决定好的,从宇宙大爆炸,到宇宙的末日。"许文郑重地说。

"这么说的话……"卫子涵好奇,"如果我们加快时间进程,不就能看到未来的自己?"

许文大为动容:"是个好主意!我倒想看看这会是什么样子的!"

他把时间进程加快了一倍,然后是两倍,然后是四倍。不久后,他们就看到荧屏上的自己又在观察另一个自己,一个个荧屏嵌套着,无穷无尽,如同两面镜子之间见到的情形,一条通向无限的走廊。

就在此时,图像卡住了,时间轴不再前进,荧屏上的二人变得静止不动。荧屏中的荧屏,以及荧屏中的他们也都停滞了。

"这是怎么回事?"许文嘟囔道,同时图像终于又动起来了,所有荧屏中的许文都在说:"这是怎么回事?"但当他试图加快进程后又再次停住。他们反复试了几次,最后确认,最多能达到内外时间基本相同，无法跨越时间之雷池一步。

"我明白了，"许文想了想说，"一旦时间超过现在，就会发生悖论。"

"什么悖论？"卫子涵不解。

"假设我们看到一分钟后的自己，那么一分钟后的自己又看到两分钟后的自己，两分钟后的自己又看到三分钟后的自己……不同层次之间还有相互影响，比如你看了一分钟后的自己会不会想改变一分钟后的动作？而一分钟后的自己看了两分钟后的自己，又会怎么想呢？每一个层次的反应都依赖于下一个层次的输出，在这种无穷的嵌套下，电脑甚至无法真正开始计算！"

"但是现在不也是无穷嵌套吗？"

"是的，但是每一层都是一模一样的，严格说不存在其他的进程，只是同一个进程的自我调用而已，或者说，是同一个场景的无数个影像。"

卫子涵出神地盯着荧屏，在那上面的他也出神地盯着荧屏，一切都是完全、绝对的同步。他拍了拍身边的许文，影像中的卫子涵也拍了拍许文，影像中的屏幕上的卫子涵还是拍了拍许文，直到无穷。如同镜子中的镜子中的镜子……

但这又不是日常意义上的镜像，每一层都是宇宙级的无限算力之下的精确模拟，从某种意义上来说，每一个他们又都是独立的自己。

"如果他们会思想，那么他们会想什么呢？"卫子涵好奇地问。

"跟你说过了，他们没有思想的，只是一堆数据和函数，非常复杂的函数，如此而已。"

"但说到底，我们自己不也是一堆复杂的函数吗？只不过组成我们的是原子，组成他们的是比特而已，但结构是一样的。"

许文稍微有些动容，想了想说："好吧，如果这里面的人有思想，他们大概会以为自己就是现实的我们，他们会和我们现在的所思所想一模一样。"

"那么，怎么才能够区分他们和我们呢？"

许文又笑了："这还不简单？关掉这个进程，他们就不存在了呗，咱们别看这个了，还是看沈安琪吧——"他的手伸向键盘。

"可是你怎么知道？"卫子涵却抓住了他的手。

"知道什么？"许文一怔。

"老许，也许是我傻，可是……"卫子涵吞吞吐吐地说，"你怎么知道我们就是——我们呢？"

# 5

"什么意思？"这回是许文一脸懵。

"我的意思是，既然我们的影像和真正的我们看起来一模一样，思维也一模一样，那么我们怎么知道我们就是真正的许文和卫子涵，而不是电脑模拟出来的两个镜像？"

许文眉头一皱："我们当然是我们，不是什么镜像，别开这种低级玩笑了好不好？"

"不，你想想，如果——我是说如果——我们其实是他们，那会怎么样？我们怎么能够证明这种可能性不存在呢？"

"这不是废话吗，"许文说，"我们当然不是他们，因为我们有——有——有记忆，我们记得一切啊，比如没拍照片前我们在干什么，又是怎么决定拍这张照片的，一直到现在……而他们——他们——"

他忽然说不下去了，脸色开始变得难看。过了好一阵，他终于长叹一声："不对，其实他们也会有同样连续过程的记忆，和我们没有任何区别，虽然在某一秒钟之前，他们根本不存在，但也拥有完全相同的记忆……"

"那怎么才能证明？如果暂停或者放慢画面的话——"

"没用的，"许文脸色开始发白，"即使我们暂停或放慢这个进程，假设我们就是被暂停或放慢的那个，我们也不会感到时间的流逝有什么变化，因为我们在这个进程内部，如果一切都停止，然后再恢复，我们也不会有丝毫察觉，时间对我们来说是一样的！"

"但是如果一直暂停……"

"现实世界中的我们当然可以搞清楚自己是在现实中，但如果我们是镜像，也不会有任何感觉，时间就这样永远停止下去了……"

二人又沉默了，但房间里诡异的气氛却越来越浓。

"算了，"最后许文勉强笑了两声，"哪有这么荒诞的事，我们纯属自己吓自己，关了进程吧。"

"可是，万一是真的——说不定我们就消失了，从此灰飞烟灭！"卫子涵面色惨白地说。

"这太荒谬了，我们明明有思想，有感觉，怎么可能是什么镜像？"

"可刚才沈安琪也是一样的，记得她惊恐的表情吗？你真觉得那个她没有思想，没有感情？只是程序的模拟？"

许文摇头说："好吧，即便接受你的逻辑，如果我们是在一个模拟进程内部的话，那么如果现实中的人要关掉进程，我们也毫无办法，对吧？这和我们自己关不关我们的电脑没有联系。"

"这个未必……"卫子涵说，"记得么，他们和我们是'一样'的。"他指着显示屏上同样指着里面显示屏上的两个人说，"不论我们是虚拟的还是他们是虚拟的，又不论我们和他们在无穷嵌套的序列的第几层上，因为是同样的物质条件通过同样的自然规律进行演变，他们的动作和思想必然和我们是严格同步的，我们想什么他们就想什么，我们做什么他们就做什么，也就是说——"

"我们的念头就是他们的念头，我们的决定就是他们的决定，如果我们决定终止进程，他们也会，反之亦然。"许文明白了，他不自觉地抬头看着天花板，仿佛那里有两个从虚无中透视着他们的人一样。

"这么说，至少我们还有时间确定究竟是怎么回事。"

"所以现在的关键是，"许文扶额，理了理思路，"找到最上层，也就是现实层面和一切虚拟层面的区别，搞清楚我们是不是在现实中。"

"虚拟空间和现实空间还有什么区别？"

"肯定有啊，比如现实空间里的这个房间连着走廊和通风管道等等，而虚拟空间没有。"

"你是说外头相当于真空？"卫子涵惊道，"这么说，空气不是会以极快的速度外泄吗？"

"不是真空，"许文说，"照片中总会有一个无形的空间边界，它像是一堵看不见的墙，挡住一切。不过这样的话，我们很快会和刚才的沈安琪一样，呼吸不过来的。"

卫子涵用力呼吸了几下："好像是有一点儿闷，该死！这么说我们不是要憋死了吗……"

"这也可能是心理作用，暂时也没法说……有了，你带了手机没？"

卫子涵点点头，拿出一部手机，端详了一眼，脸色一下子难看起来。

"怎么？"

"没信号……"卫子涵颤声说，"我……我这手机信号一向很好的。"

"这倒不一定，实验室里的信号一直不怎么样……看我的，我手机连的是……Wi……Fi……"

许文脸色煞白，也说不下去了，卫子涵看了一眼，Wi-Fi显示是断开的。

"也，也可能是暂时断网……但现在，还有一个法子可以判断……"许文指了指门口。

卫子涵明白了："如果是在现实层，外面只是我刚才进来的那条乳白色走廊……"

"而如果是虚拟层面，外面就什么也没有……你去看看吧。"

"这……还是你去吧。"卫子涵不由自主地害怕起来。

"怕什么，我去就我去，"许文说，故作轻松地站起来，"早跟你说都是扯淡！我开了门，今晚你请得吃饭，小龙虾管饱，要不然我把这事告诉别人，这笑话可——"

他一边说，一边拉开了门——

一切戛然而止。

许文站在那里一动不动，仿佛瞬间变成了石柱。从卫子涵的角度，只看到他呆呆地立着，看不到门外的情形。

　　"你怎么了？"卫子涵问，内心已经知道了答案。

　　许文举起手，指着外面，随即双腿一软，瘫在地上，连话都说不出来。卫子涵努力让自己鼓起勇气，哆嗦着走到门口，向外看去——

　　那里，是一片化不开的黑暗，现实世界从没人见过的绝对黑暗。宛如开天辟地之前的混沌之海。

# 6

　　卫子涵无力地靠在书架上，慢慢坐倒，脑子里一片空白，身子开始禁不住地颤抖。虽然已经有预感，但他还是从未想过自己一个大男人居然这么快就崩溃了。

　　过了一会儿，许文终于勉力支撑起身体，跌跌撞撞走到门口，把门关上了。"借你吉言，"他无力地说，"我们终于发现了自己是两个……两个……镜……"

　　卫子涵无力地问："我们……真的被困在这个虚拟空间中出不去了？"

　　"被困？哈哈哈……"许文歇斯底里地狂笑起来，"我们就是这个小宇宙内部虚拟出来的影像！我们是假的！假的！出去？我们能去哪里？"

　　"镜像……"卫子涵努力让自己的头脑运转起来，"这么说，现实世界的我们，他们在哪里？"

　　"现实世界的我们？"许文惨笑着说，"刚才他们和我们可能还是没有区别的。但就在刚才，当他们打开门的时候，他们看到的肯定是一条走廊和整个外部世界，他们已经松了一口气，获得了解放，和我们不一样了。"

"那他们为什么还不关掉进程？"

"他们为什么要关掉？"许文反问，"刚才我们看沈安琪的表演的时候，不是看得津津有味吗？我们想过要关掉吗？"

"可他们又不是沈安琪，是我们自己啊！"

"以前或许是，现在……"许文长叹一声，"现在已经不是了，我们是死是活，关他们什么事！"

"他们不会想法子救我们出去吗？"

许文哼了一声："你觉得我们这两个偷拍女明星裸照的狐朋狗友有这么高尚的道德吗？何况就算他们想救，也没这个本事。"

"那么他们会关掉进程吗？"

"那谁知道？可能下一秒就关掉，不过更可能的是留着我们慢慢取乐，反正我老板回来之前，这个电脑还能再用好几天。"

"但是我们……我们难道要在这鬼地方待上个几天，然后一下子魂飞魄散？"卫子涵绝望地问。

"很可能……不，不对，"许文霍然站起身，"别忘了，房间内部氧气的总量是有限的，我们过不了几个小时就完蛋了。"他大力吸了口气，补充说，"说不定用不了一个小时。"

果然，卫子涵也感到呼吸艰难起来，这次他知道，不是心理作用。他们两个人可比刚才沈安琪一个人消耗氧气更快。

"也许我们的本尊会帮我们一把？毕竟我们是他们的——分身。"卫子涵不想用"镜像""投影"这类让人不舒服的词，选了个好听点儿的说法，不过也只是掩耳盗铃而已。对于现实中的本尊而言，视频里的自己当然并不是真的自己。真正的卫子涵没准正看着自己的惊恐万状、丑态百出哈哈大笑呢。该死的家伙，为什么不是你在电脑里，我在外面？！

"嗯，他们应该至少不想让我们死得这么惨，可他们也进不来啊，除非他们——"许文说了一半，忽然卡住了，随即两眼放光，"有了，我有一个法子，或许管用。"

"什么法子？"

许文没理他，站起来，对着天花板挥着手叫道："如果你们要帮我们，就快设定一个递归程序！"

卫子涵莫名其妙，问这是什么意思，但许文暂时没有回答他，又反复叫了好一会儿，手舞足蹈，还夹杂着一些专门术语。然后他来到电脑前，输入了一行行长长的代码，最后猛敲了一下回车。霎时间，一股不知从哪里来的清风吹拂在二人脸上，随即消失了。不过，他们的呼吸忽然顺畅了许多。许文瘫倒在椅子上，长出一口气。

"究竟怎么回事？"卫子涵还是一头雾水。

"我插入了一个新的程序补丁，在虚拟空间中，每当氧气含量低于21%的时候，就将一部分二氧化碳替换成等量的氧气。正如你刚才说的，我们在进程内部，在无穷嵌套的虚拟层面之中，但是每一层的想法都是一样的，如果我们不是在最上面一层的话，我们的做法就是上层的做法，我们的决定也是上层的决定，我们将空气复制了再送回到原来的房间，上层也会做同样的事。所以当我们把氧气送到下面一层的时候，上面一层也把氧气送了过来。"

"但是……"韩方仍感觉不妥，"在最上面一层呢？也就是现实世界直接模拟的那一层，那就什么也没有了吧？我们的想法已经不同于现实世界了，现实世界的人们肯定不会按我们的想法操作吧？"

许文摇摇头："或许更简单。刚才我已经提醒他们了，现实世界的许文和卫子涵，他们只需要做一件事就可以：建立一个递归程序，也就是读取第一个虚拟层面所进行的电脑操作，然后反馈到他们自身所在的层面，这样他们也就没法知道自己是不是在第一个虚拟层面上，这就构成了一个循环，在循环中，每一个层面都是一样的。"

"这么说，我们也可能是在最高的虚拟层……"

"或者是第一百个，一百万个……没有任何区别。本质上，我们是一个最简单不过的循环。"

"真是荒谬，"卫子涵颓然仰躺在椅子上，"都是你这个笨蛋，如果今天不搞这拍照的破事，我们什么事也不会有。"

"不，"许文阴沉地提醒他，"你忘了，如果不搞这'破事'，就根本不会有我们的存在。别忘了，我们可并不是真正的卫子涵和许文。"

"就算不存在，也比这么憋屈的存在强吧？！"卫子涵拿起了许文剩下的半瓶可乐，也不嫌不干净，咕嘟咕嘟灌进嘴里，"反正我们得困在这里了，死都不知道怎么死的……"

"等一下！"许文把可乐瓶从他手里夺下，"先别喝！"

"干吗？"卫子涵莫名其妙。

但他很快明白过来。因为许文在荧屏上又操作了起来，在可乐瓶上点了选择和粘贴，一秒钟后，他惊讶地看到，半瓶可乐奇迹般地出现在原来的可乐边上，二者看上去一模一样。然后是另外半瓶。

"一人一瓶，但保留原版别动。"许文说，拿起一瓶来对着嘴喝。

"这么说我们至少不会渴死，只要我们不断复制和粘贴原来的可乐就行。可是……以后只能喝这个了吗？"卫子涵欲哭无泪。

"其他的操作稍微复杂点儿，当然分离出水，制造清水也不难。我们也不至于饿死，那边还有半碗泡面呢，红烧牛肉面，不过牛肉只有指甲盖大。真够难吃的，不过眼下也只有吃这个了。好在这些资源取之不尽，用之不竭。"

这叫什么取之不尽，用之不竭？卫子涵感到眼前发黑："谁让你吃泡面的？怎么不买个小炒呢？盒饭也行啊！"

"知足吧，如果你晚十分钟来，现在就只有苏打饼干可以吃了。"

"不说这个，"卫子涵焦躁地问，"我们会怎么样，一直在这个空间混吃等死？"

"或者现实层的我们看烦了，直接关掉，我们就嗖一下消失了，一点儿感觉也没有……"许文说，又摇了摇头，"不过我敢打赌，这两个猥琐男正看得津津有味呢……对了，现在我们至少还有一件事情可以做……"

"什么事？"卫子涵不解。

"你忘了，其实还有一个人，也困在这个该死的虚拟空间中……我们可以找她聊聊天，三个人总比两个人好……嘿嘿……"

"哪还有人啊……等等，你是说——"卫子涵忽然明白起来。

"你就等着吧！"许文怪笑起来，开始在电脑上操作，选择，复制，粘贴——

"等等！"卫子涵按住了他的手，"不行！我们不能把沈安琪带到这个空间来！这也太邪恶了！"

"为什么？别道貌岸然了！刚才你不是还看得挺开心吗？！"

"我……我当时以为这只是一张照片，但现在不一样了，我知道她是一个人，至少是和我们一样的虚拟人……你要让一个活人出现在这个世界，她会承受多少痛苦和恐惧啊，我们已经够惨了，又何必增加一个呢……"

许文看卫子涵一副认真的样子，动了动嘴，似乎想要争辩，但最终放弃了："行行，算你有良心。回头再说吧，反正我们有的是时间……以后再也不用想什么博士论文，什么找工作，什么女朋友了……"

卫子涵也呆呆坐倒在地："这么说，以后我再也见不到我爸，我妈，我哥，我奶奶，我未来的女朋友了……"

"乐观一点儿吧，"许文拍了拍他的肩膀，"换个角度看，他们肯定还能见到你——你的本尊，没有人会为你这个镜像是否存在落泪的。"

# 7

这一天剩下的时间里，他们一边哭，一边骂，一边苦笑，一边解决生活中种种令人头疼的问题，比如：解手。房间没有厕所，小解倒是可以找个空瓶子来装，大号就比较麻烦了，找到容器可不容易：整个房间只有一个脸盆。

但是韩许二人掌握了复制粘贴大法之后，这个问题又很好地解决了。架子上很快变出了第二个和第三个脸盆，和第一个一模一样。更大的问题是如何处理这些黄白之物。他们虽然是虚拟人，但在自己的世界里仍然有着正常的生理机能，每天都要吃喝拉撒，如果不清除这些排泄物，三天后两人就等于生活在化粪池里。

不过这个问题也很快解决了。解手之后，许文捂着鼻子，愁眉苦脸中忽然想到一个好主意："简单，删除啊！"

他们在电脑上删除了"下一层"世界中的排泄物，再回头一看，自己那些黄白之物也都消失得一干二净。

卫子涵也眼前一亮："这么说，我感觉我们能干很多事情，比如说设计一张床什么的，添加进来。"

"至少也得两张床！"许文打了个哈欠，"不过从头造一张床也太麻烦了，以后再说吧，我太困了……"说完倒在地上就睡着了。

"碰到这种事你还睡得着……"卫子涵唾道，不过再一看表，已经是夜里三点半了。两人陡遭大变，能熬到现在也不容易。卫子涵又长吁短叹了一会儿，也开始觉得眼皮打架，慢慢和衣躺倒，想着回头还得设计一床舒服的被褥，以及睡衣什么的……

不知过了多久——

"啊——"

一声尖叫把卫子涵从毫不踏实的梦里惊醒了。他看到许文指着前面的墙壁，手在瑟瑟发抖。

"你干——"卫子涵顺着许文的目光看去，也呆住了。

本来应该是墙壁的地方，赫然出现了一扇门。

"这、这怎么会有一扇门的？"卫子涵结结巴巴地问许文。

"不知道，我刚醒来就看到了……"

卫子涵端详着这扇门，它看上去非常自然地嵌入在墙壁里，看上去有点儿眼熟，却想不起在哪里见过。他问许文："门里是什么？"

"我怎么知道……听，有人在说话！"

果然，从门里仿佛传出人说话的声音，声音也有点儿耳熟，但当他们屏息细听的时候，声音却又消失了。

"你觉得是怎么回事？"卫子涵问许文。

"肯定是现实世界的本尊干的，他们改变了我们世界的设置。"

卫子涵心头一喜："那他们是在帮我们吗？也许门里有我们需要的很多东西。"

"但门里怎么会有人？那是谁？"

"难道他们也扫描了我爸妈在里面？"

"那还不如把沈安琪送来呢！"许文说，"不管了，看看去！"

原来这堵墙的前面是置物架和一些生活杂物，直接开门很麻烦，他们花了好一阵子才把一切东西挪开，中间还听到门后面传来响动，但也听不真切。许文和卫子涵又把耳朵贴在门上听了半天，还是一无所获。

最后许文咬了咬牙，说："开！"便去握门把手。

"怎么……锁住了！"

"许文，这是你的门！"卫子涵想起来了，回头看了一眼，"这就是你的房门啊！"

"这么说的话……"许文拿出钥匙，插入锁孔，果然门一推就开了，"难道门后面是——"

果然，他们看到了另一个许文的工作室，以及房间尽头自己二人向前眺望的背影。

那两个背影面对着更前方的另一个房间，其中还有更小的两个背影，它们又对着另一个房间……

无始无终，无穷无尽。

刚才听到的声音，原来就是他们自己发出来的。

"这些浑蛋复制粘贴了我们的数据，搞出来一个无限房间的长廊！"许文怒骂道。在他们前面的另一个许文也骂道，甚至身后也传来这样的声音……

卫子涵一惊回头，看到了另一个自己也在回头望着更远处的自己，当然，每个自己都看不到自己的脸。

他扭头望向前方，却看到前面的卫子涵也正好扭回头，把后脑勺对着自己。无论如何，他也看不到自己的脸。真是令人毛骨悚然的怪诞场景啊。

"他们制造了无数个我们！"卫子涵小声对许文说，好像怕其他的卫子涵和许文听到一样。

许文摇摇头："不是无数个我们，只是无数个镜像而已，比如说，你拿两面镜子对着放，也能看到类似的嵌套场景。"

卫子涵能理解这意思，却又很难真正接受。毕竟眼前并没有一面镜子，几米前站着的人看起来和街上任何一个人一样真实。但却又是自己的影子……不，不能说是影子，每个自己都是独立的个体，只是内在构造和接收到的信息都是一样的，所以思维和行为也和自己一模一样……

卫子涵忍不住喊了一声："喂！"毫不奇怪，他听到前面的自己也喊了一声"喂"，更前面的自己也喊了一声，后面也传来了同样的混杂的声响。

卫子涵回过头，自然只是又看到了许多个自己的后脑匀。因为后面的那些自己也都在回头。

尽管每个卫子涵都是独立的存在，但因为思维完全一样，他们永远无法交流，无法触摸，甚至看不到彼此。

卫子涵和许文不觉向前挪动了几步，走进另一个房间。当然，这个房间和他们身后的房间毫无区别，一模一样。而这个房间里的卫子涵和许文走进了更前面的房间。

"你们等等啊！"卫子涵叫了起来，不觉向前跑去，"我有话说！"

当然，那两个卫子涵和许文也向前跑去，没有任何停下来的意思。他们穿过了好几个重复的房间。卫子涵才不得不接受，自己不可能追上前面的自己。除非对方停下来等自己，但要他停下来，除非自己停下来，还是追不上。

但卫子涵还是越跑越快了，好像拼命跑就能跑出这个荒诞的循环一样。该死的，他在心里咒骂，我要离开这里，我要回家！

跑过了不知多少个房间后，许文终于放弃了，一屁股坐倒在地，拿起旁边一瓶可乐就大喝起来。

这样一来，卫子涵就追上了前面的许文："喂，总算追上你们了！"他说，也听到前后的自己对前后的许文说。

"有什么区别？"许文苦笑道，"每个你和每个我都是一样的。"

卫子涵盯着这个许文看了半天，不得不承认他是对的。虽然和刚才的许文似乎是两个不同的个体，但实际上没有任何区别。至于那个"老"许文，自然也有新的卫子涵去陪伴他。

卫子涵长叹一声，砰地把门关上，懒得再看前前后后无数个自己，图个清静。同样的关门声也同时在前后响起。

"我们的本尊制造这个不断重复的房间长廊干什么？"卫子涵问许文。

"我也不知道啊，也许是做实验吧，看我们什么时候因此崩溃掉。"

"不用这么搞我已经崩溃了！"卫子涵吼道，"给我来口可乐！"

# 8

卫子涵和许文倒头便睡，第二天醒来的时候，墙上多出来的门已经消失了，大概现实世界的本尊们也玩腻了这种游戏。

接下来的一段日子，他们竭力用递归程序的功能改善自己的生活。比如通过把一个靠枕复制几十遍制造出了两张床；比如，用复制＋改造的脸盆制造出了某种澡盆，再分离出若干清水就可以凑合洗澡；又比如，在量子计算机的数据库里找到了之前拍过的几个盆景，也摆出来改善了一下居住环境……等等。另外，他们还在电脑里找到一个师兄存的秘密文件夹，里面是一些电影和几百部网络小说，可以打发时间。然而好像也就如此而已了。许文和卫子涵这日子越过越无趣，越过越绝望，几周后，不是相互吵架，就是整天谁也不理谁。

一天，了无生趣的卫子涵开始对着上头的本尊喊话："再这么活下去也没意思，杀了我吧！你们关机吧！"

"说机不说吧，文明你我他。"许文的声音说。

卫子涵怒气冲冲地转向许文："就你文明！"

许文却是一脸错愕："不是我说的啊。谁？是谁？"四下张望着。

没人回答，但是此时眼前一花，桌上忽然多了一个盘子，里面装着一只热腾腾的烤鸡，香气扑鼻而来，好像是奥尔良口味的。两人也顾不上吃惊，立即扑上去你争我夺，先抢了一只鸡腿在手上狼吞虎咽起来。在这鬼地方，吃了不知道多少天泡面，一只烤鸡对他们来说比鲍参翅肚还要稀罕。

等卫子涵吃完了，才想到一个重要问题："这烤鸡是哪里来的？"

许文已经想到了答案，一边吮指一边说："那还用说，肯定是我们的本尊拍下全息照片后又放进虚拟空间的……说吧，要我们干什么？"最后一句话是抬头对本尊说的。

电脑屏幕忽然亮了，出现了一个文档，最上面有一行字："二十四小时内完成第五部分第三节。"

卫子涵用鼠标下翻了几页，文档很长，都是些不知所云的数字公式，也不知是什么意思。但是许文的脸色却变了："浑、浑蛋！你不会是来真的吧？"他握着拳头，对天花板说。

"怎么了？"

"这是……这是我还没写完的博士论文……"

"博士论文又怎么了？"卫子涵还没搞明白。

"许文这混账——居然让我给他写论文！"许文咆哮着大骂自己，"这个浑蛋，真是太没底线了……"

卫子涵明白过来，许文的本尊显然想到了比看他们解闷更有价值的宏图大业：让虚拟版许文给自己写博士论文。

"我去，老许你还真是个天才……"卫子涵苦笑着说。

电脑上又跳出一行大字："兄弟帮帮忙，下顿还有烤鸡！

多谢啦！"

"士可杀不可辱！"许文愤怒地握拳大叫，"你以为靠几只烤鸡就能收买我吗？滚！"

对方没有再说话。许文靠在一边，气鼓鼓地生闷气。过了片刻，卫子涵忽然惊声尖叫起来，指着许文。许文顺着他的手指看去，也吓呆了。他的右手皮肤忽然消失了，变成了一堆可怖的红色肌肉及白色的肌腱，同时一阵剧痛从手臂上传来。

"啊，疼疼疼疼……"许文哭叫了几声，皮肤忽然又回来了，痛楚也随即消失。他摸了摸自己的手臂，完好如初。

本尊的警告，相当清楚了。

许文却坚强地站起来，继续抗议："光烤鸡不够，至少——至少再来个小龙虾行不？"

"成交。"电脑上显示的对话说。

"报应啊……"许文颓然倒地，两行眼泪落了下来，"真是苍天饶过谁……"

从此，许文开始了给自己写博士论文的艰苦历程。至于卫子涵也没有闲着，因为他文笔不错，被要求润色一些语言描述的部分，还得给论文写后记和致谢等，卫子涵也只能遵命。卫子涵把论文翻阅一遍，只知道这篇论文是关于宇宙学方面的，似乎是根据大统一方程式推测的最新宇宙起源模型，但具体的一点儿也都看不懂。

对这些前沿理论，卫子涵本来也许还略感兴趣，但现在一个永远无法离开的破房间里待着，实在没有任何兴趣去了解什么宇宙学。就算每天有烤鸡和小龙虾之类的"珍馐美味"，他也是越来越压抑。倒是许文，沮丧了几天后，逐渐干得起劲，好像完全忘了自己是在给他人作嫁衣。可能本质上他天生就是一个工作狂？但这好像也不对，许文要真是这么热爱学术研究，为什么还会把论文推给自己的镜像去写呢？

一天夜里（虽然已经看不到白天黑夜，但是二人还是尽量根据电脑和手表上的时间，按照现实世界的作息起居）睡觉的时候，卫子涵忍不住问了许文这个问题。许文叹了口气，说："这事还挺有意思的：我的博士论文初稿，本来只是处理宇宙模型中一个非常小的技术问题。本来嘛，我这点儿能耐也没本事进行更重大的研究。"

"所以呢？"

"所以我很快发现，这次我本尊让我做的这个课题，已经在原来的基础上大为深化了，几乎可以说要解开整个宇宙诞生的秘密。打个比方说，好像我本来只是研究一个细胞的结构，现在却要研究一个细胞是怎么变成人体的。嘿，这个浑蛋是想靠我得十个诺贝尔奖啊！不过这几天我也想明白了，反正我和他本来也是一个人，他有了成就不就等于我也有了？也让我爸我妈脸上有光！还有当初甩掉我的小丽，我要做出点儿成绩，能让她后悔一辈子！"

"可是，这么高难度……你能做出来吗？"

许文怪笑一声说："我可有的是时间，做个十年八年都不成问题。"

"十年八年？那还来得及毕业吗？"

许文又怪笑起来："嘿嘿，老卫，你还没想明白吗？"

# 9

"想明白……什么？"卫子涵隐隐感觉不对。

"你忘了么，那台超级计算机，我只能使用不到一周，过几天导师出院，我就得还给他，去跑他的项目。"

"对呀，那怎么过了这么久，还……"卫子涵想到了什么，但又想不清楚。

"因为压根没过去多久！为了在交还计算机使用权之前就获得结果，我的本尊必然大大调快了程序运行速度。比如说现实中的一小时，可能等于我们这里的一天甚至一年……一百年都有可能。这样一来，我们累死累活干上十年，他也许等几分钟就会有丰硕的成果出来了。"

卫子涵震惊得瞠目结舌："这、这也可以？"

"相对于超级计算机的算力来说，这只是小菜一碟。连我都不知道，这种运行速度的上限是多少。唯一的限制是，本尊要和我们进行沟通的时候，必然要把时间调回到和现实同步，不过那也花不了多久，没准现在还是你来的那天下午，虽然我们感觉已经过去了两个多月了。"

"真不可思议……"

"这算什么，还有更不可思议的。"许文冷笑说，"我最近还发现，让我处理的一些问题，之前已经有许多人做了大量的工作，得出了不少成果，所以我自己的任务相对而言又没有那么高不可攀，而且虽然涉及一个极为复杂庞大的课题，但我要处理的还只是其中一小部分。而且，如果没有和其他部分相配合，做出的计算结果也是没有实际意义的。"

卫子涵给绕晕了："那到底是怎么回事？谁帮你做的这些

工作？"

许文说："还能有谁？你还记得上次无数房间联通时的场面吗，我们看到数不清的自己在前面后面奔跑着……"

想到这个场景，卫子涵不禁一阵寒毛直竖，但忽然间又想明白了许文的意思，更是感到十倍的战栗："难、难道你是说他复、复制……"

"没错！这个浑蛋，把我们的房间不断地复制下去，让几十个，几百个，也许是成千上万个许文一起给他工作！他什么也不用干，就是用程序分发炸鸡和小龙虾，每天就有数不清的成果冒出来了。"

卫子涵已经完全说不出话来了。

"不过这也不算坏事。"许文一笑，"起码大为降低了我的工作量不是？而且想到自己不是这里唯一的存在，在同一台电脑里还有其他的自己，心情也变好了一些。"

"这话说得，这里不是还有我吗？"

"废话，我能跟你交流论文中的关键思路问题吗？你能帮上什么忙？对了，说到这个，明天我会要求本尊让我们这些许文们见面，彼此直接通话，毕竟，很多问题和困难纸面上无法说清楚，直接交流，开个头脑风暴会才是效率最高的。"

"不是，你就真的喜欢给他这么写论文吗？"

许文苦笑摇头，引用了一句古语，说："不为此无益之事，何以遣有涯之身？"

第二天，许文果然对本尊提出了联网要求，把要求写在了提交的论文文稿中。本尊又过了三天才回复，足见许文的猜想不虚：本尊一定将他们的程序运行的时间流速提高了几百倍以上，以至于无法及时回复消息。

本尊没有让他们见面，不过给他们开了一个讨论群组，许文们可以在量子计算机内部的"局域网"里随时交流。给许文写论文的镜像倒也并不太多，只有区区三十来个，大概人太多了，组织起来一起工作也是件麻烦事。但三十多个许文在通话中用同样的嗓音发言和争论，也是一种极为怪诞的感觉。因为经常分不清楚是谁在说话，所以后面逐渐改成了文字的聊天，卫子涵瞅了几眼也看不明白所以然，百无聊赖，只有捧着一本网络小说自己去看了。

研讨断断续续又进行了好几个月，似乎有一些进展，但又不明显，旧的问题解决了，新的问题又出现了。越到后面越不顺，一天，许文焦躁地拍了一下键盘，说："该死，怎么老是算不对？到底哪里搞错了？真搞不明白？为什么让我来干这么苦的工作啊！身边是个废物，也帮不上什么忙……"

卫子涵有些不高兴："不是，你说谁是废物？"

"你是废物！"许文转身吼道，"我每天都在解决世界上最深奥的科学问题，你呢，在看网络垃圾小说！"

"胡说八道，什么垃圾小说？这是著名作家宝树写的……呸，我跟你解释这个干什么？我爱干什么干什么，说到底，要不是你这个混球色欲熏心，异想天开，老子现在还在外头吃香的喝辣的，会落到今天这地步？"

"放屁，要不是我，根本就没有你这个假货的存在！去你的！"许文上来就是一拳。卫子涵没想到他真的动手，被打得撞到了书架上。但很快愤怒地跳起来反击，两个人打成一团。

卫子涵没占到先机，加上身子稍矮小，战斗力也是略逊一筹，很快被打倒在地，给许文压在身上乱揍。随即，更恐怖的事发生了，许文看着鼻青脸肿的卫子涵，狞笑起来，扒开了他的衣服，把手伸向他的裤子……

这神操作让卫子涵吓得魂飞魄散："别别，别冲动啊！我们是兄弟啊……要不你还是去把沈安琪找来得了，我再不反对了……"

许文怪笑着说："别怕，别怕！你忍一会儿啊，一会儿就好了……"

"别、别……老许你别……"

两人正在纠缠中，忽然之间，卫子涵有一种奇妙的感觉，仿佛整个人都飞了起来。他环顾四周，额，自己的确飞了起来，连同周围的电脑、书本、枕头、泡面……

"怎么回事啊？"卫子涵大叫起来。

"小心——"许文神情严肃地对他说。

话音未落，两人又掉回到地板，好在摔在了软垫组成的床铺上。与此同时，整个房间竟像个骰子一样翻滚起来，上下颠倒错乱，东西乱飞，过了许久才停下来。

卫子涵给摔得头晕目眩，几乎爬不起来："这到底是怎么回事——啊？"

此时，轰隆一声，天花板裂开了，一堵墙塌了，露出了外面的——一个世界？

那是卫子涵这辈子从未见过，也从未想象过的世界。

粉红色的天空下，是绯红色的河流与湖泊，远处有宝蓝的山峰矗立，山形陡峭，层崖林立，比桂林山水还要奇妙。他们似乎是在一个悬崖上，地下是一片紫色和红色"植物"形成的丛林，这些植物非常高大，看不到明显的叶子，但是茎秆却是千奇百怪的片状，好像是用乐高积木拼出来的。还有一种小动物在植物间飞行着，没有翅膀但头顶有叶片旋转，看起来有几分像是无人机。

卫子涵呆呆地看着，不知过了多久才找到语言："这到底……是……"

才说了半句话，许文忽然跳起来，拉着他往外跑去。卫子涵跟着他跑了几步，踏到了陌生的土地上。此时身后一声巨响，那个他们待了快一年的房间彻底垮塌了。

"好险……"许文擦了把汗。

"这是什么鬼地方？外星球吗？"卫子涵问，"我们怎么会到这里来的？"

许文望着周围奇异的风景，嘴角露出了一丝微笑："我们终于成功逃出来了。"

"逃出来了？我们怎么可能逃出来？还有，这是哪里？"

"这是——一个新的宇宙。"

原来，这才是许文一直筹划的大事。

当许文们看明白了自己的命运就是终身充当本尊的囚徒和奴隶之后，就下定了决心，一定要逃离这个囚室。然而他们只不过是困在一个电脑中的虚拟人，又能逃到哪里去呢？

本尊雄心勃勃地打算扩展自己的博士论文，给了许文以逃脱的灵感。他通过写论文的方式进行研究，并和其他多个"自己"进行思想交流，共同发现了宇宙创生的基本动力学模型，于是设法在计算机里模拟出一场虚拟的宇宙大爆炸，从一个设定的原点开始，用暴涨创造出一个新的宇宙，并让它迅速演化到比较成熟的阶段。

根据递归程序，下一层计算机中的虚拟宇宙也必然反馈到他们所在的层面，也就是说，他们可以进入这个新宇宙，与之融为一体。许文们又想方设法，偷偷塞进了一个程序，在这个宇宙中，寻找一个大气、温度、植被、生物构成等适合人类生存的星球，让他们的房间被直接移植到这个星球的表面。

整个过程大部分都可以隐藏在对博士论文的讨论中。但关键的几个程序，还是要亲自执行操作，如果给本尊看到，不免会引起怀疑。虽然本尊如果加快了进程，肯定是来不及反应的，但也要以防万一。几个许文互通声气后，决定让这个许文去揍一顿卫子涵，再来演一出搞基大戏。即便本尊正在关注着他们，也可以转移他的注意力。毕竟本尊只是个自然人，注意力有限。

结果，虽然顺利转移，但还是稍微出了点儿偏差，宇宙创造完毕，房间被挪到这个星球后，却掉在一个山坡上，差点儿没直接摔成两半。

这一番话，卫子涵听得呆了，但又觉得哪里不对："这么说来，我们不还是在那个超级电脑里吗？根本没跑出来呀。"

"是啊，整个宇宙都在那台电脑里，真所谓须弥芥子，壶中日月！这个宇宙虽然不如我们的宇宙大，也有超过十亿个星系，每个星系中有好几千亿的恒星和上万亿的行星……无论如何，本尊几乎是不可能找到我们在哪里的。"

"那他只要一关机，我们还是……"

"创造了一个宇宙！一个真正意义上的元宇宙！这是可以得十个诺贝尔奖的成果，别说我本尊，就算我导师也是不敢毁灭它的，至少也得研究几年再说。再说，这个宇宙的演化速度非常快，其中的时间流速也和现实世界完全不同，一秒钟就是一百万年过去了。我们有足够的时间。"

卫子涵稍微吃了颗定心丸："可是，在这个陌生的星球上，我们能怎么生活？"这时候，他甚至开始有点儿怀念许文的工作室了，起码还有人的食物可以吃。他回头看去，发现所有东西都被压在了房顶的钢筋水泥下。电脑、相机、手机……一切都破碎了。

许文拍了拍他的肩膀："根据设定，这个星球的食物和饮水都不成问题，温度也适宜，其他的我们大家一起想办法吧。"

我们大家？

卫子涵往周围看去，这才发现，远近山头和山下，似乎也有其他的工作室碎块。依稀可以看到一个个许文和卫子涵正从里面出来，或快乐或新奇或犹豫地踏入了这个新世界。

"所有的我们都被带到这里来了，走吧，我们去找他们会合。"许文告诉卫子涵。

他们高一脚低一脚地行走在这个陌生怪异的星球上。但走过一处山坳，两人不禁停下脚步：一个工作室坠毁在那里，从倒塌的墙壁下流出殷红的血水，染红了一大片地面。水泥块下还有个别残肢隐约可见。显然，这两个许文和卫子涵运气比他们还差。

卫子涵来不及为另一个自己默哀，就感到一阵反胃，背过身去，走开几步，大呕特呕起来。好不容易吐完，看到眼前横着的一个白色物体，又惊讶地张大了嘴巴："许、许文……你看……"

许文皱着眉头走过来："干什么，有怪兽还是——"忽然之间，也说不出话来了。

一身绣花旗袍的窈窕女郎，躺在某种圆环形的奇异碧色花卉间，紧闭着双目。她身上沾了些泥污，手脚也有血痕，但显然生还了下来，胸口微微起伏着，宛如睡美人般娇艳。

"天哪……"卫子涵说。

"我去……"许文也说。

仿佛是听到了二人的声音，沈安琪缓缓地睁开了眼睛。

# 少女与薛定谔之猫

奥地利物理学家薛定谔设想过一个实验：箱子里有一只猫及少量放射性物质，放射性物质大约有50%的概率会衰变，由此导致毒气释放杀死猫；另外50%的概率是不会衰变，猫安然无恙。按照一般看法，在箱子里的猫或者是死的或者是活的，只是外面的人暂时不知道。但根据量子力学，当箱子处于关闭状态，整个系统就一直保持不确定性，此时猫既是死的也是活的。科学界围绕着这个实验进行过无数次争辩和论战，但从未问及的问题是：那只猫自己是怎么觉得的？

——题记

## 1

窗户半开着，光子趴在窗沿上。阳光照在它身上，暖洋洋的很是舒服。它向窗外瞧去，瞳孔变成了一条缝：4月的和风吹在小区花园里，树叶"沙沙"作响，草坪上光影斑斓。

猫眼中的世界色彩并不分明，接近昏黄色调，稍远处的物体都朦朦胧胧，但随着微风，草叶的清香沁入光子鼻端，混着泥土的气息、野花的芬芳、蠕虫的腥气……千百种微妙的气息糅合在一起，填补了颜色的缺陷，组成了一幅远比人类所看到的更绚丽多姿的画卷。

光子懒洋洋地站了起来，伸直了腰打了个哈欠。下一秒钟，辛离就感到它浑身的肌肉都绷了起来，敏捷地从窗台上跳进了下面草丛里，脚上的柔韧的肉垫让它落地时像羽毛一样轻捷，几乎感受不到冲击。猫咪钻进一簇灌木，如同猛虎——它那森林中的表亲——一样，开始了今天下午的狩猎之旅。

它钻出灌木，正好看到一只蜻蜓悠然从草丛上飞过，它顿时兴奋起来，飞身扑击，想用前爪拍掉蜻蜓，但蜻蜓灵敏地躲开了。光子在它后面紧追，大步腾跃，让辛离觉得自己仿佛要飞起来。可惜蜻蜓还是技高一筹，明智地飞到了旁边的水池之上，点着水轻盈地离开了。光子这回没有了办法，只有无奈地走开。

"差不多是时候了，"辛离在心底告诉它，"我们去小花坛玩儿，也许能看到……他……"

光子好像听到了什么，迷惑地东张西望了一会儿。它自然从不听任何人的指挥，但最近有点儿奇怪，似乎在它身体里总有一个声音在说它听不懂的话。

不过在它的字典里并没有"思考"二字，既然这个原始的问题得不到解答，下一秒钟也就被它忘记了。光子嗅了嗅野花，轻松跳上了墙，沿着墙头走了一段之后，它又通过一根树枝爬到了旁边的一棵柳树，然后是另一棵树，然后是树洞，然后是另一堵墙，然后是屋顶……

这是光子摸索过的一条路线，早就驾轻就熟。树上、墙头和屋顶，那是人类每天都能看到，却永远无法处身其中的世界。那是猫咪的世界，和人类的世界相互交错，但绝不重合。

辛离是进入这个世界的第一个人类。

# 2

辛离常常想——明知无用却总忍不住——如果那天她没有答应江薇出门去看那场无聊的电影,如果她在回来的路上没有抄那条捷径,如果她在捷径上没有在一个新开花店的门口看了半分钟,或者再多看半分钟,如果她早一秒看到那辆失控的小轿车……如果千万个条件中的任何一个稍有变化,她的人生就什么岔子也不会出。

三年间,她会像其他人一样读完初中,升上高中,和同学们过着热热闹闹又平平淡淡的校园生活,将来会上大学,甚至出国留学,而不是坐在家里的轮椅上,终日对着放着无聊综艺节目的电视和唉声叹气的母亲。

光子曾经是这段黑暗岁月中最宝贵的安慰。两年前父亲把它从外面捡回来的时候,它只有巴掌大小,像一团小小的白毛线,饿得皮包骨头,惨兮兮地叫个不停。那时候它特别黏辛离,每天大部分时间都会在她身上撒娇,缠着她喂自己吃的,晚上也要钻进她的被窝才能入睡。

但光子渐渐长大,身体也健壮起来。它变得越来越独立好动,经常出门玩个一整天,连影子都看不到。即使在家里,它也不再依偎在辛离身边,有时辛离想要抱它玩一会儿,却根本抓不到它。

辛离不禁妒忌光子,妒忌它悄无声息的猫步,风驰电掣的奔跑,甚至打个滚儿再站起来的本事。一只猫都能轻易做到她此生再也不可能做到的事，它的每一个灵巧动作都好像是在嘲笑她是个废物。辛离甚至有过一个恶毒的念头，打断光子的腿，它就可以乖乖回到她身边，陪伴她，依赖她。连她都被自己的卑鄙想法吓了一跳。

她越来越受不了光子，有一次，父亲把光子放到她怀里，光子却不情愿地挣扎，她恨恨地把它扔在地下，父亲说了她两句，她大哭了起来。父亲忙搂住她，问她究竟怎么了。

"连它都能又跑又跳，为什么我不能！"她歇斯底里地叫着。

父亲沉默了很久才开口："也许……爸爸有个办法……"

辛离抬起泪眼，疑惑地看着父亲。父亲是研究什么神经电子工程学的科学家，辛离截肢之后，他将研究重心转向了运动型小腿假肢，目标是通过神经电信号直接控制机械假肢，让它运动自如，但效果并不好，不是根本挪不动脚步就是姿势像螃蟹一样可笑，或许这次又有了新进展？但已经失败了很多次，她不再抱什么希望。

父亲把光子抱走了好几天，最后带着它和一个古怪厚重的头盔回来。

"这只是阶段性成果，还需要进行很多次试验，正式应用至少还得过三五年……"父亲的神色异常郑重，"而且这个项目有军事意义，上面要求绝对保密，我带回来已经是违反规定了……离离，你绝不能告诉任何人。"

"可这究竟是什么？"

父亲神秘地眨了眨眼："你不是很羡慕光子能跑能跳吗？你再也不用羡慕它了，因为……你就是它。"

父亲告诉她，那个古怪头盔叫作"脑电波传感仪"。他在光子的脑部植入了一个很小的芯片，能够将光子所看到，听到和感知到的一切以电磁波的形式传到头盔里，再通过感应电极传入辛离的脑海，令她身临其境。

辛离听得似懂非懂，但她听明白了一点：她可以通过光子的身体，重新行走和奔驰在外面的世界中。

# 3

光子来到小花坛，这是小区花园中一个隐秘所在，被树木环绕，四周静悄悄的，一个人也没有。它躺在草丛里睡了一会儿。辛离感到了那种似乎沉睡在母亲子宫中的感觉，婴儿以外的人类已失去了这么纯粹的睡眠，更不用说是在野外。光子好像做了个梦，那梦境与人类的完全不同，似乎有什么恍惚的东西，却若有若无，无法捕捉……

周围有脚步声传来，光子警醒地睁开眼睛，就看到一个长身玉立的白衬衫少年站在自己面前，看到猫咪醒了，他露出了好看的笑容。伸手摸了摸它的小脑袋。光子放下了警惕，它认识他，这家伙常常给它些好吃的。

辛离也认识他。他叫高枫，她曾经喜欢过的男生，不，应该说现在还喜欢着，自从她通过光子的眼睛重新看到他之后。再一次，她感到高枫在抚摸她的头和脖颈，脸上不由一阵发烫。

高枫是辛离小学时代的插班生，在她十岁的时候忽然闯入她的生命。他们一度是同桌，那时辛离很讨厌他，高枫在第一次期末考试时就以所有科目的满分把她从全班第一的宝座上赶了下来。作为教授的女儿，辛离从未受过如此"奇耻大辱"，她发誓要迎头赶上，但自信却被高枫一次又一次地碾压。

到了初中，他们总算打成了平手。高枫的数学头脑好得匪夷所思，不管什么难题怪题都能解开，得奖无数，但也许是理性思维过于发达，文艺方面的天赋就略显不够，虽然一般语文成绩也属优秀，但写不出有才华的诗文来。那时候，他们已经不在一个班，但高枫却硬是加入了文学社，想要征服这个自己不擅长的领域，结果没少受辛离这个文学社社长的嘲笑。

最后，他们达成了交易。高枫帮她补数学，她帮高枫提高文学水平，教学范例是——她自己写的小诗，她骗高枫说是席慕蓉写的，高枫竟然傻呵呵地把她的几首歪诗都背了下来，让她暗自笑破了肚皮。

就像其他经常在一起的男生女生一样，同学之间开始传他们的谣言。辛离当然不会主动说什么，女孩要有她的矜持。她等着高枫开口，她会考虑个几天再给他机会。不过她又想，不开口也没有关系，他们好像可以一直这样到……很久很久以后吧。

"很久很久"不过是一年多的时光，十五岁的秋天，车祸就那样发生了，把她的未来彻底击碎。高枫来看过她，很多次，但她根本不想让他看到自己的样子，好几次都给他吃了闭门羹。初中后，她也不肯再升学，高枫来得越来越少，最近两年，他们的生活再也没有交集，虽然两个人住在同一个小区里。

两个月前，她才通过光子的眼睛再次在小区里见到了高枫。他已经高了至少十厘米，比以前健壮多了，不但没有长残，而且脸庞也越来越棱角分明。她发现自己还是那么喜欢他，甚至更喜欢他。

然而……她现在只是一只猫。

光子被高枫摸得开心，伏在花坛上，微闭着眼睛，喉咙里打起了呼噜，那种原始的身体快乐也映入辛离的脑海，让她觉得浑身舒畅。她有些害羞，又有些欢喜，他会不会抱一抱我呢？什么啊，应该是抱光子……

这时高枫却放开了猫咪，拿出手机发短信，一边自语："怎么还没来呢？这家伙每次都这样。"嘴角却带着奇妙的笑意。

辛离有点儿奇怪。她知道高枫这段时间每天傍晚都在小花坛这里运动一下，顺便看看书或者背单词，但基本是一个人。他在等谁呢？是哪个哥们儿？不，他的神情不会是那样的，辛离隐隐感到，那会是一个女孩子。也许是江薇，一只叫妒忌的毒虫在撕咬她的心。

"我们看看是谁，光子。"她在心里说。

该死的光子这时候却不听她的指挥了，它看到一只麻雀正在灌木丛里蹦跶，身体里的本能再度燃起，一个箭步朝它冲了过去。

麻雀飞走了，光子正在树丛里折腾，辛离听到高枫的声音说："现在才来，下次不等你了！"

一个女孩子的声音："哼，你敢！"却不是江薇，她的语声轻柔如水，这嗓音却清脆爽朗，辛离觉得从未听过，但又有种怪异的熟悉感。

那是谁呢？辛离大为好奇，光子却追着麻雀越跑越远。

"我就敢，怎么样！""好哇，我现在就走。""别别……我错了还不行吗？"听到说话声，光子扭过头，看到高枫和一个高高瘦瘦的女孩子站在一起。对它来说事不关己，只是懒懒地打了个哈欠。

辛离却浑身僵硬，连血液好像都要凝固了。那女孩的身影还有些朦胧，但是看上去……看上去……

"好好，我错了好吗，辛大小姐！"高枫笑着告饶。

那女孩嫣然一笑，转身向着光子的方向走过来，走进了它视力的聚焦范围内。她身材窈窕，长裙飘飞，而且——

长着一张和辛离一模一样的脸。

# 4

"离离，你今天怎么了，有什么心事一样？"晚饭时，父亲奇怪地问辛离。

辛离摇摇头，刚才亲眼看到的一切，她实在没勇气说出。即使说出来了，父亲也会以为那是幻觉吧？

但那会是什么幻觉，她的幻觉还是光子的幻觉？似乎都说不通。她怔住的时候，那个辛离给它喂了一根火腿肠，摸了它好一会儿才和高枫一起走开。一切都太逼真了，怎么可能会是幻觉？

"爸，你说猫会不会看到一些人看不到的东西？"她问。

"有可能，猫的视觉系统和人不太一样，聚焦能力不如人，但对于运动物体的感知比人更敏锐……"

"不是说这个。我是说……它会不会得精神病，产生幻觉？"

父亲想了想："不是没可能，不过应该不会有人类那么复杂的精神问题，毕竟它的大脑要简单得多。"他指了指正在一旁睡大觉的光子："你发现光子有什么问题吗？我看挺正常的。"

"没有，我就随便问问。"辛离忙摆手。

"要有什么问题，可能是脑波传感仪产生的副作用，你要及时告诉我。"父亲严肃地说。

辛离答应。父亲似乎又想到什么，手里举起一筷菜，却不往嘴里送。母亲捣了捣他，父亲忽然笑了起来："没什么，我只是想到，那只薛定谔的猫会不会被搞成精神病。"

辛离曾经听父亲提起过："就是那只实验里半死半活的猫？"

"不是半死半活，是生死叠加态，"父亲说，"因为量子效应，在打开箱子之前，它就是一堆发散的波函数，既是死的，也是活的，也许还是半死不活的……可怜的猫咪。"

"如果把一个人放进那个箱子里会怎么样？"辛离好奇地问。

"不会发生什么，"父亲笃定地说，"人具有自我意识和观察能力，能够让波函数坍缩。他可以察觉到有没有毒气，当然也知道自己有没有死。"

"那猫难道就察觉不到毒气吗？猫的嗅觉可比人要灵敏多了。"辛离不服气。

父亲怔了一下："猫？嗯，猫当然有感觉，但是没有自我意识——"他皱起眉头，仿佛陷入了苦思。

"吃饭吃饭！"母亲不耐烦地说，"菜都凉了，吃完饭再聊！"

可是饭后，父亲接到了研究所里的重要电话，匆匆离开了，这个话题也就不了了之。

# 5

辛离给江薇打了一个电话，旁敲侧击地问道高枫的事，江薇的答案却大出她所料。高枫这几天去了北京参加一个计算机竞赛，根本不在城区里。

"那个……最近有没有跟我长得很像的……一个女孩……"

"什么很像？"江薇明显一无所知。

"没什么。"辛离敷衍几句，挂了电话。

难道真的只是幻觉？辛离思前想后，终于找到了一个过得去的解释，也许她在什么时候自己睡着了，那些从光子眼中看到的景象，都只不过是自己的梦境而已。

但那是何其真切又何其残忍的梦！她闭上眼睛，还可以看到阳光洒在那个"辛离"身上，她步履轻盈，裙袂飞扬，脸上都是幸福和自信。那本来应该是她的模样。

也许正是因为渴望，她才会做这样的梦吧。

此后很多天里都没有什么异常。光子依然快活地出没在小区的花草树木间，有时候也能看到高枫，但"辛离"毫无踪迹。辛离开始有些怀念那个梦境，那个真实得太不真实的梦。

随着脑波感应的日益熟悉，辛离也越来越能够沉浸到光子的世界里。父亲说得没错，猫压根没有自我意识，看到小老鼠它就会直扑过去，看到大狗它就会扭头逃走，看到一个新玩具就会去拨弄一下，但脑海里根本不会有"我要吃掉它""我要逃跑"之类的念头。它有感知，有欲望，有疼痛与舒适，但在这一切的中心，却是奇异的——无。

如果把光子放进薛定谔的箱子会怎么样？辛离也想着这个问题，毫无疑问，当毒气放出来的时候，它能够嗅到，也会中毒而死。但生和死本来就混糅在一起，既有毒气，又没有毒气。它抽搐着死去了，与此同时，它也舒舒服服地在箱子里啃着一根鱼骨头。它能感受到相互矛盾的一切，因为它没有一个确凿的"自我"进行观察，让混沌的可能坍缩为某一种。

猫活在每一种可能性里。

随着脑波之间的交融，辛离能够指挥光子干更多的事。有一天，她让光子穿过小区，跑到街边，在那里漫步。辛离已经好久没有上街了，她受不了街上人的目光围观。那种看到一个妙龄少女坐在轮椅上的好奇与怜悯，比蔑视的冷眼更让她无法忍受。

不过通过光子的身体，她可以自由自在地穿行。街上新开了很多店面：书店、蛋糕店、咖啡馆……街尽头还有一家新开的大超市。辛离还是有点儿难过，她无法自己走进任何一家店里。光子当然毫不在乎，它走累了，也不顾众人的目光，就在超市门口舒舒服服地躺了下来。

"你看，好可爱的小猫啊！"在超市门口，一个陌生女孩蹲下来抚摸着光子。光子也没脸没皮地蹭着她。

"咦，这小猫好像是我家楼下的。"另一个女孩说，声音清脆而明快，带着说不出的熟悉。

光子抬起头，就又看到了那个辛离，她穿着高中的漂亮校服，一头利落的短发，正笑眯眯地看着它。

辛离的头脑顿时一片空白。

"好想养只猫啊，"那个辛离一边喂着狼吞虎咽的光子一边说，"可是家里不让，而且上大学以后，很快就不住家里了。"

"出去以后，让你那位高帅哥给你买一只嘛。"女孩促狭地对辛离挤了挤眼睛。

"瞎说什么呢！"辛离羞恼起来，"看我不撕掉你的嘴！"

两人起身，笑着跑远了。光子无动于衷地看着这一切。另一个辛离不敢相信地摘下头盔，打了自己一巴掌，火辣辣地疼。

她急忙又再戴上头盔，却发现光子并不在大街上，而是在花坛边上休憩。片刻之间，光子就能从几百米外回来吗？她问光子，光子自然听不懂也不会回答，只是懒懒地抖了抖毛。

# 6

辛离从父亲那里拿了好几本量子力学、平行宇宙之类的书籍，吃力地研读起来。一个概念渐渐成形：每一种可能都会在一个世界实现，一个个世界叠加在一起，无限丰富，无限混沌。拥有"自我"的人类总是要确定自己，总会落入某种可能性，所以只能居住在其中一个世界里。但是猫不同，它们不需要自我，也就不需要固定任何可能性，那只在箱子里的猫可以又活又死，光子也可以在不同世界里穿梭。无数个光子的意识彼此并存，相互交变。

在另一种可能的生活中，三年前的辛离什么事也没有发生，仍然走在自己正常的人生轨迹上，甚至和高枫在一起。而因为她安然无恙，光子也就不会被父亲收养，成了小区里的流浪猫，辛离自然也不认识它。这样一切都能说通了。

还有一个辛离，用数学符号表示，一个"辛离′"，辛离想。辛离′仍然在本来的世界里好好地活着，多好啊。

两天后，通过光子，辛离再次看到了辛离′，她正和母亲亲热地一起散步。

五天后，辛离′和高枫在一起练习英语对话。

七天后，辛离′骑着自行车从光子身边经过。

她越来越能把握光子切入那个世界的方式，那是一种半梦半醒间无法言传的转变，见到辛离′的次数也越来越多。有时候见到的辛离′还有微妙的不同，也许每次进入的都是一个不同的世界。但那些世界一般都大同小异，无非是辛离′留长发还是短发，穿绿裙子还是红裙子的区别。那是她本来的自己，本来什么也不会发生。只有这个世界，这个在三年前因为一个极小概率而形成的世界里，一切才完全不同。可她为什么不在其他世界里，而要在这里？为什么偏偏是这里？这个让她再也站不起来的世界？

在其他世界里，辛离′正如她本来应该的那样成长，甚至比她自己预想的还要好。高一时，她参加省里的英语演讲比赛，荣获一等奖，同时在文学刊物上发了几篇作品，很多读者喜欢，甚至得到了知名作家的奖励。

辛离′和高枫的感情也水到渠成，从二人的对话中，辛离才知道，在去年的情人节，她收到了十几封情书，得意扬扬地念给高枫听，高枫憋红了脸，把那些情书都抢过来撕掉了。

"你什么意思啊？"辛离′对着高枫嚷。

"你才多大啊，"高枫义正词严地说，"别去和那些小流氓约会，就算要……要约会也只能和……和我……"他的声音越来越小。

于是他们偷偷约会起来，如胶似漆。辛离就这样奇异地仰望着自己的另一种生活，为自己而自豪，为自己而叹息。

辛离′却有更强烈的雄心壮志，一天，光子听到她对高枫说："现在高中可以直接申报国外的大学了，何必还走高考的独木桥？高枫，我们一起出国念书多好！"

"我……我没想过这个，"高枫挠挠头，"这很麻烦吧？我英语也不够好……"

"你怎么还不如小学生有自信？"辛离′白了他一眼，"我上次英语竞赛认识一个学姐，就是自己考出国的。不就是去考一个 SAT 吗，我们都可以去。"

"可是……"

"别可是了，你就听我的吧！"她目光炯炯，神采飞扬，"如果不实现这个梦想，我会后悔一辈子的！"

辛离望着她，禁不住泪流满面。这才是她本来的生活！去努力拼搏，领略这世界最美丽的风景。如果不是那场意外，她就是她自己。可如今的她，残疾的她，瑟缩在家里，连普通的大学都上不了。

但真的上不了吗？辛离知道，如今大学基本上不会因为残疾而不录取她，她戴上机械假肢基本也能生活自理，她只是太在乎自己的自尊心，不想被人笑话，更不想被人怜悯。但有什么关系呢？光子可从来不在乎这些。

也许现在也不晚，也许她还能改变自己的命运？

"爸，"晚上她走进父亲的书房，吞吞吐吐地开口，心中却已坚定，"我……我想参加明年的高考，现在还来得及吗？"

# 7

参加高考对辛离来说并没有想象中那么难，报考资格上的问题，父亲设法解决了，她只需要花一年时间学完高中的课程并完成复习。她本来基础不错，父亲又给她找了几个靠谱的家教，加紧点儿应该够了。

辛离开始了紧锣密鼓的补课，一忙起来，跟着光子前往平行世界的旅行减少了很多。而且，她暂时也见不到辛离'和高枫了，为了提高英文水平，他们前往广州参加一个昂贵的SAT强化学习班，上完后会直接去香港参加考试。但光子的活动范围只有小区周围，对他们的近况也无从得知。

不过有一次，光子带着她到了另一个平行宇宙中。那天，辛离在路上看到了她的父母，这本身不稀奇，但他们看上去有点儿奇怪，好像比平常老了好几岁。母亲好像大病初愈的样子，父亲搀扶着她，头顶也多了很多白发。辛离忽然意识到，这次光子进入了另一个平行世界。

光子看到，他们的神情平淡而漠然，步伐不紧不慢，说的也都是一些家常闲话：今天中午做什么饭，家里的花该怎么浇水，电费交了没有，等等。没有任何稀奇的地方，但辛离却总觉得哪里不对，心中的诡异感越来越强烈。

父母进了楼门。光子不便再跟上去，正在门口蹲坐着，却看到邻居马叔马婶带着儿子说说笑笑从楼里出来，那才是一个家庭的样子。蓦然间，辛离发现了不对的地方在哪里：

父母在讨论家事的时候，压根没有提到她，而平常她可是父母交谈的重心。这是为什么？

在这个世界里，她死于那场车祸。

辛离摘下头盔，额头冷汗涔涔。她一直以为自己的遭遇已经足够悲惨，却没有想到，自己还可以不幸得多。

她就是薛定谔的猫，那只既活又死的猫。

# 8

每一个世界，都有自己的幸与不幸。

辛离再次看到辛离'，已是秋叶飘零的时节。辛离'孤零零地拖着行李箱，拖着步子走进了满地黄叶的小区。这次她的考试似乎不太顺利，留学之梦大概得推迟几年了。辛离并没有太在意，无论怎么说，她也比自己强太多了。

此后辛离'许多天都早出晚归，光子也不怎么能见到她。转眼便到了冬天。今年的冬天雪很大，光子也不想出门，舒舒服服躺在家里的暖气包边上打盹。在它的梦魇间，辛离有时候能穿越到另一个世界流浪的光子身上，它只能躲在楼底的暖气管道边上，靠着偶尔能逮到的一两只老鼠，瑟缩着苦挨严寒。但没关系，一觉起来，它就会在享用不尽的猫罐头边上，过着另一种生活。

一天早上，辛离进入这个世界时，发现光子在外头找吃的，却见到了高枫一早就在外面转悠。光子如同抓住救命稻草，围着他喵喵叫了起来。高枫神色焦灼，看着它叹了口气："今天没工夫喂你了……辛离不见了。"

光子一震，抬头看着他，宛如能听懂人言。

"跟你说了你也不懂……"高枫对它说，其实是自言自语，"我不该提分手的……她要我陪她出国，可是我根本不想出去念，我早点儿跟她谈清楚就好了……结果最后大吵一架，我直接回来……她SAT考砸了，回学校又被好些人嘲讽，压力太大，模考也一落千丈……我一直在赌气，也不接她电话……昨晚她不见了……"

怎么会这样的？辛离难以置信，那个几近完美的辛离′怎么可能变成这样？

"我打她手机，结果她手机竟然扔掉在了附近草丛里……我们真的很担心她……一晚上都找不到……警察也不受理……万一碰到坏人……"

光子嗅了嗅辛离′的手机，嗅到了熟悉的淡淡气味，顺着风，一丝同样的气味透入它鼻端，就像是远处传来的呼唤。辛离以前从来不知道猫的嗅觉可以如此灵敏，她知道该怎么做了。

光子窜了出去，跑出几步后，发现高枫没有跟上来，回头高亢地叫了几声，又往前跑了几步，一边跑一边回头。高枫有点儿明白了它的意思，不敢相信地，又不能不信地跟上了它。

辛离生怕辛离′是坐上车离开，那就不好找了。但辛离′的气味一直在路边延伸，显然她并没有上任何车。走过了好几个街区后，她的气息进入了一个小酒吧里。但此时酒吧已经打烊，里面一个人都没有。

光子又嗅了嗅，发现辛离′的气息在酒吧另一边出现，还较之前更浓，代表离现在的时间更近，但这次混进了浓厚的酒气，单从气味上就大致能猜到发生了什么。

辛离心急如焚，驱策着光子不住狂奔，高枫在后头跟着。它又穿过三个路口，两条巷子，发现辛离′的气味进了一栋二十多层高的写字楼，晚间电梯停运，她似乎是从楼梯间爬上去了。到底发生了什么？辛离让光子也拼命爬上去，两层，三层、五层……光子累得不行，快爬不动了，但这不是休息的时候，她拼命催促着可怜的猫咪。快上去啊，光子！

气味一直向上蔓延，最后，当光子累得只剩下一口气的时候，他们终于到了楼顶的天台上，高枫用力推开门，凛冽寒风扑面而来，楼顶都是积雪，一个衣衫单薄的少女如雕像一般站在大楼边缘，已经不知站了多久。她转过头，神色一片茫然。

# 9

"辛离，别干傻事！"高枫大喊。

"别过来！"辛离′如梦初醒，向后退了一步，"我……我无路可走了……"

"有什么事那么严重啊！"高枫说，"你先下来，什么事都可以解决……"

"你不懂的！"辛离′的声音异常凄厉，"我已经没法再活了，没法——"

她又向后退了一步，脚踩在滑溜的一层冰上，整个身子向后一仰，完全悬空。在那一刹那，她看到一只小白猫猛扑过来，咬住她的脚跟。那猫的力气一时大得异乎寻常，让她多停留了一秒钟，但下一秒钟，她带着那只猫一起坠下。

整个世界化为亿万碎片，在他们周围旋转着。电光石火间，她看到了那只猫的眼睛，那双深邃的猫眼宛如时空隧道，通向另一个熟悉又陌生的世界，一个熟悉又陌生的人。

无穷无尽熟悉又陌生的场景在她眼前掠过。

蓦然间，下坠之势止住，高枫终于及时抓住了她的另一条腿，大吼一声，把她拽了上来。

光子却耗尽了最后一丝力气，坠了下去。这样的高度，就算是九条命的猫，也无法逃生。

它融入了大地。化为虚无，又无所不在。

# 10

"离离，"一个月后，辛离正在看英语单词的时候，母亲走进房间，"高枫在楼下。"

辛离一怔："高枫？"

"你忘了吗？"母亲会错了意，"你的初中同学高枫，他听说你最近病了，特地来看你的。你想见他吗？"

辛离缓缓点了点头，轻轻说："好啊。"

她已经两个月没见到高枫了。

那次辛离醒来时，发现自己躺在医院里。父母说，她已经昏迷了一个多月，医生也查不出原因。她又留院了好几天，直到确定没有大碍了，才出院回家。父亲说可能是脑电波传感仪导致的问题，再不敢让她使用，把那头盔拿走了。但辛离明白，一定是那个世界的光子临死时的强烈脑电波影响了她，让她的大脑也判断自己即将死亡，从而昏迷过去。

但在最后的一刹那，她打破了自我的牢笼，融入了辛离′的意识，也明白了事情的真相。

几个月前，辛离′因为考试砸掉以及和高枫的分手，成为学校里的笑柄。她去酒吧喝酒解闷，认识了几个社会男女，被诱惑吸食了一种新型毒品。那些人想利用毒瘾控制她，她不甘受辱，又不敢告诉家人，她觉得自己无路可走，跑出去喝了一夜闷酒，最后爬到了楼顶上。

辛离曾经视辛离'为理想的自己，但她现在知道，辛离'也只是个普通少女，一路顺风顺水，但内心比她更脆弱，更容易走弯路。

辛离不知道辛离'此刻会怎么样，但是想必在了解了另一个世界的自己后，会对人生重新审视。毕竟，她们都已历经沧桑。

无数的可能世界中有无数的辛离，但没有一个能保证绝对幸福，每一个辛离都会遭逢不幸，就像其他所有人一样。但是在人世的苦难，没有什么是绝对不可克服的。甚至死亡也无法真正战胜她们，因为她们……

都是薛定谔的猫。

她望向光子，在她边上，光子慵懒地打了个哈欠，调整了个舒服的睡姿。一个光子死了，还有无数光子活着，它们又生又死，它们方生方死。它们全不在乎，就这么没心没肺地活着。

就像今天的辛离一样。

"离离，"母亲进来说，"高枫在客厅里了，你让他进来还是……"

"不，我出去好了。"

辛离轻快地说着，放下书，站起身，抬起刚学会使用的机械腿，一步步走了出去。

# 我们的科幻世界

## 缘　起

今年（2019年）是《科幻世界》杂志创刊四十周年，编辑部约我写一篇纪念文章。我左思右想，不知道写些什么好。我，宝树，原名谢宝舒，打小儿是一个科幻迷，但出道很晚，在2011年之后才开始写作，八九年间发表了毁誉参半的若干小说，出过几本销量平平的书，蒙读者和编辑不弃，得过两次银河奖，经历普普通通，写出来想必读者也没什么兴趣看。

而且说句老实话，我近几年的创作也陷入瓶颈，有时候一年发表不了一篇作品，发表了也没有什么反响，总之，是一个还没有红过就即将过气的三流作者。我自己觉得也没什么写作激情了，只是骗骗稿费混口饭吃，这些当然更不足为人道。所以我告诉约稿的姚海君主编说，想不出有什么好写的，要不就写几句祝福的话算了。他却说："宝树啊，你是1999年参加高考的，我记得你说过，因为看了《科幻世界》作文写得很好，考上了理想的大学，就写这个嘛！"

我不禁苦笑，不提这事还好，说起来真是一时不谨慎，一生两行泪。这件事倒是科幻迷耳熟能详的典故：1999年高考作文题是"假如记忆可以移植"，凑巧高考前出版的那期《科幻世界》探讨了记忆移植的问题，有好几篇小说以及科普文章，读过的应届生高考如有神助，而没有看过的碰到这样思维发散的作文题，根本丈二和尚摸不着头脑。一上一下就是几十分的差距，不知改变了多少人的命运。这件事以后，《科幻世界》押中高考题的新闻不胫而走，第二年的征订数就增加了好几倍，形成了21世纪初的一波科幻热。

两年前，我的小说《人人都爱华莱士》荣获银河奖，在颁奖现场，女主持人问我是不是1999年参加高考的，我说是，她问我写了什么作文，我告诉她写了篇讲记忆移植的微科幻小说，她夸张地惊叹："哇，好棒哦！所以这篇作文让你考上燕京大学了吧？"我犹豫了一下，点头称是，下面稀稀拉拉的掌声响起。过了几天，报纸上出来一篇关于银河奖的报道，其中提到"宝树在获奖感言中深情回忆，正是《科幻世界》帮他高考夺魁，圆梦燕大"。

其实压根不是这回事。

那年高考，我考砸了。

事实是这样的，我的确读过那期《科幻世界》，令我在考试中灵感泉涌，笔走龙蛇，写了一篇小说，讲一个22世纪的记忆移植者因记忆紊乱产生人格分裂的故事，特意采用了意识流的写法。即便今天，我也觉得这篇小小说以高中生的标准来看是不错的。但这个世界根本没道理可讲，我觉得写得好，阅卷者可不这么认为，相反，看到这种既没有中心思想，起承转合也不合作文规范的瞎编乱造，大概火冒三丈，扣了我一大半的分，直接让我语文考砸了。更可气的是，我一个同学根本不看科幻，写了一篇八股文，说他爷爷是老红军，他移植了爷爷的记忆以后，继承了他艰苦拼搏、排除万难的思想，决心为建设祖国而奋斗，就这作文竟然得了满分，全国好多报刊转载，还在各种高考作文选上当范文登。我找谁评理去？

我当时自我感觉良好，估分估得很高，志愿便填报了燕大。结果分一出来，光语文马失前蹄就比预估分数低了二三十，离燕大最低提档线还差了老远，燕大当然没可能要我。加上第二三志愿也没填好，最后没有考上一本，后来招生办给我调剂到了名不见经传的中关村文理学院。我平时成绩是不错的，班主任沙老师非常惋惜，据说他现在还经常提起我，谆谆告诫学弟学妹们"高考作文千万不要写小说，你们有个学长谢宝舒，本来成绩很好，就是这样毁了……"

不过事有巧合，大四那年，中关村文理学院居然并入了燕京大学，据说是燕大需要我们学院的地皮。所以我的毕业证是燕大发的。但是实际的区别很多人都知道，正经燕大学生从来不承认我们是校友，像陈楸帆、夏茄等燕大出来的作家，问问我的年级系别，我一说是原中关村文理的，人家就笑笑不说话了。

这些弯弯绕本来说不清楚，所以访谈提到这事我只能含糊带过，难道那种场合能说看科幻小说让我高考砸了吗？谁知道偏偏就出了问题。

本来这种科幻方面的新闻稿除了科幻迷没人看，我在朋友圈也没转发，可因为提到我的本名和老家南川县，南川本地的媒体公众号不知怎么给发现了，还改了个浮夸至极的标题"昔日高考状元，今日科幻大咖——南川走出的作家宝树喜提世界科幻银河奖"（大概把"科幻世界银河奖"看反了），很快转到了我的高中群里。高中同学谁还不知道谁，我高考的滑铁卢人家记忆犹新，看到这种文章会怎么想？当然也没人当面揭穿，只是许多人阴阳怪气地说"恭喜状元郎！快发红包哈哈"，我尴尬地辩解说是记者乱写的，不久就退群了。

这是一次不愉快的小风波，我本以为到这儿就结束了。谁料还有下文……不，除了下文还有上文。1999 年之前，一些我早就忘记的人和事，那次报道之后又重新浮出水面，揭露出一个个尘封已久的秘密，最后让我卷入了一桩可能改变世界的神秘事件……这件事和《科幻世界》倒还有点儿关系，既然说到这里，就干脆都写出来，作为一点儿纪念吧。

退群事件后没几天，一个叫"沙和尚"的微信 ID 加我，留言说"我是沙子明"，我看到吃了一惊。沙子明是我的高中班主任，语文老师。我高中时喜欢舞文弄墨，沙老师也蛮欣赏我，还推荐我参加过新概念作文大赛（不过没入围），师生感情不错。但我高考砸锅以后，愧对老师的期望，不好意思去看他，也就断了联系。

他既然加我，我当然很快通过了他。稍微寒暄几句后，沙老师说看到那篇报道，我忙又澄清了几句，他问我什么时候当了"大作家"，我忙说只是一个普通作者，写了几本不畅销的类型小说而已，沙老师说你写的小说不是得了世界大奖吗？我忙说不是不是，是国内的一个科幻奖项……沙老师"哦"了一下，转入正题。原来下个月是我的母校，南川县第一中学建校六十周年校庆，要请一些知名校友回去和学生们见见面，校方也希望邀请我，毕竟我校还没出过科幻作家。

我答应了。毕竟自己母校和老师的邀请总不好拒绝，我承认自己也有点儿虚荣心，作为"知名校友"回母校能挣点儿面子。沙老师让我准备半小时左右的演讲，我还花了不少时间准备讲稿，题目叫"当代中国科幻与时代精神"，特意把我和科幻名家刘慈欣、王晋康、韩松等人的合影放进了课件里面。

校庆前一天，我回了南川。南川县在浙江中南部的山谷里，没有机场也没有铁路，我只能飞到杭州萧山机场，改乘大巴，经沪昆高速开到浙江腹地的连绵群山中，下了高速还有七弯八绕的国道，到南川县城已经是傍晚了。汽车没有开到原来的汽车站，而是停在了新建的城北客运中心。我又打了辆车才到市区，沿途看到的城市景象和记忆中的大相径庭，几乎都不认识了。

我不是南川本地人，老家在西安，九岁那年因为父亲工作调动才到南川读书，我上大学后不久，父亲调回西安的原单位，母亲也找了新工作，举家西迁，南川的房子也没保留。我虽然在南川住了十年，但出去后只有2000年搬家时回去过一次，后来十几年都没再回南川。这些年中国经济日新月异，不想南川也变成了一座陌生城市。

沙老师大概不清楚我家的情况，以为我回南川就是回家，所以没安排接待和住宿，我也不好意思提，好在县城里住宿不贵，我就在南中附近随便找了一家宾馆，开了间大床房。晚上我出去吃了一顿久违的南川菜：萝卜排骨汤，雪菜烩白虾，豆腐焖火腿，南川小汤包……还是记忆中的味道，南川的感觉渐渐回来了。

饭后还不是很晚，我溜达回了以前的旧居，发现老小区完全拆掉了，变成了一座购物中心。我有点儿惆怅，信步走到县城中心的南川河畔，当年这条河又脏又臭，都是工业废水，如今经过治理河水清澈多了，沿河还修了绿地和栈道，可以供人休闲散步。走在河边，秋风徐徐，倒也不无惬意，只是风物早非昔日之旧。

好在道路格局并没有太大变化，走着走着，我的双脚似乎自己恢复了记忆，带着我离开主路，拐了几个弯，又经过一座小桥，踏进了一条城西的巷子。我惊奇地发现，这里竟然还大致是当年的模样，马头墙、吊脚楼，脚下是光润的青石板路，头顶是交错的老式屋檐。不过许多老房子翻修过，变成了临街的店面，到处还挂有写着"南川古城景区"的牌子。我恍然大悟，难怪这里还基本保留旧貌，原来是改成了旅游景区。

不过也没几个游人，古色古香的南方街巷给人时空迷离之感，在昏黄的路灯下，听到亲切绵软的本地方言，看着里弄的孩子在身边穿梭嬉戏，恍惚间又把我带回到了二十多年前。当年，我就是怀着情人约会般的憧憬，兜里揣着几块钱，走在这条巷子里，前往一个甜美诱人的神秘之境，准备进入远离尘嚣的另一个世界……

拐过一个弯，前方闪现出一片似曾相识的光亮，一间古雅的二层小楼灯火通明，我脱口一声惊叹，那地方真的还在这里？还是我穿越回了二十年前？

我擦了擦眼睛，才发现整个店面已经完全不一样了，门上是"竹林酒吧"几个艺术字，下面还贴着本店的二维码，提醒我这早已不是 20 世纪 90 年代。我信步走进门内，喧闹的音乐声扑面而来。酒吧不大，光线幽暗，不多的客人在里面饮酒谈笑。我走到吧台附近，服务生问我要来点儿什么，我没有回答，只是环顾着室内的四壁和天花板，心头隐隐又浮现出记忆中的场景。对，这里本来有一个架子，那边有一个展台，左边是文学区，右边是历史区……过去与现在，两个似乎完全无关的房间像量子叠加态一样在我脑海重合在一起。虽然已经重装得面目全非，但面前毫无疑问还是这间老房子，这个我曾经消磨过无数时光的乐园，这个古老而神秘的圣地……

服务生还在问我要喝什么，我反问他："这间酒吧开了多久了？"

他愣了一下，说："不知道，我是新来的……"

"有七八年了吧。"旁边较为年长的酒保搭话说，"古城景区搞起来之后，酒吧就开业了。"

"这间房子是你们租的吗？"

"是老板买的，之前好像是一个面馆，做不下去关门了。"

"面馆……原来后来还改成过面馆……"我喃喃道。

酒保听出端倪："哥，你以前来过这里？"

"嗯，"我感慨地告诉他，"二十年前，这里是一家书店，我小时候常来。"

酒保表情有点儿奇怪："原来真是书店啊？"

服务生也插口说："今天是怎么了，一个两个都来说书店的事……"

我听他的话别有蹊跷："你说什么一个两个？"

"就刚才有个漂亮姐姐，也在这里转了半天，眼泪汪汪地跟我们讲，这里以前是书店，叫星……哎，叫星什么……"

"星光书店……"我说，惊奇除了我还有人记得这里。

"对对，星光书店！她也是这么说的！"

大概是职业病，不知不觉就变成了好像写小说。回到正题吧，其实那家"星光书店"，就是我小时候常去的一家书店。我和《科幻世界》最初也就是在这里结缘的。

20 世纪 90 年代，南川的书店屈指可数，除了不开放阅览区且售货员总是一张臭脸的新华书店，就是学校附近几家卖教辅教材为主的小店，还往往和学校老师沾亲带故，靠他们介绍生意。另外还有就是租书的店铺了，里面都是些粗制滥造的书。我身边也几乎没什么人读书，大部分同学一放学就直奔游戏厅。

1993 年暑假，我刚小学毕业，一个晚上到城西去找同学玩，谁知同学出门了，我信步乱走，不知怎么便走进了一条小巷，在巷子的深处发现了这间奇怪的小店，店名是繁体的篆文，我只认出了"星……店"两个字，门口的小灯泡连成天上星座的图案，在夜里熠熠发光，大门上还贴着仿佛是怪兽头像的电影海报（我后来才知道那是美国刚上映的《侏罗纪公园》），我想也许是家玩具店。

我好奇地推门进去，却猝不及防，进入一片书的海洋。周围都是书，八九层的木头书架像是童话里的豌豆藤一样从脚下生长到屋顶，中间的圆形展台仿佛是庄严的圣殿，整齐摆放在台上的一套套精装本如整齐威武的军团，周围琳琅满目的书籍似高墙壁立，脊上的书名就像无数双凝视我的眼睛……我瞪大眼睛环顾着四周，像是一个站在摩天大楼间的乡巴佬。

这里有人民文学、上海译文的世界名著，有中华书局和上海古籍的经史子集，也有商务印书馆和三联书店的思想经典，还有四川人民出版社的走向未来丛书，湖南科技出版社的第一推动丛书……当然这些都是我后来才慢慢熟悉起来的，当时我只有一种感觉：原来世界上还有这么多种类的图书啊！

"小孩，你找什么书啊？"我听到一个男人的声音。转过头，看到一个穿着布衫的老伯朝我走来。他身材很高，头发蓬乱花白，脸型瘦削，脸颊上纵横沟壑，黑框眼镜后的目光似乎十分严厉。

"我……我不……"我不知该怎么说，我本来不是来买书的，而且这里的书我几乎没一本认识，连名字都说不上来，我心一慌，转身就想离开，谁知背上的书包回扫，立刻将展台上的几本杂志碰掉了。

"哎呀，对不起！"我慌张地说，就要收拾。老伯似乎有点儿不满，眉心拧到了一起，嘟囔说："你怎么搞的？算了，我来！你又不知怎么摆。"

他推开我，自己蹲下捡杂志，我手足无措地站在中间，想走老伯挡在门口，留着又实在是羞窘，眼泪都快下来了。

老伯抬头，放柔和了点儿语气问我："小朋友，你多大了？"

我红着脸说："十三岁。"

"几年级了？"

"开学上初一。"我老实回答，说了几句话之后，稍微轻松了点儿。

"嗯，初一，这年龄正好……"他随手将手上捏着的一本杂志递给我，"看过这个吗？"

我盯着一本封面花花绿绿的杂志惘然摇了摇头。那杂志上面有一个长翅膀的白衣女人，一些奇形怪状的机器，上方印着四个墨绿色的大字——"科幻世界"。

"登的是科幻小说，很有意思的。"老伯不愧是书店老板，开始热情地推销起来，"科幻小说知道吗？"

我怯生生地说："我……我看过一本《八十天环游地球》，算吗？"那是我回老家时在表哥家看到的，封面上好像有"科幻小说"的字样，我囫囵吞枣看完了，觉得很有意思。

"那个……严格讲不算科幻，不过作者儒勒·凡尔纳的确是科幻鼻祖，你看，这儿有一套《凡尔纳选集》，收录了凡尔纳大部分的作品，《从地球到月球》《海底两万里》《地心游记》……"他列举了一大堆书名，但我几乎都没听说过。

"不过凡尔纳也是一百多年前的人了，"过了片刻，他大概也判断出我这样的顾客买不起大部头文集，改口说，"你可以看看这本杂志，有最新的国内科幻小说，这期……这期我刚看过，有一篇《亚当回归》，是一个叫王什么康的新作者写的，很有意思……"

我好奇地接过，翻了几页，头几页就是那王什么康的写的小说，映入眼帘的几句话，我迄今还记忆犹新："雪丽小姐用光滑的手臂攀住他的脖子，他低下头，把热吻印在她的嘴唇上……"

我赶紧合上书，一颗心怦怦乱跳。"多少钱？"我紧张地问他，好像做贼。

"一块五。"他说。

我摸了摸自己的口袋，里面躺着几枚跃跃欲试的硬币。

就这样我买下了那期《科幻世界》，这是我第一次读到这本杂志，王晋康的《亚当回归》也是我读过的第一篇当代科幻小说，这篇作品吸引人的当然不只是一些情趣描写，而有远超出我当时头脑的奇妙想象和深刻思考，其他一些小说也很有意思。我之前从没想过，世界上还有人写这种匪夷所思的故事。在上学中、放学后，以及在写作业和考试的无聊现实之外，还有那么多千奇百怪的世界！恐龙在远古大陆上咆哮，飞船在未来的星际翱翔，火星公主在古老的运河畔伫立，时间旅人在光怪陆离的时空中永远流浪……这些是多么迷人，多么不可思议的生活啊！

我很快被科幻迷住了，过了一礼拜又去了一次，当然那时候已经知道了那家书店叫作"星光"。我买了前后几期的《科幻世界》，又读到了何宏伟、韩松、柳文扬、吴言等人妙趣横生的文字，还有阿西莫夫、克拉克等外国作家的经典短篇。我渐渐成了星光书店的常客，从初一到高三，一期不落地买了六年的《科幻世界》，还有其他许多科幻图书，像店主老伯推荐过的凡尔纳、阿西莫夫的《空中石子》、克拉克的《太空漫游》以及一套80年代的《中国科幻小说大全》，至今仍是我书房里的珍藏。

当然，还有很多书由于我囊中羞涩，没有钱买，便站上几个小时把它看完，对这种无赖行径，店主从来没有干涉过我阅读……不，严格说也管过。有一天我站着腿都快断了，偏偏故事又看到最抓人的地方，放不下来，他给我拿了一个板凳，让我坐着看，后来，我就能享受坐着读书的待遇了。

老伯对我不错，我也把几乎所有的零花钱都贡献给了星光书店，也不光是买科幻，其实各种各样的书我都感兴趣，比如《古文观止》《莎士比亚戏剧集》《全球通史》《皇帝新脑》……这些今天看来很普通的书籍，当年却为我打开了一个又一个新世界的大门。星光书店仿佛就是无数个小宇宙的入口。在好些日子里，我一到周末就去书店消磨掉一个下午，这里经常也没有多少顾客，就是我和店主两个人在里面，一老一少，也不太说话，我低头读书，他整理书籍或者在纸上写写画画（我想是在算账），却成了默契的忘年交。

那些似乎没有止境的悠长时光，早已消逝无踪，此时却又重新浮现。我似乎还可以看到老伯在书架前整理书籍，对我微笑……

"那个姐姐刚走，你们认识吗？"

我回到了现实，看到眼前好奇的服务生，摇了摇头："不，不认识。"

时光过了将近二十年了，眼前是一个音乐酒吧，四壁陈列着看起来蛮高档的洋酒，一旁有乐手在吹萨克斯管，几对小情侣在角落里亲热，我在这里看书的时代他们大概还没有出生。当年那些挺拔屹立的书架，还有书架顶上从来无人问津又睥睨世人的《二十四史》《鲁迅全集》《大英百科全书》……都不知去了哪里。面目全非的旧址里，支离破碎的记忆如同时间的幽灵，飘上飘下，却无处安住。我心中涌起一阵感伤，叹了口气，离开了这里。

深夜，少年的回忆侵入到梦里，我恍惚中再次回到了书店，走过似乎无穷无尽的书架，走进一个幽深的房间，那里躺着一个黑色的箱子，箱子打开着，里面是一个吸收一切光线的黑洞，似乎正等着我的到来……

我在夜里惊醒，再也睡不着了。一些恼人的回忆在心底翻涌，为了不被它们打扰，我起来又改了一遍演讲稿。

# 被遗忘的科幻作家

第二天就是校庆日，和南川县其他地方一样，母校也已经大变样，从校门到运动场都已翻修一新，新起了许多高大漂亮的楼群，男女生像是从日本偶像剧里走出来的，校服都非常洋气。带路的学生礼貌地叫我"学长大叔"，让我感到了时光的无情。

校庆大典在新建的大礼堂举行，我本来以为自己算是重量级的嘉宾，结果发现真是想多了。虽然是小地方，但南中建校六十多年，请回来一百多个校友，每个人的成就都光芒耀眼，令我汗颜。国际知名的大作家曲华、中国科学院院士蒋子枫等我们那时候都耳熟能详的大名人就不用说了，其他嘉宾包括曾任驻多国大使的外交官，全国有名的金牌律师，知名饮食品牌创始人……还有我的同班同学老朱（就是作文写继承了革命爷爷记忆的那位），他这几年官运亨通，已经当了市工商局的局长，见面拍着我的肩膀说："老谢，听说你写科幻小说啦？我最喜欢看玄幻了！那个江南的《盗墓笔记》写得不错……对了，你的魔幻小说回头寄几本给我啊……"

我准备了好久的演讲稿没用上，沙老师满怀歉意地告诉我，因为演讲时间变动，不好安排，问我介不介意改成文章登在校报上，我当然含笑说没关系。后来我才听说，其实文化这方面本来是请大作家曲华演讲，他在国外来不了才临时安排上了我，结果人家改了行程回来，自然没我什么事了……

这次回母校的有三个写书的人，母校非常"贴心"，下午专门给我们安排了一个签名售书环节。三张桌子并排放着，我左边是蜚声国际的大文豪曲华，右边是一个叫沈淇的气质美女，比我小好几岁，是个漫画家，但我从未听说过。签名售书这事我很有经验——基本是给知名作家做陪衬的。这次和文坛大腕曲华在一起签售，肯定是一天一地，好在还有一个无名漫画家陪榜，我稍感宽慰。但我惊讶地发现，这位沈淇小姐的读者竟然不比曲华少！南中好多女生都是她的粉丝，拿着她的漫画叽叽喳喳，翘首以盼。两个人桌子前都排了几十米的长队，只有我前头门可罗雀。

　　曲华和沈淇签书的大部分时间，我都在低头玩手机。我百无聊赖，查了查沈淇的资料，发现她是一个网红漫画家，还是微博认证用户，网站博主等，最近几年红透半边天。不过网上资料没有提她是南川人，只说是日籍华人，东京艺大毕业，作品曾在《JUMP》上连载，目前在东京有独立工作室云云。比起她的漫画，网上更多的是她清丽脱俗的照片。我看了看身边的真人，又看了看照片，心中不得不承认，照片这还真不是美化处理的，但还是腹诽了几句："什么漫画女神，还不是靠颜值，现在人真肤浅……"

　　好在最后来了几个男生，虽然没买我的书，但拿着几期有我小说的《科幻世界》找我签名，让我稍微挽回了一点点面子。不过聊了几句，原来他们是想托我请刘慈欣老师来学校做讲座，我答应帮他们问问，但心知可能性很小。

　　签售之后是晚宴，我坐在偏席，桌上大部分人都不太熟，只有同学老朱是旧识。我们聊了聊读书时的往事和一些同学的近况，只是小心翼翼地避开了高考的事。后来我们去给沙老师敬酒，沙老师感慨了几句："宝舒，你现在还是成作家了嘛！科幻我不懂啊，不过呢，写作的道路是很宽广的，希望你越走越宽！"

我懂沙老师的言外之意，他一直期望我能成为第二个曲华，写出像《许三多卖肉记》之类蜚声国际的现实主义巨著，对我写科幻小说有些不以为然。但无奈我第一没那才华，第二从小被带上了科幻的"歪路"，沙老师对我是有点儿失望的，我惭愧之下无话可说，只能端起酒杯，一饮而尽。

过了一会儿，沙老师、老朱他们都应酬去了，我觉得多待也没什么意义，便自己溜了出来。刚出门，就听到后面有人叫："喂，谢宝舒！"

我回头，见是那个美女漫画家沈淇，不由一怔。她脸蛋红扑扑的，显然是喝了不少酒，摇摇晃晃走到我面前问："你去哪里？"

我挤出微笑："我喝得有点儿多，明天一早还要赶飞机，就先回去了……很高兴认识学妹，我也很喜欢你的漫画！以后多联系……"

她没理会这些场面话，一挥手打断了我："我还有事找你，出去说吧。"

"……好的。"我答应了。但心中不无诧异，她找我干什么？虽然都在文化行业，但方向相差很远，即便漫画和科幻有合作的空间，但她的少女漫和我的宅男科幻也不太容易搭上关系吧？这位学妹是不是喝得太醉了？

沈淇果然是有点儿酒瘾，一出门左拐右拐，居然回到了昨天的"竹林酒吧"，服务生迎上来，问："姐姐你又来了？咦……你们……"

我这才明白，原来沈淇就是他昨天说的那个漂亮姐姐，但却更感疑惑。她点了两杯威士忌，光酒单上的价格就让我一点醉意也没有了。我说喝不动酒，沈淇给我叫了杯苏打水，自己却自斟自饮，也不太说话，只是表情古怪地盯着我。

我被她盯得有点儿发毛，直接问道："那个，沈……沈学妹，你找我是……"

她托着腮，歪着头，似乎带着哀伤问："你、你真的想不起我是谁了吗？"

"我……你是……"我心中一片迷茫，虽然是校友，但她的年龄至少比我小两三岁，我上初中她上小学，我上高中她上初中，压根就不认识。

她失望地摇了摇头："原来你不知道，我是沈星光的女儿？"

"沈兴光……沈兴……"我在脑海中搜索着，我当年在南川时，认识一个叫沈兴光的吗？是南中的哪位老师？还是父亲的同事？或者是当年同一个楼的邻居……

沈淇皱了皱眉头："就是这里的星光书店！你每礼拜都来，难道不知道老板是谁吗？"

"啊！"我惊讶地叫出了声，原来她是那位店主的女儿！我随即想起来，当时在店里看书的时候，的确有时见到一个小姑娘进出，还听到老伯叫她"小奇"什么的，依稀也知道是老伯的女儿。记得当时还是个不起眼的小丫头，偶尔听老伯抱怨她功课不好，但没怎么和我说过话。谁料女大十八变，如今成了漫画界的女神——

等等！我的注意力又从眼前的女郎身上被拉开，回到了前一个信息，原来她父亲叫沈星光，这名字好像——

我大脑深处两根不相干的神经元猛然擦出了火花："啊，

沈星光难道就是……那个沈星光？"

我确实知道沈星光这个人，只是根本没有和南川这个地方联系起来。

现在记得这个名字的人已经很少了，但过去也稍有名气。他是 80 年代早期的一位科幻作家，作品不多，大概十几个短篇，出过两个集子。论知名度，他不能和郑文光、叶永烈、童恩正、肖建亨等"四大天王"相比，但一度也和王晓达、金涛、吴言等新锐作家并称。他的出名还有一个历史原因：他的代表作《温柔乡梦幻曲》在 1983 年的一场运动中被指为"反科学""黄色小说""思想反动"，成了批判的靶子。此后他没法再发表作品，于是淡出了科幻界，不，应该说当时整个科幻界都土崩瓦解，也没人关注他的下落了。

然而沈星光居然一直住在南川，还开了一家星光书店？会不会是重名？

我稍微一回想，就可以确定，星光书店的确和科幻有特殊的缘分，这绝不是巧合。

和星光书店熟起来之后，每期《科幻世界》我都买，还看完了不多的几本外国科幻小说，意犹未尽，问老板国内有谁的书好看。老板推荐了郑文光的《飞向人马座》，这书我也听说过，但不知哪里有。南川的公立图书馆又小又破，科幻小说只有一本《小灵通漫游未来》。我便问他，星光书店里有没有这本书。

他笑了笑，掀帘进了内间，过了一会儿拿出了一本《飞向人马座》，是很早的版本，但过去了十来年，保存还相当完好，几乎是全新的。最令人惊讶的是，扉页上还有两三行龙飞凤舞的手书，上面一行认不清楚，好像是"X 光同志指正"，下面依稀有"郑文光，1980 年 X 月 X 日"的字迹。

"老伯你太厉害了！"我大叫了出来，"这可是作者签名版啊！这宝贝你也能淘到！"

他笑而不语。我问："多少钱啊？我要买！"

"这个不卖。"他却说，眨了眨眼睛，"个人收藏。"

看我失望的样子，他拍了拍我的肩膀："不过呢，你可以在这里看，翻的时候小心点儿，千万不要折坏了。"

就这样，我在他那里花了一下午读完了《飞向人马座》，看得如痴如醉。后来，我在书上又看到过一些现在已经不好找的科幻小说，像是宋宜昌的《祸匣打开之后》、童恩正的《古峡迷雾》，还有《陶威尔教授的头颅》《仙女座星云》等早年的苏联科幻，他那里基本有，虽然不卖也不借，但可以让我在店里阅读。

这些神秘的科幻珍藏品不在架子上，每次都是从他从帘子后拿出来的。让我对里面的房间充满好奇。有一次，他去对面小店买烟，让我帮他看着店面，我便大着胆子，趁机溜进帘子后面的房间，看到靠墙放着一个很大的书柜，有玻璃门保护，里面的确都是科幻小说，有很多我知道的，还有很多当时我没听说过的，甚至还有一些英文和俄文书。显眼的地方放着沈星光的两本集子：《一亿年前的星光》和《温柔乡梦幻曲》。最底下一排，码的是整整齐齐的历年的《科幻世界》杂志。

现在想来，这一切实在是很明显的线索。但我实在是个糊涂人，根本没有把这一切联想到一起。我甚至不知道这位伯伯到底姓甚名谁，因为平时用不到，也就没有去问过。

"原来你一直不知道。"沈淇幽幽地说。

"我……我真不知道，"我懊恼地说，忽然想到一件事，"哎呀！我还说过他……我这嘴啊……"

我读科幻的时候，班上没别人看，唯一的知音就是大我好几十岁的书店老伯。我也只能和他聊科幻。从凡尔纳、威尔斯说到阿西莫夫、克拉克，从叶永烈、郑文光说到刚出道的何宏伟、王晋康，那时候也不知道天高地厚，大作月旦评："凡尔纳那些人太老了，没意思，克拉克的《与拉玛相会》想象力很不错，但是情节又太枯燥了，阿西莫夫的《基地》是好看，但什么银河帝国一点儿科学性都没有……"

说到中国科幻作家，当然也不会太客气："《小灵通漫游未来》是给小孩看的……《飞向人马座》写得太拘束了……沈星光？我觉得他是这些人里最差的……想象倒是有点儿意思，但是下笔很笨，故事老套，还喜欢列举一些科学公式装科学家……"

记得老伯当时脸色一沉："小屁孩，根本看不懂科幻！走走，以后不给你看了！"

我那时候和他已经非常熟了，所以也没当真，过了几天又来看书，他也跟没事人一样，继续跟我聊天……可谁知道，他就是沈星光本人！

"记得有次你说沈星光写得差劲，"沈淇居然也记得这事，脸上带上了一丝笑意，"我爸可气了半天，我在里面听到都笑死了。我想告诉你吧，我爸还不让，让我绝对不能说出去……可能因为这样，所以他也不好意思承认自己就是沈星光吧。"

我连连拍自己脑袋，懊悔至极："真对不起……我是完全无心的！一个开书店的老伯，怎么会是那么有名的作家呢！

我一点儿也没往那个方面去想。"

"也不怪你，"沈淇仰头又是一杯酒，"毕竟我爸也没什么名气。"

"还是很厉害的，"我诚挚地说，"我这些年重读过你爸……沈老师的作品，写得还是很有意思，很多方面都开国内之先河，思路相当超前。真的，我不是临时瞎说，我去年编了一本书《科幻中的中国想象》，序言里专门提到了沈星光对后人的启发。"

她点头说："我知道，我看过这本书。"

"你看过？"我有点儿意外，这书销量平平，很多科幻迷都不知道，想不到沈淇却看到过。

"嗯，上个月的报道我看到了，才知道你成了科幻作家，后来我查了你的资料，买了你所有的书，还给你发过微博私信，你可能没看到。听说你要回南川，所以我也特意回来……"沈淇说不下去，又拿起了酒杯，我看到她的手都有点儿发抖，似乎情绪很是激动。

我的心跳开始加速，沈淇虽说当年和我有点儿间接渊源，但连认识都勉强。现在又比我红那么多，怎么会这么关心我？难道她对我……是了，当年我还是挺帅的……

我不由浮想联翩，却哪里知道，这背后的真相远远超出了我哪怕最离谱的想象。

尴尬地沉默了片刻后，我转了个话题问道："对了，沈老师还在南川吗？还是搬走了？2000 年我回南川时还来找过他，但是门口上了锁，招牌也没有了，以后就断了联系。有机会的话，我一定要登门拜访……你怎么了？"

我立刻发现自己说错了话，沈淇仿佛被毒蛇咬了一口，脸上的表情变得十分怪异。过了一会儿，她的眼眶红了，鼻翼开始抽动。我开始隐隐觉得不妙，记得沈星光应该是20世纪40年代生人，现在应该七十来岁，虽然年纪不算很大，但说不定……

果然，沈淇哽咽着说："我爸……已经……去世……"说出每一个字似乎都十分艰难，说完又猛灌了一口酒。

"啊？是什么时候的事？"我看她这么难过，心想应该是不久前，后悔不该触动她的伤心事。

谁知道她的回答却出人意料："十八年前……"

"1999年？"我讶然问，九九年是我高考的时候，那年老伯看起来也没什么大问题，怎么可能当年就走了？

这一系列的惊人消息已经很出人意料了，然而沈淇的下一句话令我几乎跳了起来。

她抽噎着说："是……我……我……杀了他……"

## 沈星光的创作生涯

沈淇说完这句话，就捂着脸哭了起来，我下巴掉在地上，半天才捡起来。

"你……你醉了吧？"我愣了半晌才问。一个动人的女郎说小时候杀了自己的父亲，显然只能是胡话。

"那时候我只有十六岁……"沈淇哭了一阵，开始喃喃自语，"什么都不懂……他老是管我，不让我看漫画……我真的很烦他，想去日本找我妈……那天一时冲动……我……我就……"后面又说了几句话，却听不清楚，她的声音越来越小，终于打了个嗝，便趴在桌子上不动弹了。

"沈淇？学妹？"我唤了她几句，她却没有回应，过了一会儿发出轻微的鼾声，好像真的醉倒了。

我万万没想到事情会演变到这一步，撇开不知究竟的"杀人事件"不说，一个大活人醉在这里，我该怎么办呢？我根本不知道她住在哪里。

我忍痛买了一千多的单，把她扶出去，又打车回到自己的宾馆。中间沈淇半醉半醒，还吐在了车上，害我多给了司机一百块。我心中忐忑，万一有人认出我或者沈淇（当然后者的可能大得多），那我跳进黄河也洗不清了。

我搀着沈淇进电梯的时候，她似乎又醒了一点点，口中喃喃说了几句："谢宝舒……你为什么要去写科幻小说……你不应该写……你让我怎么办……"

我心中越发莫名其妙：我写不写科幻，和你有什么贵干？但她这样子也没法询问，好不容易进了房间，我把沈淇放在床上，给她盖上被子。出门找了个角落抽了支烟，从头整理了一下思路：

80年代初的科幻作家沈星光，在90年代开了一家星光书店。我当年因为去书店读书而与科幻结缘，但并不知道老板是谁。他的女儿沈淇，在十八年前"杀了"他，然后去了日本。十八年后，我也成了科幻作家，沈淇因此激动地来找我……这些事是怎么能联系到一起的？我摇了摇头，心头一团乱麻。

不过我随即想到，有一个人也许可以帮我，于是拿出手机拨通了电话。

"喂，是吴老师吗？"我问，"吴老师，我宝树，哎，您好您好！这么晚打扰您真不好意思，有件事想请教您，您和沈星光老先生认识吗？对，我想了解一些他的事情……"

吴言教授，很多科幻迷都很熟悉，他是 70 年代末就开始写科幻的，当时还只是一个中学生，却已经崭露头角，和很多老辈科幻作家有过交往。他也是少数在 1984 年以后还坚持创作的老一辈作家，不过现在主要在大学里从事科幻研究工作。对于那段科幻史，没有比他更适合咨询的人了。

听到我的问题，吴老师有点儿意外，但很快打开了话匣子。据他说，沈星光的确是南川人，不过 60 年代初考到上海的大学，后来在上海一个工程部门工作。他上大学时就喜欢读苏联的科幻小说，70 年代前后开始业余的科幻创作，竟然写出了名气。但 80 年代的一场运动中，他受到了很大冲击，本来档案已经调到了上海文联，正在办入职手续，被批判以后文联不要他，档案又退回了原单位。原单位也不敢要这种麻烦人物，说已经调走了不能再调回来。双方踢了好久的皮球，一来二去，沈星光无处栖身，竟被打回南川原籍，后来就不太清楚发生什么事了。

我想起沈淇说的一些事，又问吴老师沈星光的家庭情况，吴老师叹了口气告诉我，沈星光结婚比较晚，妻子是经人介绍认识的。他受到批判后，妻子怪他写小说惹事，怕牵连自己，果断和他离婚了。他老婆颇能折腾，第二年趁着"出国热"的东风，靠跨国婚姻嫁给一个日本人，去了日本，沈星光一个人带着女儿回了南川，他回乡前和吴老师还有通信，后来就断了联系。

我问："那沈星光去世的事您也不知道吗？"

"啊？"吴老师也很吃惊，"沈老去世了？什么时候的事？……什么？1999 年就……太意外了太意外了，那时候他还不到六十岁啊！唉……真想不到……"

他反过来问我怎么知道这些的，我不便说沈淇的疑案，只说自己之前就认识这么一个开书店的老伯，最近回母校，才听说了他的身份和去世，至于去世的详情，我也不清楚云云。

"原来星光还一直在关注着《科幻世界》……"吴老师听我说了我们相识的经过，叹了口气，"他是《科幻世界》最早的作者之一，处女作就是发在那上面的，那时候还叫《科学文艺》呢。"

我回忆了一下："就是那篇《一亿年前的星光》吧？"

"是啊，所以他对《科幻世界》一直很有感情……对了，差点儿忘了，后来也不是一点儿消息没有，他九几年还给杂志社投过稿！"

我忙问详情。原来，90年代中国科幻走向复兴，对沈星光的批判也早已时过境迁，发表应该也没有阻力了。大概是1994还是1995年，他又往《科幻世界》投了一篇稿子。不过距离之前发表过去了十来年，以前熟识的编辑很多都走了，而审读稿件的新编辑是其他行业转来的，甚至不知道沈星光是谁，看稿子中的故事说得不清不楚，还有很多高深莫测的公式图表，不像是小说，便直接扔到一边，稿子都懒得退。

"这……有点儿不负责任吧？"我有些不平。

"也不能全怪编辑。那本稿子扔在角落里几年，偶然被杨老师——就是老社长杨萧——发现了，她是《科学文艺》时代过来的，认识沈星光，当时吃了一惊，亲自看了一遍，发现这篇稿子的确过于艰涩混乱，冗长无当，达不到发表标准，杨社长还想让他改改，但已经联系不上了，估计那时候他已经……唉……"

我还是有点儿不信："沈星光的作品可能是老派一点，但不至于发表都不够格吧？"

"我亲眼看过，的确问题很多……我想，是当年的批判把他毁了。"

"这怎么说？"

"当年批他，一个是所谓涉黄，这个就不提了，还有一个是伪科学，胡编乱造，这当然也是不对的，对科幻怎么能用科研的标准去要求呢？但是沈星光本身是理工科出身，性格又比较轴，他当真了！他真心觉得自己的小说科学性欠缺，要写一些完全符合科学的作品，所以小说中加入了大量冗长无谓的科学说明文字，跟学术论文似的。他理学功底很扎实，知识储备信手拈来，可谁看得懂呢？他心目中的理想读者大概是钱学森那样的科幻批判者吧！"

我十分意外。我记得沈星光的阅读品味并不如此狭隘，各种作品都能欣赏。但是自己的创作可能是另一码事了，不知道当年的批判伤害他有多深，令他走不出心理阴影。

我看也问不出什么，便感谢了吴老师。他嘱咐我多打听一些沈星光的事迹，将来写科幻史也许是宝贵史料，我答应了，便收了线。

回到宾馆，沈淇还在酣睡，呼吸越发均匀绵长，显然已经睡熟。我走也不是，留也不是，只得坐在一旁，在网上搜了一下沈星光的情况。沈星光的书我以前自然读过，但已经过去了若干年头，许多细节都记不清了。在作家沈星光和我认识的书店老伯合二为一之后，我感觉有必要重新再研究一下。

网上能找到的沈星光的作品不多，主要就是《一亿年前的星光》和《温柔乡梦幻曲》两个短篇代表作，这两部作品的确很能代表他的风格。《一亿年前的星光》是他的处女作，刊发在1979年的《科学文艺》创刊号上，说的是一亿光年外有一颗超新星爆发，被地球观测到了。科学家发现，超新星发射的电磁波是经过调制的，原来是外星人引爆了这颗恒星，又以超级技术手段在其电磁辐射中输入了大量的信息。最后，经过科学家的解码，发现其中有十二个数学和物理学公式，一大半都是人类迄今不知道的。原来外星人是以这种方式向整个宇宙广播，传送宝贵的科学知识。

这篇小说的设想在当时堪称雄奇，引起了一些反响。我当年读后也印象很深。不过今天再看，就带上了一些批判的目光。沈星光的优点是想象奇崛而又能自圆其说，但缺点一是故事比较简单化，像这个点子可以写成更悬疑或者曲折的形式，但他只是平铺直叙，草草收尾；第二是他确实过于技术流，总共五六千字的小说，至少有三千字都在阐述分析超新星爆发的原理，通过恒星传播信息的可行性，以及如何破译毫无共同基础的外星语言等技术问题，还有好些公式图表，使读者难有耐心看下去。如果不是在那个文化贫瘠的时代，恐怕不可能有多少影响力。

《温柔乡梦幻曲》发表于1983年初，主题有了一定的变化。故事说，一位科学家发现人的脑电波活动具有某种"波粒二象性"，与宏观世界不同的概率波相联系。科学家就发明出一种梦想头盔，戴上之后，可以将人心中的希望坍缩成未来的现实，也就是说，令其美梦成真。这位科学家暗恋一个漂亮姑娘，但姑娘从不正眼瞧他，于是科学家启动这种头盔，祈祷姑娘嫁给自己，最后居然成功了！姑娘听说他做出了伟大的发明，便答应了他的求爱，科学家坠入温柔乡。然而婚后，科学家发现妻子为人自私拜金，两个人并不合适，后来有坏人利用他的妻子想要骗到梦想头盔，经历了一番惊险情节后，科学家被包围，他用梦想头盔许下了让梦想头盔毁灭的愿望，最后整个实验室发生爆炸，科学家也殒命当场。

其实我不太喜欢这篇故事，因为设定太牵强，但它情节曲折跌宕，人物也有了一定性格（我想或许女主的原型就是他的妻子），而且沈星光可能是吸取了评论界的意见，主要笔力放在情节推动上，并没有用太多笔墨讲解相关科学原理，艺术水准还是不错的，所以也被读者称道。

不过小说的发表正好碰到了风口浪尖，在那场运动中首当其冲。我在网上还搜到一篇当年的批判文章。首先骂沈星光这篇是黄色小说，文字中确实有一些朦胧的性描写，这些今天看来不算出格的写法便成为口实；其次是批判其"反科学"，当时国内科幻中很少有人用到曾被指责为唯心主义的量子理论，批判者自己也不懂，但不妨碍大骂其歪曲科学，误导读者；不过最严重的还是说其"思想反动"，批判者一层层深挖出背后的潜台词："如果说靠一个头盔做一个梦就能够美梦成真，现实和梦境还有区别吗？那么每个人发一个头盔，是否就能够让'四化'实现了呢？社会主义建设还有什么意义呢？我们不禁要问，作者写这样的故事，到底想要表达怎样一种思想趣味？"

我不禁为沈星光深感不平，这个故事的悲剧结局不就是说一个头盔不可能实现梦想吗？怎么能这么批判文艺作品呢？不过话说回来，故事的设定的确有不少情理不通之处。如果说我想要成为全宇宙的皇帝，难道戴个头盔许个愿就行了吗？这显然是荒谬的。当然，写科幻小说有这样那样的 bug 并不奇怪，批评可以，但不能无限地上纲上线……

我正在胡思乱想，忽然手机提示有新消息，却是吴言老师发来了几张照片，附言说："宝树，沈星光给《科幻世界》的投稿，我当年好奇拍了几张照片，一直存在电脑里。发给你看看，也许用得着。"

我精神大振，点开照片查看，果然是沈星光给《科幻世界》的投稿，标题叫《梦旅人》。照片没拍全，只有前头十来页，看开头有点像是《温柔乡梦幻曲》的改写版，但写法却完全不同。

《温柔乡梦幻曲》主要探讨人性问题，技术方面本来虚写居多，但沈星光在《梦旅人》中却大反其道，写得很实。比如小说开头提到，男主角是研究量子纠缠的物理学家，本可以一句带过，但他却花了两页纸解释什么是量子纠缠，还有三四个公式！我看了第一页便心生厌恶，再怎么说也就是编个故事，何必扯那么多用不着的。勉强又看了两页，越看越是头疼，靠在床头想眯一会儿，结果却不知不觉睡着了……

## 改变命运的箱子

"啊，这是哪里？！"

我还在半睡半醒中，便听到一声女子的惊呼，随后肚子上一阵剧痛，已经挨了一脚。我睁开眼睛，看到对面一双美丽而惊恐的眼睛，才想起来昨晚发生的事，忙结结巴巴解释："那个……你突然醉得不行了……我……我不知道怎么办……"

沈淇蜷缩在床角，脸上一阵红一阵白，我们对视了片刻，她忽然跳下床，拎着包冲进了洗手间。我看了看墙上的钟，九点半，我的航班五分钟前就已经起飞了。看来，还得在南川待一阵子。

等到她出来之后，显然已经初步梳洗过了，大概也发现了自己身体并无异样。她对我抱歉地笑了一下："不好意思，昨晚我失态了，也不知道怎么会这样……"

"那个……你没事吧？"

沈淇在我对面坐下，长长出了一口气："老实说，有事。这一个月以来我每天都睡不着，所以养成了喝酒的习惯，把自己灌醉才能安眠一晚上。"

"啊？究竟出什么事了？"

"都是你害的，"沈淇的嘴角微微抽动，"自从我知道你当了什么科幻作家，还得了银河奖以后，整个世界就崩塌了……我……我必须找到你……"

这是我百思不得其解的问题："我写科幻和你有什么关系呢？"

"怎么说呢……"她沉默了一会儿，似乎不知道怎么开头，扶额想了良久，露出一个自嘲的笑容，"真是报应，我从小就讨厌科幻小说，居然要做科幻小说里才有的事，还有比这更讽刺的吗……"

"你讨厌科幻小说？可你爸爸是——"

"正是因为我爸爸，我才讨厌科幻小说！我小时候一直想，要不是因为他痴迷科幻小说，我爸妈就不会离婚，我也不会离开上海，搬到南川这种山沟里的县城……"

她这些话没头没脑，但是我昨天听吴老师说了沈星光一家的遭遇后，明白她话中所指，自然也不能怪她。

"小时候，我发现我爸是个作家，还挺骄傲的，不过后来发现他这个作家，又没名气写得又不好看，还捣鼓一些莫名其妙的玩意，也没见换来一分钱稿费！开个书店生意也不好，卖得那些书都没人看，特别是那什么《科幻世界》，上面的小说幼稚死了，宇宙飞船，外星人，时间穿越！我一直搞不明白，你和我爸这种人怎么会对这些东西着迷呢……

"不过话说回来，上面也有些有意思的内容。你记得吧？九几年的时候《科幻世界》上登过漫画，寥寥几笔就勾勒出一个活灵活现的美人，比小说有意思多了，看《科幻世界》我只看这个。我长大一点以后，就开始自己找漫画书来看，我们家几乎没有，不过其他店有租的，像是《圣传》《尼罗河的女儿》《天是红河岸》……我看得如痴如醉。结果我爸却认为这些书是坏书，看了影响学习，都给我没收了，让我看什么《凡尔纳文集》《飞向人马座》……"

我有点儿啼笑皆非，沈星光虽然自己是科幻作家，但教育子女也未见得多开明。

"那时候我成绩也不好。我爸是交大毕业的，数学很好，可我一点儿没遗传他的天赋，一看到数学公式就头疼。他以为我是因为看漫画影响学习，对我越发严厉，还拿你当榜样教训我。我爸其实对你挺了解的，那年你不是参加省里的什么知识竞赛得了个奖吗，也算是县里的小名人了，我爸就让我请教你怎么学习，说实在的，那时候我最烦的除了我爸就是你了，天天在店里白看书，看到你来书店里，我都是能躲就躲！"

我的表情自然十分尴尬，沈淇也觉得说得有点儿过分，回到正题："反正那几年，我们父女的关系每况愈下，后来我甚至开始逃学，去溜冰或者打游戏……

"这些也罢了，1999年春天，我妈回来了，抱着我就哭，还给我带了一大箱子礼物。那时候，她在日本生活比较安定了，想带我去日本，我当然很想去了！日本啊！那可是动漫的天堂，有多少天才大师，多少知名的工作室啊！可是我爸根本不同意，说当初我妈扔下我不负责任，现在根本不配见我什么的，硬是把我妈赶走了，我真是恨死他了……"

我忍不住说："这也不能怪他，当初你妈自己跑去日本，是沈伯伯把你拉扯长大的，你妈突然回来要带走你，他没法接受……"

沈淇凄然摇头："你说的是没错，但这些事我当年怎么会懂？其实我爸也不光是出于怨气，还有一层顾虑，觉得我妈在日本那边生活比较复杂，去了也不一定是好事，但这些我更没法明白……反正后来我妈走了，我还是留在南川，觉得就像被关在暗无天日的监狱里。"

我回想了一下，那几个月正是我高三下学期，正在全力以赴准备高考，也就很少去星光书店那边，去了也只是买本新杂志就走，谁知道那段时间竟发生了那么多事。

"所以，"沈淇的口吻变得低沉下去，"我下定了决心，要永远摆脱我爸……再也见不到他……"

我不禁打了个寒战。难道她真的……

"我想离家出走，一个人偷偷跑去日本找我妈，但这真是太难了！要在国内也罢了，去日本必须办护照，办护照必须监护人陪同并且同意。我爸怎么可能同意呢？我想偷渡也没有门路。所以我开始想，要是他死掉就好了，他一死，什么问题都解决了，我把房子一卖，跟我妈去日本，多好啊……你这么看着我，觉得我很坏是不是？其实我也明白，这种念头一丝一毫都不该有，但我就是没法不往那方面去想……"

我越听越是毛骨悚然，难道她真去杀了沈伯伯？

"所以，那天夜里，你走了以后，我偷偷躺进了那个箱子里……"

"什么箱子？"我失声叫道，隐隐感觉不妙，一些久远的记忆从遗忘的深渊中浮起，仿佛多年前的债主忽然上门。

"我爸造的那个箱子啊，难道你忘了吗？"

看到我目瞪口呆的样子，沈淇癫狂地笑了起来："不要装了，你不是也躺进去过吗？不就是靠它改变你的命运的吗？"

"你说我……我……"一股寒意从脚底升到脑门。

"看来你真的忘了……不奇怪，我也忘了好多好多年，直到得知了你的消息……是啊，什么燕大，什么科幻作家，什么银河奖……你的一切都来自那个——'梦之箱'！没有它，你说不定已经死了十八年了！"

我的身体剧烈颤抖了起来，肺里的空气仿佛都被抽干，我无法呼吸，我无法动弹。周围的世界仿佛在融解，化为乌有。

那件事被我在记忆深处封印了太长时间，但今天却被她残忍地划开早已痊愈的伤口，把埋在里面的东西挖了出来。

那是我人生中最痛苦不堪的几个月，稍一想到就仿佛有一根针刺入心脏，所以我在潜意识里主动遗忘了。再说，那件事是那么荒谬可笑，怎么可能是真的呢？我以为那不过是一个夏夜的梦魇，一个古怪的狂想，最多不过是一个拙劣的玩笑。

但远不止如此，在十八年后，它以完全想不到的方式重返我的生命。此刻，埋藏了十八年的记忆像怒潮般将我淹没。

# 1999 失落的记忆

1999 年夏，世界末日的传说里，蝉叫得分外凄厉。全世界最渴望末日降临的人就是我。高考已经尘埃落定，分数也都已公布。我如中电殛，不敢相信，甚至去申请查过分，但耻辱的低分坚如磐石。大学基本成了泡影，我有一百种理由为自己辩解，但已经毫无意义。我整个人都垮了，把自己关在卧室里三天三夜，吃不下饭，也睡不着觉。

我，谢宝舒，南川一中的尖子，父母和老师的骄傲，面对未来也一向自信满满，然而最后这一切沦为了口耳相传的笑柄。我不知道今后一生中余下的时间里，该怎么面对这一切。

过了三天生不如死的日子，我终于肯到客厅吃饭，父母放心了一点儿，又开始说什么复读还是上二本的事，我说让我想想再说，然后说要出去散步，就离开了家。下了楼，忽然听到父母在阳台上大声叫我，我不管不顾，一个箭步冲出了大门。

我知道他们一定已经发现我在枕头下留的遗书。无所谓了，我不会再回来。

直到今天，我仍然不会太责怪当初的自己。不错，那时候的我幼稚、偏激、自私，但那种从云端被打落尘泥的痛苦，那种一切希望都破灭的黑暗，那种对现实世界的恶心，没有经历过的人无权指摘。

我在南川河大桥上徘徊了好一阵子，想一闭眼就跳下去好了，不过那河实在太脏太臭，我想象自己的尸体被这里的河水浸泡三天三夜再浮出来，就失去了在这里结束生命的勇气；我又找到了附近的一座高层建筑，想爬到楼顶跳下来倒也痛快。谁知刚走进单元门，居然看到沙老师、老朱和其他几个同学说说笑笑下楼来，我忙躲在楼梯后面。从他们片段的谈话中，我才知道沙老师的家住在这里，几个考上好大学的尖子生相约来这里拜访沙老师。我本来应该是其中最意气风发的一员，现在却只能躲在黑暗中，目送他们离去。

我肯定不想死在沙老师家楼下，只有走得越远越好。乱走了一阵子，我一抬头，居然发现自己到了星光书店门口，我五味杂陈，这个书店开启了无数新世界的大门，却也毁了我的一生……

我不想进去，不过老伯在里面看到了我，出来招呼："小谢，好久没看到你了，最近到了好几本新书，都给你留着呢，快进来看看！"

我出于惯性走了进去，老伯拿出一本新到的《科幻世界》说："这期有何宏伟的《异域》，故事很有意思，你不是很喜欢他的作品吗？这期肯定不能错过了。"

我木然接过杂志，机械地翻了几下，目光散乱，根本没看清上面写的是什么，只觉得视线渐渐模糊。老伯并没有觉察到我的异状，还继续说："还有上期刘慈欣的《宇宙坍缩》

你看了没？故事很有新意，这个作者我觉得潜力很大……哎呀，差点儿忘了，你不是上月高考吗，上一期不是还讲过记忆移植？听说高考题就是这个，真是太巧了！你一定考得不错吧？”

听到这句话，我的眼泪忍不住夺眶而出，划过脸颊，忙扭过头。

“小谢，你怎么了？”老伯终于发现了我的不对，抓住我的肩膀问。

我逃不脱，也再也无法控制自己，哭了起来。

“这是怎么了，有话好好说啊……”

我的眼泪却如洪水决堤，即便用眼角余光看到店里的小姑娘在一旁惊讶地望着我，也无法再克制多少天来强压下去的痛苦。我一边号啕大哭，一边诉说着自己的委屈，连我自己也不知道在说什么。

过了很久，我哭得累了，才渐渐停下来。老伯也大致了解了情况，递给我纸巾擦去泪水，语重心长地说：“没事的，你还小，这只是人生中的小风浪。十几年前，我曾经遇到过比这还大很多的打击，现在也都过来了……”

我苦笑了一下，这种空洞的安慰对我有什么用，我就不该来这里丢人。

我低声嘟囔了一句“谢谢”，扭头就要出门。

“等等！”老伯在后面叫住我。我回头看他，他像下定了决心似的说：“关于你的未来，也许我可以帮到你……”

“你帮我？”我诧异地问。很多小说电影的情节在我脑海浮现，他是隐居的亿万富翁，还是什么秘密特工机构的负责人？

"你先进来。"他对我招手。

我跟着老伯走进了内室，那里有我曾经偷看过的一书架科幻类的藏书。不过再里面还有一条楼梯，我跟着他上楼，楼上有两间门半开的卧室，应该是他和他女儿的，不过最里面还有一个房间，里面摆着一张大桌子，桌上放了一部当时还挺稀罕的电脑，应该是自己配置的，旁边放着好几本全英文的书籍以及许多写满公式和画着奇怪图案的稿纸，角落里有一张车床，上面有锤子、螺丝刀、游标卡尺等大小工具，还有许多古怪的仪器、零件、芯片和各色线缆，我认出来了一个盖革计数器——怎么会有这东西？

最醒目的，是在房间正中间的一个黑色箱子，至少两米长，一米多宽，看质地应该是铁的，它看上去像是一个妖异的黑洞，吸收着周围的一切。

我回头惊讶地看着老伯。

"这是'梦之箱'，"他郑重地告诉我，"能够让梦想变成现实。"

"这……伯伯，你别拿我开心了……"我无力地说。

他反问我："薛定谔的猫你知道吗？"

作为科幻迷的我当然知道，薛定谔的猫就是把一只可怜的猫放在一个箱子里，通过一个特殊的机关用量子态的坍缩来决定是否放出毒气，亦即决定猫的生死，而坍缩必须通过观测进行。在打开箱子观测前，这只猫处于不可思议的生死叠加态。但这和梦想有什么关系？

"难道进了那个箱子，我就成了薛定谔的猫吗？"我没好气地问，感觉这是一个恶作剧。

"不，完全相反，是整个世界成了薛定谔的猫！"他说，两眼放出奇异的光彩。

老伯告诉我他的基本思路，其实并不复杂：箱子的意义在于将这个世界分成两部分，一边是猫、毒气装置以及一部分空气，另一边是整个地球和宇宙。里外的区别并不重要，比如说把观测者关进箱子，而把猫和毒气装置放在外面，那么当观测者进入箱子之后，猫对他仍然处于量子叠加态，甚至可以说，整个世界对他都处于量子叠加态。

把猫替换成其他量子态相关事件也是同样的。老伯说，意识本身是量子态的，这导致一切人类行为本质上都呈波函数发散。比如如果躲在箱子里，外面是两个剑客决斗，但听不到任何声音，那么在观察者打开箱子查看之前，两个剑客也同样是生死叠加的。

但其中有一个变数，即观察者自身的意识，本质上量子态的坍缩必须通过意识作用。如果观察者在箱子中已经通过自己的意识"选择"了某个结果，那么在他打开箱子之前，这个结果就已经确定了。

我听得疑窦丛生，忘记了自己的可怜处境，下意识地从科幻迷的角度质疑起来："这就跟沈星光小说的情节一样，破绽很多啊，比如我买彩票，只要在箱子里许愿说能中奖就能中奖了？"

"当然并不是你想要选择什么就选择什么！"老伯瞪了我一眼，"关键在于，意识本身就是神经元组织微管的一种量子作用……"

我想起来了，他引用的是罗杰·彭罗斯《皇帝新脑》中的意识理论，这本书我去年看过，看得云山雾罩，但知道并不是胡思乱想，不觉稍微有点儿动心。

老伯说，他是物理专业的，又多年自学脑科学，发现意识并不是单纯的量子叠加态，也不是坍缩后的结果，而是坍缩过程本身的表现，它在不断地坍缩中，又在不断地发散。梦境就是其中一种特殊的形式。梦中的世界光怪陆离，实际上是意识最原始的状态，整个量子云纠缠在一起，飘忽不定，当然在梦中已经有一些不同的坍缩样貌，但是还没有发生退相干，所以千奇百怪。常常有"梦是反的"这样一个说法，因为当人醒来的时候就开始了反向坍缩，在梦中最后记住的东西，恰恰是不同世界退相干之后的一个残影……

本来量子态的坍缩是人自己无法控制的，但是他发明了一种特殊的装置。这装置的设计非常巧妙，它能够通过脑电波，读取人在某种半睡半醒中的大脑状态，找到令人最舒心的梦境，并给人以电流刺激，让人在这一时刻醒来，内外合一，将这种可能性坍缩为现实。

我仍然不怎么相信："还是不对吧，薛定谔的猫是生是死，是现在发生的，但未来的事情，比如说十年后我会不会变成百万富翁，是十年后的事，怎么能现在就决定？"

老伯摇了摇头："你错了，记得《你一生的故事》吗？"

我恍然有所悟。特德·姜的《你一生的故事》发表于1997年，当时尚没有中文版，老伯去年在英文网站看到了这个故事，还特意复述给我听。故事表面上是说人类和外星人的接触，但内核是讨论宇宙的超时间存在。老伯的意思是：事物本身压根没有线性时间，当意识坍缩到某种可能性的宇宙之后，哪怕是一百年以后发生的事，这条路径也在当下全部决定了。过去、现在与未来是一体的。

我仍将信将疑："即便能有这种机器，那得多高精尖啊，这个小作坊能搞出来吗？"

"世界上最高精尖的机器就是人的大脑，由一千亿个神经元组成的网络，它产生的意识是最不可思议的事。你听说过量子自杀悖论吗？"

我点点头，我在一本讲量子力学的书上看到过这个古怪理论：人的意识本身是观测者，它的自观察总会在死亡面前选择生存下来，也就是说，如果人是薛定谔的那只猫，那么一个人在自己的宇宙里就永远也不会死去。

"其实量子自杀悖论正是意识自我选择效应的体现，这个装置只是利用了意识的特性并将其放大而已。"

他又解释了一些具体的机制，涉及许多公式和数据，我基本没听懂，但在这奇怪的氛围下，我开始越来越相信他，我想，让猫变成量子态的箱子也不需要造原子弹的工厂才能造出来，这个黑沉沉的箱子也许就能改变我的命运呢……

"当然，我也不能保证成功，"老伯话锋一转，"这个梦之箱才造出来，还没有做过几次实验。不过反正是无害的，你吃一颗药，然后躺在箱子里就行，敢不敢？"

我一咬牙："我连死都不怕，还怕一个箱子？"

老伯递给我一枚胶囊和水，我一口服下，毅然迈进箱子。箱子里面容身的空间只有一半，非常狭窄，另一半被一个硕大的黑色模块占据，从里面伸出几根线，连接着一个十分简陋的头盔，我只能戴着头盔，蜷缩身子躺着。老伯叮咛我说："你只要默念自己未来想要的事情，然后放松精神，这种药能让你的意识发散，进入梦幻交错的量子态，然后箱子就可以帮你固定自己的未来了。"

"明白，不过……我不会憋死在里面吧？"我有点担心，忘了自己一小时前还在寻死。

"留有缝隙的，不影响观测。"他说。

就这样，在那个诡异的命运之夜，我诡异地躺在棺材一样冰冷的铁箱底部，看着头顶黑暗压了上来。一片漆黑中有一个小小的红灯闪烁着，我盯着它，想着自己未来想要做什么，但忽然间进入这诡异的地方，千头万绪一时也想不清楚，慢慢地，那个红灯像一滴红墨水一样发散开来，幻化成千变万化的形状……

我睡着了，又不像是睡着。我如同做梦，又如同飞升。我的意识弥漫到全宇宙，无限可能的生活在我眼前展开，但我又不再是我，我变成了世界万物，变成了量子之海，变成了毗湿奴的一个梦。

## 沈星光之死

我呆呆地坐着，回忆的潮水一遍遍冲击着脆弱的现实。眼前的一切如化为概率云般恍惚迷离。

"想起来了吗？"沈淇说，"当你醒来的时候，你嘟嘟囔囔地说什么'我上燕大了'，我爸问你还梦见了什么，你说什么《科幻世界》发表'，什么'银河奖……'"

我惘然摇头，我根本记不起来当时梦见了什么，又说了什么。因为被强制唤醒，当时药效没全过，我根本就意识不清，只是约略记得后面的事：我从箱子里出来，老伯让我在他的床上休息一会儿，我躺上去竟又睡着了，前几天加起来也没睡几个小时，我再也撑不住了。

半夜三更的时候，我爸妈和沙老师他们冲了进来，围着

220

我又哭又笑。原来我留下的遗书被他们发现后，他们急得不得了，马上联系所有人全城大搜，甚至报了警，根据录像监控找到了这里。我被他们带回了家，看到父母老泪纵横，我也心生悔意，跟他们说自己不会再犯傻了。后来，我家里再也没人提这事，大家都装作从来没这回事。我在心底也深深为之羞耻，所以后来我根本不愿去想它，直到一个多月后离乡，也没有去过星光书店。我爸爸的工作调动其实也和这事间接有关，对我们全家南川实在是一个心理阴影。后来，我也相信了这一切从来没有发生过，我就是在家里太累了，睡着了，做了一个去书店的怪梦……

"箱子里的事，我都不记得了……"我说。但沈淇没理由骗我，我当时在幻想中梦到这些事是很可能的。难道我当时真的超越了时空的限制，梦见和选择了自己的未来？这十八年来的一切，都是在那个诡异如梦的夜晚被决定的吗？进一步想，这十八年来，我的人生是真实的，还是梦境的一部分？会不会我至今仍然在那个黑暗的箱子里，仍然在做那个漫长无涯的梦？就像那个古代传说一样，漫长的一生梦醒，边上煮的黄粱饭还没有熟……

"可我记得，"沈淇把我拉回到现实，或者这个至少像是现实的世界，"我在门缝里都看到了……这才知道我爸瞒着我一直在捣鼓什么。虽然你们说的很多东西我听不懂，但我知道，那个箱子可以实现我的梦想，让我去日本当漫画家……所以当天夜里，我偷偷地溜进去，依样画瓢地吃了一枚胶囊，按下按钮，躺进箱子里……其实我也不记得自己具体做了什么梦，但记得一点，我在睡去前，心里一直在想'我要去日本，再也不要看到我爸了'……"

我又悚然一惊，终于明白了沈淇得知我成为科幻作家后的震惊和恐惧。如果梦之箱能够令我的梦想成真，那么对沈淇也是一样……

"一个月以后……"她颤声说，"我爸真的就……我到底干了什么啊……"

"可是沈伯伯是怎么去世的？"

"他是死在箱子里的。"

"啊？！"我没想到沈星光的死也和那箱子有关。

"可能是某次调试，我不知道，他从外面的高压电线上私自接了一根线到箱子上，然后他像我们一样躺进去，关上盖子……但是不知怎么就出事了。当时我在学校里，回家找不到他，到了他房间才发现不对……他还躺在箱子里，但已经触电身亡了……那天半个县城都因此断电了……"

"那警察怎么说的？"我问，这种离奇的死法警察应该会调查吧？

"我告诉了他们这个梦之箱的事，当然那些具体的原理我也搞不清楚，警察也没当一回事，在他们看来，就是一个神经搭错的人想搞发明，结果玩砸了。一个警察跟我说，其实这种事并不像我们以为的那么少见，地区里每年都有好几起……"

我安慰她说："可能的确像警察说的那样是巧合呢？其实你爸的事是他自己不小心，和你没关系……"

"你还不明白吗？箱子不会参与到具体的因果关系，而是选择因果链本身的，选择哪一种因果链会变成现实！"

"但你只是选择离开你爸，不是要他死啊。"

"我不确定最后在幻觉状态看到了什么，但是就像刚才说的，爸爸不死，去日本的梦想几乎不可能实现，这是最可能的因果链条，而且我之前也不是没有想过那些事……可是真的发生了，我……我才知道自己有多幼稚……我跟自己说，一定是巧合，一定是巧合，怎么会有这种事？就这样，说着说着，我慢慢也说服了自己……后来我去了日本，又发生了很多事，我才知道世界上没有天堂……这些年我一直很想爸爸……只恨我太不懂事……"随着她的讲述，一串串泪水从她眼角滚落。

她擦了把眼泪，稍微平静后继续说："后来我长大以后，也的确不再想起那个箱子了，因为这不可能是真的，这不可能……我甚至让自己忘了那一晚的事……直到上个月，我知道你当了科幻作家，还得了那个什么银河奖，我才五雷轰顶，这说明那个箱子真的是有魔力的！未来真的是可以被它决定的！那些事情都在我心里翻上来了……你以为我爱喝酒吗？过去的整整一个月，我不喝醉都睡不着……我怕面对自己……我到底干了什么啊……呜呜……"

她终于崩溃了，趴在茶几上痛哭起来。

我想安慰她几句，却不知从何说起，我自己也在极度震惊中。我回顾自己过去的人生，的确充满了许多巧合，比如中关村文理学院和燕大合并，我一个普通二本生，一夜之间成为中国最顶尖学府的天之骄子；比如多年后，我在国外写了一本狗尾续貂的同人小说，因缘际会在网上传播开来，因此有机会在《科幻世界》上发表……难道都是十八年前那个神秘箱子选择的命运路径？看来只有找到那个箱子，才可能知道答案……

"那个箱子还在吗？"

"其实我找你就是为了这个,"沈淇收拾了一下心情,抬头说,"我们要把那个箱子给找回来!"

"找回来?"

"我要它再为我实现一个梦想,"她看着我,目光炯炯,"我要爸爸活过来,它能让我爸爸离开,就能让爸爸回来,对吧?"

我有点儿疑惑,明显违背自然规律的事物也是能够坍缩的可能性吗?但看到沈淇渴盼的目光,又不忍泼她冷水。

沈淇告诉我,沈星光去世后,那个箱子被警方拉走,当证物保管了一段时间,后来觉得没什么好查的,又发还给她。沈淇当然一点儿不想要这个害死了父亲的不祥之物,一看到就浑身难受,但毕竟是父亲一辈子的心血,也不忍心随便扔给废品收购站。最后她想到一个办法,把房间里的所有图纸和手稿,都塞进了这个箱子,然后去劳务市场找了几个农民工,在箱子上包裹了好几层塑料布,用车连夜拉到南川河下游,沉进了河里。整个过程中,那几个民工明显满腹狐疑,好像怀疑里面藏着尸体,不过看在钱的分上还是干了。

"我记得当时是在南门外的玉带桥中间扔下去的,应该比较好找。"她说。

我们稍微收拾了一下,一起去了玉带桥。不过到了那里,我就知道没戏了,和南川河其他段一样,这里的整条河道都已拓宽,连堤岸也是新修的,应该已进行了全面的疏浚治理。沈淇大概以为扔在河里就跟张献忠的沉银一样过了几百年还能捞上来,实在太天真了。

不过我们还是做了一点儿尝试,找来附近的渔民,许以重利,让他们在相应位置下水摸了一番,他们有些是职业捞尸的,经验十分老到,那么大的箱子如果还在那里,不会摸不到。

　　就这样找了三天，什么都没发现。沈淇站在桥头，还在不甘地跟我探讨其他的可能性，比如说被河水冲到下游或者埋在淤泥深处。我不得不告诉她："算了，别说后来疏通河道的时候肯定会被清走，其实很可能第二天就没了。"

　　"怎么会？"

　　"这么大一口金属箱，你这么郑重其事地沉到河里，那些民工肯定以为里面有什么宝贝，可能你一走，他们就又找船拖上来了，要是我就这么干。哪怕发现不了什么，也会转手当废铁卖了，哪里还能留下来。"

　　"说得也是……我真是个智力障碍者啊……"

　　沈淇苦笑着说，望着南川河上无情翻卷的泡沫，身子晃了晃，仿佛难以支撑地扶住栏杆。她这几天把虚无缥缈的希望寄托在这口箱子上，但梦想终究会破碎。我以为她又要痛哭，但她深呼吸了几口，终于站起身，头也不回地走了。

　　我们定了各自第二天回去的机票，当天晚上我和沈淇又去了那家"竹林酒吧"，各怀心事，想要大醉一场。沈淇叹息说："你说我怎么就那么蠢呢？如果说我爸真发明了那种宝贝，能让人实现内心的愿望，他就是比爱因斯坦还伟大的科学家，我还要去什么日本，真是蠢到家了……"

　　我也下肚几杯红酒，带着醉意说："你也别埋怨自己了，我才是智障人士，真有这种宝箱，我怎么不做梦成为世界首富呢？或者曲华这样的大作家呢？就算要写科幻，咋不许愿得个雨果奖呢，那一辈子就啥都不愁了……怎么就成了这么个三流写手……"

　　"还雨果奖呢，"沈淇醉醺醺地笑着，"你编的故事不行，特'直男癌'，好多篇我根本看不下去……"

"呸，你那漫画不也是靠着你的颜值当卖点嘛……比我强哪儿去了……"

我们相互讽刺了几句，最后我摇了摇头："也许你说得对，我根本不适合干这行，说起来，都是你爸二十多年前骗我上了贼船，要不然我高考也不会考砸，现在也许好好地当公务员捧铁饭碗呢……你爸真是把我害惨了……都怪他……"

"不、不许说我爸！"沈淇口齿不清地警告，"当心我打、打你，我爸怎么说也是你的前辈……"

"拉倒吧，你爸写得也不怎么样，我看过他后来投给《科幻世界》的稿子，江郎才尽啊，一堆乱七八糟的……根本毫无——"

我忽然想到什么，呆在了那里。

"你胡说八道，你——"沈淇正在骂，看我异样，问，"你怎么了？"

"稿子，"我喃喃说，"那篇稿子——"

我酒醒了八分，打开手机，调出前几天吴老师发给我的几张照片："其实箱子本身不重要，重要的是其原理和图纸。"

"可我也都扔了啊……"

"但是可能有一份保留了下来……"我给她看手机上的《梦旅人》手稿的照片，"这篇小说技术部分非常详尽，说不定就是本来的设计方案！前几天我没看下去，我以为是觉得无聊，其实是因为潜意识里感到害怕，不敢触及内心的禁忌！你看这里已经提到了梦的原理，还引用了弗洛伊德、荣格、阿瑟林斯基、米奇森、麦克莱恩……这一页写到了彭罗斯，这是最关键的地方！哎，后面没有了……"

沈淇也清醒了大半："稿子的全文在哪里？"

"应该在《科幻世界》杂志社，"我说，"但不知道还找得到吗……"

"我们去《科幻世界》！"沈淇毅然起身。

# 科幻世界

这件事后来的发展，可能不少师长朋友也知道，但为了当事人的隐私，我没有说明详情。沈淇和我一起改机票去了成都，以沈星光女儿的身份拜访了《科幻世界》编辑部，又去找了已经退休的杨萧老师，兜了一大圈，最后从一个尘封已久的档案袋里找到了《梦旅人》完整的一百多页手稿。

看着满纸的数学公式和外文符号，沈淇一边高兴一边也傻了眼，这内容压根就看不懂。她问我是什么意思，可我的理学功底也有限，难以理解。

"交给我吧，我来想想办法。"最后我说。

作为科幻作家，我总算认识几个搞科研的朋友，我用微信把手稿的技术部分发给了三个物理学家和一个生物学家，请他们帮我看看是否靠谱。

生物学的部分还好，比如其中一种药的成分，其功能是让人在舒缓的情绪下产生一系列幻觉，我的生物学家朋友并不是特别了解，又去问了药理学的专家，结果答案是，这种药的成分是虚构的，但是用大麻之类的违禁药物有可能达到这样的效果，技术上难度不大。那次沈星光给我们吃的胶囊的确有这个功效，也不知他从哪里弄来的。

物理学方面问题就比较多了，一位在剑桥获物理学博士的朋友，我发过去后五分钟就回复："典型的民科，讨论这个是浪费时间。"

另一位朋友说话客气点儿，但潜台词的意思也差不多："哈哈太高深了，大概杨振宁才看得懂，惭愧帮不上忙！"

第三位学者是著名的理论物理学家林淼教授，他对科幻很感兴趣，我在一次活动中有幸认识了他，便大胆发过去。他很长时间内都没有回复。我想人家一个大科学家可能根本不屑看这种莫名其妙的东西，感到很不好意思。谁料过了半个月，林淼忽然给我回了很长的内容，大意是，这个猜想很有趣味，作者也的确精研过相关的物理理论，有些地方他看不懂，不好下定论，不过其中有一些明显的疏漏，还有一处计算错误，他在稿子的打印稿上一一都标了出来。

我问他，先不论细节，理论上来说这种机器是否可能造出来？他说，理论上是有可能的，不过其中有一处难以跨越的障碍——能量。

他解释说，量子不确定性是可以从数学上描述的。波函数的模的平方就是某个粒子在某处出现的概率密度。比如电子云理论上可以在宇宙中任何地方，但你测量一百万次，基本上也只能在原子核附近某些位置，要让电子在别的地方被发现就需要在坍缩时注入能量。根据他的计算，选择越精确，能量也呈指数级增长。比如要成为有钱人，大概需要太阳级的能量输出，而要成为世界首富，可能需要整个银河系的能量输出，如果要让死人复活之类的可能出现，就要让几亿亿个原子以完全反常识的方式重组起来，一百亿个宇宙的能量都不够……其实，哪怕是最简单的选择也是目前人类的能量利用功率根本达不到的。所以这种机器现阶段根本造不出来，只能用来写科幻小说。

林森教授的说法看上去很翔实可信，事实上，我所困惑的问题也得到了解答，梦之箱的确是有限制的，不可能随便心想事成。但是否一定做不到呢？这未必就是结论。从日期看，沈星光的那次投稿是在1995年，而造出梦之箱是1999年，我最后一次去星光书店时，这箱子应该刚造好不久，中间隔了四年，有没有可能沈星光在这四年里设法在理论问题上有了突破，并且大大改进了技术？也许最终启动箱子不再需要那么大的能量，用一般的电源就可以？

可能对于沈星光来说，最后一次投稿石沉大海对他来说是一个不可接受的打击，他从此下定决心要真正实现这篇小说中的技术来证明自己，让科幻变成现实！这真是一个科幻作家最高的野心！然而最终却以悲剧收场。

另外我注意到，《梦旅人》的最后一部分和《温柔乡梦幻曲》不一样。在《温柔乡梦幻曲》中，科学家死去了，但《梦旅人》却是一个开放式结尾：反派围攻了科学家的实验室，要夺取梦之箱。科学家最后抱着年幼的女儿躲进了箱子里，他要选择一个未来，一个他们都能获得幸福的未来，虽然这机会太过渺茫，但他总要试一试……故事就在这里戛然而止了。

这让我想到一个问题，为什么沈星光最后死在了梦之箱里？毫无疑问，他有一个梦想要实现，但那个梦想是什么呢？如果是一般的追求，比如返回科幻界，出版新书之类，应该普通操作就可以了。他之所以在事故中丧生，是因为接入了高压电源，也就是说，他追求的是一个和小说中一样渺茫，需要极其强大的能源才能实现的未来，那个未来是什么呢？

我一直想不出答案。

后来，我经过反复考量，把几位物理学家，特别是林森的回复经过筛选后，截图发给了沈淇。我发的那部分内容斩钉截铁地证明了梦之箱只是一个似是而非的空想，绝对没有实现的可能，即便造出来了某种实物，也不会起作用，所以沈星光之死和沈淇没有任何关系。我想也许这样，才能让沈淇从弑父的罪恶感中解脱出来。

科学家的权威终于让沈淇相信了这个解释，她也如释重负，向我道谢。后来我们联系渐疏，很快也就断了，大家都回到了日常生活中，在这凡庸世界追逐着各自世俗的虚名浮利。

不过我没想到，这事最近还有一点儿余波。

前几天，沈淇忽然给我发了一条微信，问我的地址，说要寄书给我。我想可能是她的新书，也没太在意，就道了声谢，告诉了她地址。谁知第二天，我收到了来自南川的一个包裹。怎么会在南川呢？我有点诧异地打开，竟然发现是一本用塑料膜仔细包好的老杂志《科学文艺》。蔚蓝色的封面，上有火箭和原子的简约美术图案，下方写明，这是1979年第一期，正是《科幻世界》整四十年前的创刊号。我知道这是本很珍贵的刊物，许多收藏家都找不到，我只见过照片，怎么会寄来给我？

我翻开书，一张夹在里面的照片落了下来，捡起来一看，照片上是一个装修一新的店面，门口挂着一块招牌，上书"星光书店"四个字。我吃了一惊，仔细端详店面门窗以及周围景物，果然就是当年的星光书店，后来的竹林酒吧！但这装潢虽然有当年书店的影子，却又显然不是20世纪90年代，门口还贴着《流浪地球》的电影海报，显然是刚拍下来的。

我翻过来，看到上面有几行娟秀小字：

宝舒学长：

　　看到照片吃惊吧？我已经回南川半年了，把我家的房子又买了回来，尽量改回了以前的样子，一楼当书店，二楼就作为我的工作室。书店仍然包罗万象，不过主题是科幻和漫画，你说我爸要是知道，不知道会开心还是生气呢？

　　当年我卖房子的时候，大部分书都处理掉了，不过我爸在里间有一架特别收藏的书，我没舍得卖，装在箱子里，跟我一起到了日本。这些年我也从来没打开过，可能是我不想面对我爸的过去吧。不过现在这些书已经重新陈列在了店里，当然，是非卖品。

　　我整理的时候意外地发现这本杂志，它应该是属于你的，所以快递给你，你看了就明白了。

　　写科幻还顺利吗？要是哪天写累了想改行，就来我店里当伙计吧——开玩笑啦，不过的确希望有一天你能回南川来看看，也帮我规划一下书店，科幻我实在是不懂啊。

　　祝好！

　　　　　　　　　　　　　　　　沈宇

我放下照片，心潮起伏了一会儿，翻开杂志，看到微微发黄的目录页，这一期名家云集，有郑文光的《"白蚂蚁"

和永动机》，叶永烈的《谁的脚印》，童恩正和沈寂的电影剧本《珊瑚岛上的死光》（第二年它被拍成了中国第一部科幻电影），刘兴诗的科学诗……当然，还有沈星光那篇《一亿年前的星光》。

最醒目的是，目录上有各种笔迹的签名，这一期大部分的作者，像郑文光、叶永烈、童恩正、刘兴诗乃至沈星光的名字都在上面，没有日期，但估计是那几年中某次科幻会议时沈星光收集的作家手迹。对任何一个中国科幻迷来说，这本杂志都价值连城。

在签名的下面，竟然还有一行颜色不同的字迹："宝舒：愿你爱上这科幻世界"，没有署名，但显然是沈星光写的。

难道这是沈伯伯打算送给我的礼物？可为什么我从来不知道？

我看着那十一个字，渐渐想到，这应当是1999年我们离别后他写的，想送给我这本杂志，希望这件珍贵的礼物能够给我打气，帮我抚平伤口。可是谁能想到，我一直没去店里，他还没来得及送出去就……

泪水渐渐模糊了我的视野，我哭了起来，泣不成声。当年知道沈星光的死我都没有太伤心，因为那是早已往事，但此刻我才深切感到那远去的岁月中我曾经燃烧的激情，以及与一位老人之间历久弥新，无法磨灭的羁绊。

我擦去泪水，端详着那句话，又发现意思并不太通，我当时早已经是一个资深科幻迷，又何须祝福我去爱上《科幻世界》？这话说给沈淇还差不多，但明明又是送给我的……等等……科幻世界……科幻世界……不应该没有书名号啊……

忽然间，我醍醐灌顶，明白了沈星光的深意。

科幻世界，并不是一本杂志，也不是远离现实的幻想王国，它就是——我们的世界。

我们平凡庸俗又冷酷无情的现实世界，也只是浩渺宇宙中的尘埃，是量子之海上的涟漪，是高维空间的局部投影……科幻的秘境早已渗透现实，改变现实，塑造了现实，只是我们习焉不察。但沈星光在研究意识和现实的关系中，看到了这世界深层的本质。它从未一劳永逸地坍缩成某种不变的坚固之物，而是一直在我们的梦想与选择中不断弥散，永远绽放出无尽的可能性，惚兮恍兮，其中有象；恍兮惚兮，其中有物。

这就是沈星光给我上的最后一课：对科幻的爱不是逃避现实，而归根到底是对现实中所蕴含着的无限可能的追寻，和这充满奇妙可能的世界所签订的爱的契约……

我福至心灵，拨通了沈淇的电话："听我说，我知道沈伯伯最后在那箱子里要做什么了！"

"什么？"

"他想要打开的是科幻世界！也就是让科幻的种种可能性从世界的深层维度释放出来。甚至可能他已经成功了！根据多世界理论，也许最后一次实验，他开启了另一条时间线的分支，生活在一个平行宇宙里，也许在那个世界他已经远航银河深处，或者和你一起在虚拟世界中幸福生活……但即便是这个世界，也是一个科幻的世界，我们一直生活在科幻世界里，也许所有的平行宇宙最后都会交汇！也许他会穿越世界的壁垒回来！我们会再次相见的！"

"我不明白，但是……"沈淇期待地问，"你是说……爸爸真的会回来吗？"

"在这个科幻世界，一切都可能发生。"我说，嘴角浮起一丝微笑。

放下电话，我的内心忽然被久违了的表达欲望所充满，我已经很久没有像今天这样渴望写作了，因为多少年来，我已忘记了写作的本质。作为科幻作者，我们早已拥有了简单版本的梦之箱，我们写下的不是单纯虚构，不是低于现实一等的胡思乱想，而是这世界所蕴含的量子之云与可能之舞。当我们写出它，就是赋予一个又一个可能性以生命，去激活现实，去创造梦想……写吧，写吧。

我深吸了一口气，打开电脑。但面对一片空白的文档，又不知写什么好，过了很久，才打出了七个字的标题：

我们的科幻世界

# 我们的火星人

## 一本神秘的赠书

已故科幻小说家兼发明家沈星光先生（1944—1999）的生平事迹，笔者在数年前的《我们的科幻世界》一文中曾经报告过。因为事件本身的离奇曲折，文章发表后，引起了一定范围的轰动，有不少读者发来邮件或私信，质疑这是纪实文学还是小说，是否胡编乱造，是否在宣扬伪科学，又或者是抹黑他的女儿、当红漫画家沈淇小姐……让我着实难以招架。

不过在这些困扰之外，也有令人振奋的好消息，今年一家老牌文学出版社打算再版沈星光的代表文集，请我编选并撰写导言。我既然和沈伯伯有一段忘年交，也觉得义不容辞。加上去年因为某个特别的机缘，我又留意到沈星光的一篇遗珠之作和挖出了背后相当曲折动人的故事，我打算干脆写一篇比较翔实的沈星光传记，放在导言里，让读者深入了解这位不该被遗忘的科幻名家。当然这需要家属的授权，我告诉了沈淇，她也很惊喜，表示会全力支持，她又跟我聊了一些沈家的情况，包括沈星光的祖籍、父母以及少年时的轶事等等，让我更深入地了解了沈星光的家庭背景和早年生活。

我手头有两本沈星光的集子，一部吴言老师主编的《20世纪中国科幻小说史》，加上沈淇告诉我的家族情况和一些科幻界人士的回忆录、访谈录中有关的信息，以及我自己掌握的一些独家情报，大体可以拼凑出沈星光的一生。不过也不是没有遗憾，沈星光1965年大学毕业，之后有十年左右都是空白，20世纪70年代前后方调到上海机电二局。那些年的经历，沈星光从来没有告诉过女儿，也没有写进任何自述文章中，如今就难以查考。不过考虑到那个年代本身的动荡扰攘，或许有些不足为外人道的遭遇，比如被关押或下放等等，也可以理解。料想和沈星光的科幻创作应该也没多大关系，可以一笔带过。

这时候，却出现了一条意想不到的线索。

一天，微博上有一个叫"阿东莫夫"的账号给我发私信："宝树老师好，我想和您聊聊"，毫无信息量。我本来不想搭理，但见这名字有点儿意思，问他："您有什么事吗？"阿东莫夫寒暄了一番，说自己是一个在北京的科幻迷，喜欢看我的科幻小说，特别是那篇《我们的科幻世界》。我不耐烦地纠正他，那不是科幻小说，是纪实文学。

"哦对，其实我找您就和这件事有关。"不想阿东莫夫回复说，"我发现家里可能有一件和沈星光有关的东西。"

我心道多半又是个骗子，问他是什么。阿东莫夫说，是一本早年的科幻小说，叫《战神的后裔》。

我当然知道这本书，这是郑文光先生的一部长篇小说，讲述未来人类在火星考察和建立定居点的故事，我早年就读过。但这和沈星光有什么关系？难道他连郑文光和沈星光都分不清吗？

我还没问，阿东莫夫已发来一张照片，是《战神的后裔》的扉页，上面有几行已经有些褪色的钢笔字迹：

星光：

庄周梦蝴蝶，蝴蝶为庄周。

十年了，从"火星"回来吧。

CARPE DIAM

飞琼

1984.10.17

字迹清丽娟秀，似出于女子之手，从署名看，应该也是女性。这几行字意义不明，但似乎颇有内涵，不像是拙劣的骗局。我首先问阿东莫夫："这个'星光'就是沈星光吗？这本书是怎么到你手上的？"

阿东莫夫回答："这书是我爸的，有些年头了。我一开始也不知道这个星光是谁，最近看您的那篇小……纪实文学才想起来，原来是沈星光！"

我一时不知说什么好，也许这哥们不是骗子，但显然逻辑思维能力堪忧，叫星光的多了去了，焉知不是张星光李星光，和沈星光可能没有任何关系。何况沈伯伯对于朋友赠书是很爱惜的，集中收藏在一起，他去世后沈淇也没有变卖，保留至今，又怎么会流落到旧书摊上呢？

考虑到人家也是一片好意，我委婉地说："那似乎也不能确定就是沈星光吧，也许是另有其人？"

"嗯……也有可能，不过我想既然都在南川，应该就是他吧？"

"什么'都在南川'？"

"哦哦，忘了跟您说了，我爸也是南川人，就是你们南川一中毕业的。我也问过他，他说是当年在路边一个旧书摊买的。"

这个新的信息颇有分量，全国叫星光的固然成千上万，但在南川一个小县城里就未必有多少，何况送的还是一本科幻小说！这本书和沈星光有关的概率显著增加。

我又问了阿东莫夫一些书的情况，据他说书上干干净净，除了扉页上几句赠言外再也没有别的文字。他还热心地表示，可以把这本书送给我来研究。我有点儿不好意思，说："那谢谢了，我也送你本我新出的书吧！"最近我正好出了一本小说集，标题就取自这篇《我们的科幻世界》。

"哦，您的书就不用了，不过您有沈淇小姐的书吗？照片也行，能不能请她印一个唇印寄给我，嘻嘻……"

"这个没有！"我气恼地拒绝。什么人哪！

好不容易打发了这个低级趣味的宅男，我给沈淇打了个电话，问她知不知道一个叫"飞琼"的人，沈淇一片茫然："谁？没听说过，是新出道的漫画家吗？"

"哦……"我想几句话也说不清，暂没提那本书的事，"没事，可能我搞错了……不好意思。"

"没关系，对了，我也正想找你，我的新书刚出版，最近要开发布会了！"

"啊，恭喜恭喜！是什么书啊？"

"你没看我朋友圈和微博吗，我画的科幻漫画！火星题材哦！"

"科幻……火星……哦，是那本……"我隐约想起来，好像是看到她出了一本叫我的什么火星的漫画，本来以为只是象征性的字眼，想不到还真是关于火星的！我颇感诧异，沈淇平常画的是些古装言情或者都市恋爱题材，怎么想到画科幻故事？难道是受她父亲的影响？

"嗯，就是那本，最近出实体书了，首发式就在南川的星光书店举行，想请科幻圈的大咖评点一下，不知宝树君能否赏光？"

我问了一下开发布会的时间，正好那时候也没别的事，就答应了。这几年间我和沈淇在外地见过，还共同经历过一些怪异事件，但因为疫情等缘故，我一直没去过她重开的星光书店，这次正好可以回去看看。另外编撰选集以及为她父亲作传的事，若干具体事宜我觉得也有必要和她面谈一下。

这些日常琐事，说起来似乎已经和《我们的科幻世界》中的事件没什么关系了，不值得记述。但谁能想到，我原以为已经告一段落的神秘事件，原来不过是冰山露出海面的一角，而这次南川之行，竟会牵扯出背后更年代久远、更不可思议的秘密……

它关乎我们所熟悉的世界上的一切，也关乎另一颗我们从未真正了解过的行星；关乎渐行渐远的20世纪，也关乎数十亿年前的往昔……

## 重返南川书店

那天跟沈淇通话之后，我随即便查到，她新出的漫画叫

《我们的火星人》，大意是讲一个十六岁的少女被选中成为航天员（！）去火星考察，遇到风暴，被火星人所救，火星人其实是一个上古火星文明创造的、长生不老、容貌俊美的男性机器人（！！），二人在火星上展开一场浪漫的冒险之旅。少女回到地球上以后，火星男神竟然也跟来了，用超能力化身为XX集团霸道总裁（！！！），又找到少女，再续前缘……

说到这里还只能叫"我的火星人"，为什么叫"我们的"呢？这就是故事的创新之处了，原来火星男神的性别也可以变化，瞬间可以变成美艳不可方物的女子，这就吸引了另一个天才少年，让他倾心爱慕。三个人展开了复杂的三角恋情，火星人有时候以男性的身份和少女航天员谈恋爱，有时候以女性的身份被少年科学家追求……其间还有上古火星妖魔复活，企图统治地球的伏笔，不过还没展开。

这个故事好像还挺火爆，在网络平台上连载时，点击量很高，但我看了简介只觉得一个头两个大。我觉得这种书和科幻的关系纯属挂羊头卖狗肉，叫我当嘉宾，还要准备发言，真不知说什么好……

又过了两天，沈淇给我寄来了一套《我们的火星人》，一共三册，还只是第一季，看得出她画的人物场景还是很精美的，不过故事实在太言情风，直到踏上回南川的旅程，我连第一本都没翻完。

就在去南川之前，我收到了另一本和火星有关的书：阿东莫夫寄来的那本《战神的后裔》。不过如他所说，除了扉页那几行字外，书上并没有别的字迹可以作为线索，研究价值不高。

不过这几句话倒是越琢磨越有意思。"庄周梦蝴蝶，蝴蝶为庄周"出自李白的组诗《古风》五十九首之一，主题是人生如梦，变化无常，"CARPE DIAM"是一句拉丁语的格言，意思是"把握当下"，虽然都不算生僻，但一位20世纪80年代的女性能信手写来，这位"飞琼"的文化水平无疑是相当高的，不会是普通人。还有那句神秘的"从火星回来"，又是什么意思呢？即便与沈星光无关，背后也应该有一个有意思的故事吧？

而假设这个"星光"就是沈星光，那么"十年了"便指向1984年的十年之前，正是沈星光"空白"的那些年……这位女子，应该是在那段神秘岁月里和沈星光相识的人，而这一切，便和那消失的十年有关了……

我带着这些问题上了飞机，也带上了那本《战神的后裔》，想也许应该拿去给沈淇看看。路上无聊，先是拿出沈淇的漫画翻了翻，但还是看不下去，又翻开了这本20世纪80年代的科幻小说，闲读之际，却多了一些思绪。这本书我年少时就已读过，讲的是21世纪末，主角薛印青等一批热血青年开垦和建设火星的故事。小说娓娓道来，细节丰满，还穿插有发现远古火星人化石的故事，但最大的包袱却是在最后：薛印青在返回地球时，遇到了一个黑洞，他被吸入其中，结果竟然回到了一百年前，也就是1983年的地球，周围人对他所说的关于火星的一切，自然只当成是天方夜谭。故事以薛印青被困在这个时代的悲剧结局而告终。

《战神的后裔》的雏形，是郑文光发表于1957年的短篇小说《火星建设者》，最初的故事时代设置在20世纪末，不过到80年代再改写这部作品，这个时间点就显得不切实际了，所以不能不再往后推一百年。而主角最后被抛回到1983

年的世界，又反映出科幻中神奇绚丽的未来与平淡落后的现实世界之间的错位。我感觉，"飞琼"送给（沈）星光这本书，让他"从火星回来吧"，或许也与之有关，也许是劝他不要再沉溺于科幻小说里的虚幻世界？

下飞机后又换乘汽车，路上不巧堵车，下午三点才到南川的星光书店。这家和我渊源颇深的书店大变样了，听司机说，这里因为是美女漫画家沈淇开的，加上装修布置很有特色，已经成为一个小有名气的网红打卡地，很多年轻人还特意从上海、杭州等大城市赶来玩。

不过当我走进书店时，发布会已经开始，里面乌泱泱地都是人，也来不及细看书店新貌，就被工作人员拉到了前头的嘉宾席上。一个长发胡子拉碴的漫画家正面对观众发言，谈沈淇这部作品的创新之处，充满了各种专业词汇，什么分镜啊，构图啊的，我也听不太明白。扭头便看到沈淇坐在嘉宾席的另一边，穿着某种银光闪闪的宇航服，科幻风十足，扮相就好像是书里的那位少女航天员。她也不方便过来说话，只是对我点头致意。

漫画家讲完，下面就轮到我了，主持人简略介绍了一下我的身份，把我请上台去。我这次也没怎么准备，上了台，看着下面一双双眼睛凝视着我，不觉有些心慌，依稀记得站的位置就是二十多年前和沈伯伯经常坐下来聊天的地方，小沈淇常常从我们身边擦肩而过，但当年哪里能想到今天会以这样的方式回到这里？

我收拾心神，清了清嗓子说：

"大家晚上……不是，下午好，今天我很荣幸，被邀请来参加沈淇小姐新书的发布会，我是沈淇小姐的忠实粉丝，是读着她的书长大的（这个笑话下面居然也没几个人笑，沈淇好像还白了我一眼），这部《我们的火星人》呢，是结合科幻和漫画的一部创新之作。它继承了科幻中火星人故事的传统，让我想起赫伯特·乔治威尔斯的《世界之战》、埃德加·巴勒斯的《火星公主》以及雷·布拉德伯里的《火星编年史》，当然还有我国郑文光先生的《战神的后裔》……等等，但是大家知道，为什么在科幻中，关于火星人的作品如此繁荣呢？"

没人说话，其实在场观众大部分都是年轻女孩子，我怀疑可能都没几个人听过这些名字，不过也只好硬着头皮说下去——说了一堆更没人知道的名字：

"这要从上个——不，上上个——世纪说起了。1877 年，那是一个火星的大冲年，当时意大利的天文学家乔凡尼·斯基亚帕雷利用望远镜在火星表面看到了几条纵横交错的奇特线条，他认为这些是'水道'，并绘成图形。他的研究很快引起了其他人的兴趣，各国天文学家一一跟进，并相继肯定了他的发现。特别是法国的尼古拉斯·卡米伊·弗拉马利翁、美国的皮克林，E.C.和珀西瓦尔·洛威尔的研究，影响力非常大，把学界对火星'水道'的兴趣传播给了大众，后来就传成了所谓的火星运河。人们认为，这是火星人挖掘的人工河渠，证明火星上有高度发达的文明！"

听众还是没什么反应，不过这是我讲过好几次的题目，倒也渐渐说得流畅了：

"洛威尔是火星文明说最热烈的鼓吹者，在 19 和 20 世纪之交，他接连出版了三本书：《火星》《火星及其运河》《火星：生命的居所》。在这些著作中，洛威尔将火星的运河和大气层、极冠等自然现象联系起来，以丰富的想象力勾勒出火星的生态系统，比如北半球夏天时，北极冰消雪融、极冠缩小，水流沿着河渠流向赤道，滋润北半球的植物生长；而半个火星年后北半球陷入冬季，南极的冰雪又融化，南极流出的河渠水位上涨，令南半球的植物欣欣向荣，火星人因地制宜，将河水通过运河引到农田中，灌溉了一个个绿洲……

"今天我们大概很难想象，这些不是科幻小说，而是认真的科学假说。科学家既然都把这当成正经的科学理论来讨论，经过书籍报刊的宣传，普通人民当然就更相信这是事实了。这就出现了历史上一个前无古人，后无来者的奇特局面：从 19 世纪后期到 20 世纪中叶，有近一个世纪之久，从知识分子到受过教育的一般公民，许多人，甚至可以说大部分人都相信火星上有智慧生命的存在！直到 60 年代末美国的'水手'系列探测器掠过火星，拍到了真实的火星表面，没有看到任何'运河'，才终结了这种盛极一时的假说。

"人类对火星的兴趣，一度远远超过其他任何外星球。关于火星的科幻小说如雨后春笋一样冒了出来。最初，还只是相对简单的讽刺或奇幻故事，故事里的火星人就和小精灵差不多。不过到了 1898 年，科幻大师威尔斯出版了一部石破天惊之作《世界之战》，他笔下的火星人是对人类毫无同情心的异形生物，他们跨越太空，对地球发动了残酷血腥的侵略战争，几乎灭绝了人类！可以说，这是人类第一次感到外星文明的神秘、强大与恐怖，从某种意义上来说，现代科幻小说就诞生于对火星人的想象。因此——"

我刚刚进入状态，工作人员却在下面开始按铃，无情地提示我，时间已经差不多了，的确，刚刚是我之前讲过的主题报告"火星科幻发展史"的开头部分，真要讲完得讲上一个多小时，现在当然不好喧宾夺主，我只好刚开头就匆匆结尾："因此……因此……沈淇小姐的这本新书《我们的火星人》传承了百年火星科幻史的精神，又赋予了它新的时代内涵和青春气息，我相信这部作品，一定能让大家拥有前所未有的阅读体验，以及对世界和人生更深刻的思考！谢谢！"

用这种东拉西扯的讲法，我避开了谈及压根没有看过的漫画，不过读者因此也没什么兴趣，下面稀稀拉拉响了几下礼貌性的掌声。

我刚下台坐定，掌声忽然雷动起来，欢呼声也随之响起，比刚才响亮十倍。原来是沈淇本人上台致辞。

沈淇先说了一些答谢的话，然后深情款款地说：

"……正如宝树君所说，这本书受到了之前一些科幻名著的影响。大家可能知道，我父亲是 20 世纪的一位科幻作家，写过一些有影响力的作品，这家书店也是多年前他开的；很惭愧，父亲的作品大都非常深奥，我现在也看不太懂。不过我记得小时候，就在这家店里，父亲经常把我抱在大腿上，给我讲故事，其中就包括许多火星和火星人的故事。我有时候问他，'爸爸，火星在哪里呀？'他就拉着我的手，到外头去，抱起我，指给我看挂在树梢或者墙头上的一颗红色星星……"

沈淇说到这里，不禁眼睛红了，声音也有些哽咽。我也觉得眼眶有点儿湿润。那些小时候的温馨片段，当时只道是寻常，多少年后重上心头，却早已找不回来了。

沈淇擦了擦眼睛，继续说："虽然爸爸用心教过我，但即使到了今天，我还是在天上找不到火星。不过，火星在我心中一直是一个神秘而充满魅力的世界，爸爸讲的故事每次都不同，火星也每次都变得不一样。有时候上面挤满着驾驶着小飞碟，随时准备入侵地球的小绿人，有时候坐落着一些神秘的金字塔，能让人产生幻觉；有时候又仿佛只有漫天灰尘，但每一粒灰尘，都是一只会飞的小虫，它们组合成了火星人……"

这让我感到有些吃惊，沈淇这里说的几种火星人的想象，虽然表达不太确切，但应该是出自威尔斯的《世界之战》、斯坦利·G·温鲍姆的《火星奥德赛》和 W. 奥拉夫·斯塔普雷顿的《最后与最初的人》。特别是后面两部，在国内相对冷僻，今天的科幻读者也不一定熟悉。想不到沈伯伯数十年前就可以信手拈来。

"但我记得，我最喜欢听的还是'火星公主'的故事。我让爸爸一遍又一遍地讲，甚至开始自己给自己讲。我想象着飞行船掠过沙漠中的古老城堡，美丽的公主在运河边徜徉，勇敢的骑士在和庞大的独眼怪兽作战……这个故事给了我最初的启发，我想既然有火星公主，那会不会有一个火星王子呢？这个构思虽然幼稚，但和其他许多火星故事元素结合起来，在我脑海中构思了许多年，终于成了今天的这部《我们的火星人》。所以虽然出版公司劝我在上海或者北京开首发会，但我想，一定要回到南川，一定要在这里，在这个梦最初诞生的地方！"

掌声再次雷动。我也不禁反思，是否自己太多成见，其实沈淇对科幻文学了解比我想象中深入许多，也的确吸收了许多养分，不过是换了一种形式表达，比我们那些同样是套路的所谓科幻小说，也许还更有生命力呢！我想回去以后，要仔细看一看她这部漫画。

沈淇的讲话不长，一会儿就到了最后的签售环节。书店里也摆了几本我的小说，也有二三十个读者找我签名。不过我很快签完了，沈淇面前的长龙却一点儿没缩短，看样子起码要签一个多小时。

沈淇在签书时，我就在书店的其他部分逛了逛，果然星光书店被沈淇搞得颇具匠心，分为"科幻区""奇幻区""二次元区"等几个区域，每个区域的装修风格都不一样，比如科幻区做成了类似一艘宇宙飞船内部的布局，有舰桥、控制台和舷窗等，窗外还有宇宙奇景；奇幻区与之有一条走廊连接，是一片幽深的魔法森林的样子，《魔戒》《哈利·波特》等名著就藏在一个个"树洞"里；二次元区又采用了投影，有许多动漫人物在书架边上起舞，仿佛进入了 ACG（动画、漫画和游戏的英文首字母缩写）的世界……虽然只有二三百平方米的面积，但巧妙运用几面镜子的反射，构成大得多的视觉效果，仿佛蕴含无数个神奇世界，难怪那么多人来打卡。

我自然对科幻区更感兴趣一些，信步走来。这里的科幻书籍着实不少，比许多大型书店收得都全，可见沈淇颇下了一番功夫。不过这时候没什么读者，所有人都跑去排队签名了，只有一个头发花白的妇人拿着一本小书低头在看。

"《我们的科幻世界》！"我瞅了一眼，不禁脱口而出。她拿着的这本书，正是我新出的那本《我们的科幻世界》。

我的声音不大，但妇人已经听到，抬起头看我。她脸上不少皱纹，显然已经上了岁数，但五官秀气，年轻时应该相

我们的火星人 —

247

当漂亮，衣着打扮也相当光鲜。她声音尖利地问："侬就是宝树伐？各本书是侬写的？"似乎带一点儿上海口音，本地很多人都是这样的，说话的时候喜欢往上海话靠。

刚才我在台上讲话，这位老阿姨显然看到了，所以知道我是谁。不过看来她之前就听说过我，现在还在读我的书，我不禁略有些得意，虽然这个年龄的读者不多见，但比起沈淇的那些少男少女粉丝来，这才彰显出真正的影响力嘛！

"对的，"我亲切地说，"我就是宝树，您要签名的话——"

老阿姨却从鼻子里发出一声冷哼，瞪了我一眼，放下书，扭头走了。

我呆了一下，觉得脸上发烧。还好没人看到，真是个怪人！

## 意想不到的会面

活动结束后，晚上由出版公司和沈淇一起宴请我们几个嘉宾。沈淇坐在另一桌，敬酒的时候和我聊了几句。我恭维道："今天你的演讲很动人，效果特别好！特别是沈伯伯抱着你看火星的桥段——"

"什么桥段，都是真事！小时候我爸确实跟我讲过很多火星人的故事……"她犹豫了一下，告诉了我实话，"不过坦白讲，大部分故事我没怎么听懂，也谈不上喜欢。但还是印在了脑海里。所以这次想画点儿科幻的漫画，这一个个火星故事才都冒出来了。"

"就像小时候爸妈教我背的古诗词，当时不懂什么意思，只觉得很难记，但过了很多年还会信口念出来。"我感慨地说。

"就是这样的……说到这个，你对火星的科幻小说还挺了解的，是不是当年我爸跟你也经常聊这些？你们聊起来，肯定比我和他聊深入多了。"

"对，不过也不完全是……"一些模糊的记忆闪现出来。

我告诉她，当年沈伯伯带我入门科幻小说，的确和我聊过不少关于火星的科幻名著，不过后来我自己读了几本科普书就不太爱听了，我跟他说，这些都是过时的老皇历了，什么火星运河，纯属子虚乌有。自从美国的水手几号探测器飞过火星，近距离拍下火星表面的照片以后，人类早就发现火星上什么都没有，前沿的科幻作家也就不爱写火星人的故事了。

至于说登陆和殖民火星的作品，虽然说也有不少佳作，但在动辄宇宙大战、时空逆转的科幻脑洞之中，也越来越显得平淡无奇了。当年金·斯坦利·罗宾逊的"火星三部曲"国内还没引进，沈伯伯就推荐我去读《战神的后裔》，说这是一本很有意思的书。我读完后胡批了一番，说故事平淡无味，不如《飞向人马座》好看。沈伯伯有点儿不太高兴，说毕竟是孩子，等你长大了再看吧。记得从那以后，沈伯伯就不怎么跟我聊这些方面的话题了。

"不过，"我说，"他老人家对我的影响一直在那里，这几年我回过头研究了火星科幻的历史，重温这些早期作品，觉得作品中还是有很多了不起的地方，拿《战神的后裔》来说，其中有老一代科幻人开拓太空的热情，也有梦想破灭后的悲情，比如——"

沈淇的电话忽然响了起来，她说声抱歉，接了电话，忽然之间露出为难的神色："什么？明天就找他吗？我觉得还是……好吧，那我跟他说……"大概是工作上的棘手事。

沈淇打完电话后又被几个出版公司的员工拉走了，去另一桌上应酬，只对我说了一句："对了，还有件事，我待会儿找你啊……"

我想大概是给沈星光出书的事情，也不以为意。过了一会儿，那男漫画家过来敬酒，我们聊了几句，原来这位作家老师是西安人，我如今也定居西安，我们的共同话题很多，聊得还挺投机。他性子豪爽，动辄就要干杯，但身边的人大都是不太能喝的女士，他便拉着我拼酒。我也是勉为其难，不知不觉中，越喝越兴起，被他灌了快两斤白酒下去，最后怎么回的房间，自己一点儿印象也没有了。

第二天早上醒来，已差不多快九点了。我发现自己竟然没有脱衣服，躺在床边的地板上睡了一夜，可见醉得有多厉害。

我晃晃悠悠爬起来，宿醉的头疼还在折腾着我。我回想昨晚的情形，最后一两个小时的事却怎么也想不起来了，心中惴惴，希望自己不要出乖露丑才好。

这时候电话忽然响了，是沈淇："宝舒，你醒了吗？"

"刚醒，对了，那个我昨天……"

"你也太不知深浅了，和姚哥拼酒，中招了吧？他这人就没醉过，每次吃饭，都得喝趴下一群人。"

"我还好，至少自己回房间了……"

"什么啊，你都喝断片了，我只好找了两个男生送你回来，你还抱着他们叫……"不知怎么，沈淇没说下去。

我只觉脸上发烧，还好沈淇又转了个话头："对了，昨天我后来跟你说的你记得吗？"

"你后来跟我说的……什么？"

沈淇叹了口气："就知道你不记得了，你待会能不能过来一趟？"

"好啊，谈那本选集的事吗？"

"不是，是……"沈淇好像有点儿为难，但还是说了出来，"我妈要见你。"

我一个激灵，残存的酒意一下子散得无影无踪："你妈？要见我？！"

"嗯……"

"不是，你妈怎么在南川啊？"我印象中，沈淇妈妈好像是在日本开一家中餐馆。

沈淇叹了口气，说："日本最近不是疫情严重么，中餐馆也开不下去了。我妈就先回国待一阵，刚结束隔离。我本来忙着发布会的事，让她先在上海住着，找老姐妹叙叙旧，但她还是提早两天过来了。"

"那她要找我，是……"

沈淇幽幽地说："还不是上次咱们那事，你还写成了文章……我妈看了很激动，一定要找你谈谈……"

"上次咱们那事……"

我最初丈二和尚摸不着头脑，但忽然间就想通了。这不是和尚头上的虱子——明摆着么！岁月不饶人，沈淇转眼也三十来岁了，一直没结婚，她妈当然很惦记这事，我谢宝舒也是大龄未婚青年，小有名气的作家，和她青梅竹马……也许算不上，但那次我们在南川重逢，发现彼此渊源很深，还在酒店房间里待了暧昧的一晚，后来在南海孤岛上又曾同生共死……

我心神一乱，就没听清沈淇下面几句话说的是什么，只听到最后几句。"……这事你别怪我啊，都是我妈逼的。"

"你妈逼的……不，我不是说你妈，我是……"我越说越乱，好容易才冷静下来，"那我一会儿就过去，回头见！"

我挂了电话，抱怨了一声："这些当父母的，怎么老瞎操心呢？烦死了！"我赶紧去冲了个澡，又刮干净了胡子。

梳洗打扮一番，我又换了套衣服，出门买了两盒上千块的高档补品，按照沈淇发的地址，来到了星光书店旁边的一处小院，这是沈淇安置的新家。

沈淇已经等在了门口，看我提着大包小包上门，又惊奇地瞪大了眼睛。我也有些不好意思，欲盖弥彰地解释说："阿姨不是刚隔离完吗，那个……得吃点儿好的补补。"

沈淇不知道能不能理解这个逻辑，我一边换鞋，一边问她："对了，阿姨怎么称呼？"

"我妈姓茅，茅山的茅，叫茅丽敏。"

"茅阿姨好！"我从门口走进客厅，弯下腰，脸上挤出一个谄媚的微笑，但笑容顿时就僵在了脸上。

沙发上坐着的，赫然正是昨天书店里那个怪怪的老阿姨。此时，她面前茶几上，还放着我那本《我们的科幻世界》。她听到我进来，抬起眼皮审视着我，眼神十分锐利，仿佛要扎进我的五脏六腑。

"侬就是宝舒啊？"茅阿姨看了半天，说了句和昨天差不多的话。

"啊，是……"我努力维持笑容，点头哈腰地说。

"妈，你先让人坐……"沈淇有些窘迫地说。

茅阿姨一挥手，让她别说下去。她一不问我父母籍贯，二不问我工作收入，三不问我家楼下车位多少钱，而是指着桌上的书问："各本书是侬写的伐？"

我点了点头。心中隐隐觉得有些不妙。

果然茅阿姨眼睛一竖，发了飙："各个事体侬哪能好乱写的？侬晓得吾同淇淇爸爸为啥要离婚？侬写得吾好像是嫌贫爱富，崇洋媚外，侬哪个眼睛看到的就瞎刚八刚？写文章要负责任的侬晓得伐啦？"说着眼睛都红了。

我被她一串连珠炮般的上海话打得溃不成军。虽然没全听懂，但也明白是我全然会错了意：当年沈星光在那场运动中受到打击，工作也丢了，回到老家南川，上海的妻子不愿跟来，抛夫弃女，她离婚后远嫁日本。这个重要的事件，我在文中不能不提，就简略写了一小段，没有什么褒贬的议论，但显然沈淇母亲的形象不怎么光彩，她看了能高兴才怪。

这篇文章发表前，我也考虑过可能会侵犯沈淇的个人隐私，征求过她意见，但沈淇同意了。她说自己最想要的就是给父亲正名，至于她年少时的幼稚想法，不论是否真和父亲的去世有关，写出来也是了却她的一桩心事，所以我还是出版了，但忽略了还有她母亲的问题。

沈淇见形势不妙，过来劝解说："妈，你别生气了，宝舒他也没有恶意，只是不了解情况……"

"伊勿了解，勿了解就可以瞎三划四？侬个小囡，各都拎勿清，脑子瓦特了……"茅阿姨把沈淇都骂了进去。

我尴尬万分，如坐针毡，只好连连道歉，说自己考虑不周，下次一定删去，有必要的话，我还可以在媒体上公开澄清。

茅阿姨骂了半天，心情平复了一些，挥了挥手，改用稍显生涩的普通话说："算了，我都这把年纪了，别人说几句也没什么，反正人家也不晓得我是哪个。但是，这件事你写得不对，我知道你和淇淇爸爸当年是忘年交，写他当然是千好万好，但背后有很多事，你不晓得，连淇淇都不晓得。"

"是，是。"我只有唯唯诺诺。沈淇却问："妈，有什么是我都不知道的？"

"当年我们离婚的原因很多，但最重要的一点是……"茅阿姨犹豫了一下，还是说了出来，"你爸爸，是他自己有外遇！"

就这样，在我和沈淇的极度惊讶中，茅阿姨告诉了我们一段尘封多年的往事。

# 前任攻略

1981年春，上海。时年三十七岁的机电二局电子工程师、科幻文学界新星沈星光，与同事介绍的对象、二十五岁的公共汽车售票员茅丽敏喜结连理。从今天的角度看，双方的社会身份似乎有些差距。但在那个朴素平等的年代也很正常。茅丽敏虽然学历不高，但年轻漂亮，而且精明能干，同事们都觉得是沈星光占了便宜。

二人结婚后，一开始倒也和美。茅丽敏虽然不爱看书，更不看科幻小说，但对丈夫是一个知识分子，文理双全这件事，还是十分骄傲的。沈星光也十分疼爱年轻的娇妻。第二年，茅丽敏生了一个女儿，取名沈淇。但女儿出生后不久，当年秋天，沈星光意外出了一场车祸，得了脑震荡，在医院躺了个把月。

车祸本身并不能说太严重，但车祸后，沈星光的性情起了变化，经常神情恍惚，工作上的事情连连出错，家里也不管不顾，口中还常常念诵着"火星""飞船""坠毁"等奇怪的话，似乎是在构思什么科幻小说。茅丽敏一开始也没太上心，但中间却夹杂着一个人名，其频率之高让她不能不有些在意——"fei qiong"。

"什么？"听到这里，我惊呼出声，一定脸色都变了。

"你怎么了？"沈淇诧异地问我，"难道我爸跟你提过这个人？啊，对了！你不是——"她显然想起了我曾经问过她是不是知道这个"飞琼"。

茅阿姨也狐疑地看着我们："你们是不是知道什么？伊同拿刚过？"

"不是，阿姨……"我也不知道怎么说，"最近我确实查到有这个人，但也就是一个名字，其他的事一点儿都不知道的。我问过沈淇，她也不知道。"

"老高！高远！是伊刚把侬听得对伐？"

"高……谁啊？"我不明就里。

"沈星光的老同事……不过……应该不是他，要是他肯定什么都告诉你们了。"

"的确不是……阿姨，您先继续说吧。"

茅丽敏最初还以为丈夫在构思小说，又或者是以前的普通熟人，但有一次，听到他在梦中说着什么："飞琼！等我，我会回来找你的……呜呜，可是我回不来了，回不来了啊……"做梦竟然都泪流满面。

她听到丈夫说这些梦话，听得满腹狐疑，后来她实在忍不住，质问了沈星光几句，沈星光支吾不答，反说她无理取闹。二人大吵一架，不了了之。

茅丽敏并没有放弃，她找到沈星光的一个老同事高远，于是单刀直入，问那个飞琼是谁，高远支支吾吾了半天，但终于告诉她，"飞琼"全名叫萧飞琼，是当年他们在一起的同事，十多年前，沈星光和她处过对象，二人本来已经在谈婚论嫁，但因为萧飞琼的父亲是"反动学术权威"，精神受到冲击后，逼迫二人分手，后来萧飞琼的父亲调动到了不同的城市，从此沈星辰与她便断了联系。沈星光因此也郁郁寡欢，单身了好些年，快四十了才结婚。萧飞琼则似乎早几年结婚了，目前在北京某医学研究所工作。

茅丽敏明白了，沈星光还有这段往事，本来过了好些年，大概已经埋藏在心底。但上次的车祸，脑震荡好像把他的记忆震活了，让他翻起了心中从未忘却过的旧爱。

女儿刚刚出生，丈夫似乎也还没有真正出轨，茅丽敏本来想忍了这口气，慢慢等沈星光平复下来，沈星光那边也收敛了一些，大概高远和他也通了气。到了第二年春天，一次，她看到沈星光的笔记上记有一个学术会议的时间地点等信息，那个会议是医疗技术方面的，她虽然只有中学学历，也看得出来和沈星光搞的卫星设计没什么关系，又想起萧飞琼好像是这方面的专家，她心中嘀咕，难道是那女人要来？虽然觉得是自己想多了，但怎么也放不下这个猜疑。

事实证明，茅阿姨的直觉惊人地准确。那个周六，沈星光说要去开会，中午不在家吃饭，说话时眼神闪烁，明显心虚，一看就有问题。茅丽敏没有多问，但等他一出门，就把孩子委托给邻居阿嫂照看，自己跟了上去。沈星光上了一辆公共汽车，茅丽敏从后门上了车，中间转了两趟车，沈星光神情兴奋，魂不守舍，嘴里还念念有词，完全没有注意到妻子在后头跟着。

汽车停在了华东交通大学门口，沈星光下了车，往大学里走去。进学校要出示证件，外人不让进。沈星光大概给门卫看了自己在科研单位的工作证，登记了一下就进去了。茅丽敏着了急，这时候正好有个男青年要进门，她便紧跟在青年身后，想要装成是同伴，一起进去。

门卫却并不好糊弄，对她说："同志，干什么的？证件呢？"

男青年以为在问自己，说了句日语，拿出了一个红本本，好像是留学生的学生证。茅丽敏反应过来，这应该是个日本留学生。改革开放有几年了，来上海的日本人着实不少，她在公交公司也培训过几句三脚猫的日语，当时灵机一动，也用日语说："初次见面，请多关照！"

日本青年一愣，用日语问了几句，茅丽敏也听不懂，继续说着似通非通的日语，一边笑着往里走，门卫见二人用日语"交谈"，以为都是日本学生，也就没拦着。茅丽敏进门后，对日本人说了句"思密马散（对不起）！"不好意思看他，低着头就去寻找沈星光了。

沈星光也没走远，茅丽敏跟着他，不久后到了一个会堂之前，这时正好散会，许多人在说说笑笑往外走。这时候，茅丽敏见到了萧飞琼。

之前，她自然也从来没见过萧飞琼，无论是真人还是照片。只知道萧飞琼既然是沈星光的老同事，那起码也年近四十了。视野中这个年龄段的女同志并不少，但茅丽敏一眼就被边上一个衣着朴素却神采飞扬的女子所吸引。她感到，这一定就是萧飞琼了。她梳着齐耳短发，戴着一副眼镜，穿着简朴的白衬衫和黑色布裙，手上拿着几本厚厚的书，并不算特别漂亮，眼角的鱼尾纹也显出了年龄，但那种宁静优雅的气质，充满书卷气的目光，却让自信年轻美貌的茅丽敏打心眼里觉得妒忌和自卑。

"那一刻起，我就死心了，我知道自己在他心里比不过她，永远也比不过。"茅阿姨惨然说。

茅丽敏没有猜错人，沈星光当即迎了上去，萧飞琼看到他，似乎很惊讶，茅丽敏远远地不知道他们在说什么，想必是久别重逢的惊喜吧。总之，过了一会儿，两个人肩并肩，往另一个方向走了。

茅丽敏想追上去问个究竟，但心里已经气馁，越来越是冰凉，只觉得浑身无力，一屁股坐倒在地上，悲从中来，呜呜哭了起来。

"小界，你没事吧？"一旁有人怪腔怪调地问她，茅丽敏泪眼蒙眬地抬头一看，正是刚才那个日本留学生。茅丽敏反而哭得更伤心了。那个日本人手足无措，也在她身边坐下，递了块手帕给她。不知怎么，茅丽敏这时特别脆弱，特别想要向人倾诉，竟然说出了自己丈夫出轨的事，这留学生很有同情心，怕她出事，陪了她好半天，临走时双方互留了联系方式。

后来的事，茅阿姨就几句话带过了：回家后，她和沈星光狠狠吵了几架，夫妻关系濒临破裂，与此同时，那个日本留学生又来看她，对她展开了暧昧的追求，茅阿姨抱着报复丈夫的心态和日本人交往起来；沈星光后院起火不说，工作上也屡出差错，又因为写科幻小说的事受到批判，成了过街老鼠，最后单位里他也待不下去，回了原籍南川。茅阿姨则离婚去了日本。

茅阿姨说到后来，已经是一把鼻涕一把泪。我听了也是一阵感慨。夫妻间的事，果然有许多不足为外人道的细节，我上次的说法的确不公允，但谁能知道背后还有这么多事呢？

茅阿姨哭了一阵，慢慢平复下来，对我说："当年的事，我并不是没有错，扔下淇淇走掉，我这个当妈的始终是有罪过，但如果不是有萧飞琼的事，哪怕她爸爸受到再多冲击，我都会陪他一起走下去，你明白吗？"

我连连点头，不过沈星光与萧飞琼之间不知是怎么回事，又问茅阿姨详情。茅阿姨有些不耐，说："这些事我不知道——就算知道也恨不得忘掉。我只知道，他们在六七十年代谈过好多年朋友，后来不知怎么就断了，八三年那次见面，有没有后续，我也不清楚，不过到离婚前，我没再见过那女的。"

"那……"我想起事件中另一个若隐若现的人物，"那个高远，您后来还有联系吗？"

茅阿姨摇头："没有了，我出国以后几年，和大部分亲戚朋友都断了联系，更何况，高远也不是我的朋友，是沈星光的……不过好像后来他们也闹翻了。"

"那是怎么回事？"

"好像因为工作上出了什么岔子吧，那时候我已经在和沈星光办离婚了，他的事情我也不想多问，不知详情。"

"那高远后来……"

茅阿姨不耐地说："不是说了，后来就再也没见过了，算起来三十多年了，也不知道他还在不在世。”

的确，高远既然是沈星光的老同事，如果二人年纪相仿，那起码也有七八十岁了，近四十年的沧桑巨变，还在不在人世的确难说……

# 寻找线索

过了一会儿，我告辞出门，沈淇送我出来，一边问我："你不是要给我爸写传吗？那萧飞琼的事怎么写？"

我小心翼翼地说："这个你放心，我不会乱写的。反正也就是一两万字的小传，主要讲他在科幻上的成就，私生活不用写那么多……"

"那怎么行？这样人物形象就不够丰满了呀！"

我扭头看她，只见沈淇微微笑着，目光狡黠，一副很八卦的样子。我倒是有些意想不到："原来你也想知道？"

"我爸人生中这么重要的一个女子，我之前竟然半点儿都不知道，当然会好奇嘛。"

"那你妈那边……"

沈淇叹了口气说："这事当然不能跟我妈细说，不过我真的很好奇，这个影响了我们家所有人命运的女人——对了，某种意义上也影响了你的命运——到底是什么人呢？和我爸又有怎样的感情纠葛？"

"这件事，也许还不光是男女之情那么简单……"我说。

"怎么说？"

我告诉了她那本赠书的事，沈淇大感兴趣，当即要来赠言的照片看了一番，说："没错，这背后肯定有一个非常有意思的故事……但从何查起呢？"

"你爸爸的手稿里会不会有线索？不管是小说、日记、笔记还是书信……"

沈淇的脸上转为愁容，长叹一声："你忘了么，那年我已经把他所有的手稿都塞进梦之箱，扔进河里了，这些手稿都没有了。"

"那不只是和梦之箱有关的技术手稿吗？"

"我那时候哪分得清楚啊！精神状态也很不稳定，根本不敢看他写的是什么，只想扔了干净。其实这两年我也想找到一些爸爸留下来的文字，多了解他一点儿，但是几乎找不到什么了。"

那年沈星光意外去世，沈淇受到强烈刺激，做出非理性的举动，不能用常理去看待，我无奈地说："那如今也没什么好办法，只好问一位什么都知道的百晓生了。"

"谁这么厉害？"沈淇好奇地问。

"百度……"

的确，如今搜索引擎的确功能强大，经常能帮上忙。我先搜了一下"萧飞琼"，叫这个名字的人不多，大部分是网络玄幻小说里的人物，真实的人寥寥无几，似乎也没有年龄、身份能对上的。

又搜了一下高远，这个名字正好相反，满大街都是。百科上有相关条目的人物就有好几十个，一时也看不明白。我想这个高远，大概是近二十年前就退休的普通老人，网上未必有多少信息。不过我抱着死马当活马医的心态，试着结合了几个关键词缩小了一下范围，却顿时瞪大了眼睛。

20世纪40年代出生、曾在上海机电二局工作的高远，

我们的火星人

261

竟然是个重量级的大人物，在网络百科中有比较详细的词条。他在航天系统中发展很顺利，一路升迁，十几年前以副部级待遇荣休，还有几个含金量极高的头衔，如中国工程院院士、享受国务院政府特殊津贴、国家航天局科学顾问委员会副秘书长等。虽然不是公众知道的名人，但在相关行业中肯定是响当当的。

我给沈淇看高远的条目。沈淇也眼睛一亮，问："那我们怎么才能找到高远呢？"

我胸有成竹地说："高远是搞航天的，航天机构我的朋友不少，应该可以问到。"

之前有几个科幻作家与航天专家对谈，或者走进中国航天基地之类的活动，我的确加了十来个业内人士的微信。想按照六度原理，找一个同系统的老人有什么难的？不过真的一问，发现完全不是这么简单。我认识的人和他都差了好几层关系，中间的一些环节本身就是相关单位的高层领导，很难联系上。何况这个部门对涉密问题极其敏感，最警惕的就是外人打听来打听去，谁知道你要干什么？这种事也不可能跟别人一一解释。

费了很大的劲，我只打听到他晚年多病，住在京郊一所非常高级别的疗养院里，也不怎么见外人。我相信只要有人带个话，他未必不愿意见见老同事的女儿，但问题是找不到能带话的人。不软不硬吃了几次钉子后，我感到实在不能再问，否则没准会被当特务给逮起来。

我束手无策，只好跟沈淇讲了一下情况，退而求其次，在沈星光的藏书和遗物中翻找，想看看有什么线索，但一无所获。不，说一无所获也不确切，也确实有些有趣的发现，但和这次的事件没什么关系，关于这些发现以及后面的故事，以后有机会我再报告给大家。

如果说总还有一点儿收获，那就是以下这件事：见茅阿姨的那天下午，我收到一条微信，是我高中时的班主任沙老师发的。读过我上一篇记述的朋友应该还记得，沙老师一向对我不错，上次是他请我回来参加校庆，才有后面的一系列事件。他问我是不是又回南川搞活动了，有没有空去他家里坐坐。

我略感愧疚，这次回南川有几天了，因为忙着沈家的事，也没想到去看看老师，礼数不周。我忙道歉，和沙老师约了时间，我当晚就上门拜访了。刚坐下，沙老师就拿出一本书来，说要请我签名，正是我那本《我们的科幻世界》，里面还按语文老师的习惯圈了重点段落，显然他是读过了。

我有些窘迫，毕竟其中写了我许多不堪的往事，还把他老人家写了进去，也不知他看了作何感想。正想解释几句，沙老师却说："宝舒啊，我看了你这篇文章才知道沈老师的来历，以前竟然一直不了解。"

我听他这意思好像别有所指："您是说，您也认识沈星光沈伯伯？"

"是啊，其实我们做过一年多的同事。"

我忙问端的，沙老师说，当年沈星光从大上海回到这个浙江小县城，虽然说是受了批判，但也属人才难得，被南川一中要去当了数学和物理老师。那一年沙老师本人刚刚大学毕业，也分到南川一中来教语文，二人共事了一两年。

我十分激动，问他还记得沈星光多少事情。可惜，沙老师知道得也不多。他说沈星光四十多岁改行，虽然知识水平不成问题，但不善于教书，学生总是抱怨他出的卷子题目艰深生僻，经常考不及格，而且那些知识点高考也未必用得上；就有些学生因为分数低而怀恨在心，搞他的恶作剧，在讲台上撒沙子，扎他的自行车轮胎，甚至偷他备课用的教材，害他出了教学事故。沈星光和同事也没多少共同语言，在学校勉强待了一年多，就辞职了。又过了几年，沙老师也听说他开了家书店，不过彼此就没有来往了。

这条信息让我知道了沈星光初回南川时处境的困窘，写传记的时候当然也能够提上一笔，但显然也完全无助于搞清楚沈星光和萧飞琼的神秘往昔。

那几天，我唯一的收获是，和茅阿姨的关系神奇地改善了。原来茅阿姨要在南川住一段时间，但她谁也不认识，生活比较无聊。我忽然想起上次回南川的时候，遇到过以前住对门的金阿姨，她现在领着一帮退休老人在南川的中心广场跳广场舞，热闹得很。晚上我和沈淇就带茅阿姨去广场上玩，果然见到了金阿姨，我们介绍她俩认识，两个人都是老上海，一见如故。以后茅阿姨晚上就出去跟着老年团跳舞，笑逐颜开，对我也和善了许多。

我趁她心情不错，又问了一些沈星光当年的事。茅阿姨说，当年沈星光在哪个单位，她确实也不清楚，曾经问过，但沈星光说是绝密单位，有组织纪律，不能透露。茅阿姨还耍过几次性子，最后见他实在不肯说也就算了，还觉得这人憨直可爱。不过，后来得知那段时间沈星光应该是和萧飞琼在一起，茅阿姨又觉得这种保密或者另有居心，又逼问过他一轮，但直到离婚，沈星光也没有松口。

还有一个问题，就是沈星光在 1982 年 9 月份的那次车祸是怎么回事。茅阿姨说，当年没有监控视频，具体发生了什么也不清楚，听交警说，好像是沈星光好端端地骑着自行车上班，忽然东倒西歪，就像中风了一样，车子向边上溜过去。上海的街道何等车水马龙，一下子磕碰到了后面的一辆小轿车，人就倒下了。好在车速不快，没有出大事。虽然说主要是沈星光自己的责任，但单位还是报了医疗费用，对方还给了两百块的营养费。

至于具体起因，似乎是沈星光当时在攻关一个棘手的技术难题，加上还在写作，每天睡不到三四个小时的觉，过于疲劳而导致眩晕，这也是很常见的，并无可疑，所以也没有什么可以追查的地方。

## "曙光"一号

转眼间，我在南川待了快一周，正事早办完了，调查的事也没进展，按理也该回去了，但又想继续留下来搞清楚。正在犹豫，忽然有了突破性的进展。

那天，我坐在星光书店的咖啡吧里，在网上查一些资料，她风风火火地进来，一副喜上眉梢的样子，走到我面前说：

"收拾一下，我们要走了。"

"去哪啊，晚上有饭局？"我食指大动。

"什么啊，"沈淇翻了个白眼，"我是说，我已经联系上了高远老先生，明天下午四点钟去北京的疗养院见面，我们明天一早就出发吧。"

"联系上了高老？！你怎么做到的？"

"没什么难的，你不是查到他好像在香山温泉疗养院吗？

我<br>们<br>的<br>火<br>星<br>人

265

我前天在抖音上直播的时候问了一下粉丝们，有个粉丝和我私聊，说她姐姐在那里当护士。我又稍微花了点儿工夫，就通过她姐姐找到了高远。他一听说是沈星光的女儿要找他，非常高兴，说马上就要见我们。"

"这都可以？你到底有多少粉丝啊？"

"没多少，三百多万吧……"

"……"

"对了，你这两天查到什么没有？"沈淇问我。

我点点头，今天确实有些发现，能找回一点儿面子："今天我找到了一些新线索，已经有眉目了。"

"是我妈又告诉你什么了？"

"不用你妈说，我是想到一个非常简单的方向。高远和你爸是老同事对吧，所以只要在高远的履历上查到当年的单位，不也就知道你爸的单位了。"

"这前几天不是也查过吗，高远之前的履历也很简单，语焉不详的，就说在一个什么科学研究院工作，和没说一样。"

"一般网页是查不到，不过我朋友发来一套电子版的《中国航天技术编年史稿》，里面提到了高远，他当年可是在空间技术研究院的 501 总体设计部，并且参与了'曙光'一号的设计工作！"

"什么'曙光'一号？"

"这个吗，可是中国最早的载人航天飞船。"

"哦，就是杨利伟那个？不是叫'神舟'吗？"

"不，"我叹了口气，"比杨利伟和'神舟'飞船要早很多、很多年……"

难怪沈淇一无所知，这段历史虽然已经解密，但了解的人还不多。

我国从 20 世纪 60 年代中期，就秘密开始了载人航天的计划，在 60 年代末专门成立了空间技术研究院，准备研制载人飞船，定名为"曙光"一号，同时开始选拔航天员进行集训。当时，刚刚起步的中国航天主要精力都用在卫星发射上，载人飞船研制相对进展缓慢。虽说如此，但到了 70 年代中后期，也取得了若干成果，飞船有了总体设计，雏形已现，不少分系统都通过了地面试验和验收。当然，距离真正能发射上天还有许多关卡，最终因为财政困难，工程被迫下马。不过一些具体成果还是为二十多年后的"神舟"系列飞船打下了基础。

"原来是这样啊，"沈淇十分感慨，"想不到 20 世纪六七十年代中国已经在搞载人航天了，可惜没有成功，那么多航天员都没有机会上太空吧？"

"是的，等到第一艘载人飞船上天已经是 2003 年了，时光过去了三十年，他们也都老了。"

沈淇慨叹了几句，又回到正题："那我爸呢？他也在参与载人飞船的研制？"

"不知道，这本书里没有提到他，就是高远在这个时期也就提到了一两次，在一大串人的名单里，90 年代以后他在'921'工程——也就是研制'神舟'系列飞船——中起到了比较重要的作用，因此，相关内容才多起来了。不过从常理来说，你爸爸也参与早期航天工程的可能性很大，他后来不是搞卫星设计吗，也是属于航天部门的。"

"我爸爸一直保密，就是因为这个？"

"我想是的，那个时候工程虽然已经下马，但肯定还要求保密，按组织纪律来讲，不能向外透露。"

"那……有提到萧飞琼吗？"

"也没有，这本书今天我看了一下午，但只找到高远的名字，不过这也正常，参与工程的单位超过两百个，人物成千上万，不可能谁都记录在册。"

"那还是去找高远吧，看来只有问他了……"

第二天，我们坐高铁北上，奔赴京城。本来打算坐飞机，但现在高铁的速度和飞机也相差无几，又怕飞机晚点，所以选择了铁路。

"和谐"号动车组以时速三百多千米在轨道上风驰电掣，窗外的山水如飞掠过。我和沈淇有一搭没一搭地聊着天，沈淇忽然问我："宝舒，你说那个'曙光'一号，如果没有下马，不，如果说全力以赴去研发，最后能够成功吗？"

我想了想，说："这个问题我没研究过，毕竟我也不是专家。不过从大背景来看，五六十年代的太空竞赛中，美苏都在飞速发展，1957年苏联第一颗人造卫星上天，1961年第一个航天员加加林进入太空，只间隔了四年左右，甚至到1969年'阿波罗'11号登月……也就间隔十二三年吧，现在看真是不可思议的速度！我们的卫星上天其实也不算慢，20世纪70年代就上去了，当年如果坚持载人航天的计划，应该不是没可能成功吧？如果按最初的计划，我们在1973年就有载人飞船上天，比杨利伟早三十年，那可真是难以想象……"

"没准也就像高铁一样呢？"沈淇指了指窗外飞驰的景色，"当年我们也觉得这么快的铁路科幻小说里才会有，就算能搞出来，顶多也就一两条做样板，要形成网络不知得多少年，但现在已经遍地开花了。可其他很多国家现在还没影子，我上次去美国，坐了趟火车，慢得像是穿越回了19世纪的西部……假如中国当年也因为一些负面问题放弃了高铁的研发，那我们现在大概根本不相信高铁有可能成功。"

我默默点头，高铁的成功确实有不少偶然因素，差一点儿这棵科技树就没有生长起来。

"所以啊，你说，如果美苏，还有中国都像在60年代那样拼了命搞航天，现在宇航能走到哪一步呢？也许今天人类早就到火星居住了吧？"

"这个吗……我的确听说，美国在60年代有过载人登火计划，时间好像就放在80年代初，真要全力以赴地搞，很可能登上火星。当然苏联等国也会追赶，宇航技术也许会迎来新的飞跃，那21世纪也许就会像《2001：太空漫游》里那样了……但话说回来，取消这些计划，偶然性中也有必然性，冷战时的太空竞赛，从经济角度讲得不偿失，主要还是为了人们的政治需要，登月和太空站的项目已经足够展示实力了。要走得更远，缺乏强大的经济动力，这和高铁不一样。"

"嗯，也是……"沈淇略有些失望，若有所思地望向窗外飞快消逝的风景，那里仿佛是看不清的流光岁月。

我们下高铁后立即打车，又行驶了快两个小时，终于到了西郊的香山温泉疗养院。

这所京郊疗养院低调而神秘，依山傍水，院内坐落着几座雅致的小楼，门口和一些要道都有武警站岗，走几步就有人要看你的身份证或者核酸证明。

我们经过登记和查验之后，好不容易才走进一座小楼前，还以为就要见到高远，谁料一位一身时尚衣着，还挎着名牌包的长发丽人走出来，她大概三十来岁，把我们拦在走

我们的火星人

|

269

廊上，怒气冲冲地说："我不管你们是通过什么不正当途径联系到我爸的。但他身体不好，疫情防控期间，不能见客，请你们不要骚扰他！我爸要有什么三长两短，你们负得起责任吗？"

我和沈淇对视一眼，都没想到遇到这一出，我说："真不好意思，我们并没别的意思，她父亲是高老的故交，想来问高老一些事而已。"

"我知道，不就是那个编故事给小孩看的什么科幻作家吗？"丽人居然也知道这事，还一副嗤之以鼻的样子，"你爸好像也死了很多年了，这事有那么急吗？我爸身体也不舒服，以后再说，你们走吧。"

沈淇勃然大怒，也不管她是什么身份："你怎么说话的？你妈没教你懂礼貌吗？"

丽人好像成了一个被点着了的炸药桶，以和娇小靓丽的外形完全不符的分贝咆哮起来："干什么？你们还想在这撒野？保安！保安！"

我们很少见到这么莫名其妙蛮不讲理的人，虽然颜值还……算了，这不重要，她一副狗眼看人低的样子，让我也怒火中烧，拿出手机就要拍摄。这年头，有什么纠纷都得先拍个视频，要不然哪说得清楚。

"拍什么拍？！不许拍。"丽人——不，泼妇——要抢手机，眼看就要扭打起来，几个安保人员已经火速赶到，把我们推到一边。

"让这些人滚！别来骚扰我家人！"泼妇狠狠地说。安保人员也围了上来。

好汉不吃眼前亏，我拉了拉沈淇，沈淇却也发了牛脾气，说："我们是高老请来的客人，你有什么权力赶我们？"

"我们家的事，我当然说了算——"

"琪琪！"忽然一个苍老的声音从她后面传来，一个身材高大的老人在护士的搀扶下，颤颤巍巍地从卧房内走了出来。

我还以为他是在喊沈淇，一时没反应过来。泼妇赶忙去扶住老人："爸，你怎么出来了？"

"琪琪，让他们进来吧。"老人说，声音不大，却不容拒绝，又加了一句，"你也进来。"

高远年近八十，而且身体状况显然不是太好，走了几步路就在喘息。我开始觉得这女人说得也不算错，也许这时候高老确实不适合见客。

我们跟着高远走进一间宽敞的中式客厅，高远好不容易在一张老式沙发上坐定，让我们也坐在对面，慈祥地盯着我看了一会儿，感叹说："真像啊，像你爸年轻的样子……"

"您认识我父亲？"我奇怪地问，怎么没听说我爸还有这层关系啊？

沈淇干咳了两声："高伯伯，我是沈淇，沈星光是我爸爸。"

高远一怔，笑了起来："老了，糊涂了，我以为你们都是星光的孩子……那小沈，这位是……"

我不知该怎么说，那泼妇怀疑地看着我，对高远说："爸，这人拿着手机东拍西拍的，没准是她找来的什么网红自媒体，现在这些乱七八糟的人很多，为了点流量断章取义大肆炒作，你可千万别搭理。"

"我不是——"

我涨红了脸，才说了半句话，沈淇忽然落落大方地挽住我的胳膊："高伯伯，这是我的未婚夫谢宝舒，也是我爸爸的学生，我们的事情，和他当然也有关系。"

我心中一跳，也顺杆往上爬："是，高老，我是沈老的学生，在那个科普作协工作，航天口也经常有往来，您单位空间科学中心的吴主任经常跟我提起您，我早就想拜见您了。"其实这吴主任我只是听过他做过一次报告，人家大概根本不认识我……

"好好，小伙子年轻有为……"高远笑了起来，"你们俩什么时候结婚啊？"

沈淇甜甜一笑："都是疫情耽误的，本来今年就该办婚礼的，推到明年了。"

"要是你爸爸能看到就好了……"高远应该是想到故人，叹息了几声，"我孙子都九岁啦！对了，这是我的儿媳妇，陈琪。"高远把一旁还耷拉着脸的泼妇介绍给我们。我心想，还以为是你女儿呢，原来是儿媳妇而已，和她毫无关系的事，也不知道狐假虎威个什么劲……

高远下一句话，却解开了我这个疑惑："其实，是我叫琪琪来的，你们要打听的事，和她也有点儿关系——她的母亲，就是萧飞琼啊。"

我瞠目结舌，想不到我们一直要找的，心中不知多文雅知性的萧飞琼，居然是眼前这泼妇的母亲。

陈琪哼了一声，说："爸，您这话我就不爱听了，我妈和他们家有什么关系？早就没关系了。"

"历史是客观存在的，谁的主观意志也否定不了，当然，你母亲和星光确实已经没有了关系，不过这也是时代造成的悲剧啊。"

"您这意思，感情我就是悲剧的产物了？"陈琪嘲讽地说，又叹了口气，"就算曾经他们谈过一段吧，如今两个人都走了那么多年，还有什么好问的，我也是真不明白。"

我吃了一惊，我本来想通过高远找到萧飞琼，但没想到萧飞琼也已去世，难道一切秘密终将被掩埋吗？

我看了一眼沈淇，她显然也颇为吃惊，但随即冷静下来，说："高伯伯，1982年我父亲车祸后有脑震荡症状，然后就有很多奇怪的言行，包括去找萧女士……这个您知道吧？"

"知道，那时候我和你爸爸还在一个单位工作呢，当时小萧已经结婚了好几年，孩子都有了，她也很困扰，还给我打过电话。我也劝过你爸爸，但是他总是说'你不懂，你是永远不会懂的'，我说了他几句，不欢而散。后来他工作上也出了一些差错，差点儿酿成大事故，就被调走了……我和星光本来是多年的朋友，那次闹僵了，他走了都没去送。后来听说他也没被调去文联，回到老家去当了中学老师。我觉得自己也有点儿责任，唉……"

"这和您有什么关系？"陈琪不以为意地说，"都是她爸自己……"几句难听的话总算没说出口。

我感到沈淇的手也在颤抖，忙紧紧地握住，让她冷静下来。沈淇却甩开我的手，站起身来。陈琪吓了一跳，往后一缩，沈淇却鞠了一个躬，说："陈女士，当年我爸爸可能有一些不得体的举动，干扰到您的家庭，很对不起，不过，这应该都是脑震荡引起的问题。"

她这么道歉，陈琪反而不知如何是好，愣了一会儿才说："也不是我对你爸有什么成见，但我爸结婚前就知道我妈有过一个曾相处多年的对象，本来心里有点儿不舒服……他们生了我以后，关系渐渐融洽起来，可谁知道那年我妈去上海开会，你爸竟然去找她，那次会议上很多人都看到你爸拉着我妈走了，好几个人认识我爸，就给我爸打小报告，说得要多难听有多难听，我爸也觉得丢人，对我妈大发雷霆。后来我们家里经常闹得鸡飞狗跳，他俩差点儿离婚……"

我们这才明白，为什么陈琪对沈星光的后人有这么大的敌意。从她的角度看，沈星光的举动可以说是毁了她家庭的温馨与幸福。

"也许不是脑震荡。"这时候，高远忽然来了一句，"那只是诱因，病根还在十多年前。"

我心中一跳，终于说到正题了。至少可以知道当年沈萧恋爱的细节了。

谁料高远却道："当年他受了太严酷的训练，差点儿死掉。我总觉得，他的心理和生理上都可能受到一些损害，总算当时年轻体壮熬过去了，但后来还是影响了他的人生……"

"您说什么训练？"我们都摸不着头脑。

"你们不知道么……"高远笑了笑，"看来星光还真是保密了一辈子啊……沈星光，他可是中国最早的航天员之一！"

在我们惊讶地注视下，高远说出了当年那段早已湮没的历史。


# 革命年代的航天秘史

这件事到了今天，应该不需要保密了，实际上，大部分资料也已经解密。不过还有许多细节没有公开。更多的事情，压根就没有记录下来，只存在于我们几个老人越来越不牢靠的记忆里……

20世纪五六十年代，美苏展开太空竞赛，我国虽然科技才刚刚起步，也不甘为人后，开始了对航天事业的探索。当时比较现实的目标，还是火箭上天以及发射卫星等初级阶段的任务，但60年代初，苏联和美国成功实现了把人送上太空，并开始向月球以及其他天体进发，进展可谓一日千里。钱学森、赵九章等老先生们提出，我国不能跟在别人屁股后面亦步亦趋，也应及早开展自己的航天计划。

1965年，国防科委到燕大、清大、华东交大等高校专门要了一批各专业的应届生过去，其中就有我和星光。我是搞机械工程的，星光是搞电子的，我们被分到了一个叫"科学仪器设计院"的单位，看名字完全不知道是干什么的，我们进去了才知道，其实这是新成立的航天研发部门。很多进去的人后来都成了火箭、卫星方面的元勋，但我们几个不一样，我们被分配到了一个特殊的部门，叫作"近地行星探测研究室"。具体的研究方向，是向太阳系其他行星发射探测器，具体而言，行星指的主要就是——火星。

（"火星人！"我情不自禁地惊呼了出来，"你们要找火星人！"许多零碎模糊的线索，终于找到了汇合点。）

不错，小伙子，看来你也蛮懂的。我们刚入

我们的火星人 —

275

职的时候，美国人的探测器还没有到达火星，科学界仍然有很多人像当年的弗拉马利翁和洛威尔一样相信，火星上遍布着古老的城市、繁忙的运河，生活着科技发达、奇形怪状的火星人……其实，火星文明的传说，是人类航天最早的一大推动力。生长于19世纪到20世纪的航天事业伟大先驱们：康斯坦丁·齐奥尔科夫斯基、弗里德里希·赞德、沃纳·冯·布劳恩、谢尔盖·帕夫洛维奇·科罗廖夫……有一个算一个，都是火星的狂热爱好者。对航天界来说，登陆火星可以说是生下来就内定的目标。

当然，中国的老百姓并不太了解和关心这些，我们刚刚从战乱和饥荒年代走出来，谁会关心在另外一颗行星上有没有智慧生命这种事呢！但我们的一流科学家，许多曾在美国和欧洲的大学里留过学，有些还是科幻小说的爱好者，他们有着这样的视野和情怀。在他们的推动下，五院也设立了这个有点儿务虚的研究室。我们的领导人也认识到，如果在火星发现有文明存在，那无疑将改变整个世界……在这场竞赛中，中国起步晚了，但还有机会，必须做好准备。

研究室主任是萧教授，也就是萧飞琼的父亲。他是马来西亚的华侨、加州理工大学毕业的博士，而且是钱学森的直系师弟，萧教授几年前辗转回国，本来在高校任教，刚刚被钱老请过来。他是火星文明说的热情拥护者。而飞琼那时候刚从北医毕业，因为父亲的缘故，也被抽调过来。记得我们在研究室的第一课，就是萧教授带领我们一起在天文望远镜里看火星的运河。我当时似乎也在米粒大的火星表面上看到了一些模糊的线条，为此激动不已……现在想来，都是错觉而已。

我们的研究工作开始了，主要是研习钱学森的《星际航行概论》、冯·布劳恩的《火星计划》等重要著作，进行从火箭推力到轨道力学、从气动外形到人体工学等各种推演，提出以目前可行的技术探测火星的方案。另外，萧教授还给我们布置了一个任务之外的任务，就是读科幻小说以打开思路，探索和外星文明打交道的可能方式。坦白说，在那之前，我看过的小说一只手都能数过来，更不用说是科幻小说，对我来说，这简直是打开了一个新世界的大门。

当时中国的科幻小说不多，不过其中写火星的故事也着实不少，我们读过老舍的《猫城记》、郑文光的《火星建设者》、扬子江的《火星探险记》……这些作品对于科技工作者来说还比较稚嫩，但其中闪耀着中国人探索宇宙的雄心壮志，也鼓舞了我们；更多的是直接阅读英文和俄文的一批科幻小说，比如温鲍姆的《火星奥德赛》，里面想象的硅基生命给我们很大的启发；斯塔普雷顿在《最后与最初的人》里设想的类似云团般的火星人我们也很重视，火星上充满沙暴，也没准火星人就是以细微沙粒的形式存在的生命呢！苏联作家阿·托尔斯泰的《阿爱里塔》也给我们以启示，让我们留意环境问题对文明的影响……当时我们每周都要专门开一次"科幻例会"，讨论火星人可能的生物特征、文明形态以及地球人和他们最为便捷的交流方式。

研究室本来没有几个人，我、星光和飞琼年龄相近，虽然具体科研任务不同，但经常在一起读科幻小说，畅想火星文明和人类的未来。其实我是水平最差的一个，文艺修养不如飞琼，想象力也不如星光，经常是听他和飞琼在一起你一言我一语地讨论那些玄而又玄的话题，什么宇宙的宿命啊，生命的起源啊，文明的发展历程啊，根本插不上话。星光的奇思妙想层出不穷，又博览群书，说起来滔滔不绝，飞琼望着他，眼睛里似乎在发光，那个样子我至今还记得……

（"我说爸，你当时是不是也喜欢我妈？"陈琪有些八卦地问。）

你这孩子……好吧，多少有那么一点儿，但我是一个务实的人，看得出来自己一点儿希望也没有，后来回老家找了媳妇，倒是结婚最早的……总之，星光和飞琼很快走到了一起，不过那个年代也没有多少花前月下，就是每天坐在一起工作，一起去食堂吃饭，晚上经常还要挑灯夜战……萧教授也很欣赏星光，同意他们在一起。

不过好景不长，1965 年的秋天，从海外传来消息：美国的"水手"四号探测器已经掠过火星表面，拍下了二十几张照片，照片上并没有任何生命的痕迹，更不用说文明了。当我们已经对火星产生特殊的情结时，听到这个消息，未免有些沮丧。上面都打算裁撤这个研究室了，但萧教授提出了几点反对理由：首先，美国人的探测器只拍了那么几张照片，只覆盖了火星表面一点点的面积，说服力不够，假如外星球的探测器在地球上只拍下太平洋、撒哈拉沙漠以及青藏高原的大雪山等地貌，也许外星人也会认为地球上毫无生命。

其次，也非常可能的是，美国佬在进行战略欺骗！如果美国的探测器发现了文明存在的痕迹，他们肯定也不想和全世界分享，因此发布了几张修改过的图片来麻痹国内外的专家，而实际上他们可能在快马加鞭，要尽快独占火星资源。在冷战时期，这也是屡见不鲜的操作。比如美国曾经发布过一个错误的参数，试图误导别国对氢弹的研制，幸好被于敏同志发现了。

不过无论如何，火星的样子，看起来不像是有覆盖全球的一个高度发达的文明社会，萧教授提出了一个假想：火星社会可能早在几百万年甚至几亿年前已经发展到了今天地球的水平，但是毁于类似于美苏争霸的两大阵营之间的热核战争，甚至可能使用了比核武器还要强大的反物质武器、黑洞武器之类，导致其表面的生命荡然无存，只剩下一点儿痕迹。即便如此，那里仍然可能埋藏着知识与技术的巨大宝库，等待着我们去发现……只要我们能够抵达那里，哪怕只发现一点儿残缺的机械零件或者干瘪的生物组织，对科技发展也会有不可估量的价值。

因此，萧教授提出了一个雄心万丈的计划：五年内发射第一艘载人飞船，十年内实现载人登月，同时无人探测器应该已经飞抵火星，进行先期准备工作。在20世纪80年代初，实现载人登火！这需要从现在，也就是1965年就开始争分夺秒，努力赶超。

萧教授的意见，得到了赵九章院长的支持，虽然上级领导顾虑步子太大，没有纳入正式的规划，但许多工作已经进行起来了。萧教授的想法对整个载人航天工程也起到了影响，像载人飞船在一开始的设计中，就不能只以抵达近地轨道为目标，而要考虑到后续登陆月球和火星的潜力……但一切刚刚起步，后面就被迫结束了。

后面也就不用多说了，赵院长被揪出来批评检讨，后来受不了屈辱，自杀身亡。萧教授也好不到哪里去，他出身是海外大资本家家族，非被驱逐出研究团队不可了。他的"火星文明自毁说"也被人拿出来批判，被说成是恶毒隐喻冷战，企图吓阻中国人民的革命斗志，又有人说组织工程技术人员看科幻小说是不务正业，蓄意用空想扰乱科研云云……总之，什么荒诞的罪名都有。萧教授在牛棚里被关了好几年，身心健康受到很大的损害，要不然也不会那么早就去世了。

我们一般技术人员受冲击不大，但也都闲置散了好几年。不要说登陆火星的计划，就是整个航天工程，还没起步也都停摆了。到了 1968 年，国家稍微恢复了一些正常运转。这时候美苏已经在登月方面进行竞赛，几乎每个月都有新的突破，院里也感到了压力，正式开展载人航天工程，我们院更名为空间技术研究院，"曙光"一号的名字也被定下来了，暂定 1973 年进行发射，开始秘密选拔航天员。这时候，星光干了一件让人意想不到的事，他报名参加了航天员的选拔！

按早先美苏的惯例，航天员都是从飞行员中选拔的，飞行员的身体和心理素质都很理想，应该说最适合转为航天员。不过也有不利之处，飞机和飞船是完全不同的构造，航天员所需要的知识储备，如高等数学、天文学、力学等学科的知识以及对飞船结构和布局的熟悉等，一般飞行员很难具有，需要赶鸭子上架式的集中恶补。新中国成立早期，我国的飞行员普遍学历不高，学习相关知识难免比较吃力，而预定的发射就在几年之后，时间紧迫。因此上级领导也考虑，或许可以在工程技术人员中选拔一些身体素质过硬的，和飞行员出身的航天员搭配，一个主要负责飞船的操控，一个负责设备的管理维修以及相关科研，相当于美国航天系统指令长和飞行工程师的区别。星光听到风声，就报名参加了选拔。

本来工程的很多细节都要保密，只能在航天部门内部招人，大部分技术人员也都是文弱书生，一看就不行，即便有一些报名的，稍微体检一下就刷下来了，最后连星光在内，总共只有三个人跟着那些飞行员一起参加集训。航天员的要求太高，训练太艰苦，那两个同事后来承受不住，也放弃了，最后只有星光一个人成了预备航天员，坚持训练。

但为此，星光也付出了沉重的代价：他和飞琼分手了。

"为什么？"沈淇有些摸不着头脑，"是萧阿姨不想让他当航天员吗？"

我稍微猜到一点："是家庭成分问题吧？"

"沈星光这种人，为了当中国的加加林就甩了我妈，有什么稀奇的？"陈琪在一旁插口说。

沈淇涨红了脸，要说什么，高远却摆摆手说："这事不那么简单。其实，即便在萧教授落难的时候，星光也经常去看他，甚至提出和飞琼结婚，是飞琼自己不同意，怕毁了他的前途；后来，六七十年代最狂热的时期已经过去，科研还在继续开展，萧教授也恢复了一些工作，两个人要在一起，上面也未必会强行干涉，顶多是仕途无望。但是要当航天员就是另一回事，政治成分要百分之百的过硬，星光自己的出身也只能说是凑合，要是再和反动学术权威的女儿有婚姻或恋爱关系，那政审是万万过不了的。所以……"

"那还不是一码事吗？"陈琪不屑地说。

"怎么说呢……"老人的脸上浮出凝重的表情，"我想，星光放弃一切，当上航天员，也许是萧教授、飞琼和星光一起做的决定。他们为的不是个人的名利，而是梦想中的火星计划！"

是的，萧教授没有放弃火星有智慧生命和文明的想法，相反，他对这件事越来越固执，甚至有点儿走火入魔。问题是，飞琼和星光也深受他的影响，成了他的铁杆追随者。

按照萧教授的设想，如果火星有文明或文明遗迹，那么无人探测器始终意义有限，载人任务是不可取代的。当时，美国的登月工程已经紧锣密鼓在开展了，"阿波罗"号飞船被一艘又一艘地发射升空，甚至成功绕月，在萧教授看来，这一切都是为了载人登陆火星的准备——这一点他其实是对的，当年主持 NASA 的冯·布劳恩的确有这个打算。

星光是萧教授的精神传人，他也和萧家父女一样虔诚地相信载人登陆火星的必要性。后来飞琼对我透露过，星光如果能够作为航天员进入太空，不仅能够为载人航天积累丰富的经验，而未来也可以担当大任，推动整个中国航天实现登陆火星的理想。

但到了 1969 年 8 月，传来一个惊天噩耗：美国的"水手"六号和"水手"七号探测器相继飞越火星表面，最近距离只有三千多千米，比当年"水手"五号要近得多。它们从不同角度拍摄了一系列高清照片，加起来有两百多张，照片上的火星仍是一片戈壁荒漠，还有许多撞击坑，什么运河一点儿影子都看不到。这就很难用覆盖范围太小，或者战略欺骗来解释了。火星有文明的假说被证伪了，所谓的火星运河被认为是上百年来观察错误和臆想的产物。其实之前的证据也已经非常明显了，有的人看得到运河，有的人看不到，所谓看到的运河，方位、长短等也有很大出入，除了是想象，还能是什么呢？只是前辈大师的权威让许多人先入为主，一代代传下来了这个执念……

萧教授在此前的事件中受到了巨大冲击，身体健康不佳，如今看到一生的寄托都化为泡影，毕生相信的科学假说也成了笑料，再也承受不了这个打击，没几天就患了中风，第二年带着遗憾离世。临终前我去看过他，他还跟我说："我当年在美国天文台的望远镜里亲眼见过运河……真的……怎么会没有呢……"

虽说有这样的挫折，但也是在1969年夏天，美国"阿波罗"十一号飞船成功登月，震惊世界，对我国也有很大的触动。出于种种考虑，国家还是坚持在搞载人航天，"曙光"一号继续在研制，星光的训练也变得更加艰苦。

航天员要受的训练非常多，包括上离心机高速旋转，要承受地球上八倍以上的重力，包括在自由下坠的飞机上进行失重训练，以及跳伞和野外生存训练……这些都还算是常规操作。但当年我们没有任何训练航天员的经验，和美苏关系都很恶劣，也没法从他们那取经，只有自己摸石头过河。为了应付各种极端情况，科研人员设想出了千奇百怪的训练方式，比如零下四十摄氏度的耐寒训练，抽掉空气中大部分氧气的缺氧训练，以及在深水中模拟太空环境的潜水训练等等，有时候要熬上一整天，对训练者来讲，比酷刑还可怕，有时甚至有生命危险。

到了1972年，果然出了一次事故。一次缺氧训练时，不仅抽出了氧气，还注入了大量的二氧化碳，据说是模拟飞船空气净化系统失效，同时还要求航天员做出一系列精确的操作。最初星光完成得很好，让观察的医生忽略了他的问题，反而进一步提高了二氧化碳含量。但忽然间，他开始手舞足蹈、东倒西歪了，然后在密闭舱内昏了过去，昏迷中还有些胡言乱语，什么见到火星人之类的。不久后，他接到通知，不必再继续训练，回本来的岗位工作。换句话说，他被淘汰了。

星光自然十分沮丧，意志消沉。但要我说，这也未尝就是坏事。这几年飞船研制进程一直跟不上计划，近几年能发射飞船的可能性已经很小了，又何必在遥遥无期的宇航训练中耗下去呢？

但星光回去之后，和飞琼也没有再在一起。在经历了火星梦的破灭、萧教授父亲的离世以及令人神志不清的训练之后，他和飞琼之间不免也有了隔膜。后来我还听说一件事：飞琼当时在航天医学研究室，星光要不要被淘汰的事情，其实本来是两可的，毕竟一个科技水平过硬的航天员不好找，而他在一般体检中没有大问题。但飞琼却推测他身体有隐患，不能再留下来，还是让他回去了。这也好理解，她也是不忍心看到自己的恋人再在没有止境的训练中受苦。但星光知道后，怒不可遏，觉得是飞琼掐灭了他的太空梦想，我有一次见到他们好像吵得很厉害，飞琼哭着跑了，后来两个人的关系再也没有恢复过。过了一段时间，飞琼打了报告，申请调离了五院，那是 1974 年的事了。

后来，"曙光"一号的发射日程一拖再拖，终于化为泡影。70 年代后期，由于国家重心的调整，载人航天计划也被全部搁置，"曙光"一号终究停在了图纸上。原来的单位解散，人员分流，我和星光被调回到了上海，虽然还在航天部门，但转向了卫星设计……再后来的事情，你们应该也都知道了。

## 脑震荡风波

高远讲完了这个漫长的故事，已经是深夜了。我们也沉浸在长辈们半个世纪前的人生纠葛中，一时不能自拔。

沈星光人生中成谜的空白，至此已经补全：在大时代的激流中，进入秘密的航天机构，研究与外星文明的接触，甚至成为预备航天员……还有如歌如泣，爱恨交织的恋情！虽然最后事业付诸东流，而爱情也以怨恨的遗憾收场，一切都仿佛从未发生过，但又如何能令人忘怀！

我想，沈星光后来成为科幻作家，真正的根源可能也在这里。那些年对外星文明和人类未来的热烈讨论和思考，在艰苦卓绝的训练中仰望星辰的执着，梦想终于破灭的压抑，多少梦幻、希冀与遗憾，在若干年后如山洪迸发，化为笔下奔腾不息的才思。

"那1982年到底发生了什么，让我爸忽然又重新联系萧阿姨呢？"过了一会儿，沈淇问。

"还是脑震荡吧，不过就像我说的，病根应该十几年前就埋下了……"

高远说，那次事故后，沈星光住进了医院。他提了点儿营养品前去探望，沈星光似睡似醒，半睁开眼睛，看到他，虚弱地说："老高，你还活着啊，我还能见到你……"

高远愣了一下，心想这不应该是我说的话吗？还没等他反应过来，沈星光又急促地说："你知道吗，我们的梦想实现了，我踏上了火星，见到了火星运河，还有那些神秘的火星建筑，还有火星人，它们……不可思议，和我们所有的想象都不一样……你和飞琼，还有萧老师，你们要是在就好了，我要告诉你……"说着就要坐起来。

一旁坐着的茅丽敏忙按住他："医生说了，叫你别乱动！"

高远没想到沈星光一上来就提"飞琼"，他们已经好多年不提这个名字了，何况此时还当着沈星光妻子的面？他只好尴尬地说："我们的大文豪住院了还在构思科幻小说呢，哈哈……"

茅丽敏满脸愁容："他这几天一直不清醒，尽说些谁都听不懂的胡话，医生说什么都不听，我怕他脑子真的被震坏了……"

"没事，过几天一定会好的……"高远安慰她说。这时候，沈星光却一把抓住他的胳膊："对了，飞琼在哪里？"

"啊，这……"

"她在哪里？我不记得了，我要找她，跟她说……说……"忽然间，他又好像耗尽了力气，松开了手，声音小了下去，眼睛又闭上了，似乎睡着了。

高远如蒙大赦，匆匆告别，茅丽敏送他出来，跟他说了一些沈星光的病情，说他有时好像连自己都不认识了，又提起很多她没听说过的人名，什么贺宏伟、江镇波、柳晓雨……高远一听，都是他们以前在五院时的同事。茅丽敏又问"飞琼"是谁，说沈星光这几天梦里念这个名字最多，高远也只好说是以前一个关系好的同事，在茅丽敏狐疑的眼神中搪塞了过去。

高远从医生那里打听到，脑震荡的常见症状，是会遗忘近期的一些事和想起多年前的往事，甚至产生幻觉，倒也不出奇。当年沈星光的大脑可能就因为缺氧而受损，加上脑震荡的影响，所以症状格外严重一些。但休养一阵，总会慢慢好转。

后来，沈星光果然逐渐康复。下次高远去探望他，他就正常多了，还问了一些工作上的事，说希望早日能回去上班。不过，偶尔沈星光还会分不清幻想和现实，有次他们闲聊，沈星光提起之前他们一起去什么地方野炊，高远没想起来是什么时候的事，沈星光说："就是苏联登月之后不久嘛！"

"苏联登……什么啊，苏联啥时候登月了？"

"1974年6月啊，"沈星光一脸郑重地说，"前半段非常成功，但'联盟'19号登月舱的上升及点火失败了，季托夫他们只有在月球表面生活了整整七天，直到氧气耗尽而死……我们虽然和苏联关系不好，但听了这个消息也很让人难过……"

高远也被他搞得有点儿恍惚，好像自己真忘记了一些重大的事件，好一阵才回过神："你到底在说什么呀？！哪有这些事？"

沈星光苦笑了一下："没什么，这些事压根没发生过，没发生过……"

高远稍微轻松了点儿，说："你呀你，又把小说构思当成现实了……"但他心里还是犯嘀咕，这种精神状态总归很不正常。

高远本来以为随着时间推移，沈星光总还能恢复常态，但沈星光似乎再也无法完全恢复正常，周围人对他的耐心也逐渐耗尽，除去他开始纠缠萧飞琼，和茅丽敏闹离婚的事外，他在工作上的表现也一落千丈。当时，上海机电二局负责"风云"一号气象卫星的研制，沈星光负责姿态控制系统，本来游刃有余的工作，病愈之后却似乎忘了一大半，连连犯低级错误。而沈星光或许因为和茅丽敏天天掐架，脾气也变得越来越坏。有一次，高远发现他画的一张图纸存在一些严重问题，去质问他，说了几句。沈星光忽然勃然大怒，说:"这些简单的问题,本来十年前就该解决了,为什么还来问我?"

"这不是你的图纸不对吗?这些接口完全不合标准啊。"

"他们本来就不该采用这种过时的设计,这么搞增加了多少重量?"

"胡搅蛮缠!不可理喻!"高远忍不住斥责了他,"你知道自己搞错了,赶不上进度,会连累多少人吗?"

沈星光却神经质一般狂笑起来:"连累多少人?哈哈哈……到底是谁连累谁?我被你们连累还差不多!"

他这么不可理喻,谈话自然不欢而散。后来,沈星光冷静了一点儿,自己也觉得在院里待不下去,正好市文联有意调他过去,他也就打算调走。谁料又遇到一次事故,最后也没去成文联,而是回了老家中学教书了。

又过了半年时间,到了1984年底,一次高远在收发室那里取信时,发现了一个厚厚的邮包,是萧飞琼寄来的,收信人是沈星光。他早已回南川去了,所以一直没人取,已经放了一个多月。高远也不知是什么,但想总应该寄给沈星光,设法打听到那所中学的地址,寄了过去。

"您没打开看看吗?里面是什么?"陈琪有些好奇,又有些紧张地问。我能理解她的心情,她母亲给另一个男人寄东西,这种事太过敏感了。

"我当然也有些好奇,不过毕竟是人家的私事,所以没打开……不过摸了一下,好像有一本书……"

沈淇和我对视了一眼，异口同声地说："《战神的后裔》！"

"没错！"高远惊讶地说，"2012年，飞琼去世前夕，我去探望她，说起这事，她告诉了我，可你们怎么知道？"

"这个，这本书就在我们这……"

我解释了几句，打开背包，拿出那本《战神的后裔》给他们看。这本书的来龙去脉，终于搞清楚了。当年，它其实是经过高远的手，再寄给沈星光的，但也许是地址有问题，也许是沈星光已经离开了中学，虽然到了南川，但最后也没有送到沈星光手上。不知怎么，落到一个叫阿东莫夫的科幻迷手里，最后交给了我。

而萧飞琼写下的几句寄语，结合起来看意思也比较清楚了。"庄周为蝴蝶，蝴蝶为庄周"，是说沈星光沉迷的火星之梦，早已该醒来，"CARPE DIAM"，把握当下，就是让他不要再胡思乱想，回到真正的生活中来。郑文光的这部小说，描写的固然是想象中火星开拓者脱离自己的时空，落入另一个时代的悲剧，但又何尝不是写出了大时代变迁中，沈星光、萧飞琼等老一代航天人壮志未酬的悲怆？萧飞琼偶然看到了这本小说，追忆起不知多少的往事，便寄了一本给沈星光，也劝他不要再沉溺旧梦……

高远看到萧飞琼的笔迹，也唏嘘了一番，擦了擦眼睛，说："那你们也看到那封信了吗？"

"什么信？"我没听明白。

"飞琼说，当年她去上海开会，星光不知怎么找到了她，说要请她吃饭。本来飞琼以为只是作为老朋友叙旧，但结果星光就像热恋中一样，表现得很亲密，说自己有多想她爱她，还说了许多疯疯癫癫，不知所云的话，情绪也十分激动。飞琼有些害怕，更怕瓜田李下说不清楚，会都没开完，当天就买票回去了。"

我和沈淇又对视一眼，原来这就是茅阿姨那故事的另一半。

"又过了几个月，飞琼收到了星光的一封厚厚的信，不知道写的是什么，想来多半是情书之类，里面不知写了之前在一起的多少往事。飞琼犹豫了很久，一直没有拆封，最后狠下心肠，和书一起，给星光寄回去了。意思是以后不要再联系了。"

"原来是这样……"沈淇说，"但邮件从来没到我爸手上，我们根本没见过那封信啊。"

"是啊，"我慨叹，"书还有点儿价值，可能在废品收购站被留下来了，信可能早就化成纸浆了，太可惜了，多么珍贵的手稿，怎么就没有寄到呢——"

忽然之间，我浑身一震，脑海中一堆看似不相干的信息飞旋起来，撞在了一起，顿时火花四溅。

"等等，也许……我有一个猜想……不，还是等找到他再说。"

"谁啊？"沈淇问。

"微博上的那个阿东莫夫。"

## 追寻信件

联系上阿东莫夫并不难。毕竟他就在北京，第二天又是周六，我就约他出来，在海淀区的一家咖啡馆见面。一见面我稍微吃了一惊，原来这阿东莫夫比我想象得要小得多，只是个十六七岁的中学生，人还没长开，见到我略有些局促。

我先感谢了他几句，然后拿出《战神的后裔》问他，这本书到底来历如何，阿东莫夫——他真名叫雷小东——挠挠头说："我跟您说过了，是我爸的书。我问过他，他说是上学的时候在书摊上买的，具体从哪来的，他肯定也不知道啊。"

"除了这书，就没别的了？比如中间夹的一个信封，几张信纸什么的……"

"这个真没听说。"

"那你……"我斟酌了一下措辞，"能不能带我见见你爸爸？我有些事想问他。"

"这……这叫我怎么说啊……我爸工作也挺忙的……"雷小东有些勉强。

我又说了几句，雷小东还是不肯应承。此时，背对着我们坐着的一个窈窕女郎站身起来，摘下墨镜，说："这件事对我们很重要，求你帮个忙，好不好？"

雷小东的眼睛忽然亮了。显然，这就是他的爱豆沈淇。

"你……你是沈淇吗？肯定是了！哇，和抖音上的一模一样……"这家伙开始语无伦次，露出了宅男的本相。

沈淇绽放出迷人的微笑，伸出手去："你好，我是沈淇。"

事儿就这么成了。

几小时后，我们把雷小东的父亲约了出来，同样是在这家咖啡馆里。他叫雷国栋，五十来岁，看上去有些疲惫，一副被生活压弯了腰的感觉，见到我们掩饰不住的不耐烦。我告诉他，那本书是沈淇父亲沈星光的遗物，关于其来历，有些事情想问他。我注意到，雷国栋的脸上有些微妙的变化。

"沈什么光？星光？"雷国栋沉吟说，"我不认识啊，我儿子不是跟你们说过了，那本书是我以前在路边摊买的，过去这么多年，现在肯定也找不到卖主了。"说着无奈地摊了摊手。

"那您当年买这本书的时候，有没有注意到边上还有一封信呢？"我提醒他。

"这个……好像没什么印象……不好意思。"

"是这样，我们查到，那封信是和这本书一起寄给沈星光的，"我客气地说，"应该是在 1984 年底或者 1985 年初寄的，当时沈星光在南川一中担任数学和物理老师，所以邮件是寄到了南川一中。我记得您也是南川一中的吧？您儿子说您是 84 级的？"

"嗯，是……"

"那当年，您其实和沈星光同时在南川一中，对这位老师就没印象吗？"

"这个……不好说啊……过去这么多年了，很多老师同学我都忘了叫什么……"

"沈老师不太会教书，"我说，"因为一些事情突然转行，也不知道怎么跟学生相处，中间闹过一些不愉快，我听说有些学生还搞他的恶作剧，比如偷过他的书，这事您没听说过吗？"

雷国栋脸部变得僵硬，霍然站起身说："你、你是什么意思？"

"别误会，我只是想，这个邮包当初寄过来的时候，沈星光还在南川一中，那么他为什么没收到呢？可能是有学生想整他，偷偷拿走了，然后转手卖掉，所以您不久后就在路边买到了，这是最合理的解释。"

雷国栋的脸色还是好不到哪去："也许吧……不过我实在没见过什么信件。我还有点儿事，失陪了。"说完就往外走。

"一万元。"沉默了许久的沈淇忽然说了两个字。

"什么？"雷国栋回头问。

"我想说，"沈淇一字一顿地说，"那封信在别人手上一文不值，但对我们家人很重要，万一，我是说万一，您能找到的话，我可以出一万元买回来。"

雷国栋的脸色有了点儿变化，说可以回去开箱子找找，留了电话，让我们回去等消息。沈淇问我："你觉得他有多大可能能找到？"

"你看他那表情，当年肯定是他干了这件缺德事，既然书还在，那么信多半也在，这些都是他的'战利品'，没准一直留着回味呢。我们又出了那么高的价格，他如果手头有应该能给我们，反正现在也不可能再追究他的责任，他有恃无恐。就是可恨，明明是你自己家的东西，还得花高价买回来。"

"算了，"沈淇一声长叹，"如果当年不是他拿走了，也会被我销毁的，现在估计也不再存在于世了……再说，如果爸爸当年收到了萧阿姨原封不动还给他的那封信，又会有多难过呢？还不如让他留个念想，对吗？"

我答不上来。感情的问题，果然太复杂了。

晚上八点多，雷国栋打电话来："你们要的那封信找到了。不好意思啊，夹在我自己的一些信件里，一直没发现。"

我也懒得去计较这话的真伪："找到就好，那明天我们去取。"

"那、那个款子你看是打银行卡还是支付……"

"放心吧，明天见面我当面转给你。"

"好嘞。"

挂了电话，我跟沈淇讲了一下情况，沈淇却急了："这么重要的东西怎么能等到明天？你问他一下地址，我们现在就去取。"

我老谋深算地说："咱们不能显得太心急，要不然这人坐地起价，一万元变两万元，两万元变四万元，不就麻烦了？再说，那封信在他那躺了三十多年了，也飞不走。"

"话虽如此，但我总觉得……算了，也可能是我多虑。没这封信，今晚都睡不着觉了。"

我大胆地说："既然我们都睡不着，不如去找间酒吧坐坐？"

沈淇似笑非笑地看了我一眼："好啊，我知道有一家不错的，离这里不远……"

好在我和沈淇在一起，因为我们刚坐下，还没喝上两口酒，电话又响了，还是雷国栋："不好意思，有个新情况啊。那封信刚才有人联系我，愿意出两万元，让我给他，这个……"

我大吃一惊："什么？你不能不讲信用啊！"

"价高者得嘛，你们要早点儿来就给你们了，哎！"

"什么话啊，这封信本来就是属于我们的！我说你总不能不——"我想教他几句做人的道理，但沈淇却一把抢过了电话，说了两个字的魔咒：

"五万元。"

"好好好，放心，手稿一定留给你们！"雷国栋这老狐狸一定开心得从嘴巴笑到屁股，他给我们打电话肯定就是这个用心。

"那说好了，我们这就来拿！"沈淇果断地说，拉着我就往外跑。

我一边跑，一边还是纳闷不已："这玩意谁会跟我们抢？哪个名人手稿的收藏家吗？"

"收藏家能知道这些信息吗？除了那个女人还有谁？"沈淇咬牙切齿地说。

我明白过来："你是说陈琪？确实只有她了，可是她是怎么找到姓雷的？啊……对了……"

我琢磨出来，昨日在香山温泉，我提过那本书是来自微博上的阿东莫夫，这个网名并不常见，陈琪要联系上他，再通过他找到他父亲当然不难。得知我们急着要买回那封信，陈琪肯定也会出高价。

目前来看，雷国栋这个狡诈的人一定会把我们出五万元的消息告诉陈琪，让她出更高的价，我们必须尽快赶到雷家。我跟雷国栋打了电话，问清楚了地址，又叮嘱他无论如何不能卖给别人，然后打了辆车赶过去，跟司机说："师傅，有急事，最快速度开过去！"

司机白了我一眼："哥们儿，这可是北京。"

"你走四环呀！"

"四环才堵……"

果然，刚开了两分钟，上了四环就堵死了，我们绝望地看着一路的车龙。

"这个疯女人，跟我们抢那封信干什么？"我含怒道，"我们拿到了也可以给她看啊。"

"女人的心理你不懂……"沈淇幽幽地说，"她就是不想

我们的火星人

让别人看到，她恨她妈和我爸之间的过往，大概怕你公布出来，所以想让这封信彻底消失在世界上……你跟雷小东说一声，让他务必把信给留下来！"

过了一个多小时，我们才到了雷家，狂按门铃。开门的是雷小东，见到我们一脸沮丧和尴尬，嗫嚅着说："沈淇姐姐，对不起……"

我情知不妙，还没问，雷国栋走上前来，一脸喜色地对我们说："不好意思，你们来晚了一步，那封信已经被人买走了。"

"哎呀，不是让你先别卖吗，等我们来再说啊！"我捶胸顿足地说。

"她上门来出了一个高价，"雷国栋稍微犹豫了一下，还是忍不住告诉了我们价格，"二十万元！说只要同意就立刻付款，要不然就不要了，我想你们也未必能出这么多，所以……抱歉了啊！"

沈淇冷笑一声，打开手机银行，给他看了看里面的数字，我也没看清是多少，反正长长一串不知多少位："如果你等到我们来，我们本来可以把这张卡里面的钱都给你，你知道吗？"

雷国栋的脸色一下子变了，从掩饰不住的欢喜变成了懊丧，我估计他会为此后悔一辈子。

"她走多久了？"我问。

"两三分钟吧……"

"可我们在楼下没见到她啊……对了，有可能是在不同电梯里错过了！"

想到这里，我拉着沈淇出门就追，可惜现实不是电视剧，我们追到楼下，又跑到小区外，连陈琪的影子都没见到，问门卫，门卫也摇摇头，懒得回答。

沈淇对我说："快，打电话给她。"

我掏出手机才想起来："我们好像没留她的联系方式……"陈琪和我们见面就很不愉快，当然不可能加个微信什么的。

我只好又打给雷国栋，问他要买家的电话，雷国栋大概也稍有歉疚，倒是痛快地给我们了。

沈淇拨通电话后，激动地说了一大串："陈琪，你是陈琪吧？那封信在你那对不对？你到底要怎么样才把我爸的东西还给我？你可以开个价，多高都可以，你说，你说话啊！"

陈琪好像在那边骂了一声，然后直接挂断了。我们再打过去，已经是关机状态。

# 失而复得

沈淇把手机揣回包里，一言不发，快步走过一个街角，站住了，然后捂着脸哭了起来。

"别、别哭呀你……"我不知怎么安慰她，沈淇忽然靠在我怀里，"爸爸的信再也找不回来了，呜呜……"

我手忙脚乱地想推开她，不知怎么却又拥住了她，抚摸着她带着芬芳的秀发："那什么，我们还有办法的，我们去找高老，他说话陈琪一定会听的。"

我掏出手机，不过高老已经关机了。之前我们还留了那个沈淇粉丝护士的电话，但是打过去，人家说，这个点老人家早就休息了，我们也不是他的家人，为这点儿事，疗养院绝对不会去把人叫起来，这也是实情。

"要不然我们赶紧去趟疗养院？"我想着办法，"也许能让我们进去见高老……"

"算了，"沈淇无力地摆了摆手，"现在肯定也来不及了，做什么都没意义。那个女人拿到这封信，只需要十秒钟就可以让它从世界上永远消失。里面写了什么，再也不会有人知道。"

我想也的确如此，叹了口气。

"走！"沈淇忽然拽着我，"我们去喝酒。"

可惜这地方没什么酒吧，我们找了个路边摊，要了点儿啤酒，默默喝了几杯。我忽然想起一件事："雷国栋应该知道那信的内容吧？要不我们问问他？"

"算了，"沈淇说，"我再也不想和这个人打交道，我爸爸和萧阿姨之间的感情，如果从这个浑蛋嘴里说出来，简直是一种亵渎，想想就恶心。"

我却没有死心，悄悄给雷国栋发了一条微信，问他记不记得信上写了什么。他很快回了条语音：

"神神道道的，好像是小说吧，什么世界大战，宇宙飞船，火星人什么的……就是小孩看的那种东西。我当年就没看明白，刚才又翻了一下，还是没懂。这些科幻小说的手稿很值钱吗？"

世界大战？宇宙飞船？火星人？

雷国栋的话里似乎隐藏着巨大的信息量，但可惜已经问不出什么了。

我回到沈淇身边，还没说几句话，又提示收到一条信息，是陈琪发来的。我打开一看，是几张照片，第一张是一个脸盆里放着厚厚一沓信纸，从侧面拍去，上面的文字只能看到几行，也看不清楚内容，但依稀是沈星光的笔迹。

第二张照片，是这些纸被点燃了，在熊熊燃烧。

第三张照片，是一脸盆的灰烬，还剩下少许的残片，有的上面还带着一两个字，什么"火星""空间站""轨道"，也是沈星光的笔迹。

毫无疑问，那封信已经被烧成了灰，想造假也造不出这种逼真的效果。

"陈琪这个疯婆娘！"我忍不住骂道，"疯了！完全不可理喻！"

沈淇看到，却并没有那么惊讶，只是说："你看，我说吧，没用的。"

"她到底看到了什么才会这么疯？"

"她大概一个字都不会看，这对她来说只是必须清除的污点。"

"你怎么知道？"

"因为……因为当年我沉掉我爸那些手稿的时候，也是类似的心态……"

我叹了口气，事到如今，一切都永远成为不可解读的秘密了。我和沈淇碰了碰杯，仰头干了一杯。

又不知喝了多少杯酒，聊了多少往事，夜已深了，我一抬头，在小区的楼宇之间，看到了一颗火红色的星星正在升起。这个故事和它有关吗？无关吗？无论如何，它曾经照见过五十多年前的沈星光与萧飞琼，他们以比我们更饱满的时代激情，仰望着它，憧憬着它，决心征服它……它知道一切，可惜什么也不会告诉我们。

沈淇顺着我的目光看去，也说："那颗是火星吧？"

"是啊，火星，寄托了沈伯伯这一代人，不，应该说是好几代航天人的梦想，可惜，我们现在还没登陆火星，都不知道再过二十年行不行。"

"其实画那本漫画的时候，我开始有点儿理解我爸的感觉了，"沈淇说，"想象自己飞到火星上去，探索那个遥远的世界，再回望地球，是夜空中一颗明亮的蓝星……你说，要是他真能登上火星，那会是什么感觉呢？"

这句话提醒了我，我想到了什么。

"也许那封信的确是一篇科幻小说，沈伯伯是想给萧阿姨描写一下登上火星，发现火星文明的样子，在想象中完成一生的夙愿吧……"我凝望着那颗红色的星星，想象着，在那个遥远的世界，多少人类幻想中的爱恨交织在那里上演，一代又一代，而它永远不变地凝望着我们这颗纷纷扰扰的蓝色邻居……咦？

火星好像移动起来了，短短一分钟不到，就明显越过了两颗星星。

"火星动起来了！移动火星！流浪火星！是被外星人劫持了吗？"我面对着科幻小说中才有的诡异场景，叫了起来。

"真的有火星人啊，带着火星飞走了……"沈淇也醉醺醺地叫。

"那个……"旁边一个大学生模样的青年回过头，有点儿不好意思地说，"你们是说那个红点吗？那应该是颗人造卫星吧……"

我们尴尬地沉默了三秒钟，然后又大笑起来，笑着抱在了一起，又唱又跳。

仿佛有漫天星光撒在我们的身上。亿万星系，万亿星辰，火星在哪里？没人知道，没人关心。浩瀚宇宙，苍茫银河，每一处都隐藏了太多无人知晓的奥秘。

我记不清楚是怎么回去的了。但第二天早上，我发现沈淇和我又睡在了同一个房间里。当然，并没有什么香艳的故事，两个人都衣服完好，在地板上睡得四仰八叉。

我宿醉难受，摇摇晃晃爬起来，去洗手间洗了把脸，看了看手机，发现雷小东昨晚给我发了一条信息："对不起，宝树老师，我太无能了。那封信我没能留下来，我爸妈鬼迷心窍，一定要卖给那个女的，我怎么劝也没用。请您跟沈淇小姐解释一下。"

我苦笑了一下，回复了一句："算了，命该如此。"

雷小东回："对了，后来你们找到那人了吗？"

我也不知怎么说好，这些跨越半个世纪的爱恨情仇怎么说得清楚？只能简单地说："没有，联系不上。"

"唉，可惜了。不过我之前有点儿好奇，在我爸卖掉之前就把信的内容都拍下来了，好像是一篇很有意思的小说，如果你要看的话我可以发给你……"

我不敢相信地瞪大了眼睛，然后叫了起来：

"沈淇！沈淇！沈淇——"

# 疯狂的太空竞赛

五分钟以后，我和沈淇贪婪地把头凑在一起，在手机上读着这封沉睡了近四十年的神秘信件：

飞琼：

对不起，又打扰了你的生活。犹豫了很久，我终于决定再给你写一封信，对你说清楚一切。至少是说清楚我能弄清楚的那部分。

我首先要做的是道歉。很对不起，上次在交大，我太冲动了。我一见到你，就拉着你，急着把一切告诉你，甚至有些不合适的亲密动作，却没有想到一些基本事实，一些我自己都还没有充分理解的事实。我一定把你给吓坏了吧？你最初的笑容变得僵硬，甚至恐惧，我嘟嘟囔囔，吵吵嚷嚷，却什么也没说清楚。你匆匆离去，我也没有了弥补的机会，我想我欠你一个清楚的解释。所以，我写下了这封信。

但从何说起呢？就从去年秋天那次车祸说起吧。

那天当我醒来时，发现自己躺在一家医院里，身上包着许多绷带，头疼欲裂，我心里一片茫然。护士进来，告诉我是在上海瑞金医院……但我总觉得哪里不对，似乎我根本不应该在上海，在这个我熟悉的城市，而应该在某个完全不同，无法企及的远方，但我是谁，我又应该在哪里呢？

渐渐地，我回想起了自己的名字和家乡，想起了我从小到大的生活，我的父母和启蒙老师，我的大学时代和工作，然后我突然想起了你——飞琼。我想起在单位的迎新会上初次见到你，你穿着一身淡绿色的"布拉吉"（连衣裙的俄语说法）和白布鞋，分开人群，就像明月照亮夜空。你献唱了一曲《莫斯科郊外的晚上》，我之前从不知道，一个女孩子的声音竟能如此美妙！一点又一点，我想起你埋头工作认真的模样，想起你阅读科幻小说时痴迷的状态，想起了我第一次向你表白时的场景，那时候我们正在读齐奥尔科夫斯基的《宇宙航行》，俄文的表达非常难懂，不过当我们弄通了一个难点之后，你一时激动地抓住了我的手，然后又放开。我忽然想到但丁的诗句，大着胆子对你说："那一天，我们再也读不下去了"，你顿时明白了我的意思，抬头望了我一眼，又低下头。哦，我怎能忘记你那羞怯而热情的眼神！

对不起，也许我不应该说这些。也许对你来说，这只是一段时过境迁的经历，但那个场景，那个我们相爱的场景，让我一下子记起了后面的一切，说"一切"也不确切。由于某种类似"退相干"的基本原理，我一半的记忆正在迅速消逝。在我试图写下来之前，其中一大半都已经被遗忘了。我所能说出的，大部分只是已经消失的记忆所留下的虚影或印痕。

但我仍然知道了我是谁，我做过什么，以及为什么会在这里。这听起来是废话，我知道我是沈星光，是在上海工作的一个工程师，因为昨天的车祸住院……但实情并非如此，飞琼，我来到这里，是跨越了不可思议、不可想象的遥远距离。

看，我又要把你说糊涂了。还是从一个我记得相对清晰的记忆碎片说起吧：那是 1969 年的 8 月 27 日，萧教授激动地找到我们，拿给我们看一份刚刚分发的内参文件，是一张五天前外国报纸的复印件：《纽约时报》的头版头条。几次翻印后文字已经模糊不清，但我一看就看到了那行大字："MARTIAN CANALS VERIFIED（火星运河已被证实）"，以及旁边配的一张太空拍摄的照片：异星表面，颜色深沉的狭长山谷中，明显有一条波光闪动的河流或者说水道，如黄河九曲，如丝带飘动，如梦如幻。

这张照片是"水手"六号拍到的。拍摄时间在那一年的7月底，紧接着"阿波罗"十一号登月之后。其他还有一两百张照片，包括更多的河道和一些宏伟奇特的建筑，美国政府最初想要隐瞒，但仍然泄露了出来。当我们看到这些照片的时候，整个世界也正在为火星文明的发现而震惊。火星存在运河的假说，在近百年的猜想和争论后，终于被证实了。

那一刻我们彼此对视，眼神中不知是欢喜抑或恐惧。从那一天起，整个世界变得不一样了。

飞琼，你一定在想，什么呀，哪有这些事？但请不要觉得这是一个精神病人的谵妄之语。我清楚地知道，在这个世界上，这件事从来没有发生过。但是飞琼啊，也许这个世界的存在本身就和它相关。

我记得，随着火星文明初步的证实，世界各国，当然主要是美苏两国的太空竞赛，立刻升级了，一切资源都向着火星探测倾斜。而我们五院也很快接到了最新及最高指示，老人家幽默地说：要知道火星人长什么样子，就要自己上火星去瞧一瞧！

在那以后，国家支持航天工程的力度又比以前翻了好几倍。全国军民以巨大的热情和决心，咬紧牙关支持了我们的工作。我们在 1970 年成功发射了"东方红"一号卫星，此后工作重心转向载人航天，终于在 1974 年把第一个中国人——我记得是一位叫方国军的航天员——送上了太空。

此时我早已参加了航天员的培训，也一直摩拳擦掌，希望能有朝一日，代表中国人进入太空。不过坚持了三四年，还是没有通过后续的训练，被淘汰了。我颓唐了一段时间，但你用你的爱和温柔拯救了我。1974 年，我们俩结婚了，过了两年，你就生了一个可爱的女儿。我们给她取名叫——沈淇。

（"什么？"沈淇惊呼出声，"这怎么可能……"不过她很快住口，急切地继续读下去。）

因为国际局势的紧张，我们在 1975 年离开了北京，搬到了大三线，也就是四川西昌航天基地。我们继续从事飞船的研制工作，小沈淇也一天天长大。虽然工作繁忙，但深山里的生活简单惬意，远离了政治风云的干扰。我们一家三口，有时候还有高远一家，偶尔还去附近的山里采蘑菇和木耳，或者在小溪边捞鱼野炊，过着幸福而平静的生活。

但外面的世界在激烈的剧变中。从 70 年代初开始，美苏向火星发射了大量围绕火星运行的卫星，美国是"海盗"系列，苏联是"宇宙"系列，这些探测器拍摄了数以十万计的照片，进一步确认了火星表面会不定时地出现类似于"河道"的奇特现象，其出现与消失没有明显规律可循，也许出现三天就永远消失了，也可能长时间不断地消失和重现，这也是当年火星"运河"的存在一直存在激烈争议的原因。

这些"运河"之间纵横交错，网络复杂，但最终通向一个位于南极极冠地带的"中枢"，那里有许多晶莹剔透的巨型人造物，它们簇拥在冰雪之间一个面积约为十几平方千米的地带，其中最醒目的是一座高达五千米的半透明高塔。科学家们戏称之为"水晶塔"，其他的许多技术细节，如今我已经难以记忆了。

很显然，如果火星有文明，那么答案一定在那座水晶塔里。美苏的航天机构先后往火星南极发射了十多个登陆器和火星车，有一半左右的航天器登陆火星失败，另外一半成功了。成功登陆的航天器中又有一半移动到了水晶塔附近，拍下了一些令人着迷的照片。但当它们试图从这些神秘建筑上提取物质分析的时候，就会被强大的电磁干扰导致设备瘫痪。这至少证明，这里还有在运行的机器系统。但没有人类到场，光靠无人设备是无法搞清楚火星的奥秘的。

不过，火星探测的初期成果已经很令人振奋了，比如在火星沙土中，火星车发现了某种古怪的粉末，经过显微分析，发现它是一种从未见过的结构，后来被命名为碳纳米管，强度、柔韧性和导电性能都非常优越，在工业上拥有不可估量的前景。其他发现还有一些新的合金、塑料乃至疑似的文字符号之类，但大部分是各国自己掌握的绝密信息，绝不外传。

但可以肯定，这些发现不过是火星宝藏门口掉落的几块铜板，微不足道。而只有载人航天器登陆火星，才能真正打开这个装满宝藏而又紧闭的大门！

我们星球上两个争斗了几十年的超级大国竭尽所能地发展航天技术，都想在对方之前率先登上火星，如果能打开火星文明的宝藏，就可以取得对方永远无法超越的技术优势。而如果让对方先于自己登陆火星，自己就永远无法翻盘了。一开始，美国人因为成功登月的优势处于领先位置，"土星"五号、"土星"七号等大推力火箭成为美国建立太空霸权的利器。而苏联人在问题百出的 N1 火箭上连连挫败。但好景不长，苏联很快放弃了 N1 火箭，把所有的宝都押在了核热火箭上，有了惊人的技术突破，实现了后来者居上。1974 年，季托夫等三名苏联航天员成功被核热火箭送上了月球，不过因为技术故障永远留在了那里。但从那时以后，登月对双方都已经不是问题了。

与此同时，美苏开始建造空间站，很快从单体空间站跨越到了组合式空间站。高远告诉我，在这个世界，苏联的"礼炮"号和美国的天空实验室也在 20 世纪 70 年代发射升空。但比起我所见过的那些真正的空间站，它们只能算是小孩的玩具。想象一下，长达三百米、五百米甚至更长的桁架上挂着上百个功能舱室，宛如一条巨大的蜈蚣飞翔在太空里，又或者是直径达到数百米的巨轮在近地轨道上旋转，几百名航天员生活在其中，几乎是一座城市，各国的外交官员甚至在太空站举行过会谈……这是美苏在 20 世纪 70 年代一系列不计成本的发射所缔造的奇迹。

这些空间站的根本目的，是作为火星飞船的组装工厂和出发港。往返火星的载人飞船，预计总重量将达到 1000 至 1500 吨，是"阿波罗"飞船的几十倍，无法一次性从地球上发射，而只能先后发射不同组件，在空间站组装起来，再前往火星。

那是一个突飞猛进的时代，却也是一个走向毁灭的时代。美国人在 1971 年果断结束了越战——靠在河内扔下一枚 500 万吨当量级的氢弹。苏联从来没有入侵过阿富汗，比起赢得火星这至高无上的奖赏，地球上的蝇头小利微不足道。但巨大的太空项目支出掏空了这些超级大国的国库，人民的生活越来越困苦，经济危机和动乱不断，得克萨斯一度宣告独立，被国民警卫队荡平，而波罗的海的几个加盟共和国试图脱离苏联，结果亦是血流成河。

更可怕的竞争发生在我们头顶上。因为不顾一切追求速度，每个月都有许多的探测器、飞船、卫星和空间站模块被送上太空。航天器的事故不断，平均每年都有三四起大型悲剧发生，动辄导致几名到几十名航天员的牺牲。而双方又都怀疑是对方下的黑手。有些在近地轨道失控或爆炸的卫星或飞船，又给其他的航天器带来了巨大的风险。1975年，苏联卫星上脱落的一枚小碎片，以高速撞上了美国的"天空实验室"二号，在它表面砸出一个大洞，包括登月第一人阿姆斯特朗在内的三名航天员被吸入太空，尸骨无存，这险些引发了一场战争……

中国在做什么呢？当然，我们不能和那两个超级大国相比。的确，我们成功地用"曙光"一号将自己的航天员送入太空，一度也举国欢腾……但之后一切都进展相对迟缓，我们的国力支撑不起大型空间站，大推力火箭也直到70年代末期才有了进展，研制成功了堪与"土星"五号相比的"长征"九号。我们预计在1982年能够实现登月……但这一切登陆火星的理想还是太遥远了。但话说回来，其他航天科技强国，如英法和日本，也早已退出了这场过于艰巨和昂贵的竞争。但中国仍然以微薄得可怜的资源坚持着。

1980年，共和党鹰派的罗纳德·里根进入白宫，美苏登陆火星的竞争越发白热化。因为要使用最节省燃料的霍曼转移轨道，登陆火星的窗口期每两年多才出现一次。冯·布劳恩（据我所知，他一直活到了80年代）计划在1982年的大冲年登上火星，这让苏联人别无选择，必须把登陆火星定在同一时间。如果让对方首先登上火星，获取了火星人的先进技术，自己迟到两年多以上，那一切还有什么意义呢？70年代末，苏联为了建成自己的深空监测网络，需要在非洲和南美各建一个地面站，为此，他们介入了好几个国家的政局，美国自然又要从中作梗，双方掀起了数场局部战争，死亡人数以数十万计……唉，那些层出不穷的动荡扰攘，我已经记不清有多少了。

但我仍清楚地记得那个日子：1981年11月12日，美国的"阿瑞斯"号和苏联的"齐奥尔科夫斯基"号飞船在空间站组合完成后，在几个小时内先后点火，从近地轨道出发，分别载着五名和四名船员，踏上了前往火星的漫长之旅。你自然清楚，这个时间窗口是精心计算好的，火星和地球都在持续运动中，此时出发才能在地球和火星轨道之间划出一个相切的椭圆，进入最为经济方便的霍曼转移轨道。这将是一场耗时八九个月的漫漫苦旅。

而一天后，在这个时间窗口的最后几小时里，从西昌航天基地发射了长征九号丙火箭搭载的飞船"共工"二号，进入了霍曼转移轨道，中国终于加入了这场人类历史上最伟大也最漫长的赛跑。

而参加这场比赛的唯一一个中国运动员，叫作沈星光。

11月13日下午五点二十七分，在震耳欲聋的轰鸣和震动中，我，航天员沈星光，离开了中国，离开了地球，离开了你和女儿，飞向了那颗我们曾魂牵梦萦的行星。

# 漫长旅程

这是怎么做到的呢？飞琼，你应该还记得，这正是你的父亲、我的恩师萧教授早在 60 年代就设想过的简单廉价的火星登陆的方式：把航天员压缩到只有一个人，所需的生命维持物资就会大为减少，加上其他一些节省设计，最大限度地减少载重，以一艘登月飞船的规模就可以发射。

当然，如果只有一个航天员，进行半年或更长的旅程，其心理压力是远远超过一组队员在一起的，一旦在长达半年的旅途中生理或心理上出了问题，整个任务也就失败了。但是我们相信，中国的航天员能够克服这些问题。退一步讲，即使不幸有去无回，其损失也远远小于搭载五六个航天员的大型飞船。

更棘手的问题是，我们的技术是可以飞到火星，但很难在登陆火星后重新飞入太空。火星的重力比月球大得多，而且还有大气的影响，以小型的登陆舱再度升空困难重重，而且和轨道器对接也需要其他的航天员在轨道器中同步操作。我们也想过很多种解决方案，比如事先发射一艘能够自动登陆的返回飞船，或者将大量的燃料空投到火星上，而升空后可以由计算机程序自动对接……不过，这些方案以当时的技术而言都是纸上谈兵而已。

然而萧教授从未真正放弃过这个计划，他在1971 年去世了。但在他去世前夕，我们一起完善了诸多细节，并提交给了院里，希望投入更多的资源在这个方向上进行探索。但上级并不赞许，仍然希望以更稳妥的方式登陆火星。然而现实是残酷的，我们的家底在数十年内都无法和美苏相比。

在火星竞赛的最后几年，我又找到领导，重新提出了这个计划，这是以我国目前的航天水平唯一可能和美苏同时抵达火星的方案。上级本来还持否定态度，但正巧我国副总理刚刚访问过美国的"约翰·肯尼迪"空间站，见到了巨大的火星飞船组合体的雏形，很受触动。他找到航天基地，直截了当地问，我国有没有可能在1981年底发射去火星的飞船。

中央都发了话，我们的计划就被提上了日程，但最终代之以一个折中修订版：中国将会发射一艘飞船，但这次的任务不是登陆火星，而是只进行一次环绕火星的载人飞行任务。在火星轨道上停留数十天后，飞船再取道金星，利用金星的引力加速效应返回地球。副总理对这个计划还是比较满意的，并亲自将飞船命名为"共工"号，既有古老的中国神话渊源，以水神而登火星，又囊括了"共产党人的工程"之意。

我们就这么紧锣密鼓地准备起来了。但火星竞赛的对手也是极度狡猾的：在窗口期前三天的夜里，引发了一次震惊世界的恐怖主义袭击：三枚末端制导的弹道导弹从北冰洋底下的潜艇中发射，穿越太空，飞向中国西昌。其中一枚击中了发射架，那里

"长征"九号火箭和"共工"号飞船已经就位，此刻却被炸得粉碎；另两枚更可怕，它携带了中子弹弹头，精准地摧毁了两处隐蔽的航天员宿舍，十六名航天员以及二百多名其他工作人员遇难。虽然还有十来个航天员活下来了，但也受到中子流的强烈辐射，健康被严重损害，无法再执行任务。

这是一次精心策划的行动，旨在摧毁我国的航天力量，以扼杀中国这一登陆火星的潜在对手，一定是美苏两国中某一家所为，但双方都否认了，而且现场没有留下任何有力证据，孱弱的我们无从判断，更无力报复。

我们唯一的报复，只能是完成任务，不顾一切地完成这次飞行任务。

发射架被毁了，但中央早已想到这一层，在川西大山深处还藏有一个发射井，其中有着备份的"长征"九号火箭和"共工"二号飞船，和被毁掉的几乎一模一样；但问题是几个梯队的航天员都非死即伤，几乎没有合适的对象，只剩下一个人，一个已经被淘汰很久的前预备航天员，好在对飞船的操作和任务流程非常熟悉……

只剩下我了。

围绕火星飞行的载人飞船工程指挥部给我打了个电话，让我自己决定，要不要去。

坦白讲，接到电话后，我感到一股无法承载的巨大压力压在肩头，几乎喘不上气来。经过多年平静幸福的生活后，我不想去，我也不敢去。但我知道自己一定会去，因为这是唯一正确的选择。这是你和我，还有萧老师早在许多年前就选择好的道路。

飞琼，没有必要再讲述我临行前的那些泪水，讲述我们肝肠寸断的告别，讲述我怎么狠心推开号哭着抓着我裤腿的女儿，讲述起飞后那些哽咽到说不下去的通话了。没有任何记忆的你不用去承受这些痛苦的回忆。

说一些你没准会感兴趣的吧：虽然航天发射我已经见过许多次了，但亲自上去的感觉当然完全不同。"长征"九号是高达一百多米的庞然大物，当我站在下面凝望它的时候，不由一阵战栗。难以想象，这座巨神将托着我前往宇宙深处的遥远世界。但飞船小得与之不成比例，坐进舱室后，我感觉是自己仿佛是绑在椅子上的万户一样无助。好在四周布局熟悉的操纵面板让我找回了一点儿自信。耳边响起了倒计时，我知道一切已经不可停止。我必将离开这个熟悉的世界，无论以哪种方式。

起飞的过程极为难熬，噪声、震动、过载……一切都和训练时不一样，之前已经上过太空的那些航天员，他们告诉我的，也远不如我自己体验的万分之一。我感到自己的五脏六腑都在震颤和错位，我想一定是哪里出错了，以为自己就要死去了……我感到深深地懊悔，如果这样死去，还不如像那些航天员一样被炸死来得痛快……

但几分钟后，痛苦渐渐减轻，重力也逐渐削弱，直到我感觉自己已经不再被重力所束缚。我已经进入了近地轨道。飞船和火箭已经分离，整流罩打开了，阳光洒满了小小的指令舱，我如饥似渴地透过巴掌大的舷窗，望向下方——或者上方，我已经分不清了——略微显出弧形的中国大地，我认出了四川盆地、中原大地、山东半岛、宝岛台湾……亚洲边缘的海洋闪耀着蓝光，笼罩在光晕般的大气层中，美得难以置信。忽然间，我又感到一切都是值得的。此时此刻，我代表中国人民，踏上了前往另一颗行星的伟大征程。

但这些想法又转瞬即逝，八个月漫漫苦旅中真正的烦恼才刚刚开始。它们千奇百怪，层出不穷。比如我有很长一段时间，并未感到失重后飞翔般的快乐，而是觉得自己仿佛一直被倒吊起来，感觉非常不适应，却又无法摆脱。

这倒还是小事，为了节省燃料，"共工"二号只有两个舱室，一半以上空间还被两年旅行所需要的物资所占据，空间非常小，加上遍布着仪表、面板、线缆，连转个身都艰难，我好像是待在一具漂浮的棺材里。我每天都要花一个小时伸缩腿脚，否则肌肉就会萎缩，我甚至准备了一根电棒，过几天电击自己一次，让四肢痉挛起来，以保证肌肉神经的基本活动。

虽然说是"棺材"，但这里却并不寂静，飞船内各种设备运行的声音，嘈杂交错，就好像在一个繁忙的工厂车间里。虽然之前我也受过噪声的训练，但并不是像这样日日夜夜，无止无休。我都不知道

我们的火星人 ——

317

自己是怎么熬过来的……

饮食方面就更不用提了，飞船并没有先进的食物循环系统，所以有整整一个货舱来储存我的食物。不过水分仍然是可以（也必须）循环利用的，每天我自己的尿液蒸馏后，变成饮用水，加上一种味道千篇一律的压缩饼干，就构成了一日三餐，不过这已经是比较容易忍受的部分了。更可怕的是，舱内的散热装置非常差劲，导致温度经常在三十度以上，比上海最热的夏天还要难熬。

据说美国航天员的待遇要好得多，他们不仅温度宜人，而且每天可以洗澡，但我只能用湿毛巾擦一下身体，三天一次。当然，我们在很多方面都无法相比，他们有几百立方米的宽敞服务舱，有旋转产生的人造重力，他们带了牛排和火鸡，还有可以放电影的微型计算机，而我的飞船比起二十年前加加林的"东方"号条件好不到哪里去……

我唯一的"娱乐设备"是一部新研制的微缩胶卷放映机，这样我可以携带一百多本书上天。不过绝大多数也都是任务必需的技术资料，另外有一套《毛泽东选集》和一部《鲁迅文集》。我都读了个滚瓜烂熟。我用毛主席的《论持久战》为自己打气；鲁迅尤其让我感到一种奇特的亲切，我们的故乡相去不远，时代也仅隔了几十年，许多风俗都很类似；当年我就是坐着《故乡》和《社戏》中的乌篷船，离开家乡去上海读书，但曾经翻译过《月界旅行》的鲁迅先生又能否想到，几十年后将有一个家乡后辈，乘着一艘大小差不多的小船，飞向四亿千米外的另一个星球呢……

不过对我来说，每天最大的安慰还是和你以及淇淇通话，尽管每一天延迟都在增加，令人焦躁的沉默越来越长。但你们熟悉的声音仿佛是一根细细的丝线，跨越了宇宙空间，将我这漂泊的灵魂和日益远离的故乡连接了起来，也将这场伟大而残酷的竞赛和那些一去不返的宁谧岁月连接了起来……

"齐奥尔科夫斯基"号在我前方，"阿瑞斯"号在我后方，彼此相距仅仅几万千米之远，这对于飞船来说不过是几个小时的路程。众所周知的原因，我们之间却没有任何通信，大家都相互提防着。奇妙的是，即便如此，我也感到一丝安慰，毕竟在距离地球千万千米之外，仍然有同类和我近在"咫尺"。

不过苏联人很快就先行一步了。深空监测系统发现，"齐奥尔科夫斯基"号并没有在进入霍曼转移轨道后熄火，转为无动力飞行状态，而是继续耗费燃料，不断加速。指挥部判断，苏联的核热火箭水平又上了一个新台阶，比外界预期的效率更高，加上他们也减少了船员的数量，所以并不打算走霍曼转移轨道，而开辟了一条更快速的转移轨道，经过计算，他们能够比我以及"阿瑞斯"号提前大约五十天到达！指挥部告诉我，美国人对此感到十分担忧，北约临时在欧洲大西洋沿岸进行演习，华约组织也举行了针锋相对的军事操演，形势剑拔弩张。对我来说，因为本来就没有登陆的打算，所以倒还

我<br>们<br>的<br>火<br>星<br>人<br>—

没有太受到打击，能够用自己的眼睛近距离看一眼火星，我也就满足了。

大概在我出发后的第三个月，地球已经变成了星空深处一个蓝色的小点，火星还在遥远的地方，难以辨认。这时候，指挥部告诉我一个惊人的消息：苏联人乐极生悲，犯了致命错误，他们的核热发动机虽然效率很高，但辐射屏蔽装置出现问题，航天员受到了超量的核辐射，很快就一个个都病倒了，据说已有人死去。苏联方面秘而不宣，不过 CIA（美国中央情报局）的间谍从莫斯科挖到了这个绝密情报。受到公众舆论压力的美国政府迫不及待地公诸天下，苏联方面一口否定，说是美帝国主义为了诋毁苏联伟大成就的造谣。但美国放出了苏联人一段绝密的通话录音，是地面的专家对"齐奥尔科夫斯基"号进行抗辐射医学治疗方面的指导，问题终究难以掩盖了……

"北极熊"的挫败，当然会令我们稍微松一口气。但对航天员的不幸遭遇，我一点儿也没法感到幸灾乐祸，而是产生了同样的恐慌。为了抵御空间辐射，"共工"二号裹上了厚厚的铝板，不过我仍然时常会感到头晕和恶心，即便根据最乐观的估计，漫长的旅途中我所受到的辐射也超过地球上的安全标准两倍。我不能确定，是否自己的身体内部已经被宇宙射线的洪流所穿透，是否某种可怕的病变已经在我身体深处酝酿。可能这只是臆想，但种种生理和心理的问题加起来，让我整个人的健康状态越来越恶化。

关于这次旅行，越到后面我的记忆就越模糊。我真的在那艘棺材般的飞船上度过了八个月的时光吗？我每天都在干什么？我还和地球上的指挥部有着正常的通话联系吗？那些和你以及淇淇的通话，有多少是真实的，有多少是我想象出来的？有时候，我甚至感觉好像你们就在我身边……后面几个月里，我昏昏沉沉，似睡似醒。好在在无动力飞行阶段，也不需要我进行多少操作，否则我大概难以胜任。

但在旅途的最后阶段，又一个惊人的消息把我从昏睡边缘唤醒了。"齐奥尔科夫斯基"号果然出事了，在接近火星时，它并未进行减速，而是擦着火星的边掠过去，没人知道飞船上发生了什么，据说经过半年多核子射线的清洗，上面已经没有活人了。这艘幽灵般的飞船将成为绕着太阳运转的一颗小行星，在黑暗的宇宙空间中永远飘荡下去。

峰回路转，美国人松了口气，毫无疑问，他们将是最后的胜利者。随着美国登陆火星时刻的临近，地球上的局势也变得一天比一天紧张。我只能通过指挥部的转述得知大概：因为"齐奥尔科夫斯基"号的惨败，苏联领导人勃列日涅夫在焦虑与愤懑中去世，原克格勃主席安德罗波夫接任苏共中央总书记。安德罗波夫是匈牙利事件和布拉格之春的镇压者，以强硬著称，不过他上台后首先放低姿态，抛出了橄榄枝，同意在一系列问题中做出重大让步，甚至打算拆除柏林墙，条件是美国和全人类一起分享从火星人那里得到的先进科技，但里根一口回绝，说如果把先进的科技提供给"邪恶帝国"，是对人类不负责任。安德罗波夫十分愤怒，命令所有的战略武器进入激活状态。

在这场日趋疯狂的竞赛中，中国仍然争取到了一个难得的荣誉：因为飞行速度稍快，"共工"号比"阿瑞斯"号提前一天抵达火星，令我成为第一个进入绕火轨道的人类。渐渐地，火星从飞船的后方出现了，并日益靠近，仿佛是一艘巨轮在分开波浪，追上一条小舢板。我带着激动的心情，看着它一点点变大，从和地球上差不多的小红点，变成了一枚带着美丽纹路的小红果，然后它变得更大，更红……之前从未有人用肉眼目睹过这一幕奇景：一片壮丽而苍凉的红色大地，在黑暗的空间中，带着亿万年的沧桑与神秘向我迎来。

1982 年 7 月 28 日，是"共工"二号正式抵达火星的那一天。此时，指挥部和我之间的时差已经超过了半个小时，我只能靠自己摸索进入火星轨道。想着苏联人的可怕教训，我小心翼翼地启动了发动机，观察着仪表上的参数，点火后慢慢减速，顺利进入数千千米高的绕火轨道。火星仿佛在我面前转动起来，那赤红色的地表、深邃的峡谷、绵长而闪亮的河道、水晶般的南极建筑，以及大地上一些难以名状，但必然有智慧成分的几何图形，在我面前一一呈现，尽管之前各国的探测器拍到了不知多少万张图片，但用自己的眼睛在火星上空亲眼见证这一切，感觉又完全不同。那时候，我激动地想，也许人类付出这二十多年的辛劳，都是值得的，都是为了这一刻——我还是太天真了。

仅仅十几个小时后，"阿瑞斯"号也安全抵达火星，好整以暇，准备登陆。8月9日，里根总统宣布，经过周密的准备，以尤金·塞尔南为首的三名美国航天员成功地乘坐登陆器，在火星南极软着陆，距离水晶塔的距离约两千米。他说，美国航天员即将进入神秘的水晶塔，与火星人（或者它们留下来的某种智能系统）进行第一次接触。但此后很多天，美国政府对接触的详情都秘而不宣。

谣言四起，有人说美国人已经得到了超级强大的火星技术，很快就能研发类似《星球大战》中死星那样的超级武器，摧毁苏联；也有人说，这是一种脑波武器，能够直接在火星上发射，让共产主义国家的人民转变意识形态；仿佛这种武器已经开始使用了一般，东欧和苏联的一些加盟共和国开始发生动乱，东西柏林之间也发生冲突，苏军入侵了西柏林，与北约直接进入了战争状态……

危急时刻，白宫终于羞羞答答地说出了真相：当日"阿瑞斯"号在降落时受到尘暴的冲击，未能成功实现软着陆，多半坠毁了。地面指挥系统经过多日努力，始终联系不上登陆的航天员，推测他们都已经遇难……

苏联人理应松一口气，但双方早已没有任何信任，也许他们仍然怀疑美国人在隐瞒真相。两天后，留在太空上，准备等待时机返回地球的"阿瑞斯"号轨道器蹊跷地发生爆炸。两名留守"阿瑞斯"号的航天员也都遇难。这样，即便塞尔南等人还在火星上，也无法回到地球了。美国人怀疑是苏联的那些火星探测器对"阿瑞斯"号发射空间导弹，或者进行跟踪撞击，但苏联一口否认，说是美国人自己操作失误，要不就是被流星体撞到，反而嫁祸给苏联。美国人找不到证据，但仍然宣布一切是苏联的阴谋，甚至有谣言说，之前登陆火星失败也是苏联进行电磁干扰的结果，民众的愤怒燃烧到了极点……

从那时到最后的战争总爆发还有大半个月的时间，许多具体的过程我已经想不起来了，一些相互矛盾的信息无法判断对错，也难以把发动战争的责任归诸哪一方，反正，最后的结果是一样的：在持续的柏林危机之中，美国两院授权总统出兵西德，同时，苏军的"铁流"从几个方向涌入西欧……第三次世界大战开始了，不过比前两次要"简短"得多，持续了还不到一周。不知哪一方先使用了核武器，但双方都不再克制：9月11日，美苏遍布大陆的发射井和隐藏在大洋深处的核潜艇中，总计超过一万枚核弹疯狂地呼啸而出，飞奔到这颗蔚蓝色行星的各个角落，种下无数烟云蘑菇……

这一天日出的时候，世界大部分地区还和往常一样；到日落的时候，已经有上万朵蘑菇云升起，几千座城市毁灭，数十亿人直接死亡，苏联、美国、

欧洲、中国、印度、巴西……无一幸免,人类迎来
了自己的最后一天。

当然,我什么也没看到,但又什么都看到了:
那天,当我在轨道上望向地球的方向,很快感到了
不一样:躺在群星间的,不是一颗蓝莹莹的宝石,
而是一个白得发亮、宛如金星的光点。那是一万多
颗原子弹和氢弹爆炸后,所形成的覆盖整个地球的
尘埃云团。

当天,基地向我通报了一切,他们告诉我目前
已经和北京及各大城市失去了联系,声音中充满了
绝望。我在恐惧与焦灼中问了很多问题,但是讯息
要传回地球还需要四十分钟,我听不到回答。然后,
飞琼,我听到了你的声音,你平静地说:"星光,我
们这里撑不了多久了,去做你一直想做的事吧。"

"什么?"我不觉发问。

你当然听不见,但你仿佛回答了:"你知道我说
的是什么。"

我明白了你的意思,身体禁不住地颤抖。

"不要,我会回来的!不要放弃,等着我!"我
大叫着。

"不要回来,去找他们,这是我们的——"

这时,传来一阵许多人的惊呼,然后是剧烈的
爆炸声,掩盖了你剩下的半句话,然后一切就陷入
了沉寂,只有一些干扰的沙沙声。来自地球的声音
中断了,永远中断了,我拼命叫着你和沈淇的名字,
但永远也不会再被你听到。我望向地球的方向,仿

佛看到一朵巨大的蘑菇云在中国腹地狰狞地升起，但当然什么也看不见，只有模糊视线的泪水。

我在轨道上等了整整两天，但没有等到地球方向的任何电波，我无法再自欺欺人，一切都毁灭了。

只有你的声音还在我脑海回荡。

# 寻找火星运河

飞琼，你记得吗？1966 年春天，在那场席卷全国的大风暴开始之前，有一天我告诉你自己正在思考从火星返回的问题，你说了一句："为什么要返回呢？"

我惊讶地看着你，你解释说，为什么要回去？如果事先投下一些补给物资和机械，也许我们就能在火星上建立基地，我们利用飞船自身的循环系统，能长期生活在火星表面。为了祖国的火星探索事业，我们可以在火星上待三年、五年、十年……直到祖国的航天技术发展到能够带我们回去，那想必也用不了太多年月……你和我，就我们两个，生活在火星上，走进那神秘的峡谷，沿着古老的运河漫步，探索火星文明的奥秘……

"但是，如果找不到补给物资呢？"我问，"万一中间出了问题，或者降落地点不对，那就非常危险了……"

"那就去找他们呀。"你咯咯笑着说，"他们肯定会帮忙的。"

在太空漫长的八个月里，我也并非每天只是昏昏沉沉忍受煎熬。为了打发时间，我在脑海中也想出了可能登陆火星的方式。用来返回地球的指令舱，实际上也是可以在火星软着陆的。我算出了轨道参数，主发动机的点火时间，进入大气层的位置、角度和速度，降落伞的减速，以及最后的姿态调整和缓冲发动机点火方案。当然一切都不靠谱，"共工"二号以每秒约四千米的速度围绕火星运行，一丁点儿的延误或提早都可能导致数十千米以上的误差，更不用说会像"阿瑞斯"号登陆器一样坠毁了。对我来说，这本来只是一个思维游戏。

但现在，已经没有选择了。回到世界末日后没有你也没有孩子，甚至没有人类的地球，对我已经毫无意义。我启动了发动机，降低速度和轨道，我一遍又一遍地从火星南极上空经过，观察着冰雪中那些越来越清晰的神秘水晶塔，但在数百千米的上空，顶多只能看到影影绰绰的一些轮廓。迄今为止，还没有人类或人造物接近过它们，看到过它们正面的真容，我会成为第一个吗？还是会像不幸的美国航天员一样，陨落在异星冰冷荒芜的表面？

时机成熟了，当速度已经只有数百米每秒的时候，我将"共工"二号的指令舱和服务舱分离，钻进指令舱里，让它降落。此时高度已经降低到百余千米，重力开始起作用，指令舱进入了火星大气层，在气流的冲击下产生了尖锐的呼啸声，窗外摩擦产生的红橙光芒闪耀着，整个舱室如同在火海中燃烧。

火星的大气比地球稀薄很多，但飞船仍然剧烈颤抖着，让本来被过载折磨的我更加难受，好在随着速度的快速降低，这个过程比较短暂。离地面几十千米高的时候，我在驾驶椅上挣扎着望向窗外，看到红黄色的大地仿佛摇晃着向我冲来，一条运河就在脚下，但南极的水晶塔在遥远的前方，几乎落入地平线外了。该死的，一定是前面某一步误差太大，导致我的着陆位置远远偏离了原定的降落地点。这是不可改变的，指令舱不是飞机，我不可能在火星大气层里自由飞行，只能就这么落下去了。

在离地面还有大约十千米时，我打开了数百平方米的降落伞，这本来是为在地球上降落准备的，然而薄薄的火星大气减速的效果远不如地球，指令舱仍然快速坠落，控制面板仍然显示着在以超过每秒 80 米的速度行驶，这本来也在我的计算中，但事到临头，我仍然慌张得手都颤抖起来。我设法调整返回舱的姿态，以及让缓冲发动机点火，我只希望能够平稳落地。但剩下的燃料也没有多少了，早一秒或者晚一秒都会铸成大错。

我成功地完成了减速，但最后仍然出了差错，指令舱姿态略有些倾斜，在落地的一刹那，像被抛下的骰子一样翻滚起来。因为考虑到着陆时可能出问题，我们的指令舱有一个安全设计，落地的瞬间，我的身边弹出了三个巨大的气囊，把我裹在中间，以免受到冲击，但我仍然感到仿佛是被巨人握在手里揉捏，不禁大叫起来。

过了几秒钟，感觉像是几个小时，指令舱停止了滚动。我感到胸部剧痛，摸了一下，至少已经断了两根肋骨。这就是八九个月保持失重状态导致的，身体骨质早已疏松得不成样子，诸多的安全措施仍然无法保护我的骨骼，还好没有把我的胸腔压扁。

　　我在指令舱里又待了几个小时，设法让自己习惯重新施加到我身上的重力，虽然火星的重力还不到地球的一半，但我却觉得身体好像被大力往下拽一样难受。不过我也待不了太久，这里的氧气、水和食物不能长期维持，我吃了点儿东西，吃力地穿好了笨重的航天服，然后进入气密室。最后开启了外部舱门。

　　阳光洒了进来，火星遍布砾石的戈壁大地扑入眼帘，这一带被中国科学家取名为星火平原。想到我可能是第一个踏上火星大地的人，一股兴奋油然而生，甚至让我短暂地忘却了身体的痛苦。舱门的方位是倾斜的，我艰难地爬出去，不想脚下一软，又摔倒在火星的沙土中，好不容易挣扎着才爬起来。我没有像阿姆斯特朗一样，用一个漂亮的脚印铭记人类的伟大时刻，只留下一片狼藉的沙土，好在也没有人会来瞻仰。

　　我跪在地上，抓了一把沙土，握在手心，又打开看，火星的一部分静静躺在我手上，对亿万年来第一次被外星人俘获这件事反应平淡。我倾斜手掌，它们就平滑地飘落下来，复归母体。我不禁想，我很快也会躺在它们之中，变成它们的一部分。

我们的火星人

我站起身，环顾周围，星火平原上只有无尽的红色土壤和破碎岩石，与昏黄天空相接的地平线上看不到壮丽的水晶巨塔，也看不到任何文明的标志，这颗星球仿佛从来就没有生命，没有文明，仿佛一切都只是人类在地球上的一场幻梦，而人们为这个梦，毁灭了自己的家园……不，也许人类本来就具备自我毁灭的天性，火星对此不负任何责任。

从我进入大气层时见到的最后景象判断，飞船距离南极极冠至少还有几百千米之遥，而水晶塔区域又在南极极冠之内数百千米，我的体力无论如何也走不到那里，更何况航天服中所储存的氧气，只能维持区区八个小时。

我记得在高空中见到，着陆地点附近有一条细细的运河，具体有多远呢？也许只有几千米，也许有几十千米……我没准可以撑到那里，虽然我也不知道，走到那里有什么意义。除了运河本身之外，我们的探测器从来没有拍到河边有任何生物或文明的迹象。

我努力从脑海中还记得的些许地貌特征，以及返回舱落地翻滚的痕迹来判断方向，然后一步步前进。我大半年都没有使用过双腿，即便有过锻炼，肌肉仍然萎缩了，让每一步都觉得腿脚酸软。如果不是火星而是地球的话，我真怀疑自己能否再站起来。

苍凉的红色大地无声地吸纳了我沉重的步伐。比地球上明显小一圈的太阳挂在天边上，仿佛随时会落下，但一直没有落下。这里属于极地附近，自然有极昼现象，但也更令我难以辨明方向，也许根本就是走错了。但我早已不知道正确的方向在哪里，只有走下去，我想走到自己氧气耗尽，再也走不动的时候，就躺下来，永远待在这颗我曾魂牵梦萦，但终究不属于我的星球上。

这是人类最伟大的一次漫步，也是人类最后一次漫步。

我并不害怕，我还有什么好怕的？这是我毕生的梦想，如今竟然奇迹般实现了。我一边走着，一边想着过去的人生，主要是想着你，想着淇淇，想着我们在地球上那些平凡而欢乐的日子。一次，我甚至蹲下来，在火星的土壤上写下了我们一家的名字：飞琼、星光和淇淇。但有谁能看到呢？如果是月球，也许还能等到一万年后新的人类文明（如果有的话）到访的那一天，但这里是火星，顶多几个月后，席卷星球的尘暴就会埋没一切……

我走得累了，坐在一座小土丘下休息了一会儿，一看时间才过去了一个多小时。想到每多坐一分钟都是浪费氧气，我又站起身来继续行走。这片亘古的红色荒漠，让我想起了许许多多读过的科幻故事。远处一块形状奇特的石头，让我觉得也许是火星的智慧鸵鸟在跟我打招呼，尘土飞扬的地平线，又仿佛是克拉克笔下奔跑的火星食草动物……但是这些都是无端的幻想，而我现在在火星上，这是真正无可改变的现实，就和地球已经毁灭，我的妻子和孩子都已葬身火海是一样的现实……

我再度泪流不止，却擦不到自己的眼泪。泪水模糊了眼前的一切，好在这只是短暂的。为什么要哭呢？顶多在半天之后，我就又可以见到亲爱的飞琼和孩子了，过程将会很快。眼下，就让我继续这次人类最难得的漫步吧！

耳边响起了报警声，我抬起手臂，看了看上面的简易显示面板，它告诉我二氧化碳过滤器运行出现问题，这意味着航天服内的二氧化碳含量正在缓慢提高，已经越过了 0.5%，我应该立刻返回飞船进行修理，但我已回不去了。

我只好关掉报警声，不去理会，继续走着。苍茫的红色大地上，那些火星科幻中的幽灵们继续来来往往，时有时无。又过了不知多久，我看到在太阳的对面升起了一个形状不规则的飞行器，不由有些诧异，那是什么？它看起来大概有半个月亮那么大，以缓慢但明显的速度在天边移动着，时隐时现。对了，我忽然明白了，这是一艘飞船，一艘地球来的飞船，它来救我了！

我盯着飞船看着，挥着手，不由自主地大叫着。它果然看到了我，向我飞来，像一架飞机一样，在我面前降落。升降梯放下，我看到了你，飞琼，拉着我们的淇淇，微笑着向我走来，叫着我的名字，我太幸福了，幸福得战栗起来，想要去迎接你，但忽然想到，为什么你们穿着夏日的衣裙，宛如在街头漫步，却没有穿航天服？不，不……这是不可能的……

我擦了擦眼睛，你和孩子都消失了，那"飞船"又回到了天边。我忽然明白，它压根不是飞船，而是火卫一，这颗被火星捕获的小行星，每七个小时就围绕着火星转上一圈，这些本该是常识，但我已经丧失了判断力。我看了一眼手臂上，液晶屏提示我，二氧化碳含量已经上升到了1%，这是那些幻觉产生的根本原因。我知道，但没有任何办法。

我又休息了一会儿，用吸管喝了几口水，并且排了尿，感觉舒服了一些，眼前的沙丘依然无穷无尽，看不到有任何河流的迹象。我走着走着，一脚高一脚低，感到越来越眩晕。这种感觉我曾经有过，我仿佛回到了1966年的夏天，而现在面前是一片红色的海洋，比火星还要红得多，我感到一阵阵的眩晕……

不，不是1966年，而是70年代初期那些无止无休的训练与测试，今天抽掉氧气，明天增加二氧化碳，后天在离心机上承受数G的过载，而训练完之后，马上还得进行政治学习，作报告……我昏倒过多少次？又多少次产生那些难以名状的幻觉？我都不知道自己是怎么熬过来的……

不，我根本没有熬过来，我告诉自己，其实我早在好几年前就被淘汰了，回到了普通人的生活。我和你结婚了，生了一个可爱的女儿叫沈淇，在三线基地过着平凡而幸福的生活。火星只是偶然出现在我梦中的一个幻影，但我怎么会忽然到了这里，在这颗红色星球上呢？这一切是真实存在的吗？还是那些无尽梦魇中的又一个迷梦？又或者，那些平淡静好的岁月才是虚幻的梦境？也许现在还是在最后那次恐怖的训练里，后面十年的历史都是我想象出来的，也许压根也没有发现什么火星运河……

庄周梦胡蝶，胡蝶为庄周。

一体更变易，万事良悠悠。

乃知蓬莱水，复作清浅流。

青门种瓜人，旧日东陵侯。

富贵故如此，营营何所求。

这是你喜欢的一首诗，我曾经嘲讽过其中的"消极情绪"，但此刻莫名浮现在脑海。真奇妙啊，两千年前的庄子早就知道了一切。生命是无尽的变易，梦境与现实是错位的游戏，真与假何凭何据，是与非谁能知晓，哦，宇宙，你是一团没有任何确定性的概率云……

各种稀奇古怪的幻影出现在火星大地，我看到了章鱼般的火星人在我面前舞动着触手，看到了鸵鸟般的火星人在远处跳跃，看到了无数猫脸怪人在远方的城市中狞笑着，看到了乘坐飞行船而来的火星公主，她宛然又变成了你的模样，对我低语：来吧，来吧，我的爱人……

我不知道自己在这个状态下过了多久，也许只有几分钟，也许有几个小时。后来我一定是昏迷过去了，因为当我再次有意识的时候，是航天服发出异常尖锐刺耳的报警声，我迷迷糊糊地醒过来，发现自己卧在一片红壤中，我花了好长时间才意识到发生了什么，我越来越喘不上气，胸中的憋闷已经到了极点，让我甚至都感觉不到肋骨的疼痛了。我看了一眼显示屏，二氧化碳的含量已经上升到了4%，接近致死的边缘，我顶多还能活十分钟，也许五分钟。

我惨笑起来，忽然有一股冲动，脱掉这该死的航天服，摆脱这些闷热浑浊的气体，呼吸一口真正火星上的新鲜空气。我知道这不理性，但到了这一步，谁还需要理性呢？

我正要拉开航天服拉链的时候，忽然感到眼前的景色有点异样，仿佛不远处少了一片地面，远处的一片岩石悬空在近处的沙土上。我挣扎着往前走了几步，很快发现，横亘在我面前的，是一条大约十几米深的凹陷谷地。

一条闪着波光的河流在我脚下流淌着，笔直地伸向远方。

# 与火星人相见

这一定又是幻觉，我模糊地想。

但我也不在乎了，能见到它让我欢乐。我跌跌撞撞地奔向这条运河，最后几乎是滚到它的边上。它又长又直，在阳光下波光粼粼，和那些古老的火星科幻小说所描写的几乎一模一样。我到了河边，望向河水，静静流动的水中映照出一个穿着笨拙航天服的人影。我朝他挥了挥手，他也朝我挥了挥手。

很久很久以前，久得像上辈子读过的一些句子莫名浮现在我的脑海：

他们到达运河边上。在夜色之中运河显得悠长、笔直、冰凉、潮湿，映着倒影。

"我一直想看看火星人，"迈克尔说，"他们在哪儿，爸爸？你答应过的。"

"就在那儿。"爸爸说。他把迈克尔扛到肩膀上，直指着下面。

火星人就在那儿——在运河里——水中映照着他们的倒影。

在微波荡漾的水中，火星人默不作声，目不转睛地望着他们，对视了好久，好久……

句子清晰得仿佛是早上才读的，但我想不起来来自什么书，是谁写的，克拉克还是海因莱因……谁在乎呢？反正此刻在产生这些句子的星球上，所有人都化为了混合在一起的灰烬，不必区分了。

"就在那儿。"我喃喃地说，蹲下来，不知怎么，想伸手去摸水中的倒影。

但我什么也没摸到。

这不是说没有摸到影子，而是连水也没有摸到，我的手掌掠过的地方，水面奇怪地凹陷了下去，避开了我的手，让整个影子变得扭曲起来。

我又挥动了一下手，水面继续"躲开"了。

这可不是在任何小说中读到过的场景。

我有些好奇地盯着眼前的水面，才发现，那根本不是水，甚至根本不是液体。

它像是一张水色的绸带，正在轻柔地拂动着。仔细看去，表面似乎又是由无数正在滚动的细小点阵所组成的，每一个都像针尖一样几乎不可见。但它们聚在一起运动着，互动着，各种复杂的纹理花纹出现又消失，最终形成了一条河流般的外形。

我们许许多多的谜题都有了答案：何以在气温为零下几十度的火星表面，竟然有着水道，而它们的出现和消失又全无规律。迄今为止到访过火星的十几个火星探测器，只有两三个曾经接近过它们，但也只是拍了几张照片，试图进行采样分析的探测器总会莫名中断联系，当初人们还以为是掉进水里坏掉了……

实际上，所谓的运河，根本不是河流，而就是我们一直在寻找的"火星人"……

但这些也是事后诸葛亮，当时我几乎已经丧失了分辨真实和幻象的能力，很快就连思维的能力都丧失了，我在河边抽搐着，拼命喘着气，被垂死的痛苦折磨着。

我眼前发黑，只是恍惚看到，那些活的"河水"涌上岸，围在我的周围，表面变幻出各种形状。然后它们从下面托住了我，其中伸出一条条柔软的触手，企图伸进我的航天服里，我好像听到了面罩破碎的声音……

我感到眼前发黑，很快就什么都看不见了，一生中的诸多场景从我眼前掠过，最后一个是你和我诀别时哭泣的模样……然后意识也归于黑暗……

然后，似乎也没过多久，朦胧中又有了光。我看到自己，穿着破碎的航天服躺在运河边上。一副痛苦的模样，已经死去了。

我看到自己……

是的，我看到了我自己的尸体。然后我意识到，我此时也已经不是自己了，我属于那条"河"，那些"水"。它们以远远超过人类电子计算机亿万倍的效率工作着，在我咽下最后一口气之前，我已经被它们所研究、分析、复制、上载了，进入了它们的世界。

我真的成了"火星人"。

接下来的事情，我不知道该如何形容。不知何时开始，我的意识已经变得无比清晰，我的思维能力也比之前最巅峰的状态还要活跃，那种感觉难以言表。我仿佛跟着它们随波逐流地旅行了很久，又仿佛只是一瞬间，我就被传送到了那座伟大的水晶塔中，那仿佛是另一个空间的入口，又仿佛握住了整个星球。我感到自己在无尽智慧的大海中漂浮着，拼命汲取着养分。

它们不分彼此，向我开放了一切生命与思维的奥秘，但我能理解的只有一小部分。如今能够记住的，更是不到其中的万分之一。

我看到了四十亿年前火星生命的起源，那些在深海中萌芽的细胞，与地球本来相去不远，但随即走上了完全不同的道路。地球上发展出了多细胞生物，而火星上微生物则结成了松散的海洋共生体系。海水覆盖着整颗星球时，曾经有遍布整颗行星的微生物网络，但随着海洋的干涸，大量微生物死亡，而生命进化的步伐也因此加快，不同的共生网络相互竞争而又相互渗透，不断地改良和更新，直到最后智慧思维的出现。在十亿年前，海洋已经基本蒸发殆尽，但火星微生物群设法在残留的湖泊间挖通了大量的渠道，生存下来，并以南极为中心，形成了遍布星球的"运河"网络，这事实上也是火星本身的大脑。它们时而是一，时而是多，以星球的规模感受着，思索着，争论着，变革着……

但那亦已经是亘古往事了！早在地球的寒武纪之前，火星文明已摆脱了生物阶段，不再需要湖海的栖身之所了。它们进入更高的维度，成了某种我无法理解的智慧形式。它们已进行过星际航行，对宇宙有着深邃无极的了解，但仍然选择了留在太阳系和火星上。那些天文学家观察了一个多世纪的"运河"，每条都是由万万亿亿的纳米智慧体组成的整体，它们的出现与隐藏，是这颗星球本身的思维活动，而水晶塔中储存着天文数字的知识与历史，也是接收从宇宙深处传来的高维波信息的装置。它们以这些波动和宇宙深处那些更为不可思议的超级文明保持着联系。

而火星人也观察着地球，观察着自生命创始以来的整个历程。火星人有一个专门储藏地球生命的数据库，但环银河上下，他们接触的所有文明不知有多少亿万种，地球对它们来说是一种过于简单的生命系统，毫不稀奇，它们也从未有过入侵地球的意愿。人类关于火星人那些幼稚的想象，甚至不够资格令它们发笑。

我想告诉他们地球上发生的事情，但它们已了如指掌。我想问它们，为什么不帮助人类逃离毁灭的宿命。但这又是不需要问的，就像不需要问人类为什么不介入两窝蚂蚁的争斗。它们生活的方式和层次、目标的伟大与深邃远远超出了我的理解，我唯有匍匐和崇拜，提不出任何疑问。

但我很快又明白了，这种想法也是不对的。火星人并非高高在上的观察者，而是以某种方式探测到了地球生命的内部，进入动物和人生命体验的内部。它们早已从内在方面感受到了人的爱与恨，恐惧与野心，欲望与道德……它们实际上最为深切地理解我们，比我们还要理解自己。但它们也无须进行任何干涉。

因为，它们同时进入和理解所有的世界。

飞琼，你还记得美国人休·埃弗雷特 50 年代提出的多世界理论吗？我们也曾经热烈地讨论过这种理论。我现在明白了，它在整体上是错误的，但有一些正确的成分。宇宙本体的某些投影构成了多重世界的现象。我跟随着火星人的认知维度，见到过人类主宰的世界、恐龙统治的世界、海豚进化出智慧的世界、社会性昆虫引领地球的世界、地球毫无生命的世界、火星毫无生命的世界、木星的气态巨龙主宰太阳系的世界……人类在十万年前就灭亡于瘟疫的世界，人类在一千年前就迈入银河的世界……

我并不是说，这些世界都现实存在，也并不是说，这些世界不存在。存在、现实这些词是误导性的，对它们也毫无意义。一首歌存在吗？一道彩虹存在吗？一个倒影存在吗？与其说存在，不如说是无尽的显现变化，宇宙的琴弦中早已蕴含了所有的乐曲，它们饶有兴味地聆听着也弹奏着，二者对它们来说，也是一体。

它们一直在进行着与宇宙合一的歌唱，这是它们的艺术也是科学，是历史也是未来。我的到来，也许稍微触动了一下它们。对于我们这种位阶比它们低下太多的生命居然还能克服那么多障碍来到这里，它们似乎也略觉赞许。它们兴致勃勃地再次拨动了宇宙的琴弦，我感到所有的火星智慧体都合唱着，舞蹈着，并以一种神秘的方式，和宇宙中其他的智慧体发生着共鸣。

我融入于它们之中，进入没有时间也没有空间，却又拥抱一切的场域。我看到量子涨落，时光流动，星河旋转，我看到宇宙爆炸，万物生成。一个星球上，生命兴起又衰落，我看到诸国融合又分裂，我看到各种生命在苦乐交织中寻找希望，追求幸福，或成或败，又归于寂灭的虚空。我看到了所

我们的火星人
—
341

有的世界，又什么都没有看到，甚至宇宙都不存在，只有一首无限繁复又最最简单的乐曲。它超越一切，记着一切，悲悯一切，救赎一切。如果要用一句话来形容，那正是《神曲》的最后一句话：

是爱啊，动太阳而移群星。

那乐曲旋律无穷，幻化亿兆，我追随着一个个绝美的音符，仿佛在无限个宇宙中穿行着，经过了亘古岁月。从一个宇宙到另一个宇宙，从一个星系到另一个星系，又不知过了多久，我仿佛进入了一个虫洞，看到前方隐隐出现了一些东西，它们很快变得清晰起来，行人、汽车、建筑……看上去那么陌生，又那么熟悉……

终于，我发现自己又有了人的身体和四肢，我骑在一辆自行车上，两边传来嘈杂的声音，是马路上熙熙攘攘的行人和车辆，我不知道发生了什么，在一片茫然中放开了车把，车子一下子失控了，让我撞上了一辆小汽车……

然后等我醒来，就在这里了。在上海这家医院里。算起来，时间是我登陆并死在火星上的同一天，却是在一个人类从未发现过火星文明的世界上。在这个世界，1969年的"水手"六号和"水手"七号并未拍下任何火星文明的照片，就好像从来没有存在过这些遗迹。此后整个历史就开始分岔，最后变得完全不同。我花了很长时间才明白了这一点：第三次世界大战并未爆发（或者说尚未爆发）；人类没有拜访过月球之外的其他天体；空间站还只是一个雏形；中国遗憾地搁置了载人航天计划，却迎来了改革开放的新时代……

我想，我们的火星人大概认为，这是能够馈赠给我的最好的世界了吧。我不知道它们是把我送到一个业已存在的世界，还是从潜在的无数可能中让这个世界显现，代替本来的世界变成对我来说的现实，或许二者本来也是一回事。

就像出发时我的梦想一样，我登上了火星，见到了火星人，又平安归来。但我怎能想到是以这样一种方式？我永远无法回到自己真正的"家"了，永远失去了我亲爱的妻子，还有我的女儿——依恋着我这个爸爸的小淇淇……唯一的慰藉是，在这个世界，我也有一个叫沈淇的女儿。虽然和我记忆中的那个淇淇完全不同，但也同样可爱，也许这就是这个世界送给我的最好的礼物了。

别了，飞琼。写到这里，我忽然明白了，这封信并不是写给你的。她是你，却又不是这个你。你和我，我们曾经相爱过，但真正和我生死相依的人儿，却是另一个宇宙中的另一个你。真正应该收到这封信的人，永远不能再收到它。或者，那个飞琼根本未曾存在过，就像那个淇淇不存在一样。如果是这样，那么我不知道是该感到欣慰还是悲伤。但每次我想到，也许她们还在那里，在那个已毁灭世界的某个角落里活了下来，守望着我的归来，总令我的心感到像被针所刺透一样痛楚。我如何、如何才能摆脱这样的痛苦啊！

无论如何，飞琼，你是这个世界上唯一一个能理解她，也理解我的人。我把这一切告诉你，并非还有什么企图，只是希望你能明白。我清楚地知道，这个世界的你已经找到了自己的幸福，与我无关的幸福，这幸福生活实在来之不易。如我所知，这个星球上还有几十亿人能够继续追求自己的幸福，已经是无比幸运的偶然了。关于那些多重宇宙，我仍然有一点儿印象，在另外许多个世界里，人类因为各种原因都灭亡于 20 世纪下半叶，不一定因为火星，也可能是因为古巴，或者韩国，或者某种威力比核武器更强大的新式武器……而这个世界，或许是最有希望走出冷战，也走向一个新未来的了……

在这个世界上，我的感情生活一团糟糕，我的事业也遇到了严重问题，但无论如何，比起我来自的那个世界的结局已经好了太多。而且我还有一个女儿，另一个沈淇，这些日子以来，我同样爱上了这个孩子，她成了我的精神支柱。也许，守护她平安成长，就是我在这个世界上能够守护的最大幸福了。能找到这样的幸福，在所有的宇宙中，也算是一种幸运了吧。

最后，飞琼，祝你幸福地生活下去，在这个新时代度过美好的一生，我也会努力的。

沈星光

1983 年 5 月 25 日

# 尾 声

我们读完了这封长长的信，久久不语。然后沈淇轻声啜泣起来。

良久，沈淇擦了擦眼睛，说："这……这到底是什么？"

我也花了很久才找到词汇："这……这应该是一篇科幻小说吧。"

"真的……真的是一篇小说吗？"

"还能是什么？"我挤出一个笑容说，"他总不会真在1982年登上了火星吧……"

"但为什么要写给萧飞琼呢……"沈淇还是一片迷惘。

"大概……我想他是因为失去了萧阿姨而遗憾，又总是梦想着登上火星，所以就想象了这样一个世界，在其中他和萧阿姨在一起了，还生了一个同样叫沈淇的孩子，加上那些训练的影响，还有脑震荡……写着写着，他也分不清真假了……"

"嗯，是这样吧……也没有别的可能了……"

我们对视了一眼。都从对方眼中看出了潜台词：没有别的可能，除了他明明白白说出的那一种。

但这怎么可能呢？

"这封信，该怎么处理？"沈淇换了个话题。

"我想想吧……这样……"

我们商量了一下，把沈星光的信件整理了一下，稍微删去了一些感情方面的描述，送到了高远老人的手上，我想他应该会想看一看，看看他挚爱的航天事业在另一个平行宇宙中会有怎样惊人的发展。至于告不告诉陈琪，我请高老决定这件事。实际上，沈星光所怀恋的，只是"另一个世界"的萧飞琼，而这个世界的萧飞琼，婚后并没有和沈星光有任何纠缠不清的地方，连他的信都没有拆开过。如果陈琪足够聪明的话，对此总应该可以释怀吧……

几个月后，我和沈淇抽空去了一趟西昌卫星基地。这是"另一个世界"中，沈星光和萧飞琼的"家"。我们当然找不到那个不存在的家，但在基地的社区，我总觉得好像能看到沈星光和萧飞琼，还有另一个小沈淇的身影，他们手拉着手，和我们擦肩而过……

西昌卫星城有个深夜观星的旅游项目，正逢疫情时期，几乎没几个人报名，但我和沈淇去了，我们被拉到一个远离基地的山头上，在川西群山间支起了一顶帐篷，我们就坐在帐篷里，望向美丽的夏夜星空：银河高悬，牛女对望，时见流星渡河汉，不知道是否能传去相爱的信息。

我们等了许久，直到银河西沉，一颗孤独的红色的星星才从天边升起。这是一颗最近的星星，却和最远的银河一样神秘不可测。

我拍了拍身边快睡着了的沈淇："淇淇，火星升起来了。"

沈淇爬起来，打了个哈欠问我："这回没错吧？你都搞错好几次了哦。"

我有点尴尬："不会错的，和观星软件上的位置一模一样，这回真是火星。"

"嗯……"沈淇看着遥远的火星说，"你说，爸爸真的上去过吗？四十年前……"

这个问题，这些日子以来也一直萦绕在我心头，我常常想象着，记忆中那个开书店的沈老伯，在 1982 年，穿着带有中国国旗标志的航天服，孤独地跋涉在火星的荒漠中，总觉得不可思议。

"我不知道……"

沈淇沉默了一会儿，问："对了，你还记得梦之箱吗？"

"怎么会不记得，没有它我们也不会——等等，你是说——这是因为——"

我望向沈淇，夜色中她的星眸闪动，点了点头。我明白了她的意思。

当年，沈星光为什么要造梦之箱，始终是一个难解之谜，难道真的只是出于某种固执，为了实现一篇科幻小说中的创意吗？但他甚至进入了箱子，将自己烧死……这一切是为什么呢？也许过了许多年之后，他仍然放不下那个世界的萧飞琼和沈淇，想要回去，找到她们，甚至逆转那个世界毁灭的结局。

再者，沈星光何以能造出梦之箱？虽然说他科技方面的知识扎实，但造出这种神奇的存在，所需要的知识储备大概远远超过现在人类所能掌握的范畴。沈星光毕竟不是爱因斯坦，怎么可能用现实中能够买到的那些元件造出这么不可思议的机器？也许，是他在火星上的时候，和火星人融为一体的时候，看到了万物本原的内在机理，回到这个世界之后，还残留着一些火星文明中知识的记忆？

我们讨论了一阵，和之前多少次讨论一样，始终没有结果，这一切终究是永远无法证实也无法证伪的猜想。过了一会儿，沈淇又说：

"对了，前一阵我读完了那本《战神的后裔》。"

"啊，我最近也常常想到那本书……"我说。

"其实爸爸，某种意义上，就是薛印青吧。"

我立刻明白了她的意思："是啊，同样被困在一个不属于自己的世界里……我很后悔。"

"后悔？"

"那本《战神的后裔》虽然没有送到你爸手上，但他后来也自己买过一本，读到薛印青的结局，一定也有无限的感慨吧。那年他还推荐给我看，可惜我没看懂，胡说八道一通，后来他就没再跟我聊这方面了。但如果我当年看进去了，多跟他聊几句，也许二十多年前，沈伯伯就能告诉我这个秘密……"

"爸爸连我都不说，怎么会告诉你呢……"沈淇说，"但我也记得，有一次我问他，那些火星的故事到底是真是假，爸爸指着火星说，故事都是人写的，但是也许在那个星球上，隐藏着比所有这些故事还要不可思议的秘密……"

"也许他所指的，就是这个秘密。"我望着在星海中徜徉的火星说。

沈淇也看着天边的星辰，妙目流转，说："但是……但是最近我也一直在想，如果爸爸所写的是真的，我们这个世界为什么一直没有观测到火星人或者火星文明呢？前一阵我们的'祝融'号火星车不都上去了吗？还是什么都没有发现。难道火星人创造了一个自己根本不存在，或者早已灭绝的世界？"

我想了想，说："但假如你爸爸写下的内容是真实的，这就有点儿不合逻辑：你想，如果这个世界不存在火星人，当年的斯基亚帕雷利，还有洛威尔他们就不可能观察到火星生命活动产生的'运河'，从而一开始也就没有火星人的传说了。”

“但在我们这个世界，‘水手’六号和‘水手’七号是从来没有拍到过什么运河的，对吧？”

“对的。所以在这个世界上，洛威尔他们看到的运河只能是一种错觉。沈伯伯写下的，终究只是自己的幻想，虽然是蛮好的科幻题材。不过……不过如果多元宇宙的说法是正确的，那么在无限宇宙中的某一个里，一定也有一个沈星光登上过火星，遇到过火星文明，但那个沈星光和这个，他们……难道……”我也觉得自己有点被绕晕了。

“好了，”沈淇微笑着，把头靠在我肩膀上，“这些事可以想一辈子，现在，我们还是好好地看看星星吧，它们真美啊……”

我们凝望着天穹上无尽的繁星，繁星也同样凝望着我们，眨着眼睛。那些无尽的星辰，似乎一伸手就能抓到，却又几乎是绝对的遥不可及……

好在最美的一颗，已经落在了我的身边……

CARPE DIAM.

不知过了多久，沈淇依偎在我身边睡着了。我也感到倦意涌上来，蒙眬将睡，但忽然间，一个刚才错过的念头如闪电划过脑海。

不，我的推理还是有漏洞。

事实上，如果沈星光的故事是真的，火星人也不需要把沈星光送到一个火星生命和文明灭绝了的世界上。这个宇宙中最善良无私的文明，大概也不会为其他文明灭绝自己。但它们只需要做一件事，对它们来说不费吹灰之力，就可以做到。

它们稍微改写了一点点时间线，创造了一个新的平行宇宙：1969 年，当地球人派出探测器靠近时，火星人隐藏了自己，隐藏水晶塔和所有的"运河"，不再对地球人出现，让一切看上去像是错觉和误会。至少在地球文明发展到能够摆脱自毁可能之前，它们不会再出现了。

但这也就意味着，其实它们还在那里。现在，迄今，在那个世界看似荒无一物的表面之下，仍然有活的"运河"流动，有高维波装置发出波束，和宇宙连通。亿万的火星生命体在那里存在着，活动着，思想着，和整个宇宙一起，观察着我们的原始世界，甚至现在就观察着地球，观察着——我们。

我仿佛看到，面前出现了一个古早科幻故事中的"小绿人"，跳到了我跟前，把长得畸形的手指放在怪异的嘴巴前面，做了一个"噤声"的手势，然后微微一笑……

我擦了擦眼睛，眼前一无所有，只有星空下沉睡的山峦。

"你果然还在那里吗？"我望向群星中那个小小的红色光点，喃喃说，"我们的火星人……"

# 时间线定制机

尊敬的联合国秘书长阁下，尊敬的各国元首和代表，各位科学家和宗教领袖，女士们、先生们，大家晚上好！

当然，以目前的局势而论，虽然人类文明已经到了夜晚，但说"好"实在勉强。对此我本人自然难辞其咎，当然更大的"罪魁祸首"，是不在这里的丁一博士。某种意义上，是我们导致了地球的空前危机，不过事情走到这一步，也是我们万万无法预计的。五年前，三年前，哪怕是一年前，都不会有人能想到事情会发展到如此地步。然而，此时此刻，这种荒谬绝伦的处境，竟变成了冷冰冰的事实。最荒诞的可能性一旦成为现实，就是 100% 的真实存在——这看似是废话，却是整件事的关键所在。

我将代表联合国时间线协调委员会，阐述我们采取的紧急应对方案。但在此之前，我想先回顾一下这次危机的起源和发展，你们中的很多人对此还不了然。首先介绍一下我自己。我叫林一民，今年三十六岁，是中国国立时间线研究院院长、历史考古学会理事长、联合国时间线协调委员会副秘书长……还有十来个重要头衔。但仅仅八年前，我还只是中国河南省考古研究所的一个小助理。这个升迁的速度史无前例。可能有人知道,这是因为我在考古学界的一系列显赫成就:我发现了夏王的陵墓,首次确凿证明了夏代的存在,又找到了涿鹿古战场的位置以及正本《永乐大典》等。我还一度被誉为历史上最伟大的考古学家……但没有几个人知道,这一切都是因为我和丁一博士在八年前的相遇。

那年夏天,我博士毕业,刚找到工作,就传来消息:在南阳盆地西部的一个小村庄里,发现了战国时期的墓穴,其中出土了青铜器、漆器和竹简等,从以往的案例来看可能意味着重大发现,省考古所十分重视,派出了十多人的团队去了现场。

考古队大腕云集,我刚入行,在里面就是个打杂的,那些比较重要的文物根本轮不到我去研究,我的工作只是去一寸寸地筛现场的土壤,记录琐碎信息,以及把几千片青铜器和陶器的碎片整理编号。在烈日炎炎的夏天,在没有空调的帐篷里干这些烦琐工作,真是受罪极了。不过在这个过程中,我逐渐了解到古墓发现的经过:那是一个私立的工程物理研究院制造的新型盾构机在一次地下试验中偶然探测到的。

目前盾构机仍然在地下十多米处被拆卸回收。研究团队很多人也还留在现场。我对盾构机的探测能力有一点儿兴趣,想能不能用于考古发掘,于是找到了它的发明者丁一博士。丁一博士告诉我,这种机器叫作量子盾构机,是通过量子力学的原理来改进挖掘效率。如果是理科出身,应该会感到这个发明不可思议,近乎骗局,但我当时全无相关知识,他稍微解释了几句,我也听不懂就算了;不过丁一博士对墓葬的情况也有些感兴趣,反来找我打听进展。一来二去,我们逐渐熟悉起来,乡下无聊,偶尔也一起喝酒、撸串。

但最后发现，这个墓穴属于一个中低级贵族，里面没什么高级东西；被寄予厚望的竹简也腐坏严重，解读不出什么信息。我感到有些失望，前辈们对我说，这是考古发掘的普遍情况，真正的大发现多少年才有一两个，更不用说落到自己头上了。

不久后我回了省城，过了一年，早已把这次发掘的事忘得差不多了，在其他一些项目里当苦力，干来干去觉得毫无出头之日，都想要辞职了，这时候忽然接到了丁一博士的电话，他约我见面。

我好奇这人找我能有什么事，和他约了一起喝咖啡。丁一博士说他的盾构机在最近一次的地下试验中又有新发现，然后拐弯抹角地问我，有没有"门路"能够把一些珍稀文物卖个好价钱。我知道考古界有些人的确在暗中干这种勾当，但我还是有操守的，当场斥责了他的贪婪和下作。丁一博士解释说，他的研究意义重大，需要大量的经费，但研究所的经费已经不充足了。我说，那也不能靠出卖国家文物来换取经费！我威胁他要报警，丁一博士有些慌张，终于告诉了我真相：那些文物，是他"定制"出来的。

当年丁一博士搞理论物理学研究，研究方向是物质波或者称为德布罗意波的特性。宏观物质本质上也是量子态的波，通过观察而坍缩为固定形态。但丁一博士发现，量子态中也有深层结构，亦即它既是量子叠加态，但已经有许多近乎坍缩态的"先兆图式"出现，如果能够以某种方式找到这些图式，就能让特定的先兆坍缩为现实……

这么说，诸位能否听明白？我可能和丁一博士在一起的时间太长，习惯了他那套拗口的术语，简单地讲，就是可能存在某种巧妙机制，可以在对量子态进行观测的同时进行某种主动的选择，令某种坍缩态出现或不出现，以把握物质坍缩的发展方向。丁一博士的这些理论离经叛道，让他被科学界扫地出门，好在有个师兄欣赏他，招他进了一个私立的研究所，给了他一些经费让他自己进行研究。

丁一博士意识到，未被观测到的物质虽然很多，但最方便人类去检测的范围是在地下深处。也就是说，无人得见的地下世界是什么样子，本质上是"量子不确定"的。几年前，丁一博士依据这一理论，制造出一种特殊的地下盾构机。它能将地下深处未被观测到的部分当成一团变幻莫测的物质波。每次挖掘的时候，同时"选择"令其坍缩到特定形态。丁一博士的盾构机前方刀盘上装有一种特殊的量子探测装置，在挖掘的同时，探测其中叠加的先兆图式，根据电脑中预先存入的图式结构进行匹配，同时通过观测让它变成现实。

丁一博士制造这种盾构机，一方面是验证自己的理论，另一方面他认为这种技术能够改进地下挖掘的效率。一般来讲，在地下挖掘时，无论如何都要和坚硬的岩石以及复杂的土壤淀积层、母质层、地下水等环境硬碰硬，碰到难以掘进的障碍只能怪运气不好。这种方式，能够按自己的心意让地下的泥土岩石"坍缩"到理想的状态，甚至找到金矿或者钻石矿等高价值矿脉。

他一开始屡屡碰壁。不同的土石形态的数据差异细微，很容易误判，再者这些图式的概率也不是随机的，而受到地质学基本原理的束缚，比如地球上绝不会出现月球类型的岩石。发现钻石、黄金或者某种稀有金属矿藏虽然是可能的，但概率也很低，且他的机器还比较初级，难以识别，实验了很多次只取得了一丁点儿的成果，无法验证丁一博士的理论，而经费日益捉襟见肘，就快见底了……

不过就像很多发明一样，虽然在本来的方向上不如人意，但它却带来了意外的效果。在一次实验时，一闪而过的某种特殊图式引起了丁一博士的注意，丁一博士不知道这意味着什么，但出于科学家的好奇心，选择了让它坍缩为现实。

他很快就知道了结果：盾构机立刻在前方钻到了一个古代墓穴，其中好像有很多文物遗存，研究所不敢怠慢，立刻上报，省考古所就派人来了，也就是我们这些人。

这件事让丁一博士明白了，量子盾构机真正有价值的作用是什么，它能够"选择"某处地层中出现墓葬或窖藏等构造的图式，让它们成为现实。这些有规则的地下空洞与一般土石的图式差别十分显著，很容易被发现和固定下来。

在那次发现后，丁一博士又做了几次试验，发现成功率很高，而且地层越深，发现的文物越古老，他先后找到了好几个春秋、西周乃至殷商的墓穴。他渐渐心思活络，想用这些地方发现的古物换取好处，在他心目中，这些文物本来就是他用物质波制造出来的，自然也就归他支配。

我想了好几天，才明白这里面的逻辑。使用量子盾构机"发现"一处古迹，就相当于选择了一条可能历史的时间线。以第一次的战国贵族墓为例，在两千四百年前，这个贵族或其子孙在许多个可能下葬的地点中选择了这个。但他们另外还有很多种选择，每一种选择都创造了不同的时间线。在一些时间线上，这个墓穴早已被盗，或者在洪水地震等灾难中毁灭了，在另一些时间线里，这个墓穴迄今仍然沉睡在几千米外某一个隐蔽的角落。但的确在某一条时间线中，此人死后被葬在了这里，形成了特殊的地下构造。当量子盾构机选择了这一状态后，就让这条时间线并入我们的世界。

诸位可能还不太熟悉"时间线"的概念，简单讲，相当于可能的因果之链。有几位或许看过一些科幻小说和影视，但这里的概念不太一样。在一般的科幻作品中，时间线意味着历史的某一分叉，会导致完全不同的未来，比如秦没有吞并六国的世界，或者希特勒打赢了第二次世界大战的世界，都是与现实完全不同的时间线，它们和我们的时间线分离后就不可能再重新会合。

但这只是其中一种情况，还有另一种与之对称的情况，之前却无人考虑过。这里我想请问大家一个问题：刚才，我是先迈左脚上台的，还是先迈右脚？大家沉默了，显然，没有人记得和在意，包括我自己。但我要说的是，我先迈哪只脚上台这件事，虽然琐碎不值一提，但也是不同的时间线，承载着不同的历史，但它们不会影响我现在在这里讲话的结果。虽然两条路径不同，但终点是一样的。因此，可以说在同一个现实存在的背后，隐藏着不同的因果链条。以往这些隐匿的时间线只是在观测中随机坍缩显现，但丁一博士的发明，让人类有了"定制"特定时间线的可能。

不过在我想明白这个问题后，我也就反对丁一博士的计划。我告诉他，按照他的理论，我们只是正好进入某些古人的墓穴在那里的时间线，而不是真正创造出这些文物，也就没有资格去倒卖它们。丁一博士不得不同意我的逻辑，但我告诉丁一博士，他也不必沮丧，他的技术有大得多的用处，大到超乎他的想象——当然，后来也超过了我的想象——我打算辞职，和他一起创业，去缔造一项不朽的事业：定制时间线。

我本人对夏朝的考古很感兴趣，但现代以来还没有完全能够证明它存在的发现。尽管我深深相信，证明夏朝的文物和遗址就在广袤的中原大地之下，但无法找到它们。丁一博士的发现可以提供一种方式，让我们以极为快捷方便的方式找到这些文明的宝藏，或者说，"定制"它们存在于我们指定地点的时间线。比起这样令人激动的前景，倒卖文物的利益不值一提。

丁一博士同意了我的计划。他对考古学毫无了解，而我也不知道夏朝的遗存文物会以怎样的先兆图式出现，和其他朝代有何区别，我们必须结合双方的知识。首先，我们确定了夏代的遗址一定会在比商朝更古老的地层出现；其次，如果说是一个发达的文明遗址，其范围也一定比较广大；最后，有一些高等级的器物，比如青铜器、玉器等，会有明显的特征……这些理论问题，我们花了一年时间，逐一攻克了，重新制造了新一代的量子盾构机，也就是所谓的时间线定制机——后来人们都这么叫。

先兆图式并不是完全随机发生的，而仍然需要考虑现实概率。我结合传世文献和近期的考古发现，认为夏代早期都城可能在新密市新砦村的附近，这里曾经发现过一些遗址，但还没有太重磅的文物出土。但有可能夏代君主的宫殿就在其附近。经过一段时间的考察，我们划定了一块几平方千米的范围，将盾构机运来，然后送到地下，让它开始工作。这个工作比我们想得要艰难，我们换了好几个具体的探测地点，但整整三个月时间都一无所获。当然，也不是什么都没有，我们看到一些可疑的图式在屏幕上闪过。但一旦误判，也许只是挖掘出商周时代的文物或者新石器时代的原始器皿，那就离目标差得太远了。

终于，电脑匹配成功了一个比之前一切波形都更符合预测的图式，盾构机选择了这个图式，让这条时间线与我们的世界成功对接。我们进行了初步发掘后上报国家并联系了媒体，很快，一座气势宏伟的上古宫殿遗址被挖了出来，里面不仅有大量珍贵的玉器、青铜器、贝币、象牙等，还找到了大约公元前 1900 年的玉器铭文，其文字比甲骨文更为古老原始，但依稀可以辨认出"天邑夏""后开"等字，显然就是夏代和开国君主启（开）的名号，夏朝的存在因此获得了完全的证实！

这个发现轰动中外，我也一举成名。我们当然对时间线定制机的基本原理保密，对外界只说是丁一博士发明的是一种新的地下遗址探测设备，但不提供任何技术细节。此后两年，我们又"发现"了涿鹿古战场，以及失传的《永乐大典》等，证明了中国五千年文明的源远流长，也获得了数不胜数的奖励和荣誉。丁一博士的研究所被国家收编为国立历史考古研究院，也就是后来时间线研究院的前身，得到了上不封顶的资金支持。有人怀疑我们在造假，但各种文物古迹全都货真价实，最苛刻的专家也无话可说。

但正当我们摩拳擦掌，准备继续大干一番的时候，出事了。

一天，丁一博士的电脑被黑客入侵，资料被清洗一空，与此同时，一台正在运行的时间线定制机也遭到了严重的物理破坏，甚至价值几十亿元的量子探测器不翼而飞。我们报警之后，发现是一个来路不明的人在夜晚潜入工地干的，此人身手不凡，竟能绕过严密的监控和安保系统，此后他用假的身份连夜出境到了南美，再后面就下落不明了。

我们受到了沉重的打击，好几个月都无法恢复工作。我们也不知道幕后黑手是何许人也，直到半年后，日本考古学家宣布在九州岛上发现了一座公元前7世纪的大型王陵，我们才明白对手是谁。按照日本人的发现，在那座陵墓里出土了有长篇铭文的青铜鼎簋，上面有"神武王"字样的籀文，证明了墓主是一个自称"神武王"的部落联盟领袖，也就是后来日本所追尊的"神武天皇"，他在公元前660年左右建立了大和国家，这完全证明了日本古书中的神话史观！

日本的右翼分子为此欢欣鼓舞，不过他们很快就笑不出来了。我需要再次提醒诸位，所发生的一切不是伪造，而是使用者让我们的现实对接到神武天皇存在的时间线中，让它变成现实。但一旦它成为现实，就必须符合逻辑法则和已知的自然与历史规律。公元前7世纪，在日本列岛上产生过一定发达水平的文明，在哪一条因果链中可能出现这样的历史？

只有一种可能，这个文明来自西面的邻居。后续的发掘证明了这一点，青铜鼎铭文的全文在保密了一段时间后，还是被媒体透露出来。这里隐藏着一段春秋秘史：公元前686—前685年的齐国内乱中，齐襄公的儿子，也就是齐桓公的侄儿姜武，在夺位失败后带着几百个追随者逃到东海，又漂流到了九州岛，把来自大陆的先进农耕文明带到了那里。他模仿"天子"的称号，自称"天孙"，和当地原住民的信仰结合起来，就成为"天孙降临"的日本神话。

"神国"的理想破灭了，右翼人士愤恨不已，历史学家则十分振奋，认为找到了日本文明真正的起源，但这只不过是人类时间线真正大混战的序幕！

时间线定制机的基本原理无法再完全保密了，韩国人很快也加入了历史竞争行列。一年后，他们宣布在首尔附近发现了远古的祭坛，规模宏大，还发掘出土了许多精美考究的石器和玉器！碳-14历史定年是公元前2300年左右，如你们所能想到的，这正是传说中檀君朝鲜的时代。

然而，现实世界的规律仍然在起作用。当历史选择了檀君朝鲜存在的时间线后，也必然选择可能让这个文明合理出现的途径。檀君遗址中有大量的石器和玉器，其式样和花纹，非常接近在浙江出土的良渚古国文化。考虑到良渚古国的延续时间大约是从公元前3300年到公元前2300年，以及良渚人发达的航海能力，这条时间线上的隐藏历史就很清楚了：良渚文明衰亡后，一支良渚人远航到了朝鲜半岛，把早期文明也带到了那里。虽然没有文字，但在祭坛下挖出的一件精美玉璧上，雕刻着良渚特有的人兽面神像，堪称铁证。

就这样，在一次次重新发现的历史里，三星堆、石家河、石峁、陶寺、大汶口、台北圆山、越南红河、琉球贝丘……整个东亚历史被对接到各种匪夷所思的时间线上，编织成魔幻的时间之网。在这些重写的历史中，北京猿人的后代进化成了智人，回到非洲又回到东亚；古蜀国是丹尼索瓦人建立的国度，远古历史长达三万年之久；黄帝和炎帝用战车在涿鹿大战过手持铁兵器的蚩尤；周穆王远行到天山，和当地的吐火罗女王"西王母"会晤；日本武将源义经是成吉思汗麾下的哲别，郭靖本名郭宝玉……本来任何一个发现都可以震惊世界几十年，但现在，第二天就会被新的、更大的发现所补充和修正。

在那几年里，类似的过程在印度、埃及以及欧美各国同步发生着。技术也在不断进步，能够越来越精确地定制所需要的时间线。所以，大西洋里真的有过亚特兰蒂斯古国（英国的巨石阵就是亚特兰蒂斯人建造的），希腊英雄们也的确远征过特洛伊人（他们甚至在地下挖出了那座巨大木马的残片）；亚瑟王与圆桌骑士的传说世界也被发现，人们甚至找到了埋葬亚瑟王的阿瓦隆岛（奇怪的是，那地方竟然在冰岛）……

所有这些，到目前为止还是在"正常"范围之内的世俗历史，无论看起来多么令人意想不到，还是在一般的历史认知框架之内。但这道门槛并不是绝对的，随着越来越离奇怪诞的时间线被并入现实历史，超现实的时间线也若隐若现，人类已经越来越接近了那个让一切已知历史崩溃的临界点。

不是没有人为此感到不安。许多人开始质疑："招来这些本不应该存在的时间线有什么意义？""历史事实应该自然地被发现，而不是去定制出来！"终于，在三年前，联合国召开了紧急会议，通过决议，禁止任何国家再使用时间线定制机擅自改变历史。美国对此推动最为积极，因为再怎么发现也轮不到它。有一次，在美国西南部掘出了一座公元700年左右，规模宏大的印第安古城，反而让印第安人的民族意识日益觉醒……

决议通过后，世界太平了一小阵子，之前的历史已经过于混乱，让所有人精疲力竭，等待时间去消化。不过相关技术已经逐渐普及到民间，有一些狂人在偷偷制造时间线机器，所以小的时间线变动还是屡禁不止。

联合国决议通过后不久，有一群人暗中找到我，我才知道出现了一个狂热的新兴宗教，包括东方人和西方人，他们是"龙"的崇拜者，想要找到一条时间线——其中有真正的龙的存在！这里说的"龙"，自然不是比喻用法，而是那种身体修长、长着鳞片、犄角和尾巴的巨大生物。当然对于龙具体的外观，东方人和西方人的看法颇有差异。

要定位一条有龙这样超现实生物存在的时间线上，其难度远远超过找到任何上古文明。这些现代的叶公希望我和丁一博士能帮助他们改进算法，模拟出相应的时间线模型进行匹配，让有龙存在的时间线并入现实历史。我拒绝了这样荒诞的要求，但觉得这些狂人也不可能成功，所以没有太当回事。彼时，我们还没有意识到，只要一条时间线具备最低限度的、哪怕是超现实的可能性，它就有可能被定制出来。

一年多后，世界刚刚恢复平静，就又被一则爆炸性的新闻所撼动：在印度南部，出土了一些奇特的化石：它们可以拼成一个带犄角的脑袋和二十多米长的身躯，以及几条相对短的腿。任谁看了，都认为这就是印度传说中的"那迦"——龙神。几个违规使用时间线定制机的家伙很快被逮捕，但已经来不及了：我们进入了龙族存在的时间线。继印度的大发现后，很快又在东亚和欧美各地挖出了各有特色的龙化石，有的身躯较为粗壮，有的长有羽毛，有的长着翼膜的翅膀……但彼此之间有很多共同点。它们组成了进化史上一个独特的谱系。

这些巨龙从何而来？在现实化后的时间线里，它只能是从一种本来就有的生物进化而来。最为原始的龙族化石，来自古新世时期，有明显的鳄类生物特征，但比一般鳄鱼身体长得多。专家推测，白垩纪末期的大灭绝造成了一千万年间生态位的真空。此时，古鳄中的一支走上了陆地，成了顶级狩猎者，并发生了身体拉长等变异，开始了辐射到多个生态位上的演化。一些鳄龙的肋骨延长，变成双翼，逐渐拥有了飞行能力，另一些则在山林中如虎豹般觅食，还有一些回归江海，身体变得更为巨大，吞噬鲸鲵……

到这里还不过是古生物学范畴的发现，但龙族的崇拜者还不满意。他们坚信，龙不只是一种上古爬虫，还应当具有超人的智慧。没过多久，他们在太平洋边缘的海底又定制出了一座并非属于人类的城市遗址，其中有一些奇特的龙族骨骼，看起来像是直立行走的鳄鱼，站起来有三四米高，极为恐怖，《山海经》中的"龙伯大人国"成了真实的记载。在这座城市遗址中有大量的象形文字铭文，从中人类得知了这一种族的历史：

龙族比人类更早就进化出了智慧生命——龙人。早在数十万年前，它们就创造过辉煌的古文明，在那个时代，人类只不过是龙人用生物科技改造类人猿创造出来的宠物和仆从。但因为不明的原因，龙人之间发生了战争，使用了核武器。结果龙人毁灭了，人类也被消灭了大半，这件事发生在七万年前，那时候人类的基因库进入了一个神秘的瓶颈期，原因就在这里：人类在地球上被消灭了99%。《摩诃婆罗多》中那些毁灭世界的战争的记载，就来自人类这种远古的回忆。后来人类走向复兴，少部分低等龙族还和人类在一起生活了很久，直到历史时期。人类技术逐渐发达后，龙族缺乏

时间线定制机

363

栖身之地和繁殖的条件，也走向灭绝……

这是一个离奇的故事。当然，如果只是故事还好，但问题是，它已经成为现实，虽然是已经逝去的现实，但仍然会有后果。比如，被编织到其他的时间线里。

发现龙族的同时，另一群基数更大、信仰更坚定的信徒，正在开始一项野心和难度都更大的事业，他们想要让世界并入一条至为伟大的时间线——"上帝"现身的时间线。

宗教经典中记载的诸事物或遗迹被发现了，从巴别塔到索多玛，从所罗门的宝藏到消失的以色列支派。不过这一切还都可以用一般历史原理来解释。但最终，一群狂热的信徒将盾构机运到了埃塞俄比亚的深山中，去寻找《旧约》中最伟大的神器——约柜。根据一些记载，它很有可能在公元前500年的"巴比伦之囚"时期被偷偷藏在这里……

CIA、军情六处和摩萨德一起杀到这里，但为时已晚。教徒们环绕跪拜之中，他们看到了一个光彩夺目的合金柜子正在出土，上面立着两尊长翅膀的怪龙的雕像。

约柜被发现了。但它和人们想象中的圣物完全不同。这个箱子的本体竟然是一台计算机，两个怪物的眼睛就是投影装置，启动后，它们就在人类面前投射出地球历史最古老最深邃的奥秘：

在远古时代，在地球上还只有简单的单细胞生命的时候，来自宇宙深处的一个文明造物降临在地球上。祂可以说是一种生命，亦可以看成一种机械，祂是阿尔法，也是奥米茄。祂改造了单细胞生物，让多细胞的生命体出现，并在数亿年中主导地球历史的历次变迁。最后，祂创造出了智慧生物。

但祂创造的第一批智慧生命并非人类，而就是之前我们发现的龙人（在宗教中称为天使）。他们在漫长的发展之后实现了技术飞跃，也拒绝再被上帝掌控。在"堕落天使"与上帝之间展开了一场大战（所以传说中天使长路西法是一条巨龙），这场大战毁灭了龙人文明，但上帝也受到了重创，蛰伏在被称为约柜的装置中，直到一个叫摩西的埃及王子发现了他。祂告诉了摩西这段历史，而摩西也因此缔造了一个伟大的宗教传统……

然后就是众所周知的事件了。约柜被带回美国，放置在绝密地点，总统、议长和数十名政要慕名前往参观，但它发出了一条古希伯来语的消息后，开始闪烁和变色。很快，周围所有人都被一种奇怪的力量所腐蚀，坍塌为一堆漆黑的粉尘，这些粉尘宛如活的蚂蚁向外扩散，又侵染了周围所有的建筑、车辆、机器和人类，让它们也成为灰烬……在地球表面，一小块黑色迅速蔓延，宛如覆盖苹果的霉变。

这是一种侵蚀一切的纳米机器，但它经过严格的甄选，只会消灭人类和人造物。在海水里，它的进展比在陆地上要慢得多，所以它也花了一段时间才能从一个大陆跨越到另一个大陆。但无论如何，上帝的旨意十分明确，他要再次毁灭这个世界。

所以一个月后的今天，剩下的人类代表聚集在这里，在马里亚纳海沟，在七万年前龙人的海底城市遗存附近，在一艘潜艇上召开这次会议。在地表，人类被黑色的尘埃围攻，只剩下五分之一的人口和地盘，人类最多还有一两周时间，也许更短。

回顾了过去八年的历史后，现在我要告诉大家我们制定的方案。

这和约柜留下的信息有关。约柜最后用古希伯来文投射出一行字，古文字学家告诉我们，这句话是："除我之外，你不可有别的神。"众所周知，这是"十诫"中的第一诫，过去认为，这不过是反对偶像崇拜的宗教戒律。但上帝为什么要重申这句话，又为什么因此而要毁灭世界？

在时间线定制机问世后，这句话才显露出真意，上帝，或者说是这一来自宇宙深处的神秘智慧体，害怕其他生命通过对时间线的定制，找到另一条能够克制自己的时间线，召唤出更为强大的存在！祂把自己的分身传播到整个宇宙中，在数十亿年的时光中，在每一个星球上掌控生命和智慧的发展，本质上是出于这一目的：预防时间线定制机的发明。

七万年前，祂灭绝龙人文明，应该也是出于同样的理由。但龙人显然找到了一种方法，与之同归于尽，反而给了人类以发展的机会。不过真的是同归于尽吗？既然古老的神祇仍然以某种方式存在于世界上，龙族或许也有可能在什么地方蛰伏着……至少存在着这样的时间线的可能。

它们可能在浓雾覆盖的金星，可能在黄沙滚滚的土星，也可能在美丽壮阔的土星环里……可惜在约柜的干扰下，人类已经不可能进入广袤的太空探索，但是仍然有更加切近的时间线。

在马里亚纳海沟的最深处，在亚欧板块和太平洋板块的交界点，丁一博士已经用定制机打开了一条缝隙，能够容纳一个深潜器进入。他希望能够找到一条时间线，在其中龙人仍然栖息在地球深处的某些空洞里，在那里生活。对地球的最新探测显示，在地壳下面，存在着十几个这样的空洞构造。它们幅员达到数百万平方千米，高度也有数千米，彼此连通，足够海量的生物在那里栖息。

可以告诉大家，一天前，丁一博士已经携带着时间线定制机，乘坐深潜器前往地球深处的空洞。我相信他必能找到一种方式，让龙族带着它们的科技力量回到地表，与上帝的力量抗衡，以拯救人类。

他能够成功吗？坦白说，我也不知道，但我坚信，即便人类最终失败和灭绝，也只是不幸进入了一条失败的时间线。而在遥远的未来，新的地球生命也许会重新发现人类，重新用定制时间线的方式找到我们，找到人类仍然生存的时间线，正如我们找到龙族一样。

现在，让我们为人类祈祷。